T0369446

OPERACIÓN

SECUESTROS

Ralph Z Nathan

Para realizar pedidos de este libro, contacte con:
Palibrio
1663 Liberty Drive
Suite 200
Bloomington, IN 47403
Gratis desde EE. UU. al 877.407.5847
Gratis desde México al 01.800.288.2243
Gratis desde España al 900.866.949
Desde otro país al +1.812.671.9757
Fax: 01.812.355.1576
ventas@palibrio.com
435704

*A mi adorada esposa y a mis hijos,
por su apoyo incondicional
en todos los momentos de mi vida….*

Ralph

DICIEMBRE 30   2011   WASHINGTON, DC

Cuando en la oficina oval sonó el teléfono, el presidente de los Estados Unidos estaba repasando por enésima vez el discurso que estaba preparando para la noche de fin de año.

Nunca le había gustado que le escribieran lo que tenía que decir y cuando así ocurría por distintos motivos, se salía del texto improvisando, cosa que volvía loco a sus asesores.

Esta vez, el discurso a la nación iba a ser totalmente suyo sin consultar con nadie. Tenía muy claro lo que quería transmitir y en año de elecciones no podía perder un solo votante.

La crisis económica había hecho mella en EE UU igual o más que en el resto del mundo. El desempleo se había disparado en un máximo histórico y por primera vez en la historia, una agencia calificadora como Standard & Poor's había rebajado las calificaciones del país.

 Su popularidad estaba en el punto más bajo desde que había asumido…Los sondeos de su partido lo daban como ganador si hoy fueran las elecciones... pero él sabía que las encuestas independientes lo tenían abajo por más de diez puntos… son las cosas que hacen los adulones para tener un jefe contento.

El teléfono seguía timbrando… con visible molestia tomó el auricular, había pedido no recibir llamadas a menos que fuera de un grupo muy limitado donde no importaba ni el día ni la hora , sus llamadas tenían que ser atendidas y alguien de ese grupo era que hacía que el teléfono estuviera timbrando ahora.

--¡Mi querido amigo Warren…qué bueno escucharte ¡-- dijo el presidente y agregó- aunque sé que tú no crees en nada, felices fiestas … mi amigo.

--Corrección señor Presidente, no creo en las fiestas religiosas…pero seguro que creo en las fiestas y de todas maneras… felicidades para tí y tu familia también…- respondió Warren.

4

--¿A qué debo el honor de tu llamada? ...--preguntó el presidente y agregó -sé que a tí no te gusta usar el teléfono y que nos vimos mil veces ... pero ésta debe ser tu primera o segunda llamada en cuatro años...-

--- ¿...Tiénes dos minutos para perder conmigo?-- preguntó Warren

--Jamás se pierde un segundo hablando contigo, para tí tengo todo el tiempo del mundo...—contestó Barack

Por sus tonos y maneras de expresarse, se notaba una recíproca amistad y respeto por parte de ambos y era cierto lo que había dicho el presidente... se habían visto en más de mil oportunidades en los últimos diez años.

--Con todo lo que está pasando en el mundo, me imagino que no debes tener tiempo ni de respirar... verdad?-dijo Warren

--Lamento tener que darte la razón , Warren...Acabo de tener una conferencia telefónica con tres líderes de África y Medio Oriente que pensé iba a ser de quince minutos y estuvimos casi dos horas... terminamos hace diez minutos y me dejó agotado..—respondió Barack

-- ¡Qué bueno que digas eso ...¡ - dijo Warren

-- ¿Cómo es eso que te alegras que esté agotado? ...pensé que eras mi amigo...- dijo el presidente fingiendo ligero enojo.

--No... no me entiendas mal, -replicó Warren – precisamente te estaba llamando para comentarte de una nueva resolución de nuestra compañía y me gustaría compartirla contigo ... pero entiendo que en estos momentos tu cabeza debe estar limpia para casos más importantes...

---Todo lo que tú hagas, para mí es importante—dijo el presidente.

--Tal vez... -- continuó Warren -- la Providencia hizo que te llamara para aconsejarte que te tomes un pequeño descanso...

--Tú sabes que no puedo en estos momentos- interrumpió el presidente y continuó-- ahora mismo estoy re-escribiendo el discurso de fin de año y tengo mil cosas pendientes...

--Por eso mismo --interrumpió ahora Warren- cuando se está como tú estás, lo mejor es hacer como el leñador...

5

-- ¿...y qué hace el leñador?

--Te voy a contar ésto que creí que lo sabías, pero me dás la oportunidad de decirte algo que te puede ayudar en todas tus actividades...

El Presidente puso el teléfono en speaker, llenó un vaso de la botella de jugo de naranjas y se dispuso a escuchar el relato de su viejo amigo.

Warren, que se sabía buen narrador de historias con moralejas ejemplares, comenzó

''... Muchos años atrás, cuando todavía no existían tantos adelantos para la tala de árboles en los bosques de California , una empresa puso un aviso en los periódicos locales , solicitando leñadores con sus herramientas para comenzar el talado.

Se presentaron muchos hombres y cada cual con sus modernas sierras, para la época, equipos de cuatro y cinco personas... y el capataz designado para las contrataciones   del nuevo personal, iba registrando todos los datos y la información de los postulantes.

El último de la fila, era un hombrecito pequeño, aunque se notaba de fuertes brazos   --Warren hizo una pausa para darle expectativa a su anécdota y prosiguió-- ese hombrecito se presentó con un hacha y un serrucho tan pequeños que llamó mucho la atención del capataz.

El capataz le preguntó si ésas eran las herramientas que tenía para derribar grandes árboles y cuáles eran las expectativas de cobro, ya que la empresa iba a pagar solamente por cada árbol derribado y le aconsejó al pequeño leñador que desistiera, porque con esas herramientas, era difícil que pudiera derribar algún árbol...

El leñador le pidió por favor una oportunidad para demostrar lo que podía hacer, cosa que el capataz aceptó pensando que era una pérdida de tiempo, pero no quería herir el orgullo de ese trabajador.

El pago iba a ser diario al final de cada jornada.

El primer día, un grupo de cinco personas, talaron cuatro árboles y los individuales .. uno o dos por persona... nuestro amigo...seis.

El segundo día se repitió el mismo patrón... los grupos, entre cuatro y cinco árboles... los individuales...uno o ninguno .Nuevamente nuestro amigo, seis.

Casualidad o buena suerte, pensaba el capataz. Así pasaron los días...el pequeño leñador aumentaba la cantidad de árboles derribados hasta siete, ocho y nueve por día... Era el que más ganaba de los leñadores.

Pero comenzó la tercera semana y nuestro leñador bajó su promedio... de nueve troncos por día, bajó a dos y de dos a uno y a ninguno.

Ahora el que estaba extrañado era el capataz, que le preguntó si estaba enfermo o si tenía alguna razón para haber bajado su promedio.

Casi con vergüenza, el joven leñador dijo que se sentía muy bien y que lo único que necesitaba era ir hasta la ciudad para afilar sus herramientas, pero que no quería pedir permiso para faltar un día completo en el bosque.

El capataz le ofreció la transportación necesaria y al día siguiente con sus herramientas en condiciones, nuestro leñador continuó con sus ocho, nueve y diez árboles diarios derribados "... –

Se hizo un silencio

---El cuento es muy lindo... Warren...- dijo el presidente.

--Y ahora la moraleja...- dijo Warren- '' una persona es como una herramienta...y cada cierto tiempo tiene que tomar su descanso y coger distancia para re-afilarse como las herramientas de nuestro cuento y va a rendir mucho más que si está agotado como tú y no quieres faltar un día a tu trabajo... recuerda que nuestro hombre al regresar, aumentó su nivel..."

A todos nos pasa lo mismo y muchos nos desafilamos con más frecuencia que otros y es que a veces queremos correr y vamos más despacio... y muchas veces, por no decir todas las veces, es más conveniente frenar y reflexionar sobre lo que se necesita realmente, antes de continuar improvisando por no poder parar...

Y continuó Warren y de esa misma línea... viene el dicho..." que por mirar el árbol tan cerca... te pierdes de ver el bosque..."y hay veces que "para poder acercarse a algo... primero hay que tomar distancias".

--Hermosa historia y muy claro el mensaje --- dijo el Presidente, casi de compromiso.

--Sin alusiones personales... lo recordé cuando comentabas que estabas agotado y tal vez te pueda ayudar para que te tomes un par de días...

--¡Claro que me gustaría ¡...— interrumpió el presidente -- iría a Camp David por unos días, pero no creo que por ahora pueda...

---De nada serviría Camp David -- dijo Warren y agregó-- permíteme que haga un par de llamadas y me comunico nuevamente... creo que te voy a ofrecer algo mejor... permíteme consultar un par de fechas...y hoy mismo o mañana temprano vuelvo a llamarte...

--Gracias por llamar, Warren,...y gracias por tu cuento... lo contaré esta noche a mi familia en la sobremesa... saludos a Astrid.

--Hasta luego...señor Presidente , te llamaré luego.

--Hasta luego y cuídate – el presidente sacó el speaker, colgó el auricular, acomodó en su escritorio el discurso y con una sonrisa, pensó en voz alta...

...Tal vez deba re-afilarme unos días...pero cómo?

Y Warren, cuando se terminó la comunicación, miró sonriente a sus amigos Bill, Jack y al general Colin que habían escuchado pacientes y expectantes cada palabra y les dijo: ...Creo que lo tenemos...

El general Colin, sentado en el cómodo sillón de la sala de conferencias, mientras limpiaba con displicencia sus anteojos, asintió moviendo su cabeza. Su rostro era de preocupación cuando comentó...--Ahora es mi turno, tengo buena relación con Benjamín Netanyahu y con el premier chino Wen Jiabao...insistiré hasta encontrarlos...

Bill G, el más joven de los reunidos,sentado en el amplio butacón frente a Warren, miraba su reloj pulsera cuando dijo con voz serena...estoy calculando cuál es el mejor momento para llamar a Vladimir Putín en Moscú... mi excusa será que lo voy a felicitar por la campaña que está haciendo y lo voy a sondear... y en cuanto al horario , él no tiene esos miramientos conmigo...me llama siempre en las madrugadas,no sabe de las diferencias de horario...

Jack intervino con voz ronca y pausada…

--Esto va en serio…y es muy peligroso lo que estamos haciendo…Ya estaríamos en problemas…el solo hecho de estar aquí reunidos, se llamaría complot para…

OMAHA , NEBRASKA

Omaha es la más grande y una de las más bellas ciudades del estado de Nebraska. Según en el ámbito que uno se mueve, cuando pensamos en Omaha nos acordamos de Warren Buffett como el famoso "Oráculo de Omaha ".

Si nos importa el cine , también es bueno saber que grandes artistas como Marlon Brando y Montgomery Clift , que fueron iconos del cine norteamericanos de los 50" y Fred Astaire , para muchos el mejor bailarín después del ruso Nureyev , nacieron allí .

Deportistas como Andy Roddick , en tenis , Max Baer, el boxeador que fuera campeón mundial de los pesados en 1934 y el activista afroamericano Malcolm Little…que nosotros conocimos después como Malcolm X y muchos otros , fueron hijos pródigos de Omaha.-

Omaha fue, es y será cuna de grandes personalidades.

Estados Unidos y el mundo en general enfrentaban una crisis económica comparable con la recesión de los años treinta y no había soluciones inmediatas para frenar ese flagelo…las economías internacionales caían día a día, el desempleo en los países del primer mundo se había desatado… noticias de corrupción en todos los continentes e innumerables conatos de guerras en Asia y África … más el estallido de la Primavera Árabe en casi todo el mundo musulmán ,Libia, Siria , El Líbano , Egipto y el desarrollo de la Energía Nuclear en Irán ,parecieran provocar el fin del mundo…

 La Unión Europea estaba en llamas y el calendario Maya así lo había anunciado…

Todos sabíamos que había que hacer algo…Aunque nadie sabía que...

Pero algo había que hacer para frenar ese desastre mundial.

Las Cumbres de los Siete, de los Ocho, de los Doce y de los G 20 y todas las cumbres milagrosas no habían llegado a ningún acuerdo…las incertidumbres mundiales continuaban… algo había que hacer, oficialmente o no… pero algo había que hacer y tenía que ser ahora… y ya.

Y fue en Omaha dónde se quiso cambiar el curso de la historia.

En los salones del Century Link Center de Omaha, todo era alegría desde muy temprano.

La formal invitación decía cena a la 8.00 P.M pero alrededor de las 7.30, casi trescientas personas de vestidos de largo para las damas y riguroso smoking para caballeros ya estaban ubicándose en sus lugares asignados por el número de mesa y número de butaca impreso en las taquillas que se habían comenzado a vender en cinco mil dólares por pareja desde los primeros días de Diciembre. También, por la hermosa pasarela cristalizada que une el Century Link Center Omaha con el lujoso Hilton-Omaha , que los protegían del frío y de la nieve , se veían pequeños grupos de hombres y mujeres , cantando , riendo y caminando lentos como en una procesión para llegar a las 8 PM en punto.

Todos contentos por estar en esta selecta fiesta que era tan esperada durante todo el año y a la cuál, sólo un grupo de clase social alta podía participar.

Los elegantes porteros y los siempre veloces valet-parking no daban abasto para recibir a los invitados en sus relucientes Mercedes Benz, Jaguars, y demás carros lujosos.

Algunos pocos también llegaban en limosinas y los choferes después de abrir las puertas ceremonialmente, se alejaban rápido para no entorpecer la fila que ya se estaba alargando demasiado y regresarían al recibir el llamado de recoger a sus pasajeros. Claro que si la cena era la despedida de año, el recogido iba a ser bastante después de las dos o de las tres de la madrugada del próximo año.

Un equipo de señoritas bien organizadas, tomaban las fotos a cada pareja o grupo que entraba y luego pasarían por las mesas a completar su labor.

Nadie quedaría sin su foto.

En el Century Link Center de Omaha, esa noche no se notaba la recesión.

El ancho corredor donde está el guardarropa también estaba congestionado, por hombres y mujeres que parloteaban todos a la vez, haciendo casi imposible el trabajo para los empleados.

Los costosos tapados de piel en las mujeres y los abrigos, sombreros y paraguas de los caballeros decían que afuera, entre el frío y la nieve llegaría el AÑO NUEVO.

El estacionamiento para más de 1.000 autos poco a poco se iba llenando.

La entrada del centro de convenciones estaba adornada para la actividad " Más Importante del Año ", según rezaba el tablero de luces ubicado sobre el front-desk y la propaganda publicada en todos los periódicos locales.

Entrando al salón, un inmenso salón, se podían ver distribuidas en forma casi simétrica y dejando buena separación entre una y otra, más de 100 mesas redondas con diez cómodos butacones cada una.

Sus manteles eran largos hasta al piso en color gris perla unos, de color verde acqua , otros.

La cristalería fina tallada y facetada a mano, era el comentario obligado de los que ya estaban acomodados en sus mesas… copas de agua, champagne y vino de fino cristal lucían su brillo y relucían más cada vez que los haces de luces giratorios de la tarima pasaban por cada mesa.

La vajilla de plata 900, daba el cachet que se había buscado para la actividad y el dolor de cabeza para el director de banquetes, ya que después de cada fiesta, siempre faltaban entre 80 y 100 piezas entre cucharitas de café, tenedores y cuchillos, cada una grabada en relieve con el emblema del CENTURY. En actividades anteriores algunos la tomaban como souvenir pensando que estaba incluida en el precio de la cena.

Unos centro de mesa con una angosta base de acrílico y de casi un metro de altura decoraba cada mesa rematados con flores de colores y orquídeas

Realmente, las mesas eran la decoración del salón y algo más, sería redundancia.

Seis chandeliers gigantes, colgaban de un techo alto y daban buena luz a todos los rincones…más una cantidad de spots lights que ayudaban a establecer una claridad apropiada. Los dimers marcarían los momentos distinguidos de la actividad y seguramente estarían a todo su esplendor faltando treinta segundos para dar la doce.

La tarima de casi sesenta pies ya estaba ocupada por una de las orquestas que amenizaría la fiesta y comenzaba a interpretar música suave para entrar en clima y algunas parejas ya estaban en el centro de la pista de baile danzando sus primeros pasos, para amortizar el precio de cada taquilla.

A las ocho en punto y con casi todas la mesas ya completas, un conocido animador de la televisión local, dió la bienvenida , hizo unos cuantos chistes cortos que arrancó risas y aplausos de la concurrencia y comenzó formalmente la velada.

Era la madrugada del 1 de Enero del 2012…

La fiesta de despedida de año tocaba a su fin y el reducido grupo de invitados que aún quedaban, mostraban signos de la abundante cena y la generosidad de las bebidas y aunque de riguroso smoking, ya no todos lucían tan prolijos como cuando habían entrado.

En una de las mesas del lujoso salón, seis hombres que habían dejado a sus respectivas esposas en otra mesa charlaban animadamente y tenían la discreción de bajar la voz o callar cuando un camarero se acercara u otro de los invitados pasaba demasiado cerca.

--Esto tiene que salir bien …Bill G-- dijo el hombre canoso y que había llevado la voz cantante durante mayor parte de la reunión.

-Yo también lo creo, Warren …pero … veo que tenemos mucho que hacer y corremos contra el reloj . –y agregó -recuerda que "ellos" ya tienen sus agendas y los viajes ya programados..

Se interrumpió el diálogo entre los dos…un camarero elegante estaba ofreciendo café y llenando las pocillos de los comensales que así lo desearan, con una sonrisa que mostraba sus relucientes dientes blancos.

---Te cambiamos el café por otra botella de champagne—le dijo Bill G al camarero, poniéndole discretamente en la mano un billete de 50 dólares.

--En un momento estoy de regreso—dijo el camarero mientras salía casi volando hacia la barra de las bebidas.

Cuando el camarero se hubo retirado, prosiguió la amena charla en la circular mesa.

--Yo creo que éste es el momento y se debe hacer... ---dijo Jack-- mientras sostenía en su mano derecha una cucharita de café, haciendo tintinear una copa.

Jack, a diferencia de Bill G y Warren, era un hombre de pocas palabras, conocedor de la ley y profundo en sus comentarios cuando eran requeridos...su opinión pesaba... su opinión iba a ser crucial... y muy crucial... pero, el tema no era menor para conseguir sus metas...

¡¡...Tenían que secuestrar a ocho presidentes...!!

Debemos estar locos...relocos---pensaba desde que se había encendido esa idea meses atrás...se preguntaba y se respondía...--sólo unas mentes enfermas podían maquinar el secuestro de ocho presidentes...

¿Qué no iba a haber violencia?

Esa no era excusa... no era atenuante... pero había que hacerlo...

¿Y por qué había que hacerlo?

Porque el Mundo Entero ya no aguantaba más tantos desastres juntos... ¿tanta corrupción?... ¿tanto descaro... tanta hambre?... -¿y guerras...insultos... manipulaciones... politiquería... desempleo... desinformación... miserias... abusos... criminalidad... inseguridad... morbo...?
O porque Europa, Asia, Oriente Medio y Estados Unidos...estaban patas para arriba?   Y tampoco era un atenuante... entonces...
¿Y... por qué había que hacerlo?
Porque todos querían vivir... ¿en un mundo mejor?

--No -...Porque todos... simplemente... Querían Vivir.

Tiempo atrás, Jack Logan había expuesto todos los inconvenientes con las consecuencias que podían sufrir aunque la misión saliera bien... Había leído y releído el Código Penal mil veces y casi conocía sus incisos de memoria.

En su bufete , había defendido y ganado cientos de casos que le podían dar cierta tranquilidad... pero ahora era exactamente al revés... por la experiencia que tenía... por los conocimientos que tenía...esto era indefendible hasta en las cortes más corruptas del mundo... y claro que las había.

No iban a robar una manzana de la tienda...

Iban a secuestrar a ocho presidentes...y por ser quienes eran, conocedores de las leyes ,sin ninguna duda, también les cabían todos los agravantes : "secuestros premeditados " 'privación de la libertad" " acción temeraria " , " con premeditación y alevosía " y todas las leyes habidas y por haber...iban a pasar en cuestión de horas ,de prominentes y respetables ciudadanos... a secuestradores y/o terroristas...

Y ...! qué mal le caía esa palabra ¡!...pero se las iban a ganar... ¡ carajo !...estaría bien que el mundo les llamara así...por su nombre... por sólo pensarlo ya se lo merecían...y se involucraba mucha gente que también caería en desgracia...pero...

!! Iban a intentar secuestrar a ocho presidentes!!

Y había que hacerlo... lo iban a intentar...y sabía que lo iban a conseguir.

En África mueren más de cinco millones de niños al año por inanición...y también sus madres...sus padres...es imposible continuar así...y hasta cuándo?

Y quién hace algo?

Sólo los mezquinos intereses estaban haciendo algo...

!! Absolutamente... nada !!

Clínicamente,los seis señores que estaban en la mesa, eran de mentes sanas...hombres de familia, hombres de negocios, filántropos, abogados, lo que se pudiera decir...gente de bien...y de pronto serían todo lo opuesto...lo más opuesto que existía.

Se habían planeado ocho secuestros presidenciales y ésta era la semana que ,con toda la información que se tenía...coincidía para que los secuestros se

14

hicieran con éxito…y por eso había que hacerlo …y todo tenía que comenzar ahora…

Se había replanteado mil veces… ¿qué la causa era válida? …y mil veces se repitió la antigua frase del jesuita Hermann Busembaum …

"cum finis est licitus, etiam media sunt licita"…

"Cuando el fin es lícito, también lo son los medios"…

Era lo menos malo de lo que estaba ocurriendo. Y entonces…por qué no ?

Lo había meditado tanto hasta que se auto- convenció…y necesitaba convencerse…lo había expuesto en reuniones anteriores…con todo lo que estaba ocurriendo en el mundo…ésto era el mal menor…

"Cuando el fin es lícito, también lo son los medios".

Y su mente regresó a la reunión y repitió con su voz ronca pero firme

–…Vamos a hacerlo, pero sabemos que tiene que ser ahora.

--Yo también estoy de acuerdo- dijo Vikram, cuarto hombre de la mesa…mi gente es confiable.

--Y yo también estoy de acuerdo- afirmó Pete, sólo tengo que dar las fechas y horas… lo demás, dénlo por hecho y mirando al único afro-americano de esa mesa, le dijo:

-- Sólo faltas tú , Colin…

El camarero ya estaba de regreso... Llevaba en sus manos una servilleta arropando una transpirada botella de Don Perignon que descorchó con pericia en segundos y con elegancia, comenzó a servirle a cada uno… y por supuesto comenzando por el multimillonario Bill G.

Cuando el camarero se retiró, Pete repitió la frase:

-- Sólo faltas tú, Colin… tú decides…

De común acuerdo sabían que la decisión debía ser unánime y nunca se había votado antes.

El general Colin se tomó su tiempo para responder… como ya era habitual en él, tardó treinta segundos para hilvanar su respuesta… tomó su servilleta de hilo, la pasó delicadamente por sus labios, se puso de pie y levantando su copa de champagne dijo con la solemnidad de un diplomático de carrera, experto en dar discursos y sin levantar mucho la voz… "Caballeros, estamos comenzando un año, estamos comenzando el año que el mundo entero necesita para hacer de nuestro planeta el lugar que todos nosotros queremos… creo que ya nos hemos dilatado mucho… hemos esperado más de lo debido y es hora que comencemos y digo : Sí… yo estoy de acuerdo y acepto mis responsabilidades y consecuencias… que hay que dejar las palabras y actuar… coincido con todos que éste es el momento … y que desde lo más profundo de nuestros corazones y de nuestras mentes … forjemos el camino para que esta operación sea un éxito… ---y continuó--- de mi parte, y ustedes me conocen … pondré cuerpo, corazón y alma en ésto y desde ahora , comenzaré con lo que yo humildemente puedo colaborar --- levantó su copa- brindemos todos por una operación exitosa y que Dios nos acompañe en esta empresa y que el mundo nos perdone si algo saliera mal. - --Y añadió:

Dios bendiga a América, a los americanos y al mundo entero."

--Amén…-- respondieron algunos de la mesa.

Fueron muchas las horas , los días, los meses que estos seis amigos habían charlado sobre el tema…cada cual había aportado pros y contras, cada cual había sufrido de insomnios y pesadillas, cada cual hizo sus investigaciones pertinentes… cada cual aportó lo mejor de sí, sus conocimientos, sus relaciones en forma muy discreta y hasta el financiamiento personal … que al fin , para éllos , era la parte menos importante de una operación que los había hechizado a todos y que en ese instante se iba a confirmar, se había llegado a un veredicto… habían levantado su mano derecha … votación seis a cero… ¡ hay qué hacerlo ¡ … y cada uno , sabía lo que tenía que hacer … sólo había que ponerlo en práctica.

Estaba cada paso meticulosamente calculado…se contaba con la mejor gente por capacidad y por conocimiento del terreno…iban a ser muchos los implicados pero todos con la misma filosofía, con la misma convicción y con los mismos deseos de un gran cambio.

Y cuando en una mesa se sientan seis caballeros y son banqueros, diplomáticos, abogados, un general de cuatro estrellas y directores de dos de las empresas más importantes del mundo… es para confiar o… morirse de miedo.

En otra mesa un poco separada, dos hombres jóvenes que, aunque parecían distraídos, estaban muy pendientes de lo que ocurría con esos seis señores, se alegraban al ver a distancia ese brindis.

Ellos sabían que a partir de ese momento, tenían mucho trabajo y muy poco tiempo.

Norman Duncan y Richard Kent levantaron sus copas y también brindaron pero no festejando por el año que comenzaba sino por el año que podía producir un cambio total en la historia del mundo.

Saludaron con un apretón de manos a sus compañeros de mesa y muy discretamente y a distancia, saludaron a la mesa donde estaban Jack, Warren, Bill G , el general Colin...

Pasaron a retirar sus abrigos y salieron del Century…Ni ell frío ni la nevada intensa de esas horas, apagaban el calor interno de estos dos hombres que tenían el tiempo justo para llegar a Nueva York a comenzar una hermosa tarea.

EN LA OFICINA DEL JUEZ

En uno de los edificios más importantes de Omaha, se encuentran las oficinas del juez Perkins y a pesar del feriado riguroso, el juez y sus seis amigos compartían alegremente diferentes temas de la actividad en el Century y principalmente el clima horrible que estaba afectando a todos los Estados Unidos y los desastres que estaba causando por toda Europa pero todos sabían que había algún otro tema por el cual Warren y Bill G se le habían acercado durante la fiesta de la noche anterior en el Century, pidiéndole esa inesperada cita.

Ese protocolo llevaba media hora hasta que Mark se puso de pie.

--Bien señores—dijo el juez-- la charla está muy agradable pero creo que ya es hora de trabajar…pasemos a la otra oficina donde podamos sentarnos todos juntos…

--Mira,Mark— comenzó Warren --nos conocemos de mucho tiempo y por eso me tomé la libertad de molestarte en un momento como hoy…

--Olvídate de la molestia,Warren—interrumpió el juez—para eso estamos los amigos…verdad Colin? ¿No es así Bill G? Sino para qué sirven los amigos? …empecemos…dénme sus documentos…es tan solo cuidar la forma….

Uno a uno en silencio le dieron su documentación personal.

Todos conocían al juez Perkins y el juez Perkins había compartido innumerables reuniones de toda índole con los seis, especialmente con Warren,Jack y Colin.

El juez Mark Perkins se puso sus anteojos y se limitó a observar a cada uno de los seis hombres, que sentados frente suyo, estaban inicialando cada una de las páginas y que iban a firmar en la última, al lado del sello y la fecha del día.

Uno por uno y casi al mismo tiempo, los seis hombres completaron el trámite y entonces el juez , entregó las licencias de conducir a cada uno de los firmantes confirmando que cada uno de ellos , era la persona que decía ser y estaba firmando.

Sacó de un pequeño estuche el sello notarial, lo estampó con delicadeza… lo dató y lo firmó.

Acto seguido puso el escrito con las ocho copias en sobres individuales y los colocó con lentitud y muy ordenados en un gran sobre manila y escribió con grandes letras

NOTIFICAR URGENTE A LA CASA BLANCA y enviar Enero 4 de 2012 NO ABRIR SIN RECIBIR INSTRUCCIONES DIRECTAS DEL SEÑOR PRESIDENTE DE LOS EE.UU.

Buscó el lacre en una gaveta de su escritorio

---No uso lacre en los últimos diez años- -- acotó como disculpándose por no hallarlo rápido.

Cuando tuvo esa pequeña barrita de lacre en la mano, con el encendedor de cigarrillos que adornaba su escritorio (que tampoco usaba en los últimos diez años) calentó una punta del lacre hasta que comenzó a gotear en la parte del cierre del sobre tipo papel Manila. Dejó pasar unos segundos, las gotas de lacre color marrón, volvieron a endurecerse. Le puso otro gran sello y dijo:

--Señores …yo no sé lo que hay en este sobre pero mi responsabilidad es resguardarlo hasta el 4 de Enero del año 2012 o que el Presidente me lo pida..Ese día, de acuerdo a lo que ustedes me dicen …lo enviaremos con carácter de Urgente…-¿ así es que me lo pidieron…verdad ?---ante la confirmación de los seis visitantes…---agregó---

Estén confiados que hasta ése día, este sobre no se abrirá.

Se levantó de su butacón como dando punto final a esa reunión.

ss--Eso era todo ,mis amigos?—dijo el juez

--Eso era todo—respondió el general Colin---me alegró mucho verte y dále mis respetos a Liz, estaba muy guapa anoche…

--Como siempre…ella es linda siempre…—dijo Bill G , con una sonrisa.

--Muchachos manténganse abrigados que afuera está helando—comentó Mark Perkins.

Los recién firmantes entendieron la señal, se levantaron, saludaron al juez con abrazos y apretones de mano y tan calladitos como entraron, salieron por la misma puerta.

El juez Perkins tenía razón…el clima frío y la nevasca anunciada, se estaba cumpliendo.Las calles estaban desiertas…quién que no tuviera una emergencia así saldría a caminar?

Pero en Omaha,Nebraska, estos seis señores tenían esa emergencia.

REUNION DE AMIGOS EN NUEVA YORK

A través de los ventanales del apartamiento en el piso 15 del lujoso edificio de la Quinta Avenida en Nueva York, se podía ver como caían los copos de nieve sobre el Central Park, sobre el Rockefeller Center y hasta donde alcanzara la vista en esa fría tarde del primero de enero...

En el apartamiento de Richard Kent, se habían reunido un grupo de amigos con el pretexto de celebrar tardíamente la llegada del año nuevo... pero todos sabían que era la reunión que esperaban tener en mucho tiempo y pareciera que el momento había llegado...

Era un grupo de amigos de muchos años y de probada calidad humana...

Exitosos profesionales en sus respectivos campos, tenían inquietudes en común y en sus largas charlas en los últimos meses habían acordado dar lo máximo de cada uno para poder hacer algo por esa sociedad que les había dado tanto y que ahora estaba tan jodida.

Y sus generosas donaciones a entidades benéficas... no eran suficientes.

Se habían reunido muchas veces, se había ensayado, teatralizado y se había utilizado hasta el sicodrama para hipotéticas situaciones...

Habían profundizado lo que debían hacer... o cómo lo debían decir... lo habían estudiado y repasado muchas veces...para cada variante ensayaron cien posibles respuestas y cien posibles escenarios... pero una cosa era dramatizar frente a un amigo en el apartamiento de Richard Kent y otra cosa era intentar engañar y secuestrar a un presidente a 6.000 millas de distancia...

Y ésta era la última reunión del grupo ... había que recordar también las anteriores , pero ésta ,era la reunión que valía...

Estaban sentados por toda la sala... y alrededor de la mesa , sólo se sentaban los que tenían que " intervenir en cada situación"... y este era el turno de François Bollore y Henry Lacombe... y Nicky Chang... hacía de Nicolás Sarkozy... que decía...---

"… y qué puedo hacer por tu padre …? "—preguntaba Nicky ,en el papel de Sarkozy

---"…él está muy deprimido… creo que le haría muy bien verte… tú eres su amigo… él te necesita "--replicaba François.

"Él no tiene un amigo cerca o algo para distraerse y eso lo tiene muy deprimido…los médicos dicen depresión… pero Don Vincent se ríe y no le hace caso y decae un poco todos los días…"—continuaba

"Es cierto—agregaba François -- papá en el último año envejeció como veinte años.

Lo que más me duele es esa mirada vacía , perdida como si estuviera en otro mundo"….

Luego, terminada lo que se llamó operación París…la dramatización se hizo con Ari,que hacía de Wen Jiabao, el premier chino y Nicky contestaba…...." nos gustaría que usted pueda participar y con su clara visión como demuestra en los avances de China, poder ayudar a muchos chinos, a muchos africanos, a mucha gente que necesita… y sabemos que usted es capaz de aportar mucho en esa reunión…" y también…" usted será bendecido por su presencia , señor…"--seguía Nicky, conociendo que un poco de adulación, era recomendable.

Y diálogos parecidos se repetían con imaginarios Barack Obama...el ruso Vladimir Putín, Benjamín Netanyahu… con Mahmoud Ahmadinejad…con Hugo Chávez.

Cada uno tenía un rol… y a medida que pasaban las horas, estaban más cerca que la representación, dejara de ser representación y fueran realidades.

Nosotros llevaremos el equipo de gimnasia—dijo Steve---Eso nos dará la llave que necesitamos..para ver y tratar de convencer a Obama….como sea…por las buenas o por las malas.

---Yo llevo un mes practicando fuerte…me duele todo el cuerpo..— contestó un Frankie sonriente.

----Y yo seré el más pendejo de todos los pilotos del mundo…-- decía Joseph Rice y con voz temblorosa repetía----" yo no sé… debe haber un error...Aquí está la hoja de ruta... Yo no sé... no me mate..."--- y todos se meaban de la risa ante la actuación de Jou.

El grupo se sentía seguro... y convencido de lo que iban a hacer... y habían estudiado las diferencias entre las palabras engaño, secuestro y rapto... Ellos sabrían como dar vuelta las diferentes situaciones... pero la distancia que había de una palabra a otra... era muy grande.

Esta reunión era para acordar que papel jugaría cada uno en esa misión...

Estaban reunidos desde muy temprano... habían almorzado en el exclusivo One Central Park South de la 5th Av. los cafés, como correspondía ,en casa de Richard... junto con la puesta en escena. ..

--- En las universidades también habría que hacer un curso de abogados que se llame "puesta en escena "---había dicho alguna vez Morris Mulender---... hay algunos abogados que son tan patéticos con sus presentaciones, que dan pena...

Henry, más tranquilo que nunca, había explicado por enésima vez cada detalle y como debería moverse cada grupo y como se formaría cada grupo... y no iba a ser por la afinidad que cada uno tuviera por su compañero circunstancial en ese viaje sino por los conocimientos, las relaciones, lo que pudieran aportar y fundamentalmente... lo que convenía.

Dejó claro que el grupo era uno solo y que lo integraban todos y que iban a estar separados.

Y la consigna era en siete días estar todos juntos en un lugar que Richard Kent y Norman Duncan iban a determinar en su momento y de acuerdo como se desarrollara lo planeado.

Quedó claro que en el grupo no había "caciques ni indios "... o éran todos caciques o éran todos indios... se iba a utilizar el mejor sentido común y sabiendo por experiencia la capacidad y las relaciones de cada uno de sus amigos, se hizo la charla y entre todos aportaron ideas... pros y contra ... y había muchas, muchas contra.

Estos señores de edad promedio treinta y cinco años, bien trajeados , de finos modales y muy bien preparados para contingencias extremas...eran egresados de las mejores universidades ... formaban parte de la exclusiva elite de graduados con honores y eran parte de una de las últimas camadas de jóvenes brillantes de Harvard , Princeton , Cornell, Cambridge …de la década de los setenta.

Era un grupo homogéneo y compacto, donde predominaban los abogados… especializados en diferentes ramas, pero todos… un escalón por encima de lo normal.

Se consultaban con humildad entre ellos cuando aparecía algo fuera de lo común… y si a un genio lo asesoran otros genios… los resultados no podían ser otros que el triunfo. Mantenían en alto las bases de la ética…nunca tuvieron ni aceptaron enfrentarse entre sí con otros componentes del clan…o de los Mosqueteros…como se llamaban entre ellos… preferían inhibirse por conflicto de intereses a usar sus conocimientos contra un amigo.

Por sus obligaciones viajaban mucho, doméstico e internacionalmente y era común que tuvieran reuniones de amigos en París, Londres, en el Caribe o Madrid… y ya, al margen de este viaje de emergencia, estaban organizando un safari en África.

Había valores, integridad, códigos, cosas no escritas, que unían al grupo y todos contaban y confiaban en todos.

Y otra ventaja adicional… casi todos los del grupo habían pasado en algún momento de sus carreras por una fraternidad internacional, la Orden Demolay.

La Orden Demolay, es una organización que enseña a los jóvenes cómo ser mejor personas y futuros líderes y en estos hombres…lo aprendido, se notaba…

Por esa organización pasaron muchos estudiantes que fueron líderes de primera línea y también, unos años antes, había pasado un hombre que nunca ocultó que lo aprendido en La Orden, lo hizo sentirse mejor persona y más carismático… él lo había reconocido muchas veces y fue la mejor recomendación que tenía la Orden Demolay para tomar como ejemplo… era Bill Jefferson Blythe III… y que se convertiría en el 42 presidente de los Estados Unidos con el nombre de Bill Clinton.

Habían sido líderes en esos momentos y cuando se es líder por naturaleza… un líder nunca olvida lo que es ser un líder. Y por ser líderes, estaban unidos entre sí con la fuerza y el ímpetu que dá la necesidad de cambios radicales…

ya estaban dispuestos y en dos días llevarían a cabo una de las aventuras más extraordinarias de la historia...

Richard Kent y Norman Duncan se encargarían de los contactos circunstanciales, la logística y el dinero para poder acercarse a esa gente importante... pero no iban a tratar con pendejitos...

Tenían que secuestrar presidentes...secuestrar... engañar...o raptar presidentes?

Y todos se aplicaban una frase que tenían anotada en sus escritorios... y que la leían todos los días... "Dentro de veinte años estarás más decepcionado por las cosas que no hiciste, que por las cosas que sí hiciste." Mark Twain.

También eran conscientes que las prácticas no servirían de nada si sobre el terreno no utilizaban lo mejor de cada uno y lo más importante... el sentido común... y allí tenían muchos puntos a favor.

Brindaron con un buen champagne por el éxito...y ellos mismos se aplaudieron...

Y en la euforia, también estaban, aunque muy ocultos...todos los temores.

Recogieron las copas... los vasos... las tazas y botellas que estaban regadas por la sala...todos colaboraron en dejar la amplia sala en condiciones aceptables...

Tomaron sus abrigos y se abrazaron entre todos como si fuera la última vez...---y pudiera serlo--- y los veinte amigos fueron saliendo del apartamiento y cada uno empezaba a aportar lo mejor de sí para el bien de todos.

Norman Duncan fue el último en salir...y en su abrazo con Richard Kent, le dijo   bajito...-- Richard, hoy se acabó la joda...ahora hay que proteger y mucho a los cachorros.... -

Y por seguro... todos...absolutamente todos, ya tenían preparada una pequeña valija y un cómodo bolso de manos para este largo viaje.

Afuera ya era noche y el viento , el agua-nieve y las calles desiertas, hacían de Nueva York una ciudad casi fantasma...sólo los neones coloridos de los grandes carteles publicitarios aguantaban en soledad… y ahora, la nevada era más intensa…y el frío calaba los huesos…

Así , con ese escenario, los despedía Nueva York.

PROTOCOLO PRESIDENCIAL STANDARD

En los primeros días del año, es común que el ciudadano promedio tome sus vacaciones, o al menos una parte de sus vacaciones.
Aunque los presidentes de naciones no son precisamente ciudadanos comunes, algunos ya tenían sus agendas en blanco para actividades oficiales y se habían asignado la tarea de ser esposos y padres full-time en esos pocos días.

Igual estarían informados de últimas noticias y por supuesto , todo el equipo necesario para reintegrarse si ocurría alguna emergencia que sus gabinetes no pudieran solucionar, no importaba donde estuvieran vacacionando.

Generalmente, en esa época no hay grandes pronunciamientos ni cumbres internacionales ya que en un código tácito, todas las principales figuras tienen el mismo interés…la familia por unos días .

Era una vieja tradición, que aunque nadie la había expuesto…el sentido común de cada uno de los gobernantes, la había refrendado.

Las actividades de los presidentes no son de máxima prioridad para el ciudadano clásico y son pocos los que se interesan por saber que hacen cada día.

Un escueto comunicado de la Oficina de Prensa de la Casa Blanca , preparado con antelación todos los años,diría que el presidente había suspendido sus vacaciones por estar levemente "indispuesto por un incomodo resfriado"
De hecho…ni la misma Casa Blanca hubiera asociado que al mismo tiempo que el presidente estaba indispuesto por un engripado, pasaba lo mismo con los presidentes de Francia , de Irán, con el Primer Ministro de Israel y de la República Popular China, con el presidente de los palestinos…cierto que estaba haciendo mucho frío , pero también había mucha coincidencia …

Pocos días antes , en un extenso discurso , el presidente de Venezuela había dicho que sospechaba que los EEUU podía haber creado algún tipo de virus de cáncer como los que tuvo un ex presidente de Brasil, la presidenta actual ,un presidente de Paraguay ,un equivocado diagnóstico a la presidenta de Argentina , al presidente de Nicaragua y a él mismo.Ahora, en Venezuela, también su oficina de prensa informaba de un ligero catarro.

Muy común y nada importante. .según el comunicado…
¿…Podía ocurrir que siete líderes mundiales se resfriaran el mísmo día…?

NUEVA YORK ENERO 1 de 2012

El aeropuerto J.F. Kennedy era un enjambre de gente bulliciosa. Siempre lo era, pero pareciera que este día lo era más. Gente de todas razas y colores se encaminaban hacia sus respectivas líneas aéreas mientras casi un número igual salía de todas las puertas que anunciaban la llegada a Nueva York.

Si EEUU estaba en recesión no se notaba, claro que era un día de fiesta y todavía estaba la euforia de la noche anterior pero además, en los aeropuertos nunca hay ambiente de recesión...

Asiáticos, africanos, europeos, latinos formaban un verdadero espectro de colorido y murmullo por donde pasaban con sus equipajes.

Tal como es sabido ,Nueva York es una ciudad rápida y el que llega , aunque de turista, tiene que apurar el paso para que no lo pisen… la gente camina casi corriendo aunque no tenga apuro y ni siquiera sin saber hacia dónde van…pero… así es el aeropuerto de Nueva York …y todo Nueva York.

Seguramente, momentos antes habría llegado algún avión de la India por la cantidad de mujeres con la clásica bindis , la piedra que usan en su frente y sus coloridos atuendos, predominando los de color rojo y algún avión de Escocia porque aunque parezca extraño en Estados Unidos, se veían algunos hombres con su clásico kilt , que es la faldita que usan los hombres escoceses en las grandes ocasiones… y estando en el primer día del año , era una gran ocasión.

Un grupo de mujeres con burkas caminaban cerca de judíos ultra ortodoxos, que con grandes sombreros negros y tzitzit charlaban en idish entre ellos…más allá, unos jovencitos que por su apariencia, casi todos muy blancos, rubios, pantalón oscuro, camisa de mangas corta y corbata, eran del Cuerpo de Paz, comenzaban con sus charlas a los recién llegados sin que éstos se detuvieran.

Muy cerca de donde los muchachos del Cuerpo de Paz trataban de conversar con los llegados, estaban Ari, Mose y Eitan .

Ariel Goldman era un hombre que pasaba los treinta años…egresado de la Universidad de Cornell en Nueva York , con un Master en Economía Internacional y actual asesor de la universidad donde se había formado. Había obtenido varios trofeos como nadador y futbolista. Fue parte de los Cornell Big Red dándole a su universidad y a sí mismo muchas satisfacciones en saltos y natación durante los años 90'. Alto, más de 1,85 y un cuerpo muy bien trabajado, vestía una campera de cuero marrón y unos mahones raídos y ajustados, atraía las miradas de las muchachitas que pasaban cerca.

Morris Mulender o M&M , también andaba por los treinta años ... y con un cuerpo parecido al de Ariel, ya que habían intercambiado ropas en Cornell en sus épocas de estudiantes. Había sido un buen prospecto en fútbol americano colegial, pero prefirió su exitoso título de abogado corporativo , con maestría en Fraudes Corporativos de las grandes firmas de Wall Street. Y fiel a su tradición cuando sabía que no tenía que presentarse en cortes y bufetes de abogados, quería cumplir su deseo de no afeitarse en vacaciones….

Pero… ¿cómo se le habría ocurrido la estupidez que éste era un viaje de vacaciones? Despiértate Morris… se dijo esa mañana mirándose al espejo, mientras se afeitaba.

Había cambiado sus exclusivos trajes azul marinos y camisas de puños con gemelos por sus adorados, rotosos y desteñidos mahones y un sweater de cuello volcado blanco, que sabía le resaltaba su espigada figura.

- Eitan Mileikowsky era un calco o una mezcla de sus dos amigos. Había nacido en Beer Sheva, en el centro de Israel.- Se había Graduado Summa Cum Laude en la Universidad Hebrea de Jerusalén con doctorado en Finanzas y Economías Internacionales.

A los veintitrés años y recién graduado, había sido pieza clave para que el FONDO MONETARIO INTERNACIONAL reviera el estatus económico de España, Grecia y Argentina .Habían pasado los años y hoy Argentina,Grecia, España y todo Europa, continuaban sus problemas económicos, lo que confirma que Eitan no estaba tan equivocado cuando lo anticipó en aquel entonces.

Por su trabajo se estableció en Nueva York donde conoció mucha gente y poco a poco fue decantando entre conocidos y amigos

"…no es el tiempo el que dá la categoría de amigo…sino la intensidad de la relación "

Y con un grupo muy especial, poco a poco construyeron una amistad muy sólida, siempre aportando ideas, conocimientos y ayudándose los unos de los otros a todo nivel. Ahora, al lado de M& M y Ari, se decían entre sí que eran la versión moderna de los Tres Mosqueteros de Dumas.

Era un viajero incansable y muchas veces se reía cuando comentaba que hubo momentos que desayunaba en América, almorzaba en Europa y cenaba en Asia.

Sólo le faltaba conocer la Antártida y ese destino no le quitaba el sueño. Era un muchacho simpático, carismático y fácil de hacer amistades. En esos viajes había conocido un sinnúmero de personalidades internacionales que iban a apuntalar estas "vacaciones". Su camisa roja a cuadros y sus vaqueros gastados, hubieran engañado a cualquiera sobre la personalidad de Eitan Mileikowsky.

Además de las destrezas físicas para los deportes como sus amigos, había hecho su instrucción militar en la Tzva de Israel, cosa que endureció su cuerpo y su mente. Tenía gran facilidad para los idiomas y dominaba perfectamente el hebreo, primera lengua, como el árabe, el farsi, francés, inglés y alemán.

Eran tres personas más de las miles y miles que había en el aeropuerto en esos momentos pero ellos casi ni hablaban ni se movían. Ocasionalmente miraban sus relojes esperando con ansiedad los minutos que faltaban para abordar.

Destino : Aeropuerto Ben Gurion- TEL –AVIV, Israel.

A pesar que eran más de ciento cincuenta personas que esperaban turno para la inspección antes de abordar, el trámite fue rápido y Eitan, M&M y Ari, después de comprar en un free-shop un collar para Sarah, por su cumpleaños, caminaron despacio hasta la puerta de embarque… y ya era hora de abordar.

VIAJE A FRANCIA : Objetivo Nicolás Sarkozy

La puerta 5 estaba adornada con los clásicos arbolitos de Navidad y la figura de Santa Claus además de la janukía de ocho brazos por las festividades judías.

Era el mismo movimiento que en todo el aeropuerto pero con gente mayormente occidental de aspecto serio y vestimentas muy sobrias, tal vez por las nevadas en Nueva York y por lo que sabían de las temperaturas que se iban a encontrar cuando llegaran a sus destinos en Europa.

Este año 2012 , ya comenzaba con un récord de tormentas del frío siberiano y que había dejado más de quinientos muertos y los pronósticos no decían que iba a cambiar el clima…continuaría el frío.

François y Joseph eran dos muchachos elegantes y joviales, con aspecto de esos que la vida les pasa al lado sin que se enteren.

François Bollore había nacido en Boulogne cerca de París, Francia, en el seno de una familia adinerada y sus padres desde pequeños a François y a sus hermanos les habían tramitado la residencia norteamericana.

Tras terminar sus estudios secundarios en el prestigioso Collège de France se trasladó a Nueva York para inscribirse en alguna universidad y lo logró.

La primera universidad que contestó y aceptó su aplicación de ingreso , quedaba en Cambridge , Massachusetts…François no estaba muy contento con esa universidad…prefería vivir en Nueva York …pero con desgano y algún …"el mejor consejo que me dieron en mi vida " … se mudó y se graduó con honores en Ciencias Empresariales en la Universidad de Harvard.

En su etapa universitaria nunca hizo ostentación ni de su apellido (aunque en Norteamérica su apellido no lo conocía nadie) ni de su posición económica.

Recordaba con orgullo , que recién llegado a Nueva York , comenzó diferentes trabajos para poder pagar sus estudios y su modesta habitación en un hotelito de la calle 42 .

A pesar que alguna noche casi tuvo que pasar hambre, se negaba sistemáticamente a recibir un cheque de sus padres ni usar un solo dólar del abundante dinero que su familia le había depositado en una cuenta especial del banco.

François usaba otra cuenta bancaria y se sentía muy orgulloso cuando invitaba a alguno de sus amigos y podía pagar aunque sea un triste café.

A lo que nunca se negaba era a usar los pasajes que sus padres le enviaban para compartir unos días ya sea en Paris, Roma o cualquier lugar del mundo entero.

Habían pasado unos cuántos años desde la llegada de François a Nueva York… y sus finanzas personales habían cambiado mucho… en estos momentos, si François invitaba a un amigo, podía pagarle el café y sin que se le moviera un pelo, podría comprarle el restaurante completo.

Había regresado de París una semana antes… a cuenta de su madre… pero este viaje iba por cuenta propia…aunque…propia, era sólo una manera de decir…

Joseph" Joe" Rice, que con su cara juvenil ocultaba su verdadera edad, era un hombre de apariencia muy tranquila. Nacido y criado en Nueva York, nunca se había acostumbrado al vértigo de la gran ciudad y no ocultaba que su gran tiempo de tranquilidad fue cuando estuvo "recluido" en la Universidad de Princeton, donde se había graduado de Ingeniero Aeroespacial y que inmediatamente fue contratado por la NASA para trabajar en el Kennedy Space Center, en Orlando, Florida.

Allí fue que descubrió realmente su verdadera pasión.

Y no precisamente como ingeniero, sino con todos los pasos que siguió para ser, primero piloto de la Nasa y después de muchos años y muchos sacrificios… astronauta.

Como ingeniero aeroespacial, en 1997, se había destacado en el equipo que puso la sonda Mars Pathfinder y la Mars Global Surveyor en el suelo de Marte y que produjeron las mejores informaciones y las imágines del robot Surveyor en la superficie marciana en busca de agua y actividades volcánicas.

Y tras esa exitosa misión, el Congreso de los Estados Unidos, como "gran premio", recortó drásticamente el presupuesto de la Nasa y se despidieron más de 8.000 empleados de todas categorías y Jou Rice , estaba en una de esas categorías.

Con sus conocimientos, sus relaciones y su personalidad, al poco tiempo fue nombrado para dar la cátedra aeroespacial en su Alma Mater , la Universidad de Princeton , en Nueva Jersey.

Estaban esperando a Henry y al verlo a la distancia, sonrieron…Henry no cambiaba nunca…llegaba siempre en foto-finish…pero llegaba…y ahora llegaba acompañado de George y Nicolás Chang… los inseparables hermanos mellizos chino-americanos, a los que había dado transportación y que también viajaban un rato más tarde… pero con destino muy diferente, un vuelo de más de veinte horas hasta Beijing, en China.

Henry apuraba su paso y esquivaba a derecha e izquierda la gente que se cruzaba en su camino… Desde lejos había visto a sus amigos y se imaginaba el sermón que le iban a dar por su tardanza y la respuesta que les daría… de sólo pensarlo, ya se estaba riendo.

Henry Lacombe era un hombre joven, un poco más alto del promedio, simpático, de buena presencia y con una sonrisa franca y permanente en su cara. Siempre muy bien vestido, de traje o casual, demostraba su buen gusto y elegancia con la ropa y su cuerpo lo ayudaba a lucirla.

Hacía valer su fina oratoria en cualquier circunstancia y en cualquier terreno.

 Si bien era cierto que era un prestigioso abogado corporativo y sus fotos eran frecuentes en los periódicos y revistas del jet set, sus éxitos más grandes en los últimos diez años, eran como asesor de imagen entrenando a diferentes artistas, deportistas, empresarios y políticos, con excelentes resultados que se reflejaban en su cuenta bancaria.

Si al principio fue asesor, pronto se convirtió en un verdadero "creador de imagen" y aunque mantenía un perfil bajo con la prensa sobre sus 'creaciones '... eso lo catapultó definitivamente.

Como abogado, se había graduado en Princeton, pero sabía que no había sido un estudiante brillante y ni siquiera lo había intentado... que había aprobado cada uno de sus exámenes con desgano, con lo justo... y sin que le sobrara nada.

Y eso fue lo que le convenció de su éxito.

"Uno no sabe de lo que es capaz, hasta que lo intenta..."-- repetía siempre - y... "si me dejan hablar, no me ahorcan "y hasta ese día, nunca lo habían ahorcado.

Y, cuando se convenció del poder de su presencia corporal y su labia... fue autodidacta...

Perfeccionó una carrera que NO existía. La inventó. Al principio la puso en práctica con algún joven artista y algún político de segunda para experimentar, practicar y ver qué resultados obtenía...

Había tenido éxito y en estos momentos, se daba el lujo de elegir y descartar clientes.

La destreza de un consultor es tratar de encontrar los puntos fuertes de la personalidad del "cliente " y poder maximizarlos, para esconder las debilidades

Claro que el "cliente" tiene que tener la madera necesaria para tener esa nueva imagen... y lo primero que el cliente tenía que tener era carácter... personalidad...además carisma y dinamismo... ése era el potencial... el resto, llegaba solo...y Henry Lacombe, le ayudaría.

Se abrazaron, cambiaron breves saludos...Joseph, que tan sólo le había dado transportación a François, mientras se despedía le dijo a Henry con una sonrisa --seguro que has estado putaneando por ahí, verdad?

--Profesor—no me jodas, - dijo Henry- ya tengo diagramado y grabado en mi mente todo el viaje de François y el mío... el de George y Nicky y todo el tuyo ...para cuando nos veamos ... en Irán o donde sea...

--- Lo sé y les tengo la total confianza—respondió Joe mientras se abrazaba con los cuatro --- cuando se cortó el abrazo, mirando su reloj, les ordenó:...-¿y qué mierda hacen todos aquí... todavía? Vamos... ¡desaparezcan de una vez!

-- El camino largo, se acorta con el primer paso- -agregó François--vamos...

Los cinco sonrieron ... François y Henry debían abordar inmediatamente ... George y Nicky Chang después de abrazarse con Joseph ,Henry y François , se desearon la mejor de las suertes ... y siguieron caminando hasta la terminal de Delta ... todavía estaban temprano para abordar ...

Joseph dió media vuelta y caminó hacia la salida... y sin alejarse mucho se volteó para mirar a sus amigos, se persignó, se dijo en voz baja...que Dios los cuide...y se marchó.

Y François Bollore y Henry Lacombe se dirigieron a la inspección previa al embarque ...la fila para la inspección era de más de 100 personas y fue incómoda pero rápida... enfilaron hacia la puerta número 11, ... y vieron el cartel luminoso que decía ...   vuelo número 316 ....AIR FRANCE – PARIS.

Y los hermanos Chang ,caminando muy despacio, tenían que seguir hasta la puerta 63 donde saldría el vuelo de Delta rumbo a Beijing ,pero estaban con mucho tiempo y se sentaron en una pizzería en los pasillos del aeropuerto a tomar un par de cervezas muy frías , para igualar la sensación de frescura – frío de la calle con esa fuerte nevada.

MIAMI- FLORIDA ENERO 1

Si bien es cierto que los fríos de EEUU en invierno son conocidos, también es sabido que la temperatura en Miami es bastante templada y el termómetro no baja de los 50 F cuando hace frío y el promedio es de 75 F, por lo que convierte a toda la costa de la Florida en un lugar de veraneo durante todo el año.

Miami en especial , es el destino del sudamericano que feliz de hablar el español, encuentra todo lo que existe en Norte América y con un dólar a la baja, es el paraíso soñado por venezolanos, argentinos y brasileros principalmente para invertir en propiedades y los que no pueden invertir en propiedades, llegan con sus maletas vacías, compran todo lo que pueden a mitad de precio que en sus países de origen, veranean, ven los shows preferidos y cuando regresan a sus países, felices de haber hecho la travesía, exageran lo vivido en Miami.

El 1 de Enero, la ruta 95, que corre desde Canadá a Miami, a la altura de Fort Lauderdale estaba casi vacía.sus cuatro carriles en dirección norte-sur era distinto a los demás días que a pesar de tener velocidades de 70/mph.,en horas pico no dan abasto formándose soberanos embotellamientos...

Uno de los pocos carros que circulaba hacia el aeropuerto de Miami era una camioneta todo terreno que mantenía la velocidad máxima que marcaban los carteles. El todo terreno abandonaba la I 95 en la conjunción de la ruta FL 112 según los carteles y tras doblar a su derecha se encaminaba directamente al aeropuerto. Según el GPS estaban a sólo tres millas aunque las pistas de aterrizaje se veían casi desde la entrada de la FL 112.

El aeropuerto de Miami es uno de los aeropuertos de más tránsito en los Estados Unidos y ocupa el primer lugar por el porcentaje de vuelos internacionales y el segundo lugar por volumen de pasajeros internacionales, sólo por detrás del aeropuerto J.F.Kennedy de Nueva York y para el año 2012 se estimaba que más 36 millones de pasajeros viajarían por el aeropuerto de Miami.

Las tres millas finales la hicieron casi a paso de hombre. Una valla indicaba "carretera en construcción " y que un carril estaba siendo re- pavimentado y más de 20 operarios con sus uniformes amarillos y una banda verde fosforescente cruzándoles el pecho , se movían con máquinas moto niveladoras o aplanadoras mientras que por delante un pesadísimo camión Mack volcador iba desparramando cientos de kilos de bitumol, asfalto y hormigón bien caliente , que en contraste con el frío del piso, levantaba un suave y oloroso vapor . Todo perfectamente controlado por computadoras operadas por el mismo conductor desde la cabina del camión.

Así y todo, siempre eran necesarios los obreros con sus palas, escobillones y rastrillos para los retoques finales.

De pronto otra señalización que indicaba el "fin de construcción "hizo que el tránsito aligerara y en cinco minutos el" todo terreno" se detuvo frente a las puertas de American Airlines.

Steve Ryan, Edward O'Neil y Frankie Dukos bajaron de la embarrada camioneta.

Sus camisas blancas almidonadas, sus corbatas clásicas en un solo tono, sus pantalones impecables y sus zapatos negros brillantes, contrastaban totalmente con el vehículo, que parecía que hubiera pasado los Everglades por el medio.

Abriendo la puerta posterior, cada uno tomó su chaqueta, su pequeña maleta y su bulto de mano.

Acto seguido, se abrazaron suavemente con James, el conductor.

--James, no me aprietes que debo estar impecable-dijo en su turno Edward, con una gran sonrisa.

---No hay cuidado- replicó James- Al regreso no habrá protocolos.

Todos rieron festejando la ocurrencia. Y la expresión corporal lo decía todo.

Se notaba la fuerte camaradería en el grupo.

Hay veces que las palabras están demás.

Poniendo sus dos pulgares para arriba deseando buena suerte, James subió a su camioneta y vió por el espejo retrovisor como sus amigos se dirigían con paso apresurado al mostrador de American para retirar sus pases de abordar rumbo a Washington D.C.-

Las maletas y el bolso de mano irían con ellos.

No era tiempo de jugar con el horario.

Y mientras estaban en la fila vieron como Jonathan Santana , Peter Ocampo y más atrás Raúl Frías , de la misma fraternidad en su época de estudiantes y ahora exitosos profesionales y miembros del "clan", caminaban luciendo distraídos ,hacia el espacio de Avianca que los iba a llevar a Caracas , en Venezuela.

Pero ellos estaban con tiempo de sobra para el embarque…

En la última semana y casi diariamente se había reunido todo el grupo y habían sincronizado hasta los más mínimos detalles.

Todos sabían los movimientos de todos. La noche anterior había sido el ensayo final, hoy era la puesta en escena para todos.

Se saludaron a la distancia. Habían aprendido que las emociones se quedaban en casa…

Peter y Raúl entraron en una tienda de souveniers mientras la señorita de American repetía sin levantar la cabeza…próximo…próximo en fila… y los próximos en fila eran Edward… Steve y Frankie Dukos.

Y antes de embarcar, Edward O"Neil hizo la llamada convenida. Además, estaba preocupado…había quedado pendiente la localización del Cadillac.

Llamó a Richard Kent que le dió la buena nueva…todos los Cadillac ya estaban en la posición convenida…cosa que lo tranquilizó…iban en busca del Presidente de los ESTADOS UNIDOS…!!... no podían secuestrarlo en una bicicleta…!!!

WASHINGTON DC: Objetivo BARACK OBAMA

Steve Ryan , Edward O"Neil y Frankie Dukos habían llegado a Washington, tomaron un taxi e inmediatamente se dirigieron a la avenida Pennsylvania al 1600 , la Casa Blanca. Tenían la cita programada por el Papá Warren a las 11 de la mañana así que estaban cómodos de tiempo aunque no contaban con que justo frente a la casa presidencial, una manifestación con carteles en apoyo a los indocumentados y latinos hacía hervir la avenida aunque en esos momentos caía nieve.

Eran unos trescientos manifestantes y también unos trescientos policías, se mantenían a distancia prudente por si los ánimos se caldeaban… era una manifestación como las que hay diariamente y si el presidente hubiera estado en su oficina, a través de la ventana, hubiera visto cómo se desarrollaban los acontecimientos… pero todo lucía bajo control.

Edward O Neil, Frankie Dukos y Steve Ryan ,se identificaron con un agente de seguridad del campus. Este, a través de su "woky-toky" comprobó que la cita figuraba en la agenda presidencial…pero era día festivo…y no había citas para la oficina oval…confirmó dónde estaba el presidente…y pidió que enviaran dos agentes de la seguridad personal del presidente para que acompañaran a los tres jóvenes.

 En un abrir y cerrar de ojos, dos personas corpulentas, de más de 6 pies y 280 libras cada uno, aparecieron por detrás de los muchachos.

--Ellos son los señores de la cita—dijo el guardia que los había identificado.

--Nos van disculpar pero necesito volver a identificarlos -- dijo uno de los agentes recién llegados -- y agregó--pero primero pasemos esta reja.

Cruzaron la puerta de rejas que separa la avenida del gran parque ,blanco por la nevada, se identificaron nuevamente mientras llegaba una Caravan que los iba a trasladar los 100 metros que había hasta el gimnasio detrás de la Casa Blanca. Se quitaron la nieve que tenían sus abrigos y se acomodaron en la Caravan que los llevaría a iniciar su tarea.Los tres amigos se miraron, sonrieron y seguramente pensaron…

Todo estaba comenzando bien…

CARACAS, VENEZUELA
Objetivo: HUGO RAFAEL CHAVEZ

El avión de Avianca tocó pista y todavía estaba carreteando a su llegada al aeropuerto Simón Bolívar de Caracas … la voz de la azafata estaba dando instrucciones para los pasajeros que estaban en tránsito y debían conectar con otros vuelos…también decía la hora y la temperatura de la ciudad y pedía no desabrochar los cinturones hasta que la nave estuviera completamente detenida …daba las gracias por volar con la línea y … que ya se podían usar los teléfonos celulares.

Dos minutos antes que se escucharan esa serie de recomendaciones…Peter Ocampo y Raúl Frías habían prendido sus teléfonos y ya estaban recibiendo señal… y casi todos los pasajeros estaban en la misma situación.

Habían tenido un buen viaje y disfrutado de un snack con lo que acortaron aún más el viaje de menos de tres horas .

Se distrajeron viendo el hermoso espectáculo gratis que ofrecen las nubes desde el cielo, con sus diferentes dibujos y colores … a veces planas , muy blancas y serenas, a veces puntiagudas y oscuras y todo ese escenario cambiaba en minutos o menos… una obra de arte de la Naturaleza que tanto Raúl y Peter disfrutaban… Jonathan, según él siempre lo había dicho, disfrutó más que todos, pues se quedó dormido antes de despegar el avión y todavía estaba ajeno al movimiento de las ciento cincuenta personas paradas al lado de sus asientos, esperando para bajar.

---Hola Rodrigo, es Raúl—dijo Frías cuando atendieron el teléfono.

---Hola Raúl -- como estás ¿ya llegaron? --preguntó Rodrigo

--Estamos todavía en el avión , pero te llamo para que sepas que estamos aquí y que ya te puedes ir acercando..---pidió Raúl

--Están los tres, verdad? - siguió Rodrigo

--Afirmativo… ven con la camioneta, por favor—contestó Raúl

--No problem… salgo para allí, creo que estoy en quince…--

--Guía con cuidado… minuto más o menos…pero guía con cuidado- insistió Raúl

---No hay problema, hermano… salgo para allá… los veo en la puerta…ok?

--OK – y Raúl enganchó.

Los trámites de Migraciones y Aduana fueron rápidos, primero porque sólo llevaban el bulto de mano y segundo y más importante, porque eran ciudadanos venezolanos.

Y como había anticipado Rodrigo, cuando salieron por la puerta a los quince minutos, se encontraron y los cuatro se dieron los abrazos de rigor y se montaron en la amplia camioneta de doble cabina.

El aeropuerto Simón Bolívar queda en Maiquetía y está en una especie de meseta que no es muy alta, (casi veinte metros a nivel del mar) pero que afecta los oídos de los taxistas, en su ir y venir varias veces en el día para recorrer los 18 km hasta la ciudad de Caracas... y después de años, muchos de los taxistas sufrían pequeños trastornos de presión.

Guiaba Rodrigo y saliendo del aeropuerto cruzó las angostas calles de Maiquetía llenas de comercios y tiendas con muchos turistas, que le daban un colorido especial, hasta llegar a la avenida Carlos Soublette , donde después de avanzar unas pocas calles casi a paso de hombre , empalma directamente con la autopista Caracas- La Guaira y recién allí , Rodrigo pudo poner la cuarta velocidad.

Aunque viajaban con relativa frecuencia a Caracas, los tres muchachos miraban el paisaje y cuando las montañas al borde de la autopista permitían ver el mar, el panorama era sencillamente fantástico.

Distraídos por el viaje, habían hablado poco entre ellos... pero entrando en Caracas, sonó el celular de Jonathan.

--Hola, campeón... te dejé un mensaje hace media hora...desde el avión... estoy aquí con Peter y Raúl.----dijo Jonathan

La persona que hablaba, Norman Duncan, lo hizo por dos minutos seguidos y a medida que pasaban los segundos... la cara de Jonathan iba cambiando... se puso roja...se puso blanca y siguió con una palidez que asustó a todos... y Jonathan no hablaba y tan solo asentía con la cabeza...-

---Gracias por avisarme... lo converso y te llamo.--.-balbuceó Jonathan, casi sin voz.

--¿Qué pasa, macho ?—preguntaron casi juntos los tres

--Me informaron que el presidente tuvo que viajar de urgencia y que ahora está en Cuba---tiró como un cañonazo Jonathan

--Cómo va a ser éso?.. —preguntó Rodrigo

¿ Cómo no te enteraste, Rodrigo? -- reclamó Peter

--Esta mañana lo ví en todos los noticieros…y no comentaron nada del viaje del presidente…sí se sabe que siempre tiene sus escapadas…está en las radios y por la televisión a todas horas…uno lo vé dando charlas por televisión y resulta que no son en vivo…los graban mientras el hombre se larga por ahí… Pero, según dicen, casi a escondidas, que el presidente está enfermo…son sólo rumores...pero también puede ser cierto…--y continuó Rodrigo--el pueblo no sabe de qué…pero se comenta que está enfermo… aunque puede ser que la oposición largue esa información… así que salió hoy para Cuba ? … cómo te enteraste tan rápido?... Tal vez sea cierto que está enfermo y lo quieran tratar allí y…qué importancia tiene que Chávez esté de viaje.?

Ahora , los tres escuchaban paralizados a Rodrigo… y Rodrigo no entendía por qué les había afectado tanto esa noticia a sus amigos.. Y nunca lo sabría.

Llegaron en silencio hasta la calle Urdaneta en el barrio La Castellana y dos cuadras adelante , en la avenida Eugenio Mendoza, vieron los carteles del Reinassance Caracas , dónde ya tenían sus reservaciones.

Alegando que estaban muy cansados, le dieron las gracias a Rodrigo por el transporte…se despidieron y se registraron en el lujoso hotel… que ya no les serviría de nada.

PUTA MADRE ….CARAJOOOO!!!!! …. ésto no estaba programado…

BEIJING, CHINA Objetivo : " Premier "WEN JIABAO

George y Nicky Chang eran los mellizos solteros más codiciados y no sólo entre la colonia china de Nueva York.

Jóvenes profesionales de buena apariencia, encanto personal y muy buenos modales…no sólo eran hermanos sino que además eran amigos entre sí .

Hijos de un agregado naval de China en EEUU y de una heredera del emporio de leche en polvo en China , habían nacido en Nueva York y mudados desde pequeños a la capital ,Washington D.C, por las labores de su padre, un reconocido ingeniero geólogo chino ,al que su gobierno le había encargado una serie de estudios sobre plataformas submarinas. Los resultados obtenidos fueron excelentes para las pobres expectativas que tenía el gobierno en esos momentos y era tal el entusiasmo desatado que le sugirieron a Paol Chang que se adscribiera a la Marina China , que tendrían mucho trabajo para él y su equipo y que además, a nivel personal,tenían buenos planes para él y su familia.

Paol Chang ni lo pensó…una sugerencia política era como una orden encubierta…se inscribió en la marina y al muy poco tiempo y por razones políticas que Paol Chang nunca comprendió, era ascendido al rango de capitán y … el muy buen sueldo de un Capitán de Marina no era para preguntar el por qué del súbito ascenso.

Un par de años más tarde el nepotismo apareció nuevamente y fue ascendido a Capitán de Navío.

Después de hacer un college brillante, los mellizos Nicky y George ingresaron a la Universidad de Harvard, donde su padre tenía muchas amistades entre los catedráticos y su madre era frecuentemente invitada para dar conferencias…

El campus de Harvard para los mellizos era un lugar muy frecuentado en su pubertad… y de mayores fue su hogar mientras George cursaba la carrera de Política Económica Internacional y Nicky Chang, Macroeconomía Contemporánea.

Ambos fueron estudiantes aventajados en sus respectivas clases y se graduaron con honores.

Compartían mucho del tiempo de estudios y aventuras juveniles con un estudiante recién llegado de Francia y al poco tiempo se hicieron muy amigos, amistad que continuó cuando los tres se mudaron a Nueva York y por unos meses compartieron la renta de una súper casa …hasta que cada uno compró su lujoso apartamento en el área del Central Park… ese estudiante francés , François Bollore ,los introdujo en un selecto grupo de profesionales, con los cuales congeniaron y con los años , forjaron una profunda amistad…ya eran parte del clan… y en el clan , por su ascendencia y conocimientos de China y sus personalidades , se había decidido durante las reuniones en la casa de Richard Kent que eran los más idóneos para " la misión en China" ... y ahora, en menos de dos horas...comenzaría esa aventura ...

Se tomaron dos cervezas cada uno... comieron papas fritas y maníes de bolsa... recogieron sus maletas y el bolso de mano y ya estaban en horario para embarcar... pasaron por un baño de caballeros... se "deshicieron" de las cervezas recién tomadas y se acercaron a la puerta de embarque para pasar los controles de seguridad... trámite que les tomó casi media hora y ya no tenían mucho tiempo para llegar hasta la puerta 63 ... apuraron el paso cuando una señorita de Delta estaba llamando para abordar el vuelo número 141 con destino a Beijing... y ése era su vuelo...

Al llegar al salón de la puerta 63, George utilizó su celular para reportarse como habían quedado... las noticias que recibió de Norman Duncan primero y Richard Kent confirmándolas , no fueron las que les hubiera gustado escuchar a George Chang .

Y los mellizos esperaron pocos minutos hasta que por número de fila les tocó subir... comenzaba un nuevo viaje de los muchos que habían hecho a China... pero éste no se parecería a ninguno de los anteriores...

El viaje de casi veinte horas a Beijing esta vez les pareció más largo que de costumbre a los mellizos George y Nicky Chang... las ansias de llegar ... hacía que ese viaje fuera interminable...

Tenían muchas amistades en Beijing... pero esta vez no visitarían a ninguno de sus familiares...ni amigos...no padres, no tíos, ni primos, que eran muchos, en este viaje...

Ni paseos por los centros turísticos... no exposiciones de arte y ferias de las que abundan últimamente en China... este viaje era únicamente para conversar y convencer a Wen Jiabao, el primer ministro de China ... el hombre que tenía más poder que el mismo presidente.Y se lo iban a llevar...aunque lo convencieran o no...se lo iban a llevar.

Wen Jiabao era un ingeniero geólogo que tras años de militancia efectiva en el Partido Comunista de China llegó al poder por personalidad...

De hablar pausado y agudeza para llegar a la gente ,se lo caratulaba regularmente como populista... empleaba tácticas que serían normales en Occidente, como dejarse fotografiar después de algún desastre de la

Naturaleza, como en una inundación… ayudando a evacuar gente… o en algún gran incendio… visitar la provincia y acercarse a los vecinos en cuestión, para dar aliento a los damnificados…siempre en trabajos altruistas y muy fotografiados…y siempre sus apariciones eran muy fotografiadas.

Su forma de hablar suave , sus charlas directas con el pueblo , como cuando después de una gran tormenta de nieve y el pueblo estaba ofuscado con los retrasos del ferrocarril… con su serenidad estuvo charlando con la gente molesta y apaciguó ánimos hasta que se normalizaron los servicios y siempre con sus amenas charlas pro-obrero . Era la persona que contagiaba tranquilidad al pueblo , en los momentos difíciles.

Con su actitud , le valió ganarse el mote de "el premier del pueblo" por la prensa local e internacional y que a Wen no le molestaba… al contrario… en su fuero interno lo halagaba… pero reconoce que le han creado problemas hasta con el presidente y el Politburó Chino que muchas veces, lo vé como disidente dentro del mismo partido.

Pero el mismo politburó reconoce la sagacidad de Wen Jiabao para mantener y mejorar la economía en los últimos años… a nivel que se dice que en muy poco tiempo… China será la primera potencia mundial y los chinos se lo deberán en principio a Wen Jiabao…y en segundo lugar a Hu Jintao , el presidente de China , que escuchaba siempre con atención a Wen, que ahora era el protegido preferido de Song Ping , como lo había sido Hu Jintao en sus comienzos y por supuesto, compartía totalmente , las opiniones de Wen Jiabao.

George y Nicky Chang sabían que tenían una empresa muy difícil y complicada… más sabiendo que el Tío Warren quiso comunicarse con Wen Jiabao y el premier no atendió las llamadas…El general Colin había dejado varios mensajes sin resultado alguno…ahora había que reprogramar las próximas acciones a seguir… otros planes… había que utilizar otros contactos… pero sabían que cuando se cierra una puerta… se abren diez ventanas… y por alguna de ellas, iban a entrar. Y lo iban hacer.

La esperanza es lo último que se pierde…y los mellizos eran perseverantes… agotarían todas sus posibilidades… pero su ascendencia china no les tapaba la mente…

Sabían muy bien que China no es Norteamérica y que en Beijing… cualquier paso en falso… se paga con el fusilamiento en público… y si en el politburó fueran generosos… tal vez con dos cadenas perpetuas para cada uno y los mellizos tenían nada más que treinta y cuatro años…

Durante el viaje…leyeron…comieron …vieron películas… durmieron … pero no descansaron y el avión de Delta , ya estaba llegando a Beijing … al aeropuerto más grande del mundo físicamente y un movimiento de tránsito de setenta y seis millones de pasajeros al año.

Cumplidos los trámites de Migraciones y Aduana se dirigieron a la puerta de salida de la capital del país más populoso del mundo…

Tomaron un taxi para que los llevara los veinte kilómetros hasta el Hilton Beijing Hotel en el número 1 del Dong Fang Road.

En el recorrido , quedaron maravillados por los grandes cambios que tenía Beijing en el último año en lo que respecta a construcción , con varios rascacielos al estilo Hong- Kong, la cantidad de negocios con nombres muy reconocidos en las principales avenidas de Londres , Nueva York y París, autos de lujo en las calles … las vestimentas de la gente..los Mc Donald's , los Starbucks y los Saks 5th Avenue , demostraban que China estaba cambiando y a pesar de su etiqueta cercana de Popular Comunista estaban comenzando a copiar lo mejor y lo peor del capitalismo norteamericano y los mellizos estaban seguros que detrás de ese cambio , estaba la mano y la mente de Wen Jiabao.

El taxi llegó al hotel y los mellizos, tras registrarse fueron a la habitación asignada en el piso 15 del moderno hotel con vista panorámica a la ciudad…poco después de quitarse los zapatos y antes de tirarse en las camas… George Chang tomó el celular y se comunicó con Richard Kent… que estaba esperando la llamada…hablaron muy poco… nada había cambiado desde la última llamada …pero todo debía continuar según lo planeado.

Se ducharon… y casi sin secarse , se acostaron …lo mal dormidos en el avión y las veinticuatro horas de diferencia con Nueva York hicieron que Nicky y George se durmieran de inmediato y no escucharan la musical campanilla del teléfono de la habitación que estuvo sonando por más de quince minutos.

VIAJE A ISRAEL
Objetivo : Primer Ministro BENJAMIN NETANYAHU

Cuando el poderoso 747 de EL AL , que iba a mitad de su capacidad de viajeros , se estabilizó a 35.000 pies de altura , Eitan sacó de su pequeño maletín su computadora portátil.

Papa Warren y Tío Colin les habían recomendado máxima discreción y en la última semana ni Eitan ni sus amigos Mose y Ari casi no habían usado sus teléfonos celulares.

Ahora, ya en las alturas, iba a enviar unos e-mail a sus padres y a algunas personas más, aparte, tenía 18 horas para pensar, dormir y soñar con sus proyectos.

Con total parsimonia acomodó su lap-top cuando la voz de Ari le volvió a la realidad.

--Averíguame como salieron los Knicks y en voz baja agregó – cuidado con lo que escribes.

---No hay cuidado," EL AL no es sólo una línea aérea. ....es Israel "-- bromeó, usando textualmente el slogan publicitario de la línea aérea.

Dos filas atrás de ellos, dos señores cincuentones, tomados de las manos, hablaban en voz alta con una señora de la fila opuesta, explicándole que regresaban a su casa en Israel, después de unas vacaciones y que estaban formalmente casados en Canadá y que Israel años atrás, había reconocido a los matrimonios del mismo género casados en el extranjero.

Uno de los señores que se tomaban de las manos era Yossy ben Ari,un general (R)del ejército y Eitan lo reconoció por haber sido parte de la delegación que estuvo en Camp David para el acuerdo de israelíes y palestinos, evento muy publicitado y que terminó en fracaso...además su boda en Canadá, tiempo atrás, era de las primeras entre gente del mismo sexo y había tenido mucha difusión y las fotografías de esa boda, fueron tapa de todos los periódicos de Israel.

El vuelo transcurría sin novedades y los pasajeros en esas once horas , como en todos los viajes largos, comieron, vieron películas y durmieron.

45

En esos mismos momentos y con el mismo atardecer en los cielos, un jet A 320 de Air France con François Bollore, Henry Lacombe y ciento cuarenta pasajeros más, comenzaba su descenso en el aeropuerto Charles de Gaulle, a escasos 25 kilómetros de Paris.

Y con un par de horas de diferencia, en el intercom del Jumbo de EL AL se escuchó en varios idiomas la voz de la azafata anunciando el próximo aterrizaje en Tel Aviv.

Ahora había que poner en práctica lo planeado.

El aeropuerto internacional Ben Gurión es el aeropuerto internacional más grande de Israel, está cerca de la ciudad de Lod y como a 10 millas al sud este de Tel Aviv.

Antiguamente era conocido como Aeropuerto de Lod ,pero con el correr de los años , las autoridades decidieron cambiarle el nombre a "Aeropuerto Internacional Ben Gurión" en honor a su fallecido primer Primer Ministro David Ben Gurión, una de las figuras más sobresalientes en la época moderna de Israel.

Por como fueron construidas las pistas y torre de control, es considerado uno de los aeropuertos más seguros del mundo en ascensos y aterrizajes de aviones.

Cuenta con dispositivos de ayuda muy sofisticados tales como VOR – DME además de todos los instrumentos modernos de la más alta tecnología aeronáutica .

Asimismo, por la extrema vigilancia policial y del ejército israelí en el control de pasajeros entrando y saliendo , nunca se registraron actos de piratería aérea o secuestro de aviones tan comunes en las décadas de los 70' 80' y 90' hasta el día de hoy.

Sin embargo, cuando aún se llamaba aeropuerto Lod, el 30 de mayo de 1972 fue objeto de un ataque terrorista por parte de una célula del grupo llamado Ejército Rojo Japonés y la colaboración del Frente Popular para la Liberación de Palestina.

En esa fecha, tres jóvenes japoneses con apariencia de músicos, por los estuches de violín que portaban, llegaron en un vuelo de Air France procedente de Roma, sacaron de sus estuches armas y granadas e indiscriminadamente abrieron fuego hacia donde hubiera gente.

En menos de cinco minutos dos de los tres japoneses fueron abatidos por los agentes de seguridad del aeropuerto y el tercero fue herido y arrestado, pero ya habían dejado veintiséis personas muertas y más de trescientos heridos en ese episodio que fue tristemente llamado La Masacre de Lod.

De las veintiséis personas muertas, dieciséis eran puertorriqueños y un dominicano de una congregación cristiana que hacían su peregrinación a Tierra Santa y nueve israelíes, entre los que se encontraba Aharon Katzir, un físico-químico reconocido mundialmente y hermano de quién después fuera el cuarto presidente de Israel, Efrain Katzir desde 1973 hasta 1978.

Después de pasar por el control de Migraciones y Aduanas, Ari y Mose se reunieron con Eitan, que por ser israelí de nacimiento había pasado por la cabina de 'ciudadanos' y los esperaba mientras mantenía una alegre charla en su celular.

Juntos se dirigieron hacia la salida y en menos de un minuto, un auto, conducido por una juvenil y alegre muchacha rubia, estacionó frente a ellos.

PARIS, FRANCIA
Objetivo: NICOLAS SARKOZY

París es hermoso de noche… con su imponente Torre Eiffel y monumentos iluminados, sus restaurantes, su Moulin Rouge, su Place Pigalle, sus galerías…

De día, sus bellos parques, sus museos, sus arcos, su historia.

La avenida des Champs- Elysses con sus 2 kilómetros de largo y 70 metros de ancho debiera ser considerada como una de las 7ma. Maravillas.

Pasando por las Tullerías, la plaza de la Concordia , el exquisito arte gótico de la iglesia La Madeleine con sus cincuenta y dos columnas corintias de veinte metros de altura .

Marie-Madeleine o simplemente la María Magdalena es el nombre de esta extraordinaria obra de la arquitectura del siglo XIX, siendo una de las más visitadas por los turistas y contempladas al igual que las arquitecturas sobresalientes como La Opera… el museo de Louvre…la Catedral de Notre Dame…o El Palacio de Versalles, siempre con sus imponentes jardines.

Llegando hasta la rué Charles de Gaulle nos encontramos con el Arco del Triunfo que parece custodiar la tumba del Soldado Desconocido. Monumentos como Le Petit Palace o Le Grand Palace y el mismísimo Teatro de Champs-Elisses, por supuesto, todos en medio de jardines floridos, son la delicia de los turistas y los parisinos.

Muy cerca de allí, en la rué du Faubourg Saint-Honore número 55, se encuentra el majestuoso Paláis del Elysee o el Palacio Presidencial Francés.

A las 9,45 el Cadillac que guiaba François Bollore iba lento por el boulevard du Cirque que conecta con la rué du Saint-Honore bordeando los cuidados jardines del Palacio Presidencial hasta llegar a su entrada principal.

Henry Lacombe , su acompañante , miraba todo embelesado…había vivido casi cuatro años en París y lo había visitado diez veces más pero siempre París había sido un imán para él.

La placa oficial del auto había permitido sortear los controles de ingreso y tan sólo al bajar François y Henry Lacombe , se acercaron dos agentes de seguridad del palacio. Tras identificarse y se constatara el motivo de su visita, fueron escoltados por los agentes de seguridad directamente al Salón de los Espejos, que era una amplia sala con lustrosos muebles oscuros de caoba.

Una mesa ovalada y diez sillas tapizadas en cuero con un degradé del marrón al beige con botones dorados, decían que esa sala era utilizaba como conference room para algunas reuniones.

Dos sofás con el mismo esfumado de cuero haciendo juego, completaban el mobiliario sobre una alfombra persa que cubría más de la mitad de la sala.

Dos de las paredes tenían espejos (de ahí el nombre de la sala) trabajados desde el techo hasta el piso, lo que hacía lucir esa sala aún más grande de lo que en realidad era.

En otra de las paredes había un hermoso y antiguo reloj de péndulo que en esos momentos comenzaba a marcar las diez campanadas.

En la pared que daba a la puerta había un cuadro muy bien enmarcado y cubierto con un cristal de media pulgada, el cuadro tal vez era pequeño para esa pared tan grande, pero su contenido era tan grande como toda Francia:

LA CONSTITUCION FRANCESA

Y un poco más abajo, en letras doradas, tres palabras para la Humanidad...

LIBERTAD   IGUALDAD   FRATERNIDAD

Los agentes de seguridad invitaron a sentarse a François y Henry mientras ellos, recelosos, discretamente no perdían detalle de los movimientos de los dos jóvenes.

Con el último tañido del reloj de pared, se abrió la puerta...
Señores...– dijo uno de los custodios--- el Señor Presidente de Francia...

El presidente de Francia miró a los dos visitantes, sonrió y con esa sonrisa se dirigió a los guardias...

--No hay cuidado, André—François y Henry son como de la familia....y señalando a François, añadió- a este grandulón yo lo tuve en brazos cuando nació.

Los guardias salieron, cerrando la puerta.

49

El presidente de Francia, Nicolás Sarkozy, era un hombre joven y simpático. Su baja estatura en comparación con las visitas, se acentuaba más.

Se acercó a François Bollore y le dió un abrazo interminable matizado con dos sonoros besos, clásicos de los saludos franceses y repitió con Henry casi con la misma intensidad.

Vestía informalmente con pantalones de franela gris , su camisa celeste y un pañuelo de seda rojo al cuello haciendo juego con su pullover.
Esta cita no era parte de su protocolo. Estaba con sus amigos.

Después de preguntar si los muchachos habían comido algo y tener respuesta afirmativa, por un intercom pidió el desayuno para tres.
Henry y François se miraron… para que les había preguntado?
¿Cómo están tus padres? -- le preguntó mirando a François.
--Mamá está muy bien y siempre te envía sus recuerdos, el que está medio bajo de ánimo es mi padre, que todavía no sabe que estoy en Francia y ésa es la razón de mi visita.
El presidente lo miraba atentamente- -- ¿qué le está pasando al viejo Vincent…?
--Realmente no lo sé… cuando hablé con él, me dijo que se sentía extraño, que le gustaría verte…pero no sé más…
--Pero…-¿es problema de salud… de ánimo, o qué pasa?—
--Sé que estaba negociando algo con compañías marítimas de África… pero no creo que sea eso… creo que le está faltando la compañía de un amigo…
Se escucharon unos suaves golpecitos en la puerta y el sí… adelante, del presidente.

Un camarero impecablemente uniformado y de guantes blancos , entró con un carrito trayendo un colorido desayuno compuesto de frutas frescas ya decoradas en su corte , diferentes jugos de frutas, mantequilla, una tetera y cafetera de reluciente plata al igual que los cubiertos y las bandejas , repletas de panecillos y croissants recién horneados.

--Gracias… Antoine- dijo el presidente al camarero mientras éste salía.

Acercó una silla al carrito para que quedara equidistante de los tres , sirvió después de preguntar, el jugo de naranjas y un humeante café para todos.
--Lo próximo se lo sirven ustedes…- exclamó jovial- continúa François…
 Esta vez Henry tomó la palabra.

Henry no le era desconocido al presidente y el presidente lo valoraba y mucho... Posiblemente Henry era quién más conocía con profundidad al presidente.

Don Vincent Bollore lo había presentado y recomendado en una reunión social de la embajada francesa en Milán en el año 1994, cuando el presidente no era aún presidente y Henry Lacombe pasó a ser el principal asesor de imagen y luego uno de los principales asesores de su campaña.

Había sido Henry quien le indicó cuáles eran las palabras claves que debía usar en cada charla...había sido Henry quien había escrito los discursos que hacía que los franceses terminaran con sus manos rojas de tanto aplaudir...Henry hizo hincapié en mejorar la expresión corporal de Nicolás Sarkozy y Nicolás Sarkozy fue un discípulo excelente y ganó con comodidad la presidencia con casi el cincuenta y cuatro por ciento de los votos.

Henry había hecho un buen trabajo pero Sarkozy tenía madera de sobra para lo que Henry Lacombe pedía.

Las interminables noches y las muchas horas compartidas en esa época, habían contribuido y afianzado esa amistad. Y cada vez que había oportunidad se encontraban... aunque últimamente no había muchas oportunidades.

--Lo que le pasa a don Vincent es tan solo necesidad de descanso, descanso mental... que no es el descanso de estar en una reposera con " Le Cooperateur", la revista financiera ,sino con un verdadero amigo charlando del tiempo y de tiempos pasados, chistes , amoríos, boberías como las que pueden hablar amigos... --y continuaba Henry-- El no tiene un sólo amigo cerca o algo para distraerse y eso lo tiene muy deprimido...los médicos dicen depresión... pero Don Vincent se ríe y no le hace caso y decae un poco todos los días...
Es cierto—agregó François con estudiada tristeza - papá en el último año envejeció como veinte años. Lo que más me duele es esa mirada vacía ... perdida como si estuviera en otro mundo...

Los tres comían... tomaban sus cafés... sus jugos...
--Me dá mucha pena lo que dicen...y en realidad, no me gusta escuchar esto de Vincent...creo que lo voy a llamar ahora mismo –dijo el presidente.

François y Henry se miraron sorpendidos...Era el mejor momento de actuar.

Casi al unísono dijeron...!! No ¡!--...tenemos una idea mejor... sí es que tú puedes...

Ahora fue François el que habló dirigiéndose al presidente:
--¿Te acuerdas de las vacaciones que pasamos en Ajaccio?
--- ¡Claro que las recuerdo ¡---dijo Nicolás Sarkozy--fueron las mejores vacaciones de mi vida...--- y mirando a Henry agregó -- y ...-¿ tú sabes lo que paso ahí , verdad?

El presidente se refería a que el mismo día después de haber ganado las elecciones, fue invitado por la familia de François, con los que los unía una vieja amistad , a navegar por el Mediterráneo y vacacionar en Córcega . La prensa no había visto con buenos ojos esa decisión, desatando toda clase de conjeturas sobre conflictos de intereses entre la relación de ese entonces presidente electo y un supermillonario.
En aquellos momentos, todos los partes de prensa del futuro presidente de los franceses, salían de la computadora de Henry, su asesor de imagen, desde las terrazas de la mansión de los Bollore, en Ajaccio, capital de Córcega mientras todos los invitados, que eran más de cien, disfrutaban las magníficas playas de arena blanca de la conocida como ''La Isla de la Belleza ''.-
En aquél momento ,los partes enviados por Henry lograron calmar los ánimos y ese incidente pronto cayó en el olvido.

--¿Cómo no recordarlas...? -dijo Henry Lacombe– Para mí también fueron las mejores vacaciones de mi vida... aunque trabajamos más que nunca.
---Me parece una buena idea pero ..- dijo el presidente-- No sé si ustedes sabían que hoy por la tarde voy a Italia a reunirme con mi esposa que está allí desde la semana pasada con sus padres. Mis vacaciones extra-oficiales comienzan hoy—y pensando en voz alta continuó - ...aunque al pueblo le va a gustar que en lugar de Italia mis vacaciones las tenga con mi esposa aquí...en Córcega, que es un gran rincón de nuestra historia...--

--Ahí está el favor que quiero pedirte- dijo François- me parece que esta reunión con papá debería ser de hombres solos... sin esposas , hijas, ni nadie que los distraiga.. La idea es que haya cuatros o cinco de los que sé que en verdad son sus amigos y en tres o cuatro días que compartan alegrías, juventudes y recuerdos, cada cual a su casa... ¿ Comprendes la idea...?

El presidente frunció el ceño –No es que no me agrada tu idea pero... cada vez que yo me muevo tengo que dar mil explicaciones y gente que debe acompañarme... eso ya está establecido y no me va a ser fácil cambiar un programa que lleva en estudio más de un mes -- y agregó -- cada paso de un presidente, arrastra un saco lleno de burocracia ...

--- ¿Y qué pasaría si te comunicas con tu esposa, le dices que estás engripado, o te surgieron imprevistos y en tres o cuatro días viajas a Italia? – preguntó François.
---Mi esposa querrá matarme... pero ya está acostumbrada a esos resfríos míos--- dijo el presidente, sonriendo...

A pesar de nunca haberlo reconocido públicamente, al presidente de Francia tampoco le gustaba estar las veinticuatro horas custodiado por sus agentes de seguridad y cada vez que podía escapárseles lo hacía y aunque sabía que estaba poniendo en aprietos la seguridad de la República, siempre era reincidente... pero esta vez había una verdadera razón... su amigo Vincent lo necesitaba como amigo...No como Presidente y como amigo... lo iba a ver.

BARACK OBAMA...
PRESIDENTE...BALONCELISTA...BEISBOLISTA...

Y Edward, Frankie y Steve, comprobaron rápido que el presidente de los EE UU había cumplido con una de sus promesas no bien fue proclamado presidente..."haré construir una cancha de baloncesto totalmente cubierta en el lugar que hoy está el "rodeo" había dicho Barack Obama a la cadena HBO ,en una entrevista para el programa HBO Sports."--en alusión a la pista de rodeos que se había construido durante la primera presidencia de George W Bush y había ampliado la noticia--- "La política y el baloncesto tienen casi los mismos principios... cuando todo funciona bien,

la gente pasa el balón y los tiros entran... Jugar o ver un partido de baloncesto me hace sentir bien'' – había dicho en esos momentos.
Edward O'Neil, Steve Ryan y Frankie Dukos después de varios chequeos físicos y de sus bultos de mano fueron llevados hasta el gimnasio contiguo a una cancha de baloncesto cubierta, con sus aros y tableros de acrílico a la altura profesional reglamentaria, los relojes que marcan los segundos de posesión del balón, y un tablero que indicaba local /visitante para la puntuación y un espacio de gradas bajas alrededor del rectángulo.

Un sistema de cámaras grababa desde diferentes ángulos lo que ocurría en la cancha y las gradas, aunque nadie estuviera jugando.

Y a no ser por la capacidad de las graderías, no tenía nada que envidiar a las canchas profesionales.

En esos momentos y sin público, un grupo de jugadores se divertían con el juego y cada error en un pase o un tiro al canasto eran seguidos de bromas, de risas o de un buuuhh.

A primera vista lo que se podía notar que eran simples aficionados pasados de edad y de peso, ya que algunos de los jugadores ni se esforzaban en correr ni en saltar... ni siquiera lo intentaban.

Tampoco no era de extrañar que a uno de esos jugadores no le hicieran fouls y le permitieran tirar más libremente... y algunas de las veces... encestaba.

Tremendos adulones y serviles que había en la cancha.

Edward miró a Steve y por lo bajo le dijo- Si hacemos un equipo nosotros tres, les podemos ganar a estos diez juntos hasta con un brazo atado a la espalda.

Al percatarse de los tres visitantes, uno de los jugadores gritó time –out ,time-out haciendo el clásico ademán que se usa en baloncesto para pedir tiempo y se dirigió con una cálida sonrisa hacia donde estaban Frankie, Edward y Steve

--Qué bueno que están aquí ahora...No podía dar un paso más y ésto me dá tiempo para reponerme—dijo el presidente con voz ronca y jadeando...
Felices fiestas, señor... dijeron casi al mismo tiempo los jóvenes.
-A ver si acierto-...--dijo Obama --Tú debes ser Frankie... tú debes ser

Edward y tú debes ser Steve, verdad? … señalando cada vez que decía un nombre

--Dos de tres , señor... No está mal... yo soy Steve Ryan y él es Frankie Dukos —dijo Steve.

---Eso me pasa por no tomar notas cuando hablo con Papá Warren—dijo el presidente y continuó --Veo que tienen sus bolsos de gimnasia...-¿quiéren cambiarse y compartir un rato con nosotros?

Los muchachos sonrieron...esperaban desesperados esa invitación...era la principal puerta de acceso al presidente y fueron prestos hacia los vestuarios... a los cinco minutos ya con ropa apropiada, regresaron para jugar cerca y contra el presidente Y el presidente se las arreglaba para jugar...no era Michael Jordan... pero se las ingeniaba.

Se entretuvieron un rato jugando baloncesto y era como había dicho Edward...los tres solos se hubieran hecho un picnic contra los diez , pero jugaron los tres, más el presidente y un gordito que corría ,se esforzaba ...pero no tocó una sola bola en el tiempo que jugaron.

Como el resultado no era importante... cumplieron con el rito de ejercitarse un rato y pasarlo bien... y se había cumplido el cometido...

Ya estaban cerca...ahora había que llevarse o llevarse al Presidente...no había alternativas.

Terminado el juego , todos fueron a las duchas en los vestuarios... que más de un hotel de lujo quisiera tenerlas...

El presidente compartía amenamente con todos.

Reía fuerte ante algún comentario... o un simple ajah...ajah cuando no encontraba la gracia a lo que le decían... pero lo cierto es que siempre estaba con alguien... y lo necesitaban un rato a solas... el reloj seguía andando y ya estaban un par de horas tarde.

Por fin llegó el momento...cuando el gordito estaba hablando de no se sabe qué con el presidente... se le acercó Frankie y le dijo extendiéndole la mano...

--Yo soy Frankie... y te estaba mirando mientras jugábamos... tienes buen potencial pero...

--Y yo soy Thomas Meyers...-dijo mientras le extendía la mano.
-Te decía que tienes buen potencial- siguió Frankie mientras deliberadamente conseguía la atención del tal Thomas y liberaba al presidente para que lo abordaran Edward y Steve en privado...

---Mira Thomas... te decía...-siguió Frankie, mientras le ponía la mano al hombro y caminando despacio, lo separaba del presidente y lo llevaba hasta un costado de los vestidores...

Steve y Edward sabían lo que tenían que hacer .....Al momento de ver al presidente sin compañías se le acercaron... hicieron unos comentarios triviales sobre el juego ,sin profundizar demasiado sobre las virtudes ni defectos de nadie...poco a poco la charla se hizo fluída y más distendida ...el presidente estaba bien relajado y con la mente limpia de las obligaciones diarias...

 En un momento, como recordando algo de pronto, Steve dijo...--- señor Obama... el Tío Warren me recomendó que le dijera...
Sí... ya sé... ya sé...---cortó el presidente- que debo desafilarme... no, no...-¿cómo era?

---Afilarte...—corrigió Steve Ryan

 --Precisamente, ayer hablé con Warren y con Colin... fue Colin quién me dijo que ustedes llegaban para acompañarme...y me parece fantástico...
Steve y Edward se quedaron mudos.

--Yo tengo todo ya arreglado y como no están ni mi esposa... ni mis hijas... hoy no tengo que dar cuentas a nadie donde voy -- dijo en tono de broma.----...ni a la seguridad --remató Barack Obama.

Frankie se había deshecho de Thomas y se unía al grupo...
¿Qué me perdí, señores? - preguntó con aires de inocencia.

--Pues no mucho, Frankie...--respondió Barack---...que de acuerdo con Tío Warren , necesito unos días para ser el mejor presidente que haya pisado la tierra jamás ... y estoy listo para lograrlo... -- rieron todos-- pero primero necesito una gran botella de agua fría... bien fría..

En los vestidores había una gran heladera muy bien provista de toda clase de refrescos, diferentes clases de cervezas y botellitas de agua... y todos saciaron la sed con lo que quisieron... y todos quisieron agua.

Hasta mañana, señor- dijo uno de los jugadores desde lejos.
Hasta mañana – John- contestó el presidente

Y así , cada jugador cuando terminaba de vestirse se iba despidiendo... algunos se acercaban y daban la mano al presidente y a los nuevos amigos... otros , menos ceremoniales , se despedían de lejos , pero todos recibían una cálida respuesta del primer mandatario con una sonrisa ... con un chiste o con la promesa de una gran revancha en el próximo encuentro...

Uno de los últimos en salir fue el tal Thomas Meyers , que se acercó directamente a Frankie y le agradeció los consejos... y después de chocar manos con todos le dijo directamente al presidente... --este muchacho sabe mucho de básquet, señor... usted también debería escucharlo... Bueno... hasta mañana, señores... Fue un placer conocerlos --- y salió por la puerta.

Pasado unos minutos... el presidente dijo que se iba a vestir mejor, ya que estaba con el equipo de jogging y aunque estaba muy cómodo no le parecía apropiado para salir...

--Ustedes tres están vestidos para una gala...-siguió el presidente-- mucha camisa de puños (gemelos)... mucha corbata y mucha chaqueta y yo quiero competir con ustedes -- dijo fingiendo enojo, en tono de broma.

-- Con su permiso, señor ...--dijo Edward -- si usted está cómodo así, quédese así... no todos los días tiene la oportunidad de no usar chaquetas.. o corbatas ..o camisas almidonadas... así se ve muy elegante , señor.. y además... esteee, usted es el presidente.. –remató con una sonrisa.--y el presi hace lo que quiere...

-- Eso es lo que tú te crees....ojalá fuera cierto... estás seguro de lo que dices ?--preguntó Obama—realmente...-¿tú te crees que el presidente hace lo que quiere?...? Mi estimado nuevo amigo... no siempre es así...
--Claro que sí... señor... yo hablaba de la ropa....le queda muy bien ese conjunto ... aparte ... -agregó Frankie – no se trata de "levantar " a nadie ...
--Yo sugiero que viaje así , y que también se lleve alguna ropa para un par de días que le sea cómoda, señor...no le haga caso a estos ... que no saben nada... señor -- dijo Steve.

--Steve tiene razón- dijo el presidente--- voy a buscar unos mahones... una campera por si hace frio y un par de pullovers para llevar ... Me esperan aquí o quieren conocer mi guardarropas?-- Bromeó el presidente- y sin esperar la respuesta , agregó--... pónganse cómodos ... no me tardo.-- Y con una sonrisa ... Barack Obama salió.

Recontra....!! Qué tipo más entrador y carismático este presidente!!

Dejaron pasar un par de minutos... y sabiendo que estaban siendo grabados... Edward se dirigió hacia los baños y comenzó a aflojarse el cinturón para bajarse los pantalones antes de entrar al cubículo. Ya en él, y con la puerta cerrada hizo dos llamadas de menos de un minuto cada una, guardó su celular... hizo correr el agua y con los pantalones a medio subir , se dirigió al lavamanos y tranquilamente, terminó de acomodar su ropa , se lavó las manos... se arregló el pelo.. y sonrió.

Con la sonrisa en su rostro le guiñó un ojo al espejo... éste, le devolvió la guiñada y la sonrisa.

TEHERAN, IRAN
Objetivo: MAHMOUD AHMADINEJAD

Aunque en la actualidad produzca menos divisas que otras exportaciones, las alfombras persas siempre fueron la carta de presentación mucho antes que se conocieran la importancia del petróleo y todavía el país se llamaba Persia...y su ciudad capital era y es Teherán.

Teherán es una mega ciudad...sus ocho millones y medio de habitantes la ponen a la altura de Bagdad , de El Cairo y Estambul como uno de los centros políticos , comerciales e industriales más importantes del mundo islámico.

Más de la mitad de la industria total de Irán, se encuentra en Teherán y es exportador de alfombras ,automóviles, azúcar, cemento , algodón y desde que el petróleo pasó a ser un arma política , es el quinto exportador mundial de este oro negro... según lo informaba la Agencia de Información de Administración de Energía (A.I.E).

Teherán está rodeado de altos montes , la cadena de Montes Alborz , la más altas de todo Medio Oriente y que impiden el paso regular de los vientos.

En los últimos treinta años y con la cantidad de fábricas y el tránsito de automóviles en la ciudad , el alto nivel de contaminación ambiental se ha convertido en un gran problema y muchos días del año supera a ciudades reconocidas por su alto grado de contaminación como Los Ángeles y Ciudad México en las mediciones de"smog" (palabra relativamente nueva , que es la combinación en inglés de dos palabras, humo , smoke y niebla , fog), lo que obliga a paralizar totalmente la ciudad.

En esos días , no operan escuelas , ni bancos ni edificios gubernamentales . Los hospitales no dan abasto con ancianos, niños y toda clase de gente con problemas respiratorios a pesar de los insistentes pedidos de las autoridades para que permanezcan en sus casas.

Sin una buena planificación a futuro, el gobierno había permitido la proliferación de fábricas sin tener en cuenta el smog que producirían y como las fábricas se desharían de sus desechos contaminantes. Tampoco habían tenido en cuenta cómo iban a evolucionar con el boom del petróleo….ni con los desechos tóxicos de su nuevo programa nuclear.

El gobierno intentó de varias maneras la descontaminación… se instalaron micro sensores que detectaban la cantidad de dióxido de carbono en el aire y de acuerdo a su medición, activaban aspas de ventiladores gigantes ubicadas en las aéreas más afectadas de la ciudad para dar mayor circulación del aire, se intentó con un sistema de riego por aspersión con la idea que esa lluvia podía bajar y controlar la polución, pero ambas fueron medidas costosas y con malos resultados.

Otra de las posibles soluciones propuestas por el gobierno, era lo que había hecho Brasil, creando la ciudad de Brasilia o sea con el traslado de las oficinas gubernamentales a un sector lejano a Teherán donde las montañas no impiden el paso de los vientos y que poco a poco la ciudadanía se fuera trasladando a un lugar más sano… pero en esos momentos ni las oficinas privadas ni el comercio, aceptaban el proyecto y Teherán, continúa creciendo con su enfermante smog.

Igualmente, las viviendas tuvieron una construcción poco planificada.

Se ven lujosos edificios en medio de barriadas muy pobres y altísimos rascacielos lindantes con refinerías de petróleo y fábricas.

Uno de los edificios emblemáticos es la Biblioteca Nacional de Irán, que con sus 90.000 metros cuadrados, es una de la más grandes y reconocidas del mundo. Y no sólo por su tamaño sino que en su interior guarda una amplia gama de manuscritos originales históricos de incalculable valor. Valiosas colecciones arqueológicas orientales muy antiguas, la convierten en la más importante del Medio Oriente.

Entre los impresionantes y lujosos edificios de Teherán, sobresalen por su construcción y diseño el "Azadi Tower " y el " Teherán International Tower 54 " , que con sus 54 pisos , es el edificio residencial más alto de Irán y es prácticamente la réplica del Mándala Bey Resort de Las Vegas en Nevada .

" La Torre de Nilad " , en el noreste de Teherán , es el edificio comercial más alto de Irán y la sexta torre de comunicaciones más alta del mundo , después de Canton , CN (Canadian National) de Toronto ,la torre Ostankino de Moscú ,la torre Perla Oriental de Shanghái y la Tokyo Sky Tree que actualmente ,año 2012 ,está en construcción...

Su base es en forma octogonal, distintiva de antiguas construcciones persas.

Es un verdadero espectáculo estar en la torre Milad de 435 metros de altura y desde uno de sus dos observatorios poder contemplar de día o de noche lo hermoso que es la ciudad de Teherán , siempre que el smog lo permita... aunque en algunos días si el medidor que controla la cantidad de $CO2$ que mide la polución está alto ... desde esa misma torre no se pueda ver ni el piso.

En los pisos más altos de El Milad Tower , frente a una de las galerías de arte más rica de la región, está el exclusivo restaurant Milad y en una mesa, junto al ventanal, el presidente de Irán daba una entrevista exclusiva a la principal cadena de noticias del mundo árabe ,Al Jazzera y al parecer , alguna pregunta del periodista lo había molestado...y bastante.

En octubre 28 de 1956, en el pequeño pueblo de Aradán , cerca de Garmsar había nacido Mahmoud Sabourjian , el cuarto hijo del herrero del pueblo y en el seno de una familia muy pobre...

Los padres decidieron que si querían progresar deberían mudar de sitio y de apellido ya que el que tenían mostraba sus orígenes y querían un cambio total , así que cambiaron el Sabourjian, que quería decir " pintor de hilos" o " pintor de telas " y era uno de los puestos más humildes de trabajo. Al mudarse a Teherán , un año después , los padres y los siete hijos adoptaron formalmente como apellido el imponente Ahmadinejad , que se traduciría como "la raza de Mahoma " o " carrera de virtuoso ".

Y ya había pasado mucho tiempo de eso , pero …

Durante las elecciones de marzo del 2009 ,un fotógrafo indiscreto captó con el zoom de su cámara a un Mahmoud Ahmadinejad eufórico mostrando el documento DNI con el que había ejercido el voto y donde si se ampliaba la imagen , estaba escrito su nombre original con el apellido Sabourjian que en hebreo significaría "tejedor del sabour o manto de oraciones, y que los judíos lo llaman talit" y que era un apellido bastante común entre los judíos iraníes pobres.

La noticia no había sido muy difundida, pero… el fotógrafo desapareció. En su momento no faltó que algunos medios, lejos de Oriente Medio, conjeturaran que el comportamiento tan explosivo de Ahmadinejad contra Israel, se debía precisamente que podía tener alguna ascendencia judía y quería tapar esas raíces hebreas igual como se había hecho con los abuelos de Hitler en los 40".

El primero , o unos de los primeros en "bloguear " sobre los orígenes judíos de Ahmadinejad fue el doctor Mehdi Khazali, que era el director del Instituto Cultural Hayyan , hijo del abogado , clérigo y Ayatollah Abolghasem Khasali y vaya paradoja , acérrimo defensor de Mahmoud Ahmadinejad .

Tras publicar ese " blog" el doctor Medhi Khasali tuvo que presentarse en la Corte y fue detenido el 27 de junio del 2009 y llevado a un lugar secreto. Durante sus veinte días de desaparecido , la policía allanó su domicilio, borraron su página web y le impusieron por ser la primera vez ,una fianza de 20.000 dólares…

A partir de ese momento, sus detenciones se convirtieron en rutina… los cargos eran "propagandas contra el sistema "… "publicación de mentiras" y "perturbar la opinión publica". En una de sus detenciones salió en libertad con una fianza de 120.000 dólares y se supo, que a partir del 9 de enero del 2012 comenzó una huelga de hambre en la prisión Evin de Teherán.

Según la versión de los servicios persas de la BBC, el 6 de febrero del 2012, el juez Pirabasi lo sentenció a catorce años en prisión , diez años en el exilio y una flagelación de noventa azotes.

Esta noticia fue confirmada por Mohammad Hossein Aghassi , abogado de Mahdi   Khasali

La noticia del bloguero corrió a media voz por Bahréin y el periódico más antiguo del país , Akhbar al- Khalee después de hacer referencia al artículo del blog... fue clausurado temporalmente por las autoridades del gobierno.

Ahmadinejad no era la primera vez que tenía que dar explicaciones sobre sus orígenes pero tampoco había dado muchas , aunque nunca lo había hecho en vivo y ante el millón de espectadores que miraban el noticiero .

Como de costumbre, demostró ser buen orador, rápido e inteligente para encontrar las respuestas necesarias e involucrando a su madre que tenía un apellido de casta... y si hubiera hablado un poco más, hubiera sido descendiente directo de Mahoma.
Al terminar la entrevista y ya fuera de cámaras ,un disgustado Mahmoud se retiró sin saludar al entrevistador.

--Señor Presidente—se acercó uno de sus guardias personales- estamos con el tiempo justo.
--Lo sé---dijo el presidente—y ese bastardo no terminaba nunca...
El presidente y tres guardaespaldas se montaron en un elevador y el resto de sus guardias en otros.

Los ascensores eran súper rápidos y en menos de un minuto y con la sensación que el estómago les llegaba a la garganta , habían bajado más de cuatrocientos metros y ya estaban en el estacionamiento del lujoso edificio , prestos a partir hacia el aeropuerto ..

Dos potentes motos, para abrir el tránsito, con luces intermitentes y sirenas, precedían a los tres autos oficiales, con el auto del presidente en segundo lugar.

Tomarían la carretera 5 de Robat Karim para dirigirse al aeropuerto de Teherán y desde allí, volar hasta Shiraz a 240 km de Neyriz para inaugurar un nuevo yacimiento de hierro.

El gobernador de Neyriz había cursado esta invitación con muy poco tiempo… apenas una semana, cuando por lo general una inauguración se programa con un par de meses de anticipación y tampoco se hace por teléfono...

Según había dicho el gobernador, la actividad comenzaría después de las oraciones de la tarde.

De ser así, estaban un poco tarde con el horario, pero el presidente había tenido un día muy largo, entrevistas temprano en la mañana con los nuevos embajadores de España y Filipinas, que presentaban sus credenciales… almuerzo con representantes de la Liga Árabe, que se dilató más de lo previsto y sin trascendencia y luego lo de la estúpida historia que él, era judío…

Estaba cansado, muy cansado y realmente no tenía deseos de ir a esa inauguración… y cancelar a esta hora sería un desprecio que ni siendo el presidente se lo permitiría… su entrenada mente para estar veinticuatro horas al día en estado de alerta, no le estaba funcionando… estaba muy cansado.

Además -- pensaba --- ya estaban cerca del aeropuerto y aunque el viaje a Neyriz era de corta duración, aprovecharía ese tiempo para dormitar un rato en el avión que lo transportaría. No hablar con nadie en el viaje, sólo dormir…Eso le haría bien… y se repondría rápido…

 Llegando al aeropuerto de Teherán, las motos que guiaban a los autos del presidente, callaron sus sirenas….y se dirigieron hacia una entrada a pistas por un portón secundario que estaba cerrado y que dos guardias, después de recibir la orden por el radioteléfono de las motos, abrieron cuando la comitiva que avanzaba con velocidad, estaba a menos de cien metros.

Las motos se detuvieron tras pasar el portón y los tres autos se acercaron a un jet privado modelo A 320 Prestige , totalmente blanco y sin inscripciones que los esperaba con sus motores encendidos pero silenciosos al máximo …

cuando subiera el presidente, una sencilla acelerada y estaría listo para despegar.

El gobierno había comprado ese avión no por el lujo ni la decoración exclusiva...fundamentalmente por su autonomía de vuelo que superaba los doce mil kilómetros...
Tomó su pequeño maletín y con su traje gris, su camisa blanca con el cuello sin abotonar, sin corbata y una barba prolijamente descuidada, el presidente subió sin escoltas al lujoso jet.

Se dirigió con cortesía al piloto y le saludó con cordialidad

--Assalamoe Alaykum—dijo el presidente
--wa "Alaykum – respondió Joseph Rice

El sobrecargo de abordo, Alí, acompañó al presidente directamente al camarote suite decorado por TAG Air Craft y Versace y aunque a Ahmadinejad muy poco le interesaba quién lo había decorado, sino lo cómodo que era para su descanso.

Le tomó tan sólo un momento comprobar que ese avión era fantástico... era como estar en una súper oficina con sus teléfonos, con sus computadoras, con todo lo que pudiera necesitar y además el dormitorio a dos pasos...

El sobrecargo le deseó un buen viaje... se puso a la total disposición y le comentó como usar los teléfonos o lo que necesitare, que él iba estar muy cerca para servirle...

--Gracias... veo que este avión tiene de todo... ---le dijo el presidente --- pero lo único que quiero ahora es descansar un rato... -- pasó directamente al dormitorio y cerró la puerta.

Mahmoud Ahmadinejad se sirvió un gran vaso de agua de la jarra que estaba en el frigo bar ... debería tener la boca muy reseca pues de un gran trago terminó el vaso ... el sentir el agua fresca pasar por su garganta lo reanimó ...el agua fría le supo rica ... un poco dulce tal vez ... agregó un par de cubitos de hielo al vaso y se sirvió medio vaso más para calmar su sed... ya se sentía hidratado de nuevo ...había hablado mucho y no había tomado nada de líquidos en todo el día...

Se recostó en el cómodo sofá y se preparó para el despegue y echar ese sueñito que tanto necesitaba… y escuchó por el altavoz la voz del piloto que decía que se abrocharan los cinturones porque estaban por despegar…

El piloto se calzó los auriculares, se puso sus gafas para el sol y después de acelerar los motores, el A320 Prestige se dirigió a la cabecera de la pista, pidió a la torre de control el permiso de despegar…

--Aguarde, Prestige A320—respondió la Torre

Lo hicieron esperar un minuto mientras se acercaba un jumbo de la Turkish Airlines para aterrizar en esa pista… y cuando el avión que llegaba de Istambul, tocó tierra y estaba poniendo sus turbinas en reversa para frenarlo , la confirmación de la torre no se hizo esperar…

--Torre a A320 Prestige tiene el OK de salida… buen viaje…
--Prestige A320 a Torre…comprendido… y muchas gracias…

Con los motores a su máxima potencia, el jet privado que llevaba al presidente de la República Islámica de Irán, inició una carrera muy veloz y subió suavemente…

Cinco minutos de estupidez en la vida, los tenemos todos--pensó el piloto Joseph Rice --- menos mal…

Y enfiló su potente jet hacia el noreste… hacia Europa y más precisamente hacia la Isla de Córcega…

Su único pasajero, el presidente, que estaba muy cansado, dormiría hasta llegar a destino ayudado por el suave sedante que estaba en la jarra de agua fresca.

Y en Neyriz , tampoco lo extrañarían porque ningún gobernador había llamado para inaugurar un yacimiento de hierro ni de nada… y porque todavía faltaban más de dos meses más para esa inauguración.

LLEGANDO A TEL AVIV , Rumbo JERUSALEN - ISRAEL

-- Eitan .. ¡.Qué bueno verte - y qué bien te ves-¡!--exclamó Sarah mientras bajaba del auto .

Eitan y su hermana Sarah se dieron un fraternal abrazo.

Se veían con frecuencia en cualquier lugar, Nueva York, Paris, Londres…pero para Eitan, Israel era volver a "su"casa y poder compartir con toda la familia , todavía era mucho mejor. Luego, casi con el mismo entusiasmo, Sarah abrazó a Ari y a Mose a quienes conocía muy bien y habían sido como sus hermanos por los últimos diez años.

Con Sarah al volante y en medio de un moderado tránsito , el auto enfiló de prisa hacia la carretera número 1 , que une Tel Aviv con Jerusalén dirección sur …bordearon unos parques muy verdes y bien cuidados y al ladear la montaña vieron el cartel escrito en hebreo , árabe e inglés ….Welcome to Jerusalén.

Y se rieron cuando Ari se trababa al querer decir la palabra jerosolimitano, gentilicio de los nacidos en Jerusalén.

En el mundo entero no hay otra ciudad que tenga la particularidad de Jerusalén…las hay más grandes y más pequeñas en tamaño, las hay con poblaciones más densas y menos densas. Jerusalén tiene menos de 800.000 habitantes, las hay con mayores riquezas o con menores riquezas… pero Jerusalén es única por su valor espiritual. Emana espiritualidad.

El que llega a Jerusalén le dá energía a la ciudad… y Jerusalén energiza a todo aquél que llega.

Alguien había dicho… Jerusalén provoca el síndrome de la fe.

Venerada por las tres grandes religiones monoteístas… el Judaísmo, el Cristianismo y el Islamismo…en estas religiones todas coinciden en llamarla Tierra Santa…

Para los judíos por ser el lugar donde el Rey Salomón construyó el Templo después que su padre, el Rey David, estableciera en ese lugar lo que sería la capital del Reino de Israel.

Para los cristianos, Jerusalén fue el lugar por donde caminó Jesús predicando, donde lo crucificaron y donde resucitó.

El Islam, más moderna, tomó de las dos anteriores, el carácter sagrado de la ciudad y antes de la Meca, era mirando hacia Jerusalén como los musulmanes rezaban.

Pero la grandeza de Jerusalén es que está llena de sinagogas, iglesias y mezquitas con total libertad de credos y cada persona puede rezarle a su Dios de la manera y a la hora que quiera.

En 1980, durante la presidencia de Yitzhak Navon y siendo Primer Ministro Menajem Beguin , mediante la Ley Jerusalén, el Parlamento israelí , proclamó a Jerusalén como 'entera , unificada e indivisible" capital de Israel , reafirmando que sus principales instituciones como la Corte Suprema , la Casa del Presidente , La Casa de Gobierno y Parlamento (Knesset) se iban mantener en Jerusalén.

También por esta ley, se le daba protección a todos los Santos Lugares y todos los derechos a los miembros de las tres religiones.

Esa promulgación no fue bien vista por la ONU que anuló esa ley y además, pidió a sus miembros que en prueba de rechazo, mudaran sus embajadas a Tel Aviv .

El Congreso de los Estados Unidos declaró en 1995 su apoyo a Israel diciendo que establecería su embajada en Jerusalén antes de diciembre 30 de ese año.

Y ya pasaron muchos diciembre 30 .Pero es bueno resaltar que cuando viaja una misión comercial, cuando llegan nuevos funcionarios norteamericanos o cuando se hace una manifestación frente a la embajada de EE.UU van directamente a Tel-Aviv , de donde nunca se mudaron , contrariando la propia orden del Congreso.

Desde la carretera vieron las amuralladas paredes de la ciudad , la cúpula dorada de la Mezquita… y algunos minaretes,desde dónde los muecines hacían las cinco llamadas diarias para las oraciones de sus fieles.

Y mucha gente caminando por sus calles, sus ropas los clasificaba…

Turistas, religiosos, rockeros, gays, hippies,estudiantes,
trabajadores...todos con sonrisas...todos moviéndose
acompasados...barulleros...ruidosos...era Jerusalén.

--Sáben cómo se los llama a los criollos nacidos en Israel?—preguntó Sarah
al grupo

--Claro...sabras—contestó Ari

--Pero, sábes por qué?—inquirió la jovencita

--No. Sé que se les llama así...pero nunca supe la razón—se justifcrieló A

--La razón es, mi querido amigo, que sabra es una fruta del desierto
israelí...crece con los captus y es dura, áspera y espinosa por fuera...pero
dulce y jugoza por dentro...y así somos nosotros, los sabras, parecemos
duros, toscos y espinosos...pero nuestros corazones son amables, tiernos y
muy sencibles—se lució Sarah con la respuesta.

--Todos los días se aprende algo nuevo..—intervino Mose

Y con comentarios por el estilo y media hora de camino, estaban llegando a
Rehavia, un exclusivo barrio en las afueras de Jerusalén, Sarah giró a su
derecha en la calle Balfour y se encontró con un camino en medio de un
jardín que conducía a una inmensa casona tipo mediterránea de dos plantas.

La cantidad de ventanas sugería que en algún momento, esa mansión bien
pudo haber sido un hotel.

Dos jóvenes, salidos de la nada, se pararon en medio del camino e hicieron
señas para que detuvieran el auto.

-- ¡...Somos Eitan y yo... Shimen...! que venimos a saludar a tío -- gritó
con una sonrisa Sarah.

-- Hola Shimen...hola Tzvi... cómo están tú y tus padres? -- preguntó Eitan

-- Hola Sarah , hola Eitan.. Baruj aba beshem A"donai... -- adelante -- los
reconoció el tal Tzvi, levantando el brazo en señal de saludo y los de
seguridad, se apartaron del camino.

Cien metros adelante, estacionaban casi a la entrada de la hermosa mansión.

Un señor bastante mayor se asomó por una de las ventanas.

Shalom …Tío Benzión – gritó Sarah mientras todavía estacionaba-- ¿ Mira a quién te traje ?…es una sorpresa que ní te la imaginas…

Shalom … Sarah—contestó Benzión con una voz fresca para su edad y agregó- Si la sorpresa es buena, te habrás ganado un desayuno, ven …espero tu sorpresa -- y desapareció de la ventana.

Sarah , Eitan , Ari y Mose estuvieron en instantes en la gran sala donde ya los esperaba el longevo Benzión Netanyahu y su bastón de tres patas.

Benzión Netanyahu era un hombre afable y muy cariñoso como lo demostró cuando abrazó a sus sobrinos Sarah y Eitan y estrechó con fuerza las manos de los amigos norteamericanos.

Muchos años atrás, en 1920 , sus padres , que eran de Varsovia, emigraron a Palestina y después de haber vivido en Jaffa - Tel-Aviv y Safed se establecieron en Jerusalén.

El padre de Benzión , Nathan Mileikowski , había sido un historiador y activista político y siguiendo la costumbre de la época ,Nathan ,firmaba sus escritos con el nombre hebreo de Netanyahu que quiere decir 'Regalo de Dios'. Benzión adoptó oficialmente como apellido Netanyahu , estudió en la Universidad Hebrea de Jerusalén , se especializó en historia y a finales de los 60" se trasladó con su familia a los Estados Unidos trabajando en diferentes estados y entre en los años l971 y 1975 estuvo en Nueva York con su familia mientras ejercía como profesor de estudios judaicos y presidente del departamento de Lenguas Semíticas y Literatura en la Universidad de Cornell , lo que influyó grandemente a sus hijos y a toda la familia con esa universidad…

Benzión había sido padre de tres hijos … y el del medio , Benjamín , hoy era el Primer Ministro de Israel … y como era de costumbre , todas las mañanas , antes de ir a Beit Aghión , su oficina , pasaría a saludar a su padre … y Bibi , como lo llamaban en su grupo familiar y sus amigos íntimos , ya estaría llegando….

No habían pasado los veinte minutos y mientras Benzión , Sarah ,Eitan , Mose y Ari tomaban el clásico jugo de naranjas israelí y sin ninguna alharaca entró en el salón Bibi , no como Primer Ministro ,sino como un hijo cualquiera y tío de los muchachos cuando visita la casa de su padre…

Se abrazó con todos después de saludar cariñosamente a su padre y mirando a Eitan le dijo sonriente…

-- Sabía que estabas, pues me avisaron cuando embarcaste en Nueva York… y también hoy temprano me informaron que te excediste de velocidad, que te pasaste un semáforo en rojo saliendo del aeropuerto y que no usas las luces cuando cambias de carril…

Eitan lo interrumpió-- Tío… tiénes que decírselo a Sarah ,que se cree que aún está manejando en el desierto...-dijo a tono de disculpa.
--Parece que el servicio de informaciones funciona bien- aclaró Ari sonriendo.

---No te imaginas cuánto… y éso es lo que nos mantiene con vida -- dijo Bibi

Charlaron trivialidades… rieron un rato…recordaron anécdotas.

En un momento dado y con mucha discreción Eitan se acercó a Bibi y por lo bajo le dijo que él y sus amigos necesitaban hablar en privado.
Pasado unos minutos y con total naturalidad Bibi aprovechó para decir en voz alta…

--Eitan, muchachos… yo debo ir para la oficina… -¿por qué no me acompañan un rato mientras Sarah le hace un poco de compañía a padre ?

Y agregó con picardía -- Necesito que el genio de la familia me asesore un poco con las nuevas tendencias del Fondo Monetario Internacional, que personalmente creo que están caducas…

Bibi besó a su padre en la frente y le dijo —shalón… pá

--Dios te bendiga siempre, hijo mío—respondió Benzión

Después del OK general, el grupo se montó en el Cadillac negro que seguramente era conducido por alguien del Shin Bet, mientras a distancia prudente, el Servicio de Inteligencia custodiaba a su líder…

--Hoy vamos a trabajar poco, Uri...Ellos...- señalando a los tres muchachos-- son familia—dijo Bibi al chofer a tono de presentación.

Shalón a todos—respondió Uri, el chofer.

El coche oficial se movió despacio por la residencial y exclusiva calle Balfour. Tan sólo tres bloques adelante se encontraron con la calle Smolenski y en esa esquina , el edificio marcado con el número 9 y con una flameante bandera , estaba el Beit Aghión , la residencia oficial del Tío Bibi... y que los israelíes la llaman Beit Rosh ha –Memshalá.

Después de preguntar en privado a su personal por las novedades diarias y hacer comentarios risueños sobre un episodio con micrófonos abiertos de dos presidentes en una reunión del G 20 , meses atrás ... el primer ministro y Ari , Mose y Eitan , se ubicaron en una espaciosa biblioteca y se arrellanaron en los cómodos sillones mientras el ordenanza llegaba con una bandeja de frutas ,café , tostadas y jugos.

Como si fuera una charla de amigos, los cuatro hablaron sueltos, sin cuidar protocolos...Hablaron de temas muy serios y también de los más pueriles.

---Sin entrar en información privilegiada... que está pasando con el Fondo Monetario Internacional?   ---preguntó Bibi.

—Mira, tío...-¿qué te puedo decir...? cada vez que habla Christine Lagarde... es como Ben Bernanke, los dos...meten miedo...En vez de tratar de inspirar confianza, acaba de decir que la economía está creciendo tibiamente...pero que los riesgos son muy elevados...--contestó Eitan.

---- Bueno, pero es cierto....--replicó Netanyahu.

 ---Sí, claro, pero volviendo a Lagarde, es cierto... pero si la frase hubiera terminado en que la economía está creciendo tímidamente...hubiera dado un poco más de optimismo internacional...--aclaró Eitan--- además...está sugiriendo más controles a toda Europa a costa de impuestos y recortes públicos que van a ahogar a muchos países...empezando por Grecia, Italia, Holanda, Portugal...España...hasta Inglaterra...

---La gente necesita algunas buenas noticias...y si se los bombardea con pesimismo, lo único que se hace es agravar más un problema...---intervinó Mose. –con el pesimismo, la gente se retrae más... y estamos en un mercado de consumo... Ese "los riegos son muy elevados..." tiraron las Bolsas de todos los mercados por el piso...Hay que medir las palabras por las consecuencias que llevan...

Bernanke tampoco se calla nada y siempre dice una frase de más que daña sus buenas intenciones y estoy seguro que le van a traer problemas con Obama—tiró Eitan.

--A propósito de Bernanke ...a Ben Bernanke lo conocí hace muchos años en el Massachusetts Institute of Technology... era y es un buen tipo... recuerdo que se distraía y entretenía tocando el saxofón para relajar sus tensiones y era bueno con el saxo...antes era un tipo más divertido... ahora, la situación lo supera -- aclaró Netanyahu.

---- Y hablando un poco de todo... Mose , Ari y yo estamos trabajando en unos gráficos que nos pueden ayudar para saber qué pasa con las economías .—comentó Eitan

--- ¿Qué quiéres decir con éso? --se interesó Bibi

--En la actualidad, tenemos un retraso de cuatro trimestres para saber dónde estamos parados... tenemos que esperar un año para saber si los PBI de cada país subieron , bajaron o se mantuvieron... --aclaró Eitan. – técnicamente, se necesitan dos trimestres consecutivos de crecimiento económico negativo o positivo y dos más para confirmación para saber dónde estamos...lo curioso del caso es que el pueblo se entera mucho tiempo antes que nosotros...

---Estamos mejorando un sistema que nos va a permitir saber casi al momento si estamos o salimos de una recesión... y así tomar las medidas necesarias antes de que pase... es una vergüenza mundial que se diga que hace un año comenzó una recesión o que hace un año terminó la recesión..—agregó Ari

--¿y qué dice China? –preguntó Bibi

-- China feliz con lo que está pasando…--intervino Morris Mulender -- hoy por hoy…son los principales compradores en todo el mundo y especulan con los precios de compra…

--Aunque el dumping está penado, --agregó Eitan --ellos lo manejan muy bien y pelean cada centavo…disfrazan gastos de almacenaje, de fletes… de fluctuación del yuan y los países emergentes hacen fila y se matan para poder venderles.

--Pero hay que tener cuidado con China—amplió Mose— De seguir las cosas cómo están…a China se le va a complicar sus exportaciones…principalmente si en los Estados Unidos las cosas no mejoran como el desempleo, los desahucios,los préstamos bancarios…y si Europa no muestra signos de recuperación…China tiene obligatoriamente que reducir sus exportaciones y no porque no quieran vender…es que ninguno le podrá comprar…

-- Nosotros ahora comenzamos a venderles algo de diamantes pulidos…ya le vendemos petroquímicos, pesticidas y fertilizantes.. -- comentó Netanyahu.

-- Pronto les venderás esos productos agro-tecnológicos que tienes ,verdad?

-- intervino Ari, refiriéndose a unos robots para la recolección de frutas y unos equipos para supervisar electrónicamente la calidad de los productos.

-- A China por ahora no le interesa eso…tienen mano de obra muy barata… no lo necesitan…les estamos vendiendo un poco en flores y bastante en frutas y hortalizas…y el boom son los equipos de irrigación por goteo…pero lo usan mal…no les interesa aprender…allá ellos… -- comentó un distendido Benjamín Netanyahu.

Hablaron del tiempo, de la gordura, de las dietas para adelgazar , de la calvicie…y hasta cómo preparar un buen guefilte fish y hasta de los inmigrantes… y el tío Bibi dijo una frase que a Mose a Ari y a Eitan les impactó…

”Por el éxito económico de Israel, es casi el único país del Primer Mundo que puede alcanzarse a pie desde el Tercer Mundo”, en referencia a los muchos inmigrantes llegados de Sudán…y muchos con muy malas mañas.

-- Días atrás , me llamó Warren desde la China o desde Japón, no recuerdo bien y me dijo del viaje de ustedes y me quiso contar un cuento del leñador-- - dijo riendo Bibi— una versión americana de algo muy importante ... Apenas Warren comenzó , yo le contesté que ese cuento es muy viejo… que es la versión americana de algo que está en el Talmud, en el Corán y en el Nuevo Testamento… por supuesto que yo no sé en qué versículo, pero el resultado lo tenemos los judíos y los musulmanes con el shabat y los cristianos con el domingo…

Ari , Eitan y Mose conocían el cuento… pero nunca imaginaron de dónde provenía.

Bibi seguía hablando—También me habló de una especie de terapia grupal.. o algo así y que era de tres días y que sería muy útil a todo el grupo, pero ni me dijo quiénes estarían en el grupo ni cuándo… y que Mose y tú, Ari …serían los coordinadores y tú Eitan … con tus chapurreados idiomas harías de traductor si fuera necesario…-¿ estoy en lo correcto o yo estoy divagando…?

El Primer Ministro no estaba divagando.. ni siquiera estaba con la guardia baja… estaba más alerta que nunca.

Eitan tomó la palabra..-- algo más o menos así ,tío.. --entendemos que puede ser bueno para tí, para la región y para todos.

--Generalmente se usa con éxito en empresas privadas..- dijo Ari tratando de salvar la situación—y creemos que es el momento de emplear el sistema en política internacional…

--Y… ¿se puede saber de qué se trata ese curso…? –preguntó Bibi

-- La efectividad de este sistema se perdería si tú vas a la reunión predispuesto a algo o sabiendo más que el grupo--- y no es que sea desventaja sino que no tendría el efecto que se está buscando—añadió Mose , recuperando el aplomo.

Se siguió hablando del tema en forma muy vaga y exaltando los éxitos que tuvo ese sistema en individuos, entre familias, entre empresarios y hasta megafusiones de empresas y en convivencias en general…

Se usaron palabras como dramatismo … creatividad dirigida..reflexión de convivencia .. somatización empresarial , sicosis colectiva…contaminación acústica… medicalizar sentimientos y acefalía mundial …se mencionaron al pasar nombres como Warren Buffett…Colin Power… Bill Gates … cantidad de palabras y frases que no tenían ninguna relación una con otra… todas incongruentes.

Pero dentro de todas esas incongruencias, hablando de dinero, de poderes, de súper personas…hubo una de esas frases que tenía mucho sentido…y los mosqueteros la registraron… y cuando la desmenuzaron era una verdad grande como una montaña.

El Primer Ministro había comentado que no importaba el cargo, la sabiduría ni el dinero que pudiera tener una persona…

ESA PERSONA SIEMPRE CONTINUABA SIENDO UNA PERSONA…

Y como CUALQUIER PERSONA, igual tenía que ORINAR, DEFECAR y SACAR SUS GASES… y amplió su explicación…

"Imagínense al Papa sentado en un inodoro y van a comprender lo que quiero decir "

Si se trataba de romper el hielo, con la última frase Benjamín Netanyahu, lo había logrado.

Pero en esos momentos…se parecía más a una charla de desconocidos locos, que de amigos cuerdos.

Y los tres amigos se cuidaban en cada palabra que decían…

Y tampoco querían mentirle mas descaradamente al Primer Ministro, aunque decir medias verdades, son sinónimos de mentir completo.

Eitan en algún momento preguntó por Abú Mazen…

--Para mí, es Mahmud Abbas…--respondió Bibi… y agregó --- Abú Mazen era cuando estaba en la clandestinidad… hoy es el Rais… ya no es clandestino… y personalmente, tengo buena relación con él, cuando no hay ni cámaras ni periodistas… -- hizo una pausa --…hablamos de economía…hablamos de arqueología… hasta hemos intercambiado libros… en privado, es buena gente… él también debe pensar lo mismo de mí…

--¿Te gustaría que nos acompañe? -- aprovechó a preguntar Eitan

-- Realmente, todavía desconozco lo qué ustedes están buscando… encontrarme con Abbas, para mí no es obstáculo… me veo con él , más veces de lo que ustedes creen….--sonrió Bibi

-- ¿Tú podrías invitarlo? -- martilló Eitan

¿Cómo voy a invitar a alguien sí yo todavía ni sé,…ni dije que voy a ir? -- respondió el Primer Ministro sonriente y agregó – y ya deberías saberlo… yo no creo en eso.

Ari , Mose y Eitan estaban en la cuerda floja, en terreno resbaladizo … y Bibi se dió cuenta que había dejado descolocado a los muchachos .

Hablaron de la adaptación de los etíopes en Israel…de la construcción de edificios en zonas no autorizadas, de la caída de Mubarak en Egipto…los disturbios en toda la zona…y la cantidad de muertes en Siria…la ayuda insuficiente de Unicef en la República de Chad…

Hablaban de todo y de nada …Pasaba el tiempo y ni Eitan ni Mose ni Ari encontraban como retomar la charla para la que habían viajado…Y tío Bibi ya había mirado un par de veces su reloj… y en cualquier momento , los despedirían … con buenas formas, pero los despedirían y parecía que el tiempo pasaba más rápido ahora.

Un silencio incómodo se adueñó de la sala… casi se habían agotados todos los temas y ya eran todas repeticiones sin substancia y de un nivel muy bajo para esos cuatro señores…no había forma de encausar la conversación para llevarla al lugar que Eitan, Mose Mulender y Ari querían y cuando ya se perdían las esperanzas… sonó el teléfono blanco de la biblioteca…

---Sí... Oigo ...– atendió Bibi … escuchó lo que le decían y mirando sonriente a los muchachos , dijo --- no , no hay problema ... Atiendo desde aquí…pásame la llamada.

--Shalón Mahmoud… cómo estás? --y separando la boca de la bocina en voz baja , les dijo a los muchachos..—es Mahmoud Abbas… y siguió escuchando.

Eitan , Ari y Mose se levantaron para salir de la biblioteca y darle intimidad al Primer Ministro, pero éste con las manos , les señaló que se queden donde estaban …

El que hablaba todo el tiempo era Mahmoud y Bibi se limitaba a responder con unos… qué bueno… excelente… qué bien… me alegra …

La charla se hacía larga hasta que Bibi dijo… -¿y qué tal si lo charlamos personalmente?

Hubo un silencio…

-A tí se te hará más fácil llegar hasta aquí… ¿tendrías tres días para compartir conmigo? preguntó Bibi

Parece que la respuesta fue afirmativa… porque Bibi le dijo… bien, de acuerdo, yo te estaré esperando esta noche, a las nueve en el lugar de siempre, ¿…te parece bien…?

Y vamos a pasar tres días que nos van a beneficiar a nosotros dos y seguramente a millones de personas más… yo también quiero compartir contigo unas nuevas ideas que te van a sorprender… y repitió , para que no quede dudas -- te buscaré….. a las nueve … y tráete ropa cómoda…

Se enviaron saludos a sus esposas mutuamente, charlaron un par de minutos más y se despidieron como grandes amigos… y tal vez en la intimidad, lo eran.

Mose , Ari y Eitan se quedaron mudos …habían escuchado una conversación que se les había ocurrido era imposible … la habían escuchado en vivo y en directo… y de haber estado solos en la salita … hubieran saltado de alegría… hubieran reído , hubieran gritado y hubieran dejado salir toda la presión que juntaron en las últimas semanas … pero estaban conscientes qué no estaban solos y solo liberaron una pequeña sonrisa …

Al tío Benjamín no había que torearlo … no había que apurarlo … era su naturaleza , sabían que era así , por las buenas , lo daría todo y hasta ayudaría en lo que pudiere.. y a las bravas , si lo acorralaban … se quedarían sin nada y con las manos muy vacías.

Hablaron un poco de historia… un poco del calentamiento global, de las huelgas en España …en Grecia … de la renuncia de Berlusconi en Italia , pero todos sabían que esos temas eran para charlar por charlar solamente y en esos momentos , no les importaba a ninguno.

---y… ¿cuándo es ese "retiro "? preguntó Bibi, casi con indiferencia

--Puede ser desde que busques o busquemos a Mahmoud…, por nosotros ,desde ahora mismo…--dijo Eitan jugándose completo sin ocultar su alegría

Bien… bien --dijo Bibi-- entonces déjenme preparar unas cosas que tengo pendiente…pero permítanme hacer otra pregunta…-¿a dónde iremos?

--Hasta Francia… -dijo tímidamente Eitan, que era el que siempre sorprendía a todos por sus viajes relámpagos desde que trabajaba para el Fondo Monetario…y a Bibi no le extrañó para nada… sabía que Eitan podía estar ahora allí y a la noche asistir a una actividad en cualquier otra parte del mundo.

-- Y.... si no es mucho preguntar ...---dijo con ironía Bibi--¿...cómo viajaremos...?

-- Por eso no te preocupes... un jet privado nos va a venir a buscar...--siguió Eitan

-- Eres un grandísimo hijo de puta--- le dijo Bibi con tono de disgustado, pero en broma -- cabrones... ¿lo tenían todo preparado, verdad?

--Contábamos contigo, tío –respondió Eitan - y sabíamos que no nos ibas a fallar... además, lo vas a disfrutar...

Charlaron unos pocos momentos más sin volver al tema principal ...repitieron los jugos y el café y antes de que los " echaran" , se despidieron hasta las seis de la tarde, que volverían para recogerlo y buscar al "amigo de su tío ", todos juntos.

Debían regresar a la casa de Tío Benzión para juntarse y darle el collar de regalo a Sarah y por la cercanía, no aceptaron que los llevaran en un carro oficial y mientras los acompañaban hasta la salida, vieron la tremenda muralla interior que se había construido últimamente, para darle mayor protección a la custodiada Beit – Aghión.

Era tal la alegría de Eitan , Ari Goldman y Moshe Mulender que sobre-agradecieron la amabilidad del oficial que los acompañó hasta la puerta y salieron a la transitada calle Smolinski y enfilaron sin hablar , hasta la esquina de Balfour y cuando doblaron la esquina ... allí sí , soltaron todas sus alegrías entre turistas y comerciantes que hacían sus negocios y se dirigieron caminando muy felices y locos de contentos , hasta la casa del Tío Benzión ,a unas pocas cuadras de allí.

 Y por supuesto... mucho más relajados... volverían a comer... el término idishe mame... aplica también para los tíos.-

Y vieron que el cielo era más azul que nunca y el sol brillaba más resplandeciente...y toda la gente era más feliz y que todo el mundo estaba más contento.

Qué rápido cambia todo cuando uno está de buen humor.

También sabían que mucho del éxito que habían tenido…era por las largas charlas que pudieron haber tenido antes Bill, Warren y principalmente Colin… con su amistad de muchos años y que éllos nada más, eran los mensajeros y choferes de turno…

Asimismo… los tres recordaron la trillada frase de su amigo Joseph Rice…

"Cinco minutos de estupidez, la tiene todo el mundo, alguna vez en su vida"…y Bibi, formaba ahora, parte de este mundo.

En pocos minutos, llegaron a la mansión de las muchas ventanas… y entraron casi bailando y hablando en voz alta ante la sorprendida mirada de los jardineros y la gente de mantenimiento.

El tío Benzión se había recostado para descansar un rato.

-- Shhh…no hagan ruido…tío tiene más de cien años… -- lo justificó Sarah--- tiene que descansar… y Eitan , Ari y Mose …después que cada uno hiciera con sus móviles las llamadas que necesitaban, imitaron al tío…

Cómo pueden cambiar las cosas de un minuto para otro…Cuándo ya tenían todas las ilusiones perdidas…la llamada de Mahmoud Abbas, había encausado todo …bueno, tal vez no lo había encausado…lo había solucionado todo.

Mientras Sarah, con su collar nuevo, veía una novela lagrimeante muy popular en Israel.

Eran los últimos capítulos y la estaban transmitiendo en esos momentos por televisión y… muy feliz de poder verla sin charlas y sin que nadie la molestara.

Eran las siete de la noche y Eitan, Ari y Mose ya estaban descansados, bañados y listos para salir cuando timbró el celular de Eitan… era Bibi que después del shalón usual dijo…

-- Mira Eitan… Disculpa si te desperté, pero hay un hay un cambio de planes…

Eitan se petrificó, pero pudo poner el speaker para que Ari y Mose escucharan la conversación…

OPERACIÓN SECUESTROS

MAHMOUD AHMADINEJAD A CORSEGA

Pasadas tres horas de vuelo, Joseph Rice conectó el piloto automático… fue hasta la salita donde dormía muy plácido el presidente, comprobó que estaba profundamente dormido y sin hacer ruido, recogió la jarra con agua… fue hasta la moderna cocina en la parte trasera del avión donde estaba el sobrecargo.

– Por favor, Alí…-- dijo el piloto - toma esa bandeja y prepárala muy bien... pónle dátiles, higos, halvah, nueces, frutas…
--Claro que sí… señor -- respondió Ali.
-- Una buena selección de quesos, aceitunas del Líbano, galletas, hummus y babaganush… y todo lo que tú creas que le gustará mucho al presidente…en la alacena hay de todo—agregó Jou Rice.
--No se preocupe, señor—la voz de Alí era segura, sabía cómo hacerlo.
--La verdad que no sé para que te digo todo esto si tú eres el experto en presentar bandejas—dijo Joseph , pero siguió --- llena la jarra con agua fresca y hielo y lleva todo con mucho cuidado hasta la recámara
…queremos que el Presidente esté muy contento con este viaje…
---Seguro que si… señor…---contestó Alí --- atención no le va a faltar… quédese tranquilo que haré la mejor bandeja y le llevaré otra a usted para que también coma…

---Gracias…Alí…. Estoy seguro que nos lloverán recomendaciones…--- y Joseph regresó a la cabina.

Cuando Alí llevó la súper bandeja … el Presidente dormía como seguramente no había dormido en meses… se lo notaba descansado … cerró la puerta por fuera y regresó a ver "A través de los Olivos " (Zire darakhatan zeyton) ,su película favorita en el televisor de la sala VIP, al que había puesto en pausa.

Joseph Rice desconectó el piloto automático, verificó la ruta…todo estaba según establecido… buscó el manual de frecuencias del avión…sintonizó la banda de radio para vuelos privados en Córcega…

80

Sonrió porque según quien escribiera… Córcega estaba escrito con "ese" o con "ce" y pensó que la gente no se pone de acuerdo ni en esas pequeñeces.

Alí llamó a la puerta entreabierta y le entregó una bandeja que era para fotografiar por lo colorida y bien decorada que estaba…
--Pasa Alí--- dijo el piloto -- siéntate aquí y comamos juntos…
---Gracias, señor, pero prefiero estar atrás por si se despierta el presidente…--respondió el sobrecargo.
-- Como tú prefieras…--contestó Rice, dándose cuenta que Alí quería ver el final de la película.
Joseph probó un poco de cada cosa que había en la bandeja… y se lamentó que no hubiera una botella de un buen vino blanco bien frío en el avión…y no era por falta de presupuesto…

Esa bandeja era interminable… y como faltaba bastante para llegar, la dejaría ahí mismo y picaría de todo durante el viaje… aunque fuera sólo por entretenerse.

El avión volaba suave y la luna iluminaba la cabina y así fueron pasando las horas.

En la pantalla del sofisticado control de mandos comenzaron a subir mensajes de otros aviones en las cercanías y del aeropuerto…
Miró su reloj y anotó la hora en su bitácora.. 0730 horas….
Bien, ya estamos llegando --se dijo.

---Atención, Campo Del Oro…Ajaccio Campo Del Oro…aquí Prestige A320…
Me escucha? – y repitió--Atención ,Campo Del Oro..Ajaccio… me escucha?
--Fuerte y claro…Prestige A320… adelante…---dijo la Torre
--Aquí Prestige A320, Torre…Me estoy acercando y necesito autorización y me informe pista para aterrizar… estoy a 340 millas… tiempo estimado de vuelo treinta minutos… hora de arribo estimada 0800…cambio---
---Aquí Torre ---Comprendido Prestige A320… ya lo tenemos en pantalla… viene directamente a nosotros…mantenga ruta y reduzca treinta nudos velocidad… y comience el descenso…mantenga este canal abierto para nuevas instrucciones… cambio ---dijo la Torre
-Prestige A320 a Torre… comprendido… cambio y fuera.

Cuando Joseph Rice comenzó el ligero descenso... y tomaba nota de sus comunicaciones con la torre de control...recordó sus momentos de astronauta cuando se comunicaba durante las pruebas de viajes espaciales desde el Centro Kennedy en Cabo Cañaveral, con Houston, Texas.
Y con las relaciones personales logradas en aquellos días, había conseguido ahora la autorización de vuelo con rutas aéreas no declaradas... infringiendo las leyes de cuatro países en sus espacios aéreos...
Y aunque no era el caso en estos momentos...muchas veces la recomendación de un humilde vendedor de frutas, puede tener mejores posibilidades de acercarse a un presidente...que la recomendación de un embajador.

Ya veía las luces del aeropuerto... el cincuenta por ciento del plan se estaba cumpliendo... aunque el presidente, aún dormía.

Y también se dió cuenta que el aeropuerto Campo Del Oro, hacía tiempo que había cambiado su nombre por el de Aeropuerto Napoleón Bonaparte , en honor al hijo pródigo de Córcega ,pero a la torre de control y a Joseph Rice ... eso no les importó mucho...

A las 8.00 en punto ,el silencioso A320 Prestige tocaba suavemente tierra en el aeropuerto Campo Del Oro, a cinco kilómetros de Ajaccio , la ciudad a la que pensaba ir tal vez en un par de horas ,si todo salía como se había planeado...la próxima hora, seguramente sería su hora más difícil de los últimos años...hasta ahora, todo se estaba cumpliendo de acuerdo a los planes .
Ahora dependía de que Richard y Duncan calcularan bien el tiempo para intervenir ...

Y tal su costumbre ...se persignó.

SARKOZY-- ORLY - CORCEGA

A pesar de nunca haberlo reconocido públicamente, al presidente de Francia Nicolás Sarkozy, tampoco le gustaba estar las 24 horas custodiado por sus agentes de seguridad y cada vez que podía escapárseles lo hacía y aunque sabía que estaba poniendo en aprietos la seguridad de la República, siempre era reincidente... pero esta vez había una verdadera razón... su amigo

Vincent lo necesitaba como amigo…no como presidente y como amigo lo
iba a ver.
François y Henry se miraron..Conocían esa expresión en la cara del
presidente como cuando un chico hace una travesura… ambos sabían que el
presidente iba a ir con ellos… pero, como se las iba a arreglar con el
protocolo?

El …se las arreglaría…

Se sirvieron el tercer croissant mientras el Presidente tomó uno de los
teléfonos, sin marcar nada, una voz de mujer contestó al instante.

---Amor, soy yo, te amo y no voy a viajar hoy-- soltó como una
ametralladora el Presidente- pufhhh lo dije…

Algo contestó la esposa… pero el Presidente salió por la puerta hablando
seductor y bajito.

Cuando regresó, la sonrisa de Nicolás Sarkozy no le cabía en la
cara…restregándose las manos dijo----…todo arreglado… cuándo salimos?
--y…lo más pronto posible –contestó François—podemos salir ahora
mismo.
--Déjame pensar como hago para mover el avión—dijo el presidente
rascándose la cabeza.

-- El avión presidencial no es necesario porque estamos con el avión de don
Vincent y tú ya lo conoces muy bien…--intervino Henry.
-- Claro, claro… todavía esta esa camarera…sueca? …esa…que tiene las
tetas grandes? -- preguntó el presidente con una risotada.
-- La verdad que no me acuerdo… todas las camareras que trabajan con
padre, las tienen que tener grandes -dijo François llevándose las dos manos a
sus pechos.
-- Creo que si vamos a salir hoy, yo debo buscar unas cosas en el hotel---
comentó Henry-- dónde y cómo nos encontramos?
-- Vayan los dos… yo tengo que arreglar algunas cosas… y me puedo tardar
un par de horas largas…-miró su reloj -- ¿está bien si nos encontramos a las
seis en punto en la puerta cuatro?
--¿Estás seguro que en la puerta número 4 ? se sorprendió Henry
-- Totalmente… y ahora váyanse… carajo- rió el presidente.

Los muchachos no esperaron un segundo para retirarse y casi desde la puerta François dijo--¡ Ahh... y llévate alguna ropa cómoda...! --y cerró la puerta.

Si para entrar al Palacio y recorrer los pasillos tardaron cuarenta y cinco minutos, ahora hacían el mismo recorrido en menos de diez y ya estaban casi en la calle.

Ya en la calle, François tomó su celular y mientras caminaba marcó el número 3...

Cuándo don Vincent atendió el teléfono , François dijo – ...Hola papá,...¿cómo estás?
----Muy bien, François... como un toro y súper feliz de escucharte...
--Pá... una pregunta... ¿...estás deprimido...? preguntó François
--¿ Estás loco ..? Estoy en el mejor momento de mi vida... por dónde estás?
--Estoy en tránsito en París y salgo ya mismo... sólo quería escuchar que estabas bien   y sepas que te quiero mucho...y... ya tengo que cortar...me están llamando para abordar... besos a má y saludos de Henry...--
---Oye, François- alcanzó a decir Vincent...-mira...
---Un abrazo, pá... - interrumpió François -- te llamo luego... bye...bye.- y cortó la llamada.

No era la primera vez que François y Vincent se hablaran así...
Así que no había nada anormal.
 Se querían y se admiraban mutuamente y una comunicación de treinta segundos, para ellos era más que suficiente.

---Dáme esos cinco -- le dijo Henry a François entre risas.
Chocaron manos y aplaudieron de contentos.

Ambos, desde sus respectivos celulares, hicieron las llamadas que correspondían.

Al llegar al hotel, se ducharon, se afeitaron y descansaron hasta que llegara la hora de salir... recogieron sus equipajes del hotel, hicieron el check-out y silbando bajito se montaron en el Cadillac rumbo al Palacio Presidencial, que quedaba muy cerca.

Faltaban cinco minutos para las seis de la tarde y el Cadilac iba muy lento por la rué du Faubourg Saint-Honore…Henry sabía que si se detenían frente a la puerta les pedirían identificaciones o les dirían que circulen… lo cierto que frente a la casa del gobierno no se puede detener ningún vehículo y hasta el más tarado sabía eso…se preguntaban cómo iba a hacer el presidente para burlar la escolta, para salir sin ser visto…cómo lo haría? …

Ya tenían a la vista la puerta 4… los guardias uniformados estaban en sus posiciones y seguramente algunos de seguridad deberían estar rondando cada puerta… y no estaba el presidente…tan solo se veía charlando con uno de los guardias a un viejito con barba, de esos religiosos de sacón negro muy largo , con un sombrero negro que dejaba ver sus patillas con bucles que los judíos llaman peyot… y que en la acera tenía apoyado un pequeño maletín de vendedor … gesticulaba llamativamente mientras hablaba… como si estuviera enojado con el guardia …

Pero del presidente… ni rastros.

…Y ya eran las seis en punto.

De todas maneras ya estaban casi frente a la puerta número 4… pasarían despacio… si los hacían circular, darían la vuelta rápido y como la avenida era en una sola dirección no podían retomar y les tomaría diez minutos, por lo menos, en volver a pasar… y eso era un inconveniente…miraron la puerta 4 sin ningún disimulo… de pronto, el viejito se volvió hacia ellos señalándoslo y gritando con acento le dijo al guardia…

¡… Véa, señor…! Mire , mire… éstos son mis amigos.. Y siempre llegan tarde…

Ajenos a esa discusión, el Cadillac se detuvo justo frente la puerta cuatro. Sin más ni más, el viejito abandonó su acalorado discurso con el guardia, tomó su maletín y se dirigió muy resuelto directamente hacia el auto estacionado, abrió la puerta trasera del Cadillac y se montó de una, ante el asombro de François y Henry…

Una vez dentro y mientras Henry avanzaba muy lento, el religioso cambiando de voz dijo…! Carajo, muchachos… cuánto tardaron…!

François y Henry, muy molestos por la intromisión, se voltearon para mirarlo, lo miraron fijamente... y lanzaron la carcajada más fuerte de sus vidas...

Estaban llevando al Presidente de Francia como pasajero de lujo... y enfilaron hacia el aeropuerto de Orly a tan sólo catorce o quince kilómetros al sur de París, una de las ciudades más lindas del mundo.

-- Te queda muy bien esa barba--- dijo Henry Lacombe.

-- Créeme que no te reconocí cuando hablabas con el guardia—agregó François---estaba preocupado que el presidente no apareciera y cuando subiste al auto pensé que el rabino se había vuelto loco y nos iba a complicar...

-- No es la primera vez que uso este disfraz--- dijo el presidente

-- Puedes pasar por judío perfectamente,--comentó François

-- De hecho... ustedes deben saber que mis abuelos eran judíos húngaros y mi madre, es Andree Mallah.

---Mallah de apellido?—preguntó Henry

--Si... Mallah de apellido, es un apellido judío sefaradí...Mi madre es griega , de Salónica y cuando estuve en Grecia en julio del 2006, fui hasta Salónica...-dijo Sarkozy.

--¿Tenías que ir a Salónica? preguntó Henry

--No...pero yo quería saber cómo y dónde vivieron mis abuelos...-- contestó Sarkozy -y allí , aparte de darme información de mi árbol genealógico , me dieron fotos de la familia Mallah y en la que hay varios familiares de los que yo ya tenía fotos en mi casa. --el presidente francés continuó --...Mis bisabuelos maternos eran Reina y Mordechai Mallah , ¿qué te parece? ...--hizo una pausa pensando .

--Mi abuelo materno, que fue el que realmente me crió,--continuó Sarkozy-se llamaba Benico Mallah y yo y mis hermanos nos enteramos de nuestras raíces, cuando mi abuelo murió en 1976 ya que temía que si nosotros nos enterábamos de nuestros orígenes, nos traumatizaríamos...

Sarkozy prosigió después de un silencio---...muchos de los Mallah murieron en El Holocausto...y él mismo, de mayor, en los 40"se hizo bautizar para pasar por católico...---se hizo otro silencio como buscando en su memoria y comentó--...en toda Europa existía el antisemitismo y él quería protegerse y protegernos a su manera...

Nunca se le hubiera ocurrido que yo iba a llegar a presidente y que la prensa iba a encontrar hasta donde yo me meé por primera vez...pero... yo nací cristiano, me bautizaron como cristiano y soy cristiano....--dijo el presidente.

-- De todas maneras—siguió Henry cambiando de tema--- si no te pica esa barba postiza... sería bueno que te dejes ese disfraz por un rato, por lo menos hasta subir al avión...para no llamar la atención...
-- Qué bueno que no se me ocurrió disfrazarme de gladiador--- rió el presidente— ahí sí que hubiera llamado la atención..

El Cadillac , guiado por Henry ,cruzaba en esos momentos el barrio Saint Paul, donde la gran mayoría de sus habitantes son gay, lo que aprovechó el presidente para decir...

"El sexo entre dos personas es una cosa hermosa... entre cinco es fantástico "... y con su dedo índice en la sien, pensando, se acordó de otra frase...

"La ventaja de ser bisexual es que duplica las posibilidades de tener una buena cita el fin de semana"..

Henry y François le rieron la ocurrencia y el presidente rió más que nadie...

Tal vez cuando las dijo , era para que sus acompañantes pensaran que era la creación del gran ingenio del presidente... pero en Estados Unidos , hasta un niño de seis años reconoce cuando se le hace un plagio a Woody Allen.

De todas maneras le festejaron la gracia mientras por la ventanilla veían como dos hombres se estrujaban contra una pared llenos de lujuria.
Dejando el barrio Saint Paul... se encontraron con la autopista que lleva al aeropuerto de Orly... y fue el presidente quien indicó por donde estaban los jets privados...
Al ser un vuelo de cabotaje... el trámite se hizo más rápido de lo estimado y cinco minutos más tarde el espacioso Cadillac negro estaba junto a un impresionante A- 320 Prestige propiedad de la familia Bollore y que el presidente de Francia conocía de viajes anteriores.

Henry se ocupó de las maletas de los tres mientras François hablaba con los empleados de mantenimiento de la nave... y el presidente, vestido de rabino... se mantuvo alejado.

Cuando François Bollore lo indicó... el rabino y Henry subieron por la escalerilla donde los esperaba el capitán y el copiloto de la nave que muy atentos los saludaron... unos pasos más adelante...el asistente de vuelo, con un uniforme azul brillante les dió la bienvenida a bordo con la particularidad que cuando pasó el presidente, reverenciándolo, le zumbó un shalón señor...

François y Henry Lacombe no pudieron aguantar la risa... ante el asombro del asistente
y la poca gracia que le hizo al presidente.
 Y pasaron los tres a la decorada salita de ejecutivos... para hacer tiempo y esperar el despegue.

François y Henry estaban felices por todo...todo estaba saliendo mejor de lo planeado y estaban con el tiempo muy bien...hasta... a lo mejor sería demorar la salida...

Henry , con la excusa de ir a refrescarse, fue hasta la parte de atrás del avión , cerca de la cocina y con su celular hizo un par de llamadas medio en clave . Mientras, el servicial camarero estaba sirviendo bebidas y entremeses en la salita...

En cuanto el sobrecargo se retiró, el presidente le preguntó a François si sabía que había pasado con la azafata tetona...

---Y...seguramente está con mi papá-- fue la respuesta.

Cuando Henry regresó... tomó su whisky, que ya estaba servido y comentó... creo que es mejor que salgamos ahora y que vayamos despacio...,¿ te parece bien...?
François comprendió que ésa eran las instrucciones recibidas, fue hasta la cabina habló con el capitán y el A-320 Prestige comenzó a moverse...

BARACK OBAMA, EL BEISBOLISTA

Media hora después y repuesto del cansancio del partido de baloncesto, duchado y vestido con un jogging gris perla y una gorra de beisbolista en una mano y un pequeño bolso en la otra, el Presidente Barack Obama

,Edward, Steve, Frankie y caminaban por unos pasillos poco transitados detrás de la cocina que daba al estacionamiento del personal de servicio.

Y en un espacio marcado para impedidos, había un Cadillac negro en evidente infracción...que el presidente notó... y dejó pasar...
Cuando llegaron al lado del Cadillac, el presidente hizo una aclaración...

--No dije nada hasta ahora, aceptando las reglas del juego- --su voz sonaba extremadamente seria.
Edward miró a Steve y a Frankie... por sus mentes corrió un mal pensamiento, carajo... se jodió todo!

Pero el presidente pronto, cambiando de tono y una risotada exclamó :
---Hace más de diez años que no guío... hoy voy a guiar yo y no quiero ninguna recomendación ni que vaya más despacio ni más rápido ni ninguna mierda... está claro?

El alma volvió al cuerpo de los muchachos... ufff que alivio...
El presidente se calzó la gorra de pelotero, pidió las llaves del auto y dijo que conocía un camino corto y menos transitado que los llevaba directamente al aeropuerto Regan y que él "tenía conexiones" para entrar hasta la pista de los jets privados con el auto...

Edward con respeto respondió-- señor, no dudamos de sus "conexiones"... pero permítanos que hoy usemos las nuestras... y para suavizar su tono, completó a tono de disculpa...- no serán como las suyas... pero nos llevarán hasta la escalerilla del avión....

--O.K. ---dijo el presidente--- no jodas más y dáme las llaves.
Cuando un presidente trata de esa manera a una persona... es que se siente muy distante de ella o muy próximo... y aparentemente, Barack se sentía muy cercano a estos tres nuevos amigos para emprender esta aventura.

El Cadillac avanzó lentamente hacia la salida, se cruzaron con un par de guardias que no reconocieron al conductor, pararon frente una barrera que inmediatamente abrieron desde la garita cuando el carro se acercó, y los pasajeros levantaron sus manos en señal de saludo...

--Buenas tardes... señores...

-- Buenas tardes y hasta mañana- respondieron desde el auto y pronto ganaron la avenida en dirección del aeropuerto...

Y el presidente supo que si para entrar en la Casa Blanca era muy difícil... para salir no había ningún control... lo registró en su memoria y lo iba a exponer al regreso.

Había muy pocos autos circulando y los tres muchachos rogaban que no tuvieran un estúpido accidente porque, aunque el conductor guiaba bien... estaban seguros que no tenía encima ni la licencia de conducir... ni ningún documento y no era el día para dar explicaciones a ninguna patrulla ni justificar porque el presidente les hacía de chofer... y hasta tal vez el de la patrulla podría pensar que estaban Secuestrando al Presidente...?

Un viejo refrán dice que "el diablo está en los detalles"y esto que el presidente estuviera guiando, no estaba en el libreto...

Y parece que la palabra detalles estaba en la mente de todos porque enseguida Barack Obama, como pensando en voz alta, filosofó:

...Hay tantos pequeños detalles que pueden hacer feliz a una persona... son sólo detalles , tonterías que están al lado de uno y uno no se da cuenta que esos pequeños detalles , son los que en realidad hacen la felicidad.. nunca me dí cuenta hasta ahora que guiar un auto , una jodida gorra de pelotero ,no tener mil custodias cada vez que quiero ir a mear , salir en jogging... esos son detalles ...
No periodistas ... no cámaras, ni fotos... no risas clavadas en la cara aunque te estés desangrando... no poses...

Lo había dicho casi como un murmullo... como si fuera un pensamiento tan potente que se le escapara por la boca...y continuaba con sus murmuraciones, muy bajo...casi inaudibles.

Se hizo silencio... nadie quiso contradecirlo...porque tenía razón...

El chofer prendió el radio para cortar el silencio.

Lo sentía de verdad... lo entristecía reconocerlo, pero los muchachos sabían que ese viaje lo estaba disfrutando.

--Gracias , muchachos ...esto es vida....--se le escapó a Obama.

Se lo notaba triste por lo que no podía hacer a diario y feliz porque ya sabía lo que tenía que buscar.

Pobre tipo…pensó Edward O" Neil y todavía no sabía en que embrollo se iba a meter.

Después habló que se pudo haber ido desde la Casa Blanca en el helicóptero de la Infantería de Marina de los Estados Unidos hasta la Base Aérea de Andrews en Camps Springs, Maryland, como hacía siempre que debía viajar distancias largas y desde allí abordar el Air Force One…

También comentó que aunque mucha gente no lo sabía… el One es cualquier vehículo en el que se desplaza el presidente, como Helicóptero One , EL Air Force One o como ahora, el Cadillac One…

Les explicó cómo era el Air Force One y todo lo que llevaba por dentro, desde enfermería hasta lavandería… desde los sistemas de comunicaciones más sofisticados del mundo hasta papel común de carta con membrete y sin membrete presidencial .. Desde complejas máquinas para descifrar códigos secretos hasta juegos de Backgamon…

Una a una, contó todas las maravillas que transportaba esa formidable fortaleza aérea.

Nadie lo interrumpía… les estaba dando una clase como un profesor explica a sus alumnos todo lo último en la avenida….

Había pasado más de una hora desde la salida de la Casa Presidencial.

Fue un viaje ameno , agradable y distendido…Todos habían reído por alguna ocurrencia… nadie había comentado nada de mañana.

Es justo reconocer y darle el mérito que merece al chofer, que se metió por un camino que ni Edward ni Steve ni Frankie conocían y que el GPS del carro (que estaba apagado) seguramente tampoco y que los llevó directamente a las pistas de los jets privados.

Sólo faltaba que les abrieran el portón para pasar con el carro y de eso se iba a ocupar Frankie, que ya estaba pronto para bajarse con su maletín de cuero negro del Cadillac One, aunque el mundo no supiera lo de Cadillac One.

El trámite de rutina tardó menos de cinco minutos y desde el carro vieron a Frankie salir de la pequeña oficina con un guardián, que se acercó para destrabar el enrejado portón...-

Frankie subió al carro y le comentó al chofer como dirigirse para estacionar cerca del Gulfstream -G550 que ya los estaba esperando y listo para despegar.

Abierto el portón, El Cadillac One recorrió una distancia de quinientos metros aproximadamente y al pasar una suave curva que hacía el camino, se encontraron con el hermoso jet que los iba acompañar.

Se estacionaron dentro del hangar según indicaciones de uno de los hombres que estaban trabajando cerca del avión... sacaron del baúl sus maletines y sus pertenencias. Cuando verificaron que tenían todo lo que necesitaban, los tres hombres de impecables trajes oscuros y el señor del jogging gris, con la gorra de pelotero, caminaron los cincuenta pasos que los separaban del jet.

Mientras caminaban...Frankie le dijo al presidente...

--Señor... cuando suba, no le haga la señal de la venia a nadie... salúdelos con cordialidad y nada más, no se olvide... por favor.

El presidente se rió con su mejor sonrisa.

El capitán de la nave, su copiloto y una bella azafata, aparecieron en la portezuela y observaban con sonrisa profesional como los cuatro pasajeros se acercaban a la escalera alfombrada.

Dieron el paso atrás para permitir que pasaran los viajeros y a cada uno les repitieron la frase de los Bienvenidos a bordo...

El último en abordar fue Frankie, que se detuvo un par de minutos para hablar con el capitán y al que conocía muy bien por vínculos familiares y el capitán le presentó al copiloto.

Después de saludar a Frankie con un apretón de manos, el copiloto se alejó discretamente y se introdujo en la cabina para ocupar su posición.

--Falta alguien más ?-- preguntó el capitán Tom Rush

---No...ya estamos todos--- respondió Frankie-- y... disculpa por la demora... pero creo que esta hora de retraso la podremos recuperar en vuelo, verdad?

---No te preocupes por eso, Frankie... igual vamos a llegar a horario—dijo con seguridad el capitán. —Acomódate que ya nos vamos... y tocándole el brazo con respeto, el también se perdió en la cabina.

Como por obra de magia, se embutió la escalerilla, se cerró la portezuela... y el Gulfstream G550 comenzó a moverse....

Si el Air Force One , que tanto enorgullecía al presidente, estaba bien equipado... el Gulfstream G550, aunque con otros equipos, no se quedaba atrás... pero todo en espacio más reducido.

Era la joyita producida por la compañía General Dinamycs que también fabricaba los   F 16 y los misiles Tomahawk para el Ejército de los Estados Unidos y posiblemente, era uno de los aviones particulares de mayor velocidad y autonomía de vuelo, ya que según los manuales, podía volar más de 12.500 Km sin reabastecerse y alcanzar velocidades casi mach o sea muy cerca de los 1.000 km/h. Dos potentes motores de la Rolls Royce le permitía subir a más de 30.000 pies, algo inusual para aviones particulares.

 En su cabina de mando, todos los G550 cuentan con los más avanzados instrumentos de navegación como el FLIR, que proyecta en cabina una imagen de radiación infrarroja que ayuda a los pilotos durante las posibles condiciones adversas en navegación y permite decolar o aterrizar por instrumentos con extrema precisión.

Unos momentos antes de subir al avión, Barack Obama, parado frente al jet, queriendo demostrar sus conocimientos, había comentado... -- La GD también hace las terminaciones por encargue, de acuerdo a las necesidades de cada cliente...

Y específicamente en esta nave, se podían apreciar siete filas de asientos bien anchos y cómodos, tapizados en terciopelo azul marino con ribetes blanco... un mini salón con computadoras, con teléfonos, cámaras y pantalla de proyección... varios televisores...

En la parte posterior, semi oculto por una mampara de colores suaves, una cocina especialmente diseñada, en poco espacio había logrado armar un sistema de alimentación capaz de abastecer un ejército...

Dos baños con duchas estaban sobre la parte izquierda del avión... mientras que enfrentado, estaba el sauna para 8 personas.

El presidente... continuaba sus comentarios...

--...Un avión similar o muy parecido a éste, es el que usa la familia Real Saudí y otro, tal vez con diferente distribución había sido entregado para el uso de la familia Real de Suecia...

Y aunque el presidente no lo sabía o no lo recordaba, la Marina de los Estados Unidos tiene un avión casi igual para el transporte VIP y por supuesto, con el presidente incluido como VIP.

BUSCANDO A WEN JIABAO --- CHINA A CORCEGA --

La capital de China , siempre fue Beijing...pero después que se estableciera la República Popular de China ,en el año 1949 , el gobierno adoptó el método de transliteración "pin yin " o sea cambiar los signos de una escritura por otros signos y la utilizó para re-escribir todos los nombres propios y de lugares como ciudades y aeropuertos, que utilizan el alfabeto latino .

Y aunque estaba vigente ese cambios de signos desde 1949, fue después de la visita del presidente Richard Nixon y su secretario de estado Henry Kissinger a China en 1972 y con el comienzo de la apertura turística y comercial con China, el gobierno chino comenzó a exigir que el nombre Pekín fuera cambiado y figurara el nombre oficial de Beijing en todos los vuelos , en todas las rutas marítimas y todos los documentos oficiales..

Realmente nunca hubo un cambio... sólo en la forma de escribirlo para los occidentales...porque para los chinos... siempre pronunciaron Beijing aunque los occidentales leyeran Pekín.

El chino promedio nunca se enteró de este cambio.

George y Nicky Chang despertaron al mediodía de Beijing repuestos de su largo viaje y con la preocupación de su misión... tan sólo habían llegado a China... ahora faltaba lo más importante...

Bajaron al restaurante del hotel, que estaba lleno a capacidad y no sólo por turistas sino por chinos de otras provincias que llegaban a Beijing para hacer compras... algo impensable e inimaginable dos años atrás...

Después de esperar por una mesa, consiguieron sentarse cerca de una gran fuente de agua que sonaba como una gran cascada... y a los mellizos les resultaba refrescante, agradable...y mientras todos los huéspedes almorzaban... Nicky y George Chang se limitaron a desayunar a la americana... huevos revueltos... tostadas, mantequilla, mucho sirope, jugos y café...

Ambos sin hablar disfrutaban el desayuno, mientras, distraídos veían a una señorita que se paseaba entre las mesas con una pizarra en las manos por sobre su cabeza... iba y venía por diferentes espacios hasta que estuvo muy cerca de la mesa de los mellizos y pudieron leer el cartel que decía... llamada para el señor Chang...

Al unísono los jóvenes se levantaron y la señorita con un simpático mohín y sin hablar ,les indicó donde podían contestar la llamada y aceptó sin inhibición alguna, el billete de diez dólares , que Nicky le puso en sus manos...

-- Hola... habla Nicky Chang... ¿quién es que habla?
-- ¿Hola, hijo... como están ?—la voz de Paol Chang tranquilizó a los hermanos...

Se suponía que ellos tenían que hacer las llamadas, no estaban supuestos a que nadie los llamara porque era muy poca gente que sabía de su viaje y no los iban a llamar ... y si se comunicaban, lo harían por otros canales.

-- ¡Qué bueno escucharte, pá ¡... ¿cómo estás tú... y mamá ?-- dijo Nicky muy cariñoso.

Hablaron un par de minutos y Nicky le pasó el auricular a George donde se repitieron más o menos las mismas frases con el agregado que los padres los invitaban a una exposición de pinturas y obras de arte en la ' ' Ciudad Prohibida "a lo que George declinó con delicadeza… aunque inmediatamente aceptó cuando Paol le dijo que en realidad, no eran papá y mamá quienes invitaban, sino que era una invitación de Wen Jiabao, especial para ellos y que desairarlo sería una terrible ofensa…

--Siendo así… ¿dónde y cuándo papá?   --casi gritó George con inusitada alegría.
--En media hora en el lobby del hotel… traje oscuro y corbata...está bien…? –y agregó--
¿Trajeron trajes oscuros…? — preguntó el padre Paol.
---Todo bajo control--- En media hora aquí…--dijo George.

George y Nicky se olvidaron del desayuno… y subieron a ponerse ropa adecuada para encontrarse con el primer ministro… y no sabían cómo se había producido ese milagro… Paol tal vez lo explicaría.

De acuerdo a lo convenido…diez minutos antes de las dos de la tarde… George y Nicky subían al elevador con sus impecables trajes negros, camisas blancas almidonadas y sobrias corbatas oscuras… en su descenso, el elevador paró en el piso seis… donde se montaron un grupo de señores y señoras en traje de baño, chancletas y toallas para la piscina, lo que les dió un poco en envidia a los Chang.

Y a las dos en punto … una limousine negra entraba a la media luna del hotel y su único pasajero, Paol Chang hacía señas a sus hijos para que se acercaran… se abrazaron con su padre… se miraron con detenimiento… ninguno había cambiado mucho desde la última vez que se habían visto… y subieron al auto … tras indicarle Paol al chofer que iban hasta " La Ciudad Prohibida "… que felizmente , estaba muy cerca del hotel, el lujoso auto emprendió el camino.

A pesar de ser una tarde soleada, el smog de la ciudad… opacaba los rayos solares dándole a la claridad un color gris…era un fuerte smog y en Beijing lo llaman calina.
La charla en el auto era la charla clásica familiar de un padre con sus dos hijos que no se ven por un tiempo…

El chofer tomó la avenida Donghuamen pero al pasar por el hotel Kapok, Paol le pidió al chofer que se detuviera… irían al restaurante de ese hotel y que los recogieran a las tres y media… y le recalcó que fuera puntual.

Entraron en el elegante restaurante…

El lugar estaba casi vacío por la hora y se dirigieron al reservado más lejano de la entrada que encontraron…pidieron café… pero Paol Chang ahora, en privado, cambió su tono y preguntó sin rodeos…
--¿En qué líos están metidos ustedes?---
-- ¿Por qué la pregunta, padre?—dijo George
-- Porque esta mañana llamaron de la oficina del premier Wen Jiabao que necesitaban hablar con ustedes y yo contesté que estaban en Nueva York y les dí el número de teléfono de los dos…

-- Esteee….déjame que te explique—balbuceó Nicky
-- Al rato, volvieron a llamarme para decirme que ustedes estaban aquí… ¿no podían haberme avisado?—dijo molesto Paol—puse diez personas a llamar por teléfono a todos los hoteles…-¿en qué andan para que Wen se desespere en hablar con los dos?

--Mira , papá … tranquilízate por que no es nada malo…--intervino George—primero, te pedimos disculpas por no avisarte de nuestra llegada… pensábamos verte hoy por la tarde o mañana temprano…y segundo, se suponía que teníamos que ver a Wen para una reunión que se suponía secreta y que parece que…

--¿Cómo que secreta… ? --- preguntó Paol extrañado --¿…secreta con Wen Jiabao?
-- Sí papá… secreta con el premier Wen Jiabao—dijo Nicky
-- Bueno…no sé si eso me tranquiliza…o me preocupa más… si es todo legal y limpio y sus conciencias les dice que no están en problemas… — interrumpió el padre –no tienen que romper un secreto ni darme explicaciones de nada…ustedes son Chang y saben lo honorables que tienen que ser…yo nunca dudo de mis hijos … pero a veces ocurren cosas inexplicables y quería tener información de ustedes ,saliendo desde la boca de ustedes …sepan que yo soy incondicional con mis dos hijos … me preocupé mucho con esa llamada… …son mi vida y eso ustedes dos ya lo saben…
--Gracias, padre… lo sabemos—respondió George.

Trajeron los cafés… y bebieron los cafés…Hablaron de cualquier tema…Paol, por su honor chino y su rango militar sabía bien lo que es el honor de guardar un secreto y no quería que sus hijos lo rompieran…ni siquiera con su padre.

Paol pagó la cuenta…ya eran las tres y media y la limousine estaba esperando…
Dos kilómetros y cinco minutos bastaron para que la limousine negra se detuviera frente a la entrada principal de "La Ciudad Prohibida ",que se llamaba así porque anteriormente , el acceso estaba limitado únicamente a ciertos cortesanos para audiencias con el Emperador…y se negaba el permiso a todo el pueblo a contemplar los maravillosos palacios y esa hermosa obra arquitectónica de más de ocho kilómetros de largo.

Felizmente, ahora en estos tiempos… los chinos y el turismo internacional, pueden contemplar ese lugar siendo una de las principales atracciones de Beijing y una joya para el mundo.

Pero también , a veces… uno de los salones, puede estar cerrado… como puede ocurrir cuando el Primer Ministro quiere tener una charla privada…

Nicky y George bajaron del auto y dos señores se acercaron para escoltarlos…

--- ¿Señores George y Nicolás Chang ?---preguntó uno de ellos.
---Sí...Somos nosotros…—contestó George.
  --Por aquí, por favor… acompáñennos—dijo uno de los guardias de seguridad…

Paol y la limousine, se alejaron…

Y sin mediar palabra, los cuatro hombres se dirigieron hacia un edificio no muy alto, recubierto de mármol blanco… y que se distribuía en tres inmensos salones… y los hermanos Chang, que conocían muy bien el lugar, sabían que los iban a acompañar hasta el Taihe Dian, también conocido como el" Salón del Trono de Oro" o " El Salón de la Armonía Suprema" que era el más espectacular de los tres.

Otros dos guardias custodiaban la puerta mientras esperaban por Wen Jiabao…que no tardó en llegar y después de reverencias… se dieron un fuerte apretón de manos…

Se sentaron en los sillones rojos a un lado del salón…al momento alguien entró con una bandeja donde se veían la tetera y tres tazas, que acomodó en una pequeña mesita que seguramente tenía su historia… sirvió en las tazas de fina y delicada porcelana y salió.

Wen Jiabao tomó una de las tacitas, dió un sorbo, miró a sus acompañantes…

--¿Así que ustedes son George y Nicolás Chang…?--habló Jiabao-- me da gusto conocerlos…
--Gracias por recibirnos… señor – contestó George
--Para mí es un placer—dijo sereno Wen--…pero antes de decirme algo , quiero que sepan, que estamos reunidos no por la llamadas del señor Warren ni las diez llamadas del señor general Colin… a los que respeto y aprecio… pero cuando supe que eran los hijos de Paol Chang… yo me ocupé de encontrarlos y por eso estamos aquí….--y continuó --- …desde mis oficinas los llamaron anoche , pero me dijeron que estaban en la habitación pero seguramente dormidos…y no escucharon el teléfono …ahora díganme… ¿en qué puedo servirles?

--Señor…- dijo Nicky – estamos organizando una reunión donde se hablarán de temas sociales que pudieran ayudar a China y beneficiar al mundo entero…
---¿Y yo cómo puedo ayudar en éso?---susurró Jiabao.
--- Nos gustaría que usted pueda participar y con su clara visión, como demuestra en los avances de China, poder ayudar a muchos chinos, a muchos africanos, a mucha gente que necesita… y sabemos que usted es capaz de aportar mucho en esa reunión… --amplió Nicky
--Me complace escucharte, joven Nicolás—dijo Wen---pero yo estuve en varios foros organizados por la ONU, por el FMI, en veinte Cumbres y no dá resultado…todos oyen pero…nadie escucha…
--Esto no es a nivel gobiernos—intercedió George—es una iniciativa privada y estamos seguros que sí dará resultados…aquí lo van a escuchar…--casi suplicó George.

--Todo lo que pedimos son tres días... nada más... y valen la pena, señor... es muy importante para nosotros y creemos que para todo el mundo...usted será bendecido por su presencia, señor...--siguió Nicky.

Por más de cuarenta y cinco minutos, se expusieron todos las alternativas practicadas en las reuniones de Nueva York... se apeló a sus buenos sentimientos...Se utilizaron palabras como paz mundial...comida excedente para China... monopolio de los bancos chinos e internacionales...y todos los recursos que los mellizos creyeron...hasta se lo imploraron...

Y ante la imploración, Wen no encontró ni quiso encontrar excusas... tácitamente... iba a aceptar... pero primero quiso decirles porque iba a aceptar...y entonces, tuvo la oportunidad y el tiempo de explicar...

"Cuando un hombre se acerca con la mano extendida para pedirte, no le preguntes
por qué te pide...si puedes ... complácelo ."

... y luego de un silencio...otra explicación...

"Hace muchos años, yo estudié en la escuela secundaria de Ñancay...

Mi familia era muy pobre y yo era un plebeyo con ilusiones... tuve la suerte de tener un amigo que me ayudó en todo ... desde ropa... comida... cuadernos y libros... hasta su propia cama ...y hasta su propia manta para cobijarme en los inviernos...todo para que yo pudiera estudiar... y a ése amigo, yo sabía que no le sobraba nada... y... el poder tomar un plato de sopa caliente ...era tanto un sacrificio para mí , como para él... y él, más de una vez... me dió su propio plato de sopa...

Yo valoré siempre eso pero nunca tuve la oportunidad de retribuirlo como merece...

Ese amigo me defendía cuando otros muchachos se burlaban de mi por mis anteojos...él se ha peleado con otros compañeros por defenderme...él pasó horas estudiando conmigo alejado de sus estudios...para animarme...

La voz de Wen Jiabao se entrecortaba.

--Fueron muchos años que estuvimos juntos y siempre fue mi protector…hombre digno y veraz…íntegro como ninguno…

El me atendió cuando enfermé…él me dió ánimos cuando flaqueé… y aunque éramos de la misma edad…siempre fue un hermano mayor para mí… casi un padre…"

El relato era emotivo y la voz serena y pausada de Wen lo hacía más emotivo.
Cuando quise agradecerle algo...me hacía callar...hasta hoy nunca aceptó nada que yo pudiera darle como muestra de mi agradecimiento y sé que hasta se ofendería si lo intento...yo sé muy bien como es...
"Ese estudiante—continuó Wen—que hizo tanto por mí y a quién le debo todo lo que soy….era y es, Paol Chang, vuestro padre…y como sé que los buenos frutos siempre caen cerca del tronco… ya sé como son ustedes..."

La emotividad del relato y la sentida forma de expresarlo, hacía que a los tres les faltara poco para llorar…

-No sabía esa historia—dijo George
-Ni yo…-- dijo Nicky

--"La recompensa de una buena acción…es haberla hecho"-- sentenció Wen Jiabao y agregó —--

"Cuando tú te vanaglorias y te ufanas lleno de mérito por las buenas obras que has hecho…esas obras… pierden todo el valor…"

Jiabao continuó-- Conozco a Paol… sé que nunca lo dirá… pero yo quería que ustedes lo supieran…

Después de semejante confesión de parte del primer ministro y ya recompuesto del bajón emocional se hizo un gran silencio…que se interrumpió cuando Wen Jiabao dijo con autoridad… ahora ya saben por qué voy a ir… díganme ustedes… ¿dónde hay que ir y cuándo?...

Los dos señores Chang casi juntos respondieron... a Córcega y ahora… desde ya, gracias...Señor…muchas gracias…

-- ¿A Córcega? ¿…ahora ?---dijo un incrédulo Wen Jiabao.

A pesar que hubieran tenido un jet a disposición con una llamada a Richard Kent...no pudieron evitar que viajaran en el jet personal de Wen Jiabao ...lo único que consiguieron fue la condición que el viaje se considerara privado y que el avión se identificara como particular en la ruta y en los aeropuertos...Wen Jiabao había sido todo un caballero...hombre de campo...hombre de códigos, tal vez buenos o tal vez malos...pero con rectitud...honesto consigo mismo...en cada frase había envuelto un refrán de la sabia y antigua Cultura China...daba gusto escucharlo...y tendrían muchas horas para hacerlo...iba a ser un buen viaje.

-- ¿Cuántos días...cuánta ropa...cuántos libros para leer?---de repente preguntó Wen.
-- Es en un yate...tres días...Poca ropa, deportiva y ningún libro...no va a tener el tiempo---contestaron entre los mellizos.

Wen Jiabao tomó su teléfono, llamó a sus pilotos y dió las instrucciones para salir en un par de horas...casi el tiempo que les tomaría llegar hasta el aeropuerto más grande del mundo.

---Uno de mis guardias los llevará hasta su hotel para que busquen sus maletas...él los esperará para llevarlos al aeropuerto...yo voy a preparar la mía...nos vemos allí y no me hagan esperar...de acuerdo?—dijo Wen y sin saludar, dió media vuelta y salió del Taihe Dian.

Y dos horas más tarde,en la pista del aeropuerto, antes de partir hacia Córcega con el primer ministro , los hermanos Chang se comunicaron con Richard Kent y luego llamaron a sus padres para despedirse..

Después de hablar con su madre y decirle que los llamaban en un par de días...cuando tomó el auricular Paol Chang...Nicky dijo --sólo escucha...papá , está todo bien y tenemos que viajar ya mismo...te llamaremos pronto... pero queremos decirte que te queremos mucho ... y que eres el mejor...y que siempre estamos muy orgullosos de tí...

Después de esa comunicación... les vino a la mente una de las frases de un viejo amigo... con referencia a Wen...

" Todos tenemos alguna vez, cinco minutos de estúpidos..." O algo parecido... pero no quisieron pensar en ello... se acomodaron y se dispusieron a partir...

Y el jet privado, con dos pilotos y tres pasajeros carreteó por las pistas del aeropuerto de Beijing y enfiló rumbo al aeropuerto Napoleón Bonaparte en la isla de Córcega.

Los pilotos capacitados para este tipo de vuelo, desde el aire consiguieron los permisos, las rutas y todo lo necesario para hacer ese viaje sin novedades... y sin mencionar quien era su principal pasajero...y los hermanos Chang recuperaron parte de las 24 horas que habían perdido.

RICHARD KENT Y NORMAN DUNCAN EN MONACO

Richard Kent y Norman Duncan estaban saliendo de la agencia de viajes en Mónaco después de haber cerrado el trato para el alquiler de un yate con un par de requisitos fundamentales... comodidad excelsa para diez personas como mínimo. Diez suites con sus respectivos baños privados...pista de aterrizaje para helicópteros abordo y sin tripulación.

Richard y Norman dijeron que era una actividad privada y que llevarían su propio personal.

La negativa de la agencia fue tajante... ofrecían un barco que excedía con creces lo que Norman y Richard solicitaban... tenía un helipuerto como solicitaban pero no podían, por razones de seguros y normas de la Empresa, acceder en cuánto a la tripulación de la embarcación.

Hubo un período de intransigencias a pesar que el trato en principio se habría cerrado en Nueva York pero al materializar la renta, el obstáculo de la tripulación era casi insalvable...Doscientos mil dólares adicionales a los us$ 500.000 por una semana hizo que la agencia reviera con más cariño la propuesta.

Acordaron que

1. El yate saldría con su tripulación... llegaría a un lugar determinado...
2. Otro barco pagado por el Arrendatario, recogería la tripulación y la llevaría a tierra.
3. Al confirmar el regreso, un barco pagado por el Arrendatario, llevaría a la tripulación original al yate, antes de la fecha del vencimiento del alquiler.
4. La tripulación de la Empresa, regresará el yate a su lugar de origen.

Amén que cada día de retraso, cualquiera fuere la razón, el Arrendatario pagaría
us$ 150.000.

Esto y un cheque certificado de 5 millones de dólares en garantía, hicieron buena
la gestión.

Norman Duncan y Richard Kent al alejarse de la agencia , saltaron de contentos , habían proyectado pagar hasta un millón por una semana y 300,000 por día de retraso y un cheque certificado por 20 millones.

El Tritón, de sesenta metros de largo con todas sus comodidades, estaba tasado en más de 60 millones de dólares.

Les habían ahorrado a Bill y al Tío Warren unos cuántos dólares.
Todo estaba saliendo de acuerdo a lo pautado.

El libro plastificado que habían recibido con las comodidades del Tritón, le hacía poca justicia a este yate que navegaba majestuosamente por las tranquilas y azules aguas del mar Mediterráneo en una mañana clara y de sol radiante.

A bordo, una tripulación de una treintena de personas con impecables camisas, pantalones y zapatos blancos, se paseaban contemplando el mar unos, los cielos otros...pero sin ninguna actividad acorde a sus puestos.
Era el perfecto día para disfrutar el bellísimo panorama que ofrece el mar y el cielo, sin nubes, tocándose para hacer un solo fondo azul-celeste.

Una ligera brisa corría por el yate sólo para recordar a los navegantes que estaban en alta mar.

En la cabina de mandos, el capitán, un joven con sus charreteras como distintivo, hacía cálculos y verificaba posiciones junto a los dos pilotos. Los tres cotejaron las últimas coordenadas …con los equipos de navegación que posee el Tritón, no era necesario controlar nada, pero el orgullo profesional y la ética así lo requerían..

Mirando su ancho reloj pulsera el capitán dijo---Este es el lugar --- y ordenó -- apague máquinas.

--máquinas apagadas, señor- respondió uno de los pilotos.
-- segunda máquina apagada… señor- --contestó el segundo oficial.
El leve zumbido de motores desapareció.
----Es el momento de anclar, y por la profundidad, lo haremos con las cuatro anclas de capa, de a una a la vez —dijo el capitán y susurró una frase que había adoptado como suya…

"Los océanos unen continentes...los desiertos los separan"

---Comprendido, señor… primer ancla…afuera- dijo el piloto.
---Segunda ancla…afuera, señor - dijo el segundo.

Un suave chirrido imperceptible para quién no estuviera acostumbrado, llenó el silencio.

Treinta segundos después bajaba la tercer ancla gareteadora y luego la cuarta…
Un motor pequeño iba a mantener al yate estable en esas coordenadas con un margen de error de menos de 100 metros en los próximos tres días.

Anclado el barco, el capitán se dirigió hasta el tercer piso y se dispuso a informarles del anclaje y las coordenadas a los dos señores que habían contratado este extraño viaje.

Richard Kent y Norman Duncan charlaban animadamente aunque estaban en medio de una partida de ajedrez en el lujosísimo Tritón, cuando el capitán llamó a la puerta del salón central para darles las últimas noticias sobre la posición del yate.

Aunque no había hecho comentarios con nadie, el capitán se había sorprendido que en todo el día de navegación los dos hombres no habían estado en la cubierta, no habían usado el gimnasio, ni la piscina y prácticamente nada de las comodidades del barco.
Sólo las recámaras y el palier central que enfrentaba las dos suites de lujo.

Son extravagancia de ricos, se dijo para sí...y con una sonrisa en los labios, pensó ,
estos ricos no saben en qué gastar el dinero...alquilar un yate así para estar en el camarote...humm

Habían comido de lo mejor del menú y habían bebido con moderación...pero no habían salido de ese salón. Ni habían usado la radio del barco y casi no habían hablado con nadie excepto con él... que también era nexo entre ellos y el chef... y bién poco por cierto.
--Adelante --dijo Richard
--Hola señor Kent- dijo el capitán - aquí está la información que usted me pidió - -dándole una hoja cuadriculada con las coordenadas y los puntos de referencias de las cartas marinas.

Gracias, capitán- agradeció Richard Kent mientras miraba con atención la hoja cuadriculada...-- yo lo llamo enseguida para nuevas instrucciones.
-De acuerdo señor Kent- respondió el capitán.
El capitán saludó con un ligero movimiento de cabeza y se retiró, tan sorprendido como siempre.

Norman tomó el papel, lo miró... lo cotejó con su inmenso plano que había estado enrollado en un sofá y dijo...-Bien... ya es hora de llamar a la caballería...

Richard Kent fue hasta el modular de la pared y tomó un pequeño transmisor que estaba seteado para frecuencia modulada.
----Aquí Richard...aquí Richard... me escuchas?
---Alto y claro --respondió la voz
--Ya estamos en posición...-¿cuánto puedes tardar?---preguntó Richard.
---Estamos saliendo ahora...--dijo la voz--- ya puedes hablar con el capitán.
---Comprendido- dijo Kent

---Comprendido y fuera -- dijo la voz y se terminó la conversación.
Eran muy pocas palabras y casi sin significado para cualquiera que hubiera escuchado la transmisión.
Pero había llegado el mensaje.
Richard apagó y guardó el radio.
Se miraron los dos… chocaron sus botellas por el éxito y brindaron con el agua mineral.

De acuerdo a lo acordado, Richard Kent llamó al capitán y le informó sobre lo estipulado con la agencia dueña del barco, que estaban muy a gusto con los servicios que les habían ofrecido, que no era nada personal pero que otra embarcación vendría a buscar a la tripulación y que solamente se iban a quedar como parte de la tripulación él y los dos pilotos hasta nuevas órdenes.

Cuando el capitán subió a cubierta para informar a su tripulación, un barco no tan lujoso como el Tritón y de la misma compañía se estaba acercando y por radio confirmaban que iban a colocarse por babor para iniciar el traspaso del personal.

El Mediterráneo era tan grande y tan sólo dos embarcaciones en 50 millas a la redonda estaban separados por una escalerilla de menos de tres metros… El traspaso se hizo con prontitud y seguridad aprovechando que el mar estaba más calmo que nunca y el sol tan resplandeciente como siempre.

En menos de treinta minutos, la segunda embarcación había llegado, había acodado, traspasado al personal y partido igual de silenciosa como había llegado y diez minutos más tarde, había desaparecido de la vista de Richard Kent y Norman Duncan que quedaron solos en cubierta, ora mirando las azules aguas, ora mirando el azul cielo y con el corazón palpitándoles a mil.

Pero no tuvieron el tiempo para pensar mucho…

Exactamente quince minutos después de alejarse la nave llevando la tripulación del Tritón , un hidroavión DHC-6 , modelo Twin Otter de dos hélices , aparecía en el horizonte y cinco minutos más tarde amarizaba muy junto al lujoso yate.

El capitán y los pilotos del Tritón activaron nuevamente los mecanismos de la escalerilla hasta ajustar la distancia y altura del hidroavión con inusual precisión, teniendo en cuenta que no son maniobras rutinarias.

Se abrió la puerta del hidroavión y por allí bajaron tres hombres que al llegar a cubierta y tras saludar con un apretón de manos a Kent y a Duncan se dirigieron al capitán y a los pilotos...

--Soy el almirante Dubois ... a partir de este momento quedarán relevados de sus puestos y con mis contramaestres, me haré cargo de esta nave... Aparentemente el capitán o conocía la noticia o conocía a Dubois, lo cierto que los pilotos y él, no demostraron ninguna sorpresa y cuando les comentaron que el hidroavión los llevaría a tierra, recogieron sus bolsos de mano y estuvieron listos para partir, antes que Kent y Duncan, que ya tenían todo preparado.

Ahora eran los ayudantes de Dubois los encargados de maniobrar la escalerilla de abordaje después que el grupo de hombres subieran al hidroavión y lo hicieron con la misma precisión que se había realizado antes por el capitán y los pilotos.

La puerta del hidroavión se cerró por dentro mientras las caras asomaban por las ventanillas.

Desde su asiento en la cabina del anfibio, un piloto sonriente, miraba la operación con naturalidad mientras mantenía regulando las revoluciones de sus motores y pronto a partir cuando le hicieran la señal correspondiente, que llegó no bien desprendieron la escalerilla.

Uniendo el dedo índice con el pulgar, el almirante daba el trasbordo por completado, cosa que respondió el piloto con la misma seña y luego levantando sus dos pulgares.

Uno de los motores se aceleró algo mientras el otro motor estaba a muy bajas revoluciones lo que hizo que el avión casi a la deriva, se apartara del yate demostrando la pericia del piloto.

Y cuando el piloto consideró una distancia prudente, rugieron los motores con su máxima potencia hasta llevarlo a una imaginaria zona de despegue ... recorrió unos trescientos metros ganando velocidad en el calmo mar, abriendo una estela blanca de espumas y comenzó un moderado ascenso mientras de sus flotadores escurrían chorros de agua que al brillar con el sol formaban un rápido y hermoso arco iris y en instantes, después de hacer un giro completo, pasó sobre el Tritón, ladeando sus alas en señal de saludo.

La nueva tripulación, correspondió con sus manos saludando al aire.

Cuando el hidroavión se perdió en el cielo… Dubois se dirigió a sus segundos….

---Tenemos seis horas para llevar este chiche hasta las aguas internacionales y lo más lejos posible… así que…. Vámonos ya…-

Por motivos de seguridad, aunque mínimos, la idea era que no hubiera una localización del yate en la agencia durante los próximos tres días.

Levaron las anclas capa y salieron disparados como en una carrera.

SOMALIA Y SUS PIRATAS DEL MAR

La piratería en Somalia era el deporte nacional.

De ninguna manera se puede justificar… pero si se buscara un motivo de sus inicios, deberíamos remontarnos hasta temprano en el año 1990, con la caída del gobierno somalí.

Flotas pesqueras de distintos países comenzaron con una pesca furtiva en aguas somalíes asimismo como el vertido de sustancias tóxicas y radioactivas.

La fuente de ingresos para el somalí promedio, era la pesca artesanal que se veía disminuida por la pesca indiscriminada de las flotas de países que utilizaban todos los adelantos de la tecnología pesquera.

En esos momentos, un grupo grande de pescadores formó una especie de cooperativa para custodiar sus aguas y se auto llamaron " Guardia Costera Voluntaria de Somalia " y alegaban con razón , que los verdaderos bandidos del mar eran esas flotas de los países desarrollados.

Como el gobierno somalí no atendía a sus pescadores y todo era un caos ya que Somalia había sido invadida por Etiopía , los pescadores decidieron tomar acción directamente con los barcos que estaban en aguas territoriales y que pagaran un cierto tipo de multa POR LA PESCA O LA INTENSION DE PESCAR EN AGUAS somalíes

Para lograr eso, comenzaron a abordar naves   pesqueras y por eso se les llamó piratas somalíes en todo el mundo.

En principio se abordaban únicamente barcos pesqueros que ofrecían poca o ninguna resistencia ante el abordaje.

En muy poco tiempo, los integrantes de aquella modesta cooperativa pesquera somalí, vieron como se multiplicaban sus ingresos con la nueva actividad.

Y algunos somalíes vieron la oportunidad de atacar otros barcos que trasportaban diversas mercancías y no tenían que ser pesqueros necesariamente.

Ya no iba a ser tan sencillo como usar sogas y palos y tal vez necesitaran armas de verdad...

Y por el horizonte... pasaban muchos barcos por día... hasta se podía elegir a que barco asaltar.

Los originales "Guardia Costanera Voluntaria de Somalia" se desvirtuaron tanto que Somalia pasó a ser mundialmente conocida como el país de los piratas con el beneplácito y defensa del gobierno
Poco a poco se fueron sumando los llamados "Señores de la Guerra" que aportaban dinero, armas y diagramaban los planes de los secuestros a cambio de una parte del botín.

Ahora no sólo se intervenía con barcos pesqueros sino con cuánta nave pasara en el horizonte de Somalia...y si eran petroleros...mejor.

La Cooperativa iba aumentando sus afiliados y además, surgieron nuevos grupos muy bien organizados.
Todos querían intervenir en los asaltos ya que en algunos meses se llegaron a secuestrar tres y cuatro barcos por día para pedir rescates millonarios a cambio de la vida de la tripulación, del valor de la carga y del barco en sí.

En los principios, en la primer "Cooperativa" hasta había un reglamento que los Señores de la Guerra exigían, a saber:

1) No debían usar violencia con los tripulantes del barco asaltado...además
   Tratar con respeto a los tripulantes del barco asaltado
2) No saquear el barco asaltado.

3) El barco y la tripulación no deberían sufrir robos personales por parte de los piratas.
4) En cada asalto los piratas debían tener por lo menos un intérprete con conocimiento de varios idiomas.
5) Se estipulaba el reparto del botín con porcentajes para cada operación por adelantado.

60 % para el comando del asalto
20 % para los Señores de la Guerra
20 % para compra de armas.

Los violadores a estas reglas eran fuertemente castigados por los Señores de la Guerra como ejemplo a otros piratas.

Pero , a medida que la competencia entre los piratas iba creciendo, estas reglas fueron desapareciendo poco a poco hasta no haber ninguna regla...todo era válido.

Era tal la precisión con que elegían los barcos para asaltar que se llegó a pensar que en algún lugar habían entregadores con información vital y precisamente la Cadena SER de España denunció haber recibido información de la Inteligencia Militar Europea donde , con lujo de detalles, explican que los piratas somalíes recibían ayuda de los Servicios de Inteligencia de Londres.

Londres nunca negó esa información... y lo más sospechoso:

Ningún barco inglés había sido interceptado.

Los asaltos ya no eran a cualquier barco... los piratas sabían de antemano cuáles barcos secuestrar, cuáles eran sus rutas y cuál era el valor del cargamento que transportaba. Los más apetecibles eran los grandes petroleros y eran muchos...se podía elegir a cuál asaltar primero...

A mayor valor del cargamento, mayor rescate a pedir.

Uno de los más reconocido Señores de la Guerra era Abshir Abdullahi Abdulle , que llegó a formar una banda de más de doscientos hombres y que fue conocida como la banda Bollah y dónde Hussain Madobe,su lugarteniente, lo iba a reemplazar cuando Abshir se cansara de ganar dinero.

El flujo de dinero era tal en la maltrecha economía somalí ,que se llegó a crear el Haradheere Stock Exchange que estaba abierto las 24 horas y donde la gente invierte sobre el éxito o no del secuestro, el importe del rescate y si hubo víctimas.
El pueblo completo participaba en ese Stock Exchange.
Cierto es que es un pueblo paupérrimo, donde no hay comercio, ni hospitales ni hoteles ni autoridades ni caminos. Casuchas sucias y malolientes daban cobijo a poco más de 6.000 habitantes dedicados en su mayoría a la piratería.
El pequeño grupo que no estaba con los saqueadores de barcos, vivía con los míseras monedas que recogían de la venta de frutas, azúcar y sal, en la entrada del polvoriento poblado.
Por el contrario, cada joven pirata era un héroe y un futuro hombre rico debido al auge de la cotización de cada secuestro.
En entrevista con Reuters, el gerente del Haradheere ,identificado solamente como Mohamadh , el pirata , comentó que cuando comenzaron eran 14 compañías navieras las que cotizaban y que a los tres meses, pasaban de 72 y casi todas con ganancias…las apuestas eran…la secuestraremos o no la secuestraremos…? ¿El botín pasará de..us$...?

Debido a la cantidad de secuestros casi diarios, las fuerzas navales de la Unión Europea comenzaron a dar apoyo y vigilancia a todos los barcos que navegaban por la zona logrando la disminución de los secuestros, pero no la finalización.

BARCELONA – ESPANA

En el año 2005 ,la Marina de Guerra española había capturado a ocho piratas somalíes, los había juzgado, sentenciados a siete años de prisión por delitos graves a cada uno , los había encarcelado y cumplida la condena, salían todos de prisión , con ánimos de venganza y para recuperar rápidamente , esos siete años perdidos .

Entre las calles Rosselló y Provenza, en el distrito "El Ensanche" de Barcelona, hay un edificio que ocupa dos manzanas. Es una construcción vieja y aunque remodelada constantemente, mantiene su fachada original que data de fines del siglo XVII.

Unas letras grandes, en bajo relieve permitían leer

CENTRO PENITENCIARIO DE BARCELONA.

El Centro Penitenciario de Hombres de Barcelona, tal vez más conocido como Cárcel Modelo, es un antiguo penal con una de las características más raras del mundo.
Diseñada por el jurista Jeremy Bentham, la idea era una construcción cilíndrica donde cada preso estuviera en celdas individuales, aislado, en la que ningún preso puede ver ni hablar con otro.

Era custodiada por guardias desde el centro del recinto desde donde podían ver a todos los reclusos y éstos no veían a los guardias.
La medida era para que los presos se sintieran controlados permanentemente aunque en realidad, no lo estuvieran.

Desde su inauguración, en 1904 , las cosas habían cambiado mucho de su concepto original... por lo menos para unos somalíes que habían escrito en las paredes un rústico almanaque al que le cruzaban con un marcador ,cada día de la semana hasta diciembre 28 del 2011.

Y fue en la esquina de la calle Rosselló y Provenza, en la vereda opuesta a la cárcel, y en un pequeño bar, a 150 metros de la angosta puerta de hierro de la cárcel modelo, donde uno a uno, ocho somalíes que iban saliendo con un intervalo de 10 minutos, se reencontraban con sus compañeros de cárcel de los últimos siete años y amigos de toda la vida en Haradheere .

Comieron sándwich de queso, boquerones en vinagre, schawarma en pan pita, refrescos jugos y café. Todo acompañado con muchos cigarrillos.

Era el primer almuerzo en libertad en mucho tiempo y sin miradas ni oídos indiscretos.

Todo eran risas y alegrías en esa mesa...
El dueño del pequeño bar , un marroquí de Tánger, que llevaba diez años en España, de vez en cuando se acercaba a la mesa tan sólo para reaprovisionar

y se alejaba con discreción, sabía que esos jóvenes necesitaban intimidad y él no la iba a quebrantar.

Y lo sabía... porque en algún momento, también supo lo que era estar preso.

Tres horas estuvieron en ese barcito, habían decidido que antes de volver a su natal Somalia, iban a pasar una gran vida como hacen los occidentales.

Comprarían ropas apropiadas , una Econoline con "muchas ventanillas"...viajarían a Niza o Cannes para alojarse en un buen hotel , ya que los hoteles de Mónaco eran demasiado caro y se pasearían por los mejores lugares de Mónaco desde la mañana a la noche, rezarían donde se encuentren aunque sea en el mismo Casino de Montecarlo y se divertirían lo mejor que pudieran...mientras les alcanzara el dinero que les había enviado el pirata Hussein Madobe , el hombre que había recaudado más de cinco millones de dólares en rescates , su antiguo jefe y que seguramente ,ya les tendría separadas un par de misiones no bien llegaran.

DESDE ISRAEL A CORSEGA

Eran las siete de la noche y Eitan , Ari y Mose ya estaban descansados , bañados y listos para salir cuando timbró el celular de Eitan... era Bibi que después del shalón usual dijo...

---Mira Eitan... hay un cambio de planes...

--Eitan se petrificó, pero pudo poner el speaker para que Ari y Mose escucharan la conversación.

--No vengan ustedes a buscarme...--dijo Bibi y después de una pausa larga,-- agregó --- yo pasaré a saludar a padre y desde allí seguimos...

---O K tío... te esperamos... haaa y ya nosotros estamos listos...así que cuando tú quieras, estará bien...

Respiraron todos con alivio… cuanto se sufre, caramba.

A las nueve de la noche, con una Jerusalén tranquila después de un día ajetreado, una Hummer poco discreta de color amarillo, se acercaba por una de las principales calles de Jerusalén, que era la única muy bien iluminada y que a esa hora todavía mantenía la efervescencia del turismo y en la que se encuentra el impresionante y mítico cinco estrellas King David Hotel…

La Hummer guiada por Eitan se detuvo de la vereda del frente del hotel…

Casi al mismo tiempo… un taxi con patente israelí estacionó detrás de la Hummer y bajaron dos personas con cámara de fotos en mano , que pudieran ser dos turistas más de los tantos que caminaban por allí esa noche y se acercaron a la Hummer..

---Shalón, Mahmoud—dijo el primer ministro, bajando la ventana del segundo asiento-- puntual como siempre.

---Shalom Aleykum- respondió Mahmoud Abbas – -hoy tus muchachos del check point, no hicieron problema en el cruce… y rió su propio chiste.

--Adelante, por favor sube—insistió Bibi—Hola, Jakim…-- saludó al acompañante de Abbas--… hay lugar para todos.

Costaba creer que estas dos personalidades se citaran en el lugar más común de Jerusalén sin escoltas y sin que nadie les prestara atención.

¿ A quién se le ocurriría una cita en ese lugar? Era tan insólito…que era imposible. Aunque no hay imposibles.

Subió el Presidente de los palestinos, subió Jakim y Eitan después de saludarles con un respetuoso bienvenido señores… presentó al grupo, el doctor Ariel Goldman … el doctor Moshe Mulender…y yo soy –dijo por último y entre risas…-- el chofer de la Hummer…y me llamo Eitan.

Jakim se auto presentó--- y yo soy Jakim Bensignore, médico y amigo personal del señor Mahmoud y del señor Primer Ministro… verdad señores?

Abbas se dirigió a Bibi --… y nu ?...shalon… ma shelomkha? …y le extendió la mano que Bibi estrechó con afecto…

--Kheif halak---respondió el Primer Ministro con cordialidad y retribuyendo la gentileza -- taman bikhair…

Eitan observó la hora en el tablero de la Hummer… y si no había mucho tránsito… estaban muy cómodos con el horario del recogido que habían acordado con el piloto del A320 Prestige que ya habría aterrizado y estarían recargando el combustible a capacidad , pero luego pensó que el problema no era el recogido , sino el tiempo de vuelo que iban a tener…y ya no estaban tan cómodos …, y con ese pensamiento en mente , enfiló para tomar la carretera número 7 con rumbo a Tel- Aviv.

Y a pesar de la prisa… no transgredió ninguna señal de tránsito…Napoleón había dicho…"vísteme despacio que estoy apurado "… y tenía razón…y salieron de Jerusalén.

Entrando en Tel Aviv, cruzaron las avenidas Dizengoff, Ben Yehuda y Hayarkon hasta alcanzar la carretera que los llevaría directamente hasta el aeropuerto.

En la Hummer, Bibi y Mahmoud, uno al lado del otro, hablaban en voz baja y el doctor Jakim comentaba con Ari sobre un reciente desfile del Orgullo Gay en Jerusalén, donde más de cinco mil personas entre gays y lesbianas… bi y transexuales, habían participado y que había muchos musulmanes que habían llegado a Jerusalén sólo para esa parada y a riesgo de sus vidas en cuanto regresaran a sus países.

Los ortodoxos de Jerusalén, escandalizados, habían intentado sin éxito que se suspendiera esa actividad.

Todo esto que a Jakim le asombraba y por supuesto, no aprobaba, para Ari era un desfile más y no trató en ningún momento de contradecirlo.

Mose, con su teléfono a la mano, combinaba con alguien sobre los próximos pasos a seguir.

Había mucho movimiento vehicular a la entrada del aeropuerto Ben Gurión… pero Eitan, conocedor del lugar, tomó directamente la calle sin nombre paralela a la pista tres… y después de hacer un kilómetro a baja velocidad… dobló a su derecha… y se detuvo cuando la Policía Militar del puesto de entrada se lo indicó.

---Tío... señor Abbas... pónganse esto, por favor --- pidió Eitan, autoritario, mientras les alcanzaba un par de gorras tipo golfistas.

Lo sorpresivo y lo imperativo de la frase, no dió lugar a preguntas y ambos se calzaron sus gorras segundos antes que el policía con ametralladora en mano, se acercara a la Hummer.

Eitan presentó unos papeles y el guardia miró superficialmente dentro del vehículo, fue hasta su garita y su compañero de guardia abrió las barreras.

La HUMMER deshizo el kilómetro que habían ganado por la calle paralela y se acercó a un solitario jet que por sus motores encendidos, pareciera que estaba pronto a salir...

Bibi, con su gorra blanca, no hablaba desde que se habían detenido en el puesto... y con un moviendo la cara de un lado a otro pensó..."qué guacho este Eitan... se las sabe todas... y...-¿quién andará detrás de ésto? "

Mahmoud miraba sorprendido el jet y la pista... distraído por la charla con el primer ministro, no se había dado cuenta donde estaban...

Eitan habló para que todos escucharan...--señores... terminó mi hora de chofer - dijo alegre...--es hora de bajar... y cada cual se lleva sus cosas...tengo que entregar este auto limpio... -- y largó una carcajada que era un símbolo de triunfo...

Mahmoud, todavía sorprendido, se animó a decir...--- yo traje unos iaprakes, falafel y babaganush de berenjenas que eran para tí, Bibi...--- levantando una cajita envuelta como para regalo – ¿los puedo llevar...?

---Por supuesto que sí ---respondió Mose rápido--- con la condición que el tío Bibi nos convide a todos... verdad Jakim?

... y Jakim solidarizándose con la idea, agregó---yo ya los probé y están buenos de verdad...que los lleve.

Los seis pasajeros bajaron de la Hummer amarilla y se dirigieron a la escalinata del jet...

Eitan se adelantó al grupo... conversó con dos personas que lucían custodios del avión, les entregó un sobre, seguramente una hoja de ruta y el manifiesto de vuelo… y tendrían buena amistad… porque se confundieron en un largo abrazo los tres…

Al Primer Ministro ni al Presidente de los palestinos , ni los miraron… que hijo de la gran puta este Eitan… volvió a pensar Benjamín Netanyahu y subió al avión privado.

El último en subir era Moshe Mulender… que se acercó a la cabina de los pilotos… y después de los saludos de rutina, le preguntó al capitán como estaba el tiempo en la ruta que iban a seguir…

---Ideal para volar…-- respondió el piloto—y este cachorro es una maravilla… dijo refiriéndose al A320.

Y continuó -- si tu pregunta era si vamos a estar en tiempo… te aclaro que tendré que ir al mínimo de velocidad… si quisieras podemos llegar a las cuatro de la mañana..

--No… está muy bien si llegamos entre las 700 y 7.30 de la mañana…puede ser?

--Dálo por hecho—aclaró el capitán y comenzó a cerrar la portezuela y comunicarse con la Torre del aeropuerto.

Mose levantó el pulgar de su mano derecha en señal de aprobación y se dirigió a la sala del jet…donde una sonriente camarera morena, con uniforme verde que hacía juego con sus ojos, estaba sirviendo con gracia, las bebidas que los pasajeros pidieran.

La cajita envuelta como para regalo que había llevado Mahmoud Abbas ,todavía estaba cerrada sobre la mesa, pero Ari y Eitan ya habían comenzado con las indirectas y Jakim también apoyaba las bromas…

Todo indicaba que había afinidad en el grupo y que iba a ser un hermoso viaje…

La sensación que se vivía en la lujosa salita del jet era similar a la de una familia que se monta en un avión para empezar sus vacaciones… nadie sabía cómo lo iban a pasar…pero todos tenían la esperanza y el deseo de pasarlo muy bien… y ojalá que así fuera…

Al poco tiempo… el capitán informó por las bocinas que se abrocharan los cinturones y que ya estaban listos para partir… y en instantes, el jet comenzó su carrera hacia la noche…

Mahmoud y Bibi se sentaron uno al lado del otro… y en voz baja, comenzaron a charlar ignorando al resto del grupo… parecía que estaban muy enfrascados en lo que se decían porque ni siquiera notaron el acercamiento de la guapa azafata que parada frente a ellos les extendía la carta de comidas, que servirían más tarde.

Llegado el momento, el grupo comió, bebió y compartieron la cajita de regalo de Mahmoud y las cajas de locum, que Bibi le había llevado discretamente para Abbas, como lo hacía cada vez que se encontraban.

Al momento del café y con una botella de anís turco en la mesa, Mose y Ari en el saloncito, comentaban en voz baja sobre la variante de la aparición del doctor Jakim, que aunque lucía agradable, amistoso y poco preguntón… no estaba en los previstos… y sobre la charla telefónica que había tenido con Richard Kent, en la que les había comentado los motivos y el por qué Jonathan Santana, Peter Ocampo y Raúl Frías no podían ir a la fiesta desde Venezuela con el presidente Chávez …y además, que se había abortado la "misión Moscú" donde Charles Dubois estaba "encargado de convencer a Vladimir Putin" pero había recibido instrucciones de "arriba" de cancelar y que debía dirigirse de inmediato al yate Tritón, en el Mediterráneo.

Lo de Chávez, era comprensible, un cáncer…un viaje de emergencia…hasta era lógico y razonable .Pero… por qué la cancelación de Putin? Se descontaba que iba a ser elegido nuevamente como presidente de Rusia… ¿acaso había un motivo de faldas para esa cancelación? Se sabía en círculos muy altos que su esposa, Lyudmila Shkrébneva Putina, podía estar recluida contra su voluntad, en el monasterio Yelizarov, cerca de la frontera con Estonia.

El monasterio había sido remodelado y convertido en un palacio por orden de Putin con un costo de dos millones de libras y Lyudmila fue "hospedada"allí después de enterarse de varios "affaires" de Vladimir Putin, siendo los más comentados a media voz ,el sostenido con la ex espía soviética y actualmente convertida en modelo sex-simbol Anna Chapman y también con la ex medallista de oro olímpico Alina Kabayeva, veinticinco años más joven que Vladimir y con la cuál habría engendrado un hijo.

Por supuesto, todo esto desmentido, también a media voz por el Kremlin...pero lo cierto es que Lyudmila, su esposa, estaba desaparecida de la sociedad por los últimos dos años.

¿Serían ésas las razones para abortar el secuestro de Putin?

Warren, el general Colin y Bill G. sabrían por qué lo hacían...además era muy complicado lidiar con un Cinturón Negro en karate si era confrontado por otros colegas en medio del mar.

Eitan y Jakim habían decidido darse una buena ducha y afeitada...por supuesto que en baños distintos del avión...y Eitan comentó que luego dormiría el resto del viaje con la tranquilidad que no había tenido en las últimas semanas.

Bibi dormitaba como hacen los presidentes , los primeros ministros o las personas de las que dependen permanentemente muchas vidas ... con los ojos cerrados y los cinco sentidos siempre muy abiertos.

Tenía sentimientos muy encontrados con Mahmoud... lo respetaba...lo apreciaba...lo odiaba y si no estaba disponible, lo extrañaba... y todo eso, en el mismo momento.

Mahmoud... estaba en el mejor de sus sueños.... Sabía que si Benjamín Netanyahu estaba allí cerca... él podía estar tranquilo... eran simbióticos... se necesitaban uno al otro y Bibi... necesitaba aún más de él, que él de Bibi... y eso le daba la tranquilidad para no hacer preguntas... ni siquiera preocuparse por donde iban.... Ni siquiera adonde.

Y lo más importante...no estaban viajando con ellos ni periodistas ni reporteros ni cámaras de televisión... no había que hacer shows "pour le galery''... ahora podían conversar los dos siendo lo más sinceros posibles... o por lo menos, lo intentarían... mañana con los micrófonos y cámaras delante de ellos... SERIAN lo más políticos y menos diplomático posible... y sabía que Bibi estaba casi en las mismas.

Sus 76 años le habían curtido y enseñado a ser paciente... y la paciencia siempre había jugado a favor en su vida...-¿por qué preocuparse ahora por tres días de vacaciones...?

Y conceptualmente, se sabía capaz de cambiar de posición en ciento ochenta grados en menos de quince segundos…ya lo había hecho muchas veces y eso… le daba mucha ventaja sobre Bibi… que aunque quisiera, no podía hacerlo…

Entonces… ¿para qué cambiar de sistema…? ¿Para qué preocuparse…? …así que a dormir tranquilo… disfrutando con los dulces sueños, pero por sobre todas las cosas, muy tranquilo…

Y el jet también volaba con tranquilidad en una noche clara y estrellada… y por las luces que se veían muy abajo…estaban cruzando por el conglomerado de las Islas Jónicas y más tarde , si estaban despiertos , verían las luces de la histórica y eterna ciudad de Roma.

En tanto, la bella azafata, con muy poco trabajo que hacer, en su cómoda recámara veía el noticiero de la CNN que entre otras noticias, informaba que el presidente de Venezuela, Hugo Chávez había viajado repentinamente a Cuba para un tratamiento médico…

Nadie miró para ver la luces de Roma cuando cruzaron Italia y seguían dormitando cuando el capitán se comunicaba con la torre del aeropuerto Napoleón Bonaparte, cerca de Ajaccio, en la isla de Córcega, solicitando permiso para aterrizar y el reloj de la torre de control marcaban las 0730….

También dormitaban cuando el jet estacionó lejos de las terminales y muy cerca de un A320 Prestige que por las comunicaciones de la radio escuchadas por el capitán, había llegado unos pocos minutos antes…

Bibi y Mahmoud eran los únicos pasajeros que estaban despiertos cuando el jet aterrizó… y miraban por sus ventanillas el descampado en el que estaban ya que la oscuridad de la noche les permitía ver tan sólo hasta donde iluminaban los focos del avión y eso no era mucho…

Eitan al igual que Ari y Mose dormitaban en la salita y Jakin dormía profundamente en uno de los dormitorios…y la azafata de los ojos verdes… preparaba el desayuno que estaba segura sería muy bien recibido por todos…

Y Mahmoud mirando hacia la nada ,dijo…parece que llegamos a algún lado…dónde me trajiste?

-- Es una sorpresa, Mahmoud… lo vamos a pasar bien -- dijo Bibi para salir del paso.

-- Claro que sí –agregó Eitan que entraba en esos momentos -- me lavo la cara y estoy con ustedes y se metió en uno de los baños.

Ari y Mose, con sus tazas de café en las mano , aparecieron en escena… y fue Ari el que habló….

-- Estamos en Córcega y desde aquí nos espera el crucero…y estoy seguro que va a ser la experiencia más grande de sus vidas…

Y Mose agregó ---…y como es muy temprano para embarcar…propongo que desayunemos bien… una buena ducha… ropa cómoda y nos vamos al yate…

Todos se asearon, cambiaron sus ropas y desayunaron en un clima cordial y donde Mahmoud y Bibi sin hacer muchas preguntas, demostraban que estaban con deseos de pasarlo muy bien y colaborar en todo lo que pudieran.

Terminado el desayuno… la tripulación, al lado de la puerta de salida, despidieron a los pasajeros, que por sus ventanillas habían visto que un helicóptero se había posado a escasos metros del avión y que según había anticipado Eitan, les iba a llevar al crucero.

BARACK OBAMA A CORSEGA Y TODOS AL TRITON

Steve, Edward,Frankie y el "beisbolista", en ese orden ,se encaminaron hacia el jet… y Barack Obama, continuaba con sus comentarios…

--…Un avión similar o muy parecido a éste, es el que usa la familia Real Saudí y otro , tal vez con diferente distribución había sido entregado para el uso de la familia Real de Suecia…

Y aunque el presidente no lo sabía o no lo recordaba, la Marina de los Estados Unidos tiene un avión casi igual para el transporte VIP y por supuesto, con el presidente incluido como VIP.

El Gulfstream G550 llegó lento a la cabecera de la pista número 3… esperó por la confirmación de la torre y en treinta segundos emprendió una veloz carrera… a los mil cuatrocientos metros de la pista ya había levantado su tren de aterrizaje y se dirigía hacia el cielo sin nubes de Washington.

El despegue había sido suave y silencioso y de no haber mirado por las ventanillas, los pasajeros ni habrían notado que ya estaban a más de 10.000 pies de altura y seguían subiendo.

A los quince minutos del despegue, con el avión a velocidad crucero y volando de acuerdo a las cartas de navegación a 20.000 pies , la azafata se acercó a los pasajeros dándoles una lista con el menú de la cena y una carta de vinos y bebidas fuertes , mientras les entregaba a cada uno una bandeja con abundantes entremeses donde predominaba el salmón ahumado , galletas finas con caviar , pate de fois y quiche Lorraine ,todo decorado con pimientos de colores cortados en finas tiras y racimos de uvas verdes y rojas.

Edward y Frankie marcaron con una X en el renglón de los biftecs y acompañamientos huevos y papas fritas.

Steve y el presidente Obama pusieron la X en los pescados.. .Steve, en el salmón con ensalada de coles de Bruselas, champignones y corazón de alcachofas... y el presidente un buen filete de mero con ensalada Caesar, puré de batatas y setas.

Además… Martina, la azafata, preguntó por lo que deseaban tomar aparte del champagne que había servido al embarcar.

Y nuestros pasajeros recordaron que lo único que habían tomado y comido en las últimas horas era…. ¡ un par de botellas de agua después del partido de baloncesto…!

Las bandejas lucían deliciosas… y con el apetito que apareció después que recordaran que no habían comido, en momentos quedaron vacías, resaltando la buena calidad de la plata de las pesadas bandejas.

Edward y el presidente repitieron la bandeja…

Frankie leía distraído las especificaciones del avión y Steve hojeaba sin mucho interés el Wall Street Journal del día, donde había un artículo que no dejaba muy bien parado al presidente.

Todos estaban un poco cansados y aprovecharon para tratar de descansar un rato.
En la pantalla del televisor del mini salón y sin volumen, CNN estaba repitiendo el mensaje del presidente que había dado la noche del año viejo al pueblo norteamericano.

Pero en el avión, nadie lo vió y a nadie le interesaba.

Cerca de las ocho de la noche, la agradable azafata pasó con el carrito de las comidas… y como todos dormían profundamente, dejó las bandejas tal cuál las habían pedido temprano y les puso la tapa térmica a cada plato para mantenerlas caliente… ella pasaría luego para ver si requerían alguna cosa más…

A las ocho cuarenta y cinco pensando que ya se habrían despertado, aunque sea alguno, volvió a entrar en el saloncito… pero al igual que en su primer pasada…todos los pasajeros dormían… pero las cuatro bandejas estaban vacías… sonrió… recogió las bandejas y pensó en voz alta y con ternura… son como bebés, comen, duermen… tal vez se orinen encima.

Con esos pensamientos, Martina se dirigió a la cabina… dos golpecitos suaves en la pequeña puerta hizo que el capitán abriera y recogiera su cena y la del copiloto…
Luego, la azafata entró en la cabina y compartió charlas y anécdotas sucedidas en el avión en viajes anteriores… pero atenta siempre a la cabina de los pasajeros….

Entre la cena, los postres, el café y los comentarios pasaron varias horas… muy abajo se veían las luces de París… y ya estaban más cerca.

La bella azafata, regresó a su posición y a esta hora, estaba más pendiente de los viajeros y mientras… leía la última revista de Vogue.

Qué viaje aburrido,-- pensó Martina,-- tres ejecutivos y un pelotero y duermen diez horas seguidas…que vida más aburrida dében tener éstos…-- Tendrán dinero… pero, ¡qué aburridos…!

Y qué equivocada que estabas, Martina…

En esos momentos…el que tú creías pelotero estaba pensando con la reelección a la Presidencia de los Estados Unidos de Norte América, estaba pendiente de las primarias Republicanas , estaba pendiente del desempleo , del precio de la gasolina y programando su campaña re-electoral…y de vida aburrida … absolutamente nada.

El capitán pidió actualización de ruta a la torre y el copiloto tomó nota, hizo sus propios cálculos y estimaba que en poco más de media hora estarían viendo la isla de Córcega.
---Qué lástima que está oscuro todavía…--dijo el capitán
---Bueno… las luces de París y toda la Riviera no se verían de día-- contestó el copiloto
---Pero ver la entrada a Córcega de día, es una de las mejores vistas…

Se la conoce como "La Isla de la Belleza"…Trescientos kilómetros de playa con arena fina no existe en ningún lado… las aguas verde azuladas son una tentación…
---Tal vez al regreso nos toque de día…---se resignó el copiloto
---Tal vez…--musitó el capitán.

---Atención Torre Aeropuerto Napoleón Bonaparte…aquí Gulfstrean G550… atención Torre…--dijo el capitán
--Aquí Torre Aeropuerto Bonaparte… adelante Gulfstream G550
--Estamos a doscientas cincuenta millas de la isla y necesitamos autorización y ruta para descender…

Recibieron la autorización y las órdenes de aterrizaje…

Comenzaron el lento descenso y el dilema para la azafata era… -¿hay qué despertar a los pasajeros?
Pondría un poco más alto la música…? --pensó Martina.

--Bien… vamos a tratar de cruzar el puente cuando lleguemos al río…
¿Para qué preocuparse antes?--pensó el capitán.

Exactamente a la 0710 el Gulfstrean aterrizaba en la única pista que tiene el aeropuerto Napoleón Bonaparte y al que todavía por costumbre se lo llamaba Campo Del Oro…

Carretearon según lo comunicó la torre… y se estacionaron lejos de las terminales y no por pura casualidad…muy cerca de un A 320 Prestige… que según, por las conversaciones del radio que escuchaba el capitán en la última hora, había llegado unos minutos antes a Córcega.

--El capitán del Gulstream buscó en su agenda y rápido encontró la banda privada del A-320 Prestige y lo llamó…
 Prestige A320 aquí Gulfstream A 550… me escucha ?...
--Hola…Tom… aquí Joseph… ¿qué tal tu vuelo?—contestó Rice
-- Como en los viejos tiempos… verdad?   ¿Cuánto hace que no estábamos tan cerca en una pista? …estoy justo a tu derecha. —dijo Tom

Joseph Rice y Tom Rush eran pilotos en pruebas de la NASA

--Hola Joseph… lo sé… El vuelo excelente…pero esto me gusta más de día… tú sabes…
---Bueno, es lo que hay…cuando salgas, será de día y te vas a dar el gusto de todo lo que no viste al llegar…- --dijo Joseph-- -yo voy aprovechar a dormir un rato… hasta luego Tom …descansa tú también…. cambio …
---Hasta luego, Joseph…te ganaste el descanso…cambio y fuera. — y Tom Rush se despidió

Martina regresó a la cabina de los pilotos…

--Los pasajeros siguen dormidos---dijo -- y sólo el pelotero cambio su postura…
¿Qué hago, los despierto?
---Déjalos dormir un rato más… de todas maneras no vino a buscarlos ningún auto… y caminando no van a ir hasta la terminal…--- respondió el capitán Tom.

La azafata regresó a su puesto…y también quería dormir… pero mientras estuvieran esos cuatro a bordo… ¡Qué deseos de llamar un remise que los viniera a buscar y que se fueran…! --pensó.
Pero eso no era ético… y se acomodó en un sofá…pero no se debía dormir…

La noche en la isla de Córcega estaba fresca y una luna llena iluminaba las dos máquinas que recién apagaban sus motores… dejando tan sólo encendido un pequeño generador, sumiendo al aeropuerto en un total silencio… una suave brisa se notaba desde la cabina solamente por el meceo de los maizales, esparcidos a ambos lados de la pista y por el cual el aeropuerto se le llamaba antiguamente Campo Del Oro.

Y aunque no era común para la torre del aeropuerto Bonaparte recibir tráfico aéreo a esa hora, otro jet privado, similar al A -320 en esos momentos estaba pidiendo permiso para descender… y le indicarían que carretee y se estacione al lado del Gulfstrean.

De pronto…el aeropuerto Napoleón Bonaparte cobró vida nuevamente…se rompió el silencio de la noche con el rugir de las turbinas en retroceso ayudando a los frenos.
El Prestige hizo un buen aterrizaje… y lentamente recorrió el camino hasta la pista auxiliar lejos de las terminales.

Sus potentes reflectores iluminaban el camino y a las tres máquinas que descansaban a un lado de la pista y se acomodó al lado de un Gulfstrean, tal como había pedido la torre de control

Bibi y Mahmoud eran los únicos pasajeros que estaban despiertos cuando el jet aterrizó… y miraban por sus ventanillas el descampado en el que estaban ya que la oscuridad de la noche les permitía ver tan sólo hasta donde iluminaban los focos del avión y eso no era mucho…

Y algo parecido ocurrió en el avión que había salido del aeropuerto Regan… Martina, la azafata , muy a pesar de su sueño y después que el presidente o "el pelotero" , Steve Ryan , Edward O"Neil y Frankie Ducos se ducharon y se cambiaron sus ropas , se esmeró con el desayuno.. Con una sonrisa de felicidad porque se iban todos y podía descansar, presionó el botón hidráulico que abría la puerta y bajaba la escalerilla.

También habían visto la llegada del helicóptero y el presidente de los EEUU entendió que era el comienzo de su desintoxicación de trabajo… haría caso al cuento de Warren y si era en un yate …mejor… le haría muy bien tres o cuatro días de descanso en el mar .
Pero, a pesar de ser el presidente , sabía que ahora sería uno más en el grupo… entonces tomó su maleta, su bolso de mano y como un pasajero común , se puso en fila detrás de Edward… ya listo para bajar.

Los pasajeros de los tres aviones casi llegaron al mismo tiempo al helicóptero que estaba en el centro de la pista y que tenía sus rotores regulando.

Era un Bell UH-1 N Twin Hueve , de los grandes y se veía bien sólido ,pensó Bibi mientras se acercaba ,maleta en mano ,igual que todos los que iban a abordar.

Y como no había protocolo ni se habían percatado quienes venían en cada avión... se formó una fila india bien ordenada y comenzaron a subir... comenzando con Jakim, Henry Lacombe, Edward O Neil y así, intercalados se fueron ubicando de atrás para adelante los trece pasajeros que habían hecho hasta ahora un largo viaje y en las próximas horas estarían en un magnífico barco.

Y...si entre los que eran acompañantes de los presidentes y el primer ministro, hubo unas guiñadas de ojos y unas sonrisas contagiosas... nadie lo notó.

Nunca supieron si fue preparado o por pura coincidencia que el presidente norteamericano estaba en la parte de atrás, el de Francia por el medio y Bibi y Mahmoud juntos en la primera fila y como todos conversaban con quien tenían más cerca... los cuatro líderes desconocían que estaban viajando juntos.

El último en subir, fue Eitan que se entretuvo con su teléfono en hacer un par de llamadas...y confirmar que estaban saliendo del aeropuerto.

Richard Kent y Norman Duncan, después de darle las coordenadas, se pusieron muy contentos.

Eitan le dió la información al piloto y el helicóptero levantó vuelo con suavidad y casi sin hacer ruido.

Pronto regresaría para buscar al otro pasajero del Gulfstream, que todavía estaba durmiendo o creían que estaba durmiendo...pero no era así.

En el Gulfstream, Alí tocó suavemente a la puerta de la cabina para avisarle a Joseph del helicóptero...pensando que Joseph dormía...
---Tú crees que viene a buscar al presidente?---preguntó
---No...--dijo Joseph-- por sus ropas, deben ser turistas de vacaciones... ¿Se despertó el presidente?
---No todavía...-¿qué quiéres que haga... lo despierto...? –preguntó Alí

--¡Ya estoy despierto...!- dijo gritando Mahmoud Ahmadinejad entrando a la cabina--- y agregó --- ¿dónde diablos estamos? Y... cuánto dormí...?

Alí salía discretamente de la cabina...sabía que su lugar era estar cerca del dormitorio del presidente y se sabía en falta.
---Señor...-- dijo Joseph Raice---Llegamos a Córcega a las 0730...como estaba programado y yo esperaba sus instrucciones...

Y Joe, mientras hablaba activó una luz verde de los controles.

---¿Cómo Córcega?—interrumpió el presidente iraní---¿qué mierda tengo que hacer yo en Córcega? -- agregó gritando.
--No lo sé...señor...yo sólo guío el avión-dijo Joseph Rice a tono de disculpa.
El presidente estaba desaforado y rojo a punto de explotar.

Trataba de ubicarse... habían salido de Teherán a una inauguración en Neyriz y de pronto se despertaba en una isla francesa en el medio de la nada... ¿qué carajo estaba pasando?
--Con todo respeto ... señor ... ésta es la hoja de ruta para este viaje...--- dijo el piloto y le mostró una libreta--- aquí está su subida a bordo , nuestro destino y nuestro curso para cada treinta minutos ... nos comunicamos con Teherán a las 18 56 de ayer ... mírela usted... hicimos un viaje en una ruta excelente...señor..

Hubo un silencio...el presidente parecía que iba a explotar...

Y por los parabrisas de la cabina del piloto, mirando hacia la pista .vieron como un helicóptero que estaba muy cerca de ellos... tomaba altura.

--Descansó bien... señor ?...preguntó inocente Joseph Rice.
El presidente ignoró la pregunta y a la vez preguntó...
---Algo que no entiendo... ¿cómo es que llegamos aquí?

---Señor... discúlpeme pero... no entiendo lo que me dice... sencillamente seguimos la ruta que estaba programada, la que me dieron en Teherán, aquí está... y llegamos de acuerdo al itinerario... - --revisando su bitácora ---tal vez diez minutos antes... pero fue un viaje normal...

--- ¡Qué normal... ni qué puta madre...! Volvió a gritar el presidente-- yo no debo estar aquí... ¡debemos regresar ahora!-- ordenó
--Como usted ordene... señor—dijo un cabizbajo Rice

En esos momentos se escuchó el radio de la cabina...

Torre Aeropuerto llamando a Prestige A320...Torre Aeropuerto llamando Prestige...
--Adelante...Torre... aquí Prestige A 320---contestó Joseph Rice--mientras el presidente, nervioso, no encontraba el motivo de esa pesadilla.
---Prestige... tenemos en su manifiesto de embarque la lista de pasajeros... y aprovechando la oportunidad que un insigne mandatario nos visita y en muestra de nuestra hospitalidad... queremos agasajarlo como Su Excelencia merece... invitando al Señor Presidente a un crucero por el Mediterráneo...
---Joseph miraba al presidente ---El presidente escuchaba el mensaje.
Y continuaba la Torre...por supuesto que esta invitación no es en carácter oficial del gobierno... sino extraoficial...
---Qué le contesto...?-- preguntó Rice
---Pregúntele quién hace la invitación—ordenó el presidente
---Torre aquí Prestige y si no es visita oficial ¿quién hace la invitación ? ---preguntó el piloto
---Es de parte de la familia Bollore...--respondió la Torre- gente muy influyente de Córcega
--Comprendido...Torre... consulto con el señor presidente y lo llamo ... cambio---dijo Rice
---Comprendido Prestige.. Cambio y fuera...—dijo la Torre
Joseph miraba al presidente que estaba más calmado desde su enojo anterior ... y el presidente contestó a esa mirada... --- ...deje pasar media hora y confirme que acepto... y pregunte todo lo referente al crucero...dónde , cuándo, con quién , cómo llego...--Mahmoud Ahmadinejad parecía ahora una máquina de hablar...ya se había repuesto de su mal momento.
A la media hora...con el presidente sentado en el lugar del copiloto, Joseph Rice se comunicó con la Torre aceptando la invitación para el señor presidente y haciendo los arreglos para que fueran a buscarlo...

--Comprendido Prestige... irá por el Señor Presidente el helicóptero A-654... estará allí a las 11 00 horas...cambio
---Comprendido Torre ... a 11 00 horas... cambio y fuera- respondió el piloto.

Entonces fue que Richard Kent, Norman Duncan y Joseph Rice se separaron de los micrófonos...y se dejaron de decir aquí...Torre.... aquí...PRESTIGE...

Y a las 11 00 horas, un helicóptero que momentos antes había llenado sus tanques de
combustible , se posaba ante la mirada atenta del presidente Ahmadinejad, de Alí, el sobrecargo y de Joseph Rice , el piloto... muy cerca del Prestige.

Un sol brillante que resaltaba los colores de la naturaleza y el cielo azul límpido.parecían dar la bienvenida a este presidente iraní que tenía en ascuas a casi medio mundo.

SARKOZY –OBAMA- ABBAS –NETANYAHU LLEGAN AL TRITON

El sol hacía rato que había salido sobre el Mediterráneo y el reflejo de las pocas nubes sobre el agua agrandaban más esa imponente pintura.

Mahmoud Abbas, que miraba por su ventanilla...le comentó a Bibí...--Esto es como ver la Creación... y que poco nos detenemos para admirarla...

---Totalmente de acuerdo--- dijo Bibi---estamos tan ocupados por otras cosas ...que nos estamos olvidando de apreciar la Naturaleza y su encanto ...esta vista no se compra con dinero...

A las 11. 40, el helicóptero Bell UH-1 N Twin Hueve, proveniente de Córcega se acercaba al yate de lujo Tritón en aguas internacionales del Mediterráneo rompiendo el silencio divisó el yate con tres personas que los saludaban en cubierta y a las 11.45 se posaba con mucha delicadeza en el helipuerto señalizado en la popa del lujoso yate Tritón, de sesenta metros de eslora y tres pisos de altura...

El comandante Dubois y los dos pilotos , única tripulación del yate, estaban en cubierta esperando su llegada y al parecer justo en tiempo…aliviando su preocupación sobre la llegada … habían desconectado toda comunicación y estaban huérfanos del mundo durante las últimas 10 horas.

El comandante Dubois les dió la bienvenida a todos en general y sin reconocer a nadie aunque miraba detenidamente a cada pasajero y todos fueron muy discretos hasta que Nicolás Sarkozy hizo una pregunta en voz bien alta ¿…y dónde está mi amigo Vincent?
--no llegó todavía…--- respondió también en voz alta François--- ya vendrá… le daremos la sorpresa…

Y a pesar que el yate era grande… no lo fue tanto como para que Obama, Sarkozy, Abbas y Netanyahu no se cruzaran... se reconocieran con sorpresa y se saludaran cordialmente.

--- ¿Ustedes también son amigos de Vincent?—preguntó con inocencia Sarkozy.

Y antes que nadie respondiera… Dubois tomó la palabra…

Señores… yo soy Charles Dubois y quiero darles la bienvenida al Tritón y como todavía nos está faltando llegar unos invitados más… aprovecho para pedirles que me acompañen por el barco para que puedan familiarizarse y tener una agradable estancia… es un barco muy confortable y les mostraré las habitaciones de cada uno… así que por favor, acompáñenme… y dirigiéndose a los cuatro mandatarios –y ustedes,
por favor , traigan sus cosas para ya dejarlas en los camarotes…

Y Charles Dubois seguido por Sarkozy, Obama, Abbas y Netanyahu se perdieron de vista en busca de sus lugares.

Eitan, que parecía estar entretenido con los pilotos de Dubois… al ver que ni Dubois y su comitiva podían verlos, les dijo a todos…

-- OK… muchachos ya es hora y tomando al doctor Jakim de un brazo, Eitan, los dos ayudantes de Dubois y el resto de sus amigos, se montaron rápido en el helicóptero, que sin esperar a que se acomodaran… levantó vuelo…luego, dependiendo de nuevas instrucciones, iría a buscar al otro "invitado".

Ahora, en el lujoso yate, estaban solamente los cuatro gobernantes y Dubois que haría de Maestro de Ceremonias.

El helicóptero volvía a Córcega con sus pasajeros rebosantes de alegría y con un Henry Lacombe ,que con mucha calma le explicaba a Jakim que era un homenaje sorpresa que le estaban dando a Mahmoud Abbas y a su amigo Netanyahu…y que a Jakim le pareció perfecto.

El piloto del Bell Twin Hueve pasó sobre el aeropuerto Napoleón Bonaparte, donde a un costado de la pista secundaria todavía estaba el A 320 Prestige con su ilustre presidente y continuó adentrándose un poco más al norte de Ajaccio, en la Isla de la Belleza, hasta llegar a la inmensa mansión colonial de grandes y coloridos jardines, piscina olímpica, cancha de tenis….propiedad de la familia Bollore.

Encontró sin dificultad el círculo de veinte metros totalmente adoquinado y allí descendió muy suavemente…en medio de aplausos, bravos y vivas de los felices pasajeros…

Y al lado del círculo, también aplaudían felices Richard Kent y Norman Duncan.

Los jardines silenciosos , de pronto se llenaron de risas y de gritos de alegría que sobrepasaban el ruido producido por el helicóptero, que una vez desalojado de sus pasajeros , recargaría combustible, recogería al pasajero especial del Prestige y lo llevaría al yate.

El Twin Hueve levantó vuelo y en los jardines, el grupo de hombres, que venían de muy lejos, hablaban todos juntos tratando de contar sus nuevas experiencias… pero en esos momentos… nadie escuchaba a nadie… y cuando expulsaran el exceso de adrenalina… recién entonces se escucharían…

WEN JIABAO LLEGA A CORSEGA Y AL YATE

Y el jet privado, con dos pilotos y tres pasajeros carreteó por las pistas del aeropuerto de Beijing y enfiló rumbo al aeropuerto Napoleón Bonaparte en la isla de Córcega.

Los pilotos capacitados para este tipo de vuelo, desde el aire consiguieron los permisos , las rutas y todo lo necesario para hacer ese viaje sin novedades… y sin mencionar quién era su principal pasajero …los hermanos Chang recuperarían parte de las 24 horas que habían perdido.

El viaje fue largo pero ameno…Wen parecía muy excitado… demostró su parte oculta…era una persona muy sencilla y humilde…muy paternalista. A sus conocidas dotes de orador nato ,agregó su fino estilo de humor, cosa que en su China no lo podía hacer.
Contó parte de su vida, su niñez, su pobreza, sus aventuras estudiantiles con Paol como compañero, sus diversiones, su ascenso en la política.

Cada anécdota era coloreada con un refrán que enriquecía su charla y había usado muchos refranes…escuchando a Wen Jiabao se aprendía.

Nicolás y George Chang sólo escuchaban… El Premier hacía tan interesante cada cosa que contaba… aunque fueran nimiedades para un primer ministro… como por ejemplo la relación de la cocina china con la sociedad, con la filosofía y hasta con la medicina…dió una explicación completa entre el cai, que eran las verduras cocinadas y el fan, que eran los cereales… entre el yin, que eran los alimentos femeninos y el yang que eran los masculinos…el equilibrio que debía existir entre lo frío y lo caliente… el colorido… la armonía entre lo dulce, lo salado, lo ácido, lo amargo y hasta lo picante…que son los cinco sabores básicos…

Aunque ésa no era la charla que hubieran sugerido Nicky y George para enriquecerse de conocimientos en ese viaje , la forma sútil como se engarzaba cada tema , los hacía mantener en silencio esperando con ansiedad la próxima frase, que generalmente era el refrán confirmatorio.
Y los Chang estaban felizmente sorprendidos, aunque sabían con quién estaban compartiendo, nunca se habían imaginado un ser así…

Wen era respetuoso al hablar y más respetuoso al escuchar… cuando hablaba, hilvanaba un tema con otro como haciéndolos consecutivos… habían pasado
desde la comida tradicional …hasta la Misión China en el espacio…y hasta la sutileza para lo irónico… pero en cada gesto , en cada palabra de su hablar pausado traslucía
su integridad.

…Cuánta visión, cuánto patriotismo bien entendido había dentro de ese hombre…

Tampoco faltó la sabiduría para ir a descansar…teniendo en cuenta lo largo del viaje.

Sin dudas, China le debía gran parte de su rápido crecimiento a la política exterior establecida por este señor.

Apenas el jet tocó pista en el aeropuerto Napoleón Bonaparte, la Torre le indicó que carreteara hasta una pista secundaria y que se estacionara lejos de la terminal principal, al lado de unos Prestige A 320 .-
Y cuando el jet apagó sus turbinas, un helicóptero Twin H , que por radio confirmó la identidad del pasajero se posó a su lado para llevar a Wen Jiabao hasta el yate…dónde fue recibido por Charly Dubois y por los presidentes de Estados Unidos, de Francia y el presidente de los palestinos…también estaba Bibi Netanyahu, el primer ministro de Israel, con quien recientemente se había reunido y no le había comentado nada de este viaje.
Los mandatarios lo recibieron con cordialidad pero distantes… el clima social, no parecía el mejor…
Los hermanos Chang y la tripulación se quedaron en el jet privado de Wen Jiabao,el premier chino , a la espera de un transporte que los iba a llevar a la ciudad.
Minutos más tarde…François Bollore en su carro descapotado los transportaba por la ciudad de Ajaccio…dejó a los pilotos en el I"Albion Hotel y después de las frases…pásenlo bien, está todo pago y nos comunicamos para el regreso, con los mellizos se dirigió a la Mansión de su familia, donde el resto de los integrantes del clan los recibieron con vítores de alegría como si hubieran ganado un campeonato… y sí… casi lo habían ganado…

AHMADINEJAD AL TRITON

Las muchas horas de descanso, una buena ducha y un suculento desayuno le hizo muy bien al presidente de Irán.

Había cambiado su traje gris y su clásica camisa abierta por unos pantalones azules ajustados y una chomba azul marino de mangas largas que le daban un aspecto más juvenil que de costumbre y una sonrisa como cuando hay fotógrafos , adornaba sus labios cuando bajaba la escalerilla del Prestige, con paso firme hacia el helicóptero.

Y aunque no había fotógrafos… el presidente seguía sonriendo cuando subía al Twin H.
Antes de entrar en el helicóptero... dió media vuelta… saludó a una tribuna inexistente y ahora, satisfecho… entró y se acomodó en el primer asiento… sin que se le pasara por la cabeza quién estuvo sentado en ese asiento tres horas antes.

El Twin H levantó vuelo y se perdió en el cielo.

Joseph Rice… desde la portezuela del avión hizo una llamada con su celular y media hora después un auto se acercó al Prestige… recogió a Joseph y al camarero Alí…
Alí bajó cuando llegaron al Hotel I"Albion, una vieja mansión remodelada a hotel de cuatro estrellas en Ajaccio y repitieron la frase… que lo disfrute, que ya estaba todo pago y que le avisarían para el regreso.

--Ní te imaginas cómo estaba Ahmadinejad…--- contaba Joseph apenas quedó a solas con François– creo que me quería comer crudo…-¿cómo mierda llegamos aquí..?. ¡!..Me quiero ir ¡…me quiero…ir ¡!... gritaba Ahmadinejad, se volvió loco y con razón…
 Por suerte para mí, cuando las cosas ya se ponían difíciles…Richard hizo las llamadas de la torre…y felizmente…no me mató…- y lo contaba como lo cuenta un muchachito que sabía que había hecho una travesura.
Entre risas y risas ,Joseph y François Bollore siguieron contándose cosas ocurridas en los dos aviones y que quedarían como anecdóticas para el grupo…mientras François que estaba guiando ,apretaba un poco más el acelerador y se metía por un atajo que les permitiría llegar más rápido .

Conocía muy bien el camino hacia la mansión de su familia.

El helicóptero con un revitalizado presidente iraní, volaba sobre el Mediterráneo.

Era un día claro , con un cielo muy azul y un inmenso mar que invitaba a pensar en la Naturaleza.

-- Qué espectáculo se nos ofrece día a día sin que nosotros nos demos cuenta... y si nos damos cuenta... que poca sensibilidad nos queda para poder juzgar momentos así... --dijo el piloto, que quiso ser amable con Mahmoud Ahmadinejad.

Pero Ahmadinejad no contestó.

Alguien había dicho que la vida era una sucesión de momentos... y hay momentos en que uno tiene que encerrarlos para no perderlos... y éste era uno de esos momentos...

---pensaba Ahmadinejad, mientras miraba fascinado por el hermoso espectáculo que tenía a la vista.

---Lindo día ..Señor... verdad ?-- insistió el piloto

--No recuerdo haber estado alguna vez en un helicóptero sobre el mar... es muy diferente que viajar en avión...---se esforzó en ser amable el presidente.
--En un avión... vuela el avión..—dijo el piloto y agregó--- en un helicóptero vuela el helicóptero y el pasajero... no sé si me explico... es como que la persona es parte de la máquina...se entiende?
--Perfectamente ... una gran definición - aceptó el presidente , mientras mirando a las aguas veía a lo lejos , una pequeña barcaza de pesca faenando...que raro...está muy lejos de la costa.—pensó el iraní.

Pasadas un par de horas y tan sólo por charlar, el presidente preguntó si faltaba mucho para llegar al crucero... y el piloto no tuvo necesidad de contestar... tan sólo levantó su mano derecha y con su dedo índice indicó la dirección... oh la la ¡Voilá... voilá ¡ est précieuse ...vous apprecierez ... casi gritó ....y el presidente entonces vió el imponente yate y se dió cuenta que habían llegado al crucero...

Cinco minutos más tarde, nuevamente , el helicóptero se posaba lentamente en la popa de la cubierta del Tritón.

En la cubierta del Tritón, seis hombres miraban con atención la maniobra del helicóptero… y lo miraban con atención porque ninguno tenía nada que hacer y ver bajar un helicóptero… era la única distracción que había por el momento…y aunque reconocían que la espectacular vista del mar y el cielo… y el cielo y el mar… eran muy bonitas… ya estaban hartos de eso. Los mandatarios no hablaban entre sí… no había afinidad entre los pasajeros y ninguno la buscaba… no había "química " y ninguno iba a dar un primer paso … además… el anfitrión no estaba y Dubois les había dicho que después que llegara el helicóptero les tenía un anuncio que los iba a hacer pensar a todos… y aunque lo había dicho con amabilidad y sonrisas… en realidad …"Preocupó a Todos…" estaban en medio del mar, quién sabe ni en qué aguas… ninguno de los mandatarios había informado su real salida ni adónde iba… ¿ y si pasara algo…quién los buscaría? ¿…cuándo y por dónde? ésa era la preocupación que pasaba por la cabeza de los cinco políticos… todos habían tomado conciencia de eso…
Aunque un poco tarde.

Dubois era el único que parecía disfrutar el momento…sentado plácidamente en una butaca en cubierta , escribía en una libreta algunas anotaciones… el resto.. miraban el mar, miraban el agua y el cielo… y ahora como bajaba el helicóptero.
Pero había mucha tensión en el aire y los que estaban acostumbrados a usar su olfato político… lo percibían…

Y ni siquiera Dubois había dicho quién llegaba en ese helicóptero… y los presidentes y los primeros ministros… están acostumbrados a mandar y no a preguntar… y no habían preguntado y se habían quedado sin saber quién o quiénes venían…

Ahmadinejad en el helicóptero le había pedido al piloto que le escribiera en fonética francesa la frase "Señor y señora Bollore… agradezco mucho su invitación y espero pronto poder retribuirla .Muchas gracias"
y la practicó varias veces para poder decirla sin leerla… así y todo , puso la hoja en un bolsillo accesible por si se trababa al decirla…

Y el helicóptero ya había llegado… Dubois se acercó a la escalerilla y ayudó con el bulto de mano a Ahmadinejad.

Ahmadinejad sonriente comenzó--- Señor y señora Bollore… agradezco mucho….

---Disculpe señor… --lo interrumpió seco Dubois ---pero yo no soy el señor Bollore… él no está a bordo…me llamo Dubois y seré su anfitrión por unos momentos.

Acompáñeme por favor… le mostraré su camarote.

En la proa del yate los mandatarios miraban la escena y reconocieron al recién llegado y a Obama se le escapó un ¡Bingo!…,!carajo!... lo qué me faltaba…

Sarkozy se miraba las uñas y Bibi y Abbas habrán pensado…cómo merda nos metimos en ésto?

Wen Jiabao miraba la escena como si mirara caer una lluvia desde un rincón protegido…

Impávido miró como Ahmadinejad siguió a Dubois hasta lo que iba a ser su camarote…

Cuando Dubois abrió la puerta de lo que sería el camarote de Ahmadinejad, lo que éste encontró ,era más de lo que sus expectativas preveían…una inmensa habitación decorada con muy buen gusto, con una cama "king size" cubiertas con almohadones de distintos colores, donde pudieran dormir diez personas cómodas… sofás…butacones… baño con jacuzzi y un ventanal, casi del ancho de la habitación, que permitía ver el mar casi al ras de las aguas.

Una delicada barra de bebidas extrañamente sin bebidas…equipada sólo con sodas, jugos y agua… …Ahmadinejad miraba todo y trataba de grabar ese lujoso lugar en su mente y se dió cuenta que nunca había subido a un yate .

La voz de Dubois lo sacó de sus pensamientos.

---Le han dejado estos polos como recuerdo de estos días… las puede usar cuando quiera…-

Ahmadinejad no había notado sobre una esquina de la cama unas camisetas de varios colores en sus bolsas de polietileno. Eran en color blanco , azul , verde y roja.

Tomó la blanca tan solo por curiosidad y comprobar su tamaño… y le extrañó ver lo que estaba escrito en la pechera en árabe ,inglés,. francés,.hebreo y español …

."LUCHEMOS POR LA PAZ…DESDE HOY MISMO "…

Ahmadinejad dejó la camiseta como estaba…se dirigió a Dubois…- ¿cuándo llega el señor Bollore?—preguntó
Dubois no respondió la pregunta… se limitó a decirle…
--El resto de los invitados están en cubierta… y esperábamos por usted…tal vez usted prefiera refrescarse… o cambiar de ropas…y subir…? Cuando usted suba comenzaremos la actividad…. --- y se dirigió a la salida…---con su permiso…-- dijo Dubois y se retiró.

En cubierta… los cinco mandatarios habían cumplido con sus saludos de rigor y ahora cada uno estaba a solas y con sus pensamientos… habían visto la llegada de Mahmoud Ahmadinejad… y estarían pensando … quién estaría detrás de todo ésto ? y… por qué?

En la proa del yate estaba servido desde temprano un abundante y colorido buffet Mediterráneo… mezclas de dulces , salados , frutas, jugos… tostadas y varias botellitas de aceite de oliva …todo con muy buena presentación pero nadie le había hecho el honor… tal vez Sarkozy tomó un vaso de jugo de naranjas…
Pero no era por sed sino… por tener algo en las manos…

Charles Dubois había regresado a su reposera y continuaba tomando sus notas…

El sol estaba alto y ya había pasado por mucho el mediodía en ese cielo límpido…
y el mar estaba muy sereno, y se asemejaba a una gran piscina… ideal para navegar…no para estar detenidos como desde que habían llegado.

Mahmoud Ahmadinejad subió a cubierta con una amplia sonrisa… y desconociendo hasta esos momentos quiénes eran el resto de los invitados, se acercó al grupo…
Avezado político… Mahmoud no demostró ninguna sorpresa…tal vez, disminuyó su sonrisa un poco…pero se recuperó de inmediato…
---Hola a todos…como están?-- preguntó

--¿…Hola…qué tal…?-- respondió alguien del grupo

Era el momento que Charles Dubois estaba esperando… mientras observaba la escena desde su reposera…. repasó sus notas y se levantó.

Se dirigió a la mesa del bufett, se sirvió un jugo de manzanas y se aproximó al grupo.

Estimados señores…--comenzó Dubois

Me quiero presentar formalmente… mi nombre es Charles Dubois y seguramente ese nombre no les diga nada… ninguno de ustedes me conoce y nunca me han conocido… yo, en cambio conozco a cada uno de ustedes más de lo que ustedes quisieran que yo supiera…--y continuó ---…en este viaje no interviene ni la CIA americana… ni el Mossad de Israel …ni los MKO ,los mujaidenes de Irán ni el departamento de investigaciones de Francia…

En esta invitación a este crucero y repito para que ustedes lo sepan… ustedes fueron invitados y ustedes al acompañar a los señores que los trajeron…aceptaron la invitación… y están aquí por propia voluntad…--- miró sus apuntes y continuó----
Se iba a invitar a otros mandatarios, pero por diferentes motivos, no pueden estar hoy con nosotros….

Todos escuchaban con atención…ningún gesto…ningún movimiento…

Dubois acaparaba la atención general….

Como habrán notado… no hay periodistas…no hay cámaras de televisión… no hay fotógrafos… y no los habrá…

Yo sé que en este viaje no tienen sus teléfonos celulares y me alegra, pues me evitaron que se los pidiera… En este yate tan lujoso…tendrán aire acondicionado en todos lados pero … no le funcionan los motores de las hélices…fueron desconectadas …ni tampoco le funciona el radio… ni las computadoras por lo que significa que estamos desconectados de toda vida humana y solos en el mar… y muy lejos de las rutas de navegación y aéreas para que nos localicen…---- miró nuevamente sus notas…y continuó--- antes de pasar al punto importante de la charla… quiero decirles que en las alacenas del barco hay comida , no mucha … pero hay… depende de ustedes que les alcance…pero hay muchas botellas con agua y jugos.

También por deferencias hacia algún invitado,-- Dubois miró a Benjamín Netanyahu--… no hay nada de cerdo y mirando a los dos Mahmoud continuó – ni tampoco bebidas alcohólicas…en cada camarote encontrarán el Antiguo y el Nuevo testamento y el Corán…y… por si alguien sufre una recaída----mirando a Barack Obama ---en la alacena hay un par de cartones de cigarrillos de la marca que fumaba alguien de aquí…---y a pesar de lo extraño del momento…Obama sonrió.

También sabemos que ustedes por sus últimas visitas médicas, están saludables… así que no hay remedios…tan sólo unas aspirinas y unos esparadrapos, vendas y bloqueadores solares por cualquier emergencia en ese botiquín que está entrando a los camarotes, a la derecha.

Ahora… señores el motivo de esta reunión…---y Dubois utilizando sus escritos como ayuda memorias comenzó---… Se los considera a ustedes seis y hay cuatro o cinco jefes más que no están con nosotros… los causantes directos de lo que está pasando en el mundo entero…

Todos ustedes están conscientes de los grandes problemas sociales y económicos que están ocurriendo…-¿alguno de ustedes ha propuesto alguna medida sana para frenar el desastre que estamos viviendo?   O mejor dicho - ¿Están enterados ustedes cuáles son los problemas?

Dubois se sentó en una banqueta delante de los mandatarios que imaginando que el discurso iba a ser largo…acercaron sus sillas en semi-círculo mirando a Dubois, que continuaba-- Cuando acuden a una cumbre …¿ llevan ideas, aportan algo o simplemente juegan de espectadores? -- preguntó retóricamente Charles Dubois-
¿Alguién de aquí,…propuso alguna vez un temario?

¿Alguno de ustedes propuso alguna vez una sóla idea para terminar con el hambre?
O acuden a las grandes cumbres a escuchar solamente los problemas de los bancos?..

La crisis económica es Mundial…pero… ¿ustedes pusieron sobre la mesa la crisis Social?

Para que me entiendan señores…en África hay hambre…más de tres millones de niños mueren por inanición todos los años…mueren las madres…mueren los padres…
Y mueren de hambre… ¿lo sabían verdad? …eso es terrible… --Dubois hizo una pausa---en toda Asia hay descontento…descontento de muchos contra muy pocos… gobernantes muy ricos oprimiendo a pueblos muy pobres…

El silencio era total…hasta el mar respetaba ese momento.dubois continuó-

¿Sabían que toda Europa está al borde de la quiebra total…?

Y no es por casualidad…fue por culpa de la avaricia…los bancos jugaron a ser inmobiliarias…y que los pueblos paguen… y… ¿qué están esperando ustedes para actuar…?
¿Qué se levanten los pueblos en armas, porque no pueden soportar más los estrangulamientos que les imponen sus gobiernos?

Charles Dubois preguntaba y no esperaba respuestas…él continuaba su discurso…

¿Sáben acaso qué los pueblos no soportan más las injusticias que ustedes les proponen?

¿Saben acaso qué como continúen sin hacer algo para que todos mejoremos, el Mundo entero será una carnicería y nos comeremos entre todos?

Ustedes, los seis que están aquí, personalmente piensan de una manera…pero cuándo aparece un flash o un micrófono, cambian totalmente el discurso y ustedes mismos,
lo saben…por qué entonces hacen eso…?

Sus gobiernos, están llenos de personas inescrupulosas que buscan ventajas personales y les imponen a ustedes, los líderes del gobierno, las cosas que hay que decir, que hay que hacer…les escriben los discursos…los condicionan…los manipulan y los presionan para actuar de manera que muchas veces no están en sus mentes…y ustedes saben que no gobiernan…sólo ponen la cara para representar a los que sí gobiernan…

No quiero apartarme del tema pero…miren a Netanyahu y Abbas…son amigos. …Aquí son amigos…y comparten como amigos, pero hace mas de

sesenta años que sus pueblos están en guerra... y cuando regresen a sus países, si es que regresan, no hablarán de la amistad...hablarán de lo injusto y despreciable que es el otro...
¿Acaso les faltan huevos a los dos para vivir en paz?
-- y el mismo Dubois se contestó---...no...no les faltan huevos... a ustedes los presionan...y tienen que cumplir...

A Netanyahu no le gustó lo que escuchaba, pero mantuvo silencio...

Dubois continuaba...---el mundo perdió mucho, pero todavía no está del todo perdido...y son los líderes los que tienen que afrontar los problemas...y dije líderes y no dije sus gobiernos... ¡basta de G 20... G 7 y G 5+1 ¡¡!....basta de cumbres para no cambiar nada...!! ..Basta de cumbres burocráticas en la que para cambiar una coma, se necesiten seis meses de estudio... y cientos de kilos de papel... ¡! Basta de cumbres costosas para que cada delegación asista con fondos públicos a pasear...y para la foto conmemorativa y... ¿saben que en la actualidad se pueden establecer por vídeo conferencias ?...
¡... claro que lo saben...y ¿qué hacen ?... nada... absolutamente nada y éso...eso sí que es imperdonable.
---Disculpe...pero no es así...----interrumpió Obama...
----Señor Barack Obama...déjeme terminar...todavía ni empecé a hablar de usted ----cortó duro Dubois y siguió con su charla---- hay países que se esfuerzan en tener las armas y los ejércitos más poderosos mientras sus pobladores sufren por no conseguir una libra de arroz...o un paquete de pan pita... ¿verdad señor Jiabao o señor Ahmadinejad?

Corea del Norte puede gastar millones en tratar de conseguir armas nucleares pero no pone un penique para que su pueblo pueda comer... y así puedo hablar de los ciento noventa y ocho países en el mundo... --- y dirigiéndose a Obama preguntó ---
¿Sabe...Señor Obama ...cuánto cuesta cada cumbre ? ---y sin esperar respuesta continuó - Entre ocho y diez y millones de dólares...y cuando usted se mueve un poco más lejos...con sus guardias y todo su equipo, podemos hablar de veinticinco millones...?

Y dirigiéndose a Sarkozy siguió su retórica ---¿ no crée usted , Señor Sarkozy ...que el ahorro de esos gastos... sería más apropiado destinarlos a planes de educación...o tal vez ...planes de salud.? ...

--- Yo estoy de acuerdo…--- contestó Sarkozy orgulloso---en mi plataforma de la reelección es uno de mis puntos…-----pero fue frenado por Charles Dubois -- ¡! Sus puntos, las pelotas…!! Ésto lo tenía que haber pensado en su campaña anterior…
Se tienen que acabar los gastos superfluos que pagan los pueblos…!! Basta de insultos y basta de amenazas a la inteligencia de los pueblos nobles…

Charles Dubois cambió de tono…ahora era paternalista…

--Ustedes están aquí para proponer ideas…propongan ideas…lleven temas…busquen las soluciones…comprométanse a desarrollar mejores escuelas, formar mejores maestros…ustedes no los tienen en cuenta pero… en los Maestros está la base de una Nación…capaciten a los maestros…premien a los mejores maestros…ellos serán los primeros en enseñar a que los niños lleguen a buenos colegios y después a buenas universidades…

Los niños son el futuro…hay que darles todo…--Dubois hizo una pausa--- …pero parece que para los gobernantes, los niños no existen…
Hay que desarrollar a los niños para prepararlos a ser mejores personas primero, …con valores…con ética…con dignidad y honradez… para que se conviertan en buenos profesionales …para que en el mañana, tengamos gobernantes límpios, con ética, con buenos valores…entonces tendremos líderes honestos…y si tenemos una sociedad con gobernantes, jueces, profesionales que tienen valores … qué tienen
ética y que son honrados , habremos dado el primer paso a un mundo mejor..

Los seis mandatarios miraban atentos a Dubois sin hablar…pero asentían con sus cabezas...

Dubois hablaba despacio y remarcando cada palabra ---…La competencia leal es sana… procuremos competir por quién tiene más cultura en el mundo …quién tiene las mejores universidades…quién producirá los mejores científicos…ésa es una buena meta... y ustedes tienen ahora la oportunidad y la obligación de exponerlo y cómo hacer para implementarlo … piensen en eso… trabajen en eso.

Ahora, Dubois leía su manuscrito.

Todos se merecen una oportunidad… y los gobernantes, tienen la obligación de dársela a todos.

Es responsabilidad de todas las naciones del mundo… no dárles el pescado en la boca a su gente… es necesario que los gobernantes de esas naciones les enseñe a pescar a su gente …no le oculten nada a sus pueblos …enseñen a pescar sin escatimar en nada esa enseñanza…desde la hora apropiada para la pesca, las mareas, el efecto lunar …todo… no escondan nada…no se guarden información…sean honestos.

Es necesario que los gobernantes hagan todo lo posible para que los pueblos se instruyan… se eduquen…nuestros hijos tienen que tener más conocimientos que nosotros… y nuestros nietos… nuestros nietos deben estar mejor preparados que nuestros hijos…

Charles Dubois bebió de su vaso y continuaba su discurso…

--No tiene que ser bueno gobernar a una región de semi- analfabetos para el lucro personal de unos pocos… y la explicación…

Un pueblo educado tiene mejores posibilidades de defenderse contra todo… contra enfermedades, contra el hambre…y contra los malos dirigentes. Y… un dirigente capaz, con un pueblo sano que produce, puede hacer de ese pueblo… una potencia.

Y Charles Dubois miró a Ahmadinejad...--- ¿sabían que potencia no es quién tiene mejores bombas… ni mejores aviones…?

Potencia es quién tiene la capacidad de producir todo lo que su tierra puede proveer… y vender o compartir su excedente… NO TIRAR o QUEMAR su excedente…

Potencia es que todos los habitantes puedan vivir con decoro… potencia es el País dónde sus habitantes puedan ir al médico y no tengan que endeudarse por el resto de sus vidas… un pueblo sano, es aquél que tiene un sistema de salud que le permita al ciudadano prevenir una enfermedad…Nadie quiere enfermarse… Nadie quiere morirse…--Dubois hizo una pausa--- … hay gente que en su puta vida , nunca visitó un médico… y ¿ sáben por qué?

Aunque era una pregunta… nadie contestaba…todos tenían en sus países ese problema…y ninguno podía hacer nada… no había soluciones para el tema de salud.

Y si hoy no había soluciones para el tema de salud, no significaba que mañana no aparecieran las soluciones… había que buscarlas… pero sin demoras…había que buscarlas… y encontrarlas.

Y continuó Charles Dubois, ahora con un tono suave, explicativo.

Potencia es el país que tiene sus universidades llenas de estudiantes que quieren aprender más y perfeccionarse más… para poder agregar más conocimientos a las siguientes generaciones…
Aprendamos a almacenar más agua de ríos para hacerla potable cuando la necesitemos…no puede ser que en el siglo XXI se pierdan cosechas por sequías… corrijamos los ríos para irrigar nuevas tierras y cultivar todo el año… desterremos la hambruna…enseñemos a sembrar,… proveamos fertilizantes a quién no los tenga y los necesite……suplamos las máquinas para cosechar…busquemos y encontremos, lo mejor… pero son ustedes los que tienen que proponerlo…Y NO LO HACEN…

Los recursos naturales están ahí…tan sólo nos falta recogerlos… si es necesario, inventemos más recursos naturales, como hace Netanyahu con su desierto…
Naturales o no… nos hacen falta más recursos… inventémos estilos de vida dónde no lastimemos la tierra…Y a los científicos, si les damos la oportunidad, sabrán cómo hacerlo…

Ahora, Netanyahu se sintió reconfortado con esa frase.

Dubois parecía un profesor impartiendo cátedra .

Se dice que "…la necesidad es la madre de todas las invenciones"… no esperemos a que nos falte el aire para respirar… y no nos creamos que nunca nos podrá faltar…
No esperemos a que tengamos que luchar por el agua…porque va a escasear… y en pleno siglo XXI hay países que no conocen el agua potable…! es nuestra obligación dárselas... ---y metió un golpe bajo--- ustedes tienen hijos… ¿qué piensa cuándo ve un documental dónde los niños beben esas aguas podridas, infectadas…señor Wen Jiabao ?

-- El primer ministro chino no contestó...tampoco tuvo el tiempo, porque Dubois seguía--... la contaminación es terrible y ustedes lo saben...está en el aire...está en los ríos y llegan a los mares... y hasta estas hermosas aguas donde estamos... y ustedes, señores Obama, Sarkozy, Jiabao, sabían que estas son las aguas del mar más tóxicas y contaminadas del mundo... ¿y qué hacen ustedes ?... nuevamente... no hacen nada... y lo peor, no proponen nada. - Disculpen...pero entonces... ¿para qué están ustedes?

Hubo una pausa larga...y los mandatarios esperaban por la próxima descarga que no tardó en llegar...

--Ya déjense de fantasear con Kioto... con una próxima reunión en dos años...esto no puede esperar más... hay que solucionar los desechos contaminantes ya...
Y tienen poco tiempo...
Y lo que les digo, no es una amenaza, pero tómenlo como un consejo sano...

! PREOCUPENSE...y YA!

Anótenlo como otro punto importante para solucionar ya...y subrayen el ya.
Hay que buscar nuevas alternativas en nuestros recursos para tener siempre planes
A - B y planes C...tengamos más científicos en esa búsqueda...buscar científicos para que ayuden a científicos... ésa es la meta...

Muchos de ustedes tienen todo lo que digo para colaborar, pero no están haciendo absolutamente nada... y eso es inadmisible...

Dubois bebió un sorbo de jugo y continuó con su discurso, destacando algunas palabras.

--Es hora de Dar ayuda y no de PRESTAR ayuda, para extorsionarlos luego legalmente

Es hora de ayudar a un país para que se levante... no ayudarlo para poder saquearlo...

No se debe ayudar a un país necesitado y luego usarlo como botín de guerra para cobrarle el favor.

Ustedes son parte de esos líderes…ustedes deben demostrar porqué son líderes…contactando a otros líderes…y si están convencidos de sus ideas…proponerlas a otros líderes…difúndanlas…no se las callen…ayudémosnos a ayudar…

Charles Dubois ya no miraba su ayuda-memorias… hablaba con la indignación propia de quién mira los noticieros y vé lo que ocurre en el mundo—y continuó su monólogo -- debemos saber que en este planeta, todos somos vecinos… y que todos somos responsables de lo que ocurre… que estemos más cerca o más lejos de algo , no es lo importante ,pero todos somos vecinos y tenemos que aprender a compartir el planeta entre todos…y ayudarnos lealmente para que nadie caiga en desgracia y tomemos conciencia que el mal de uno nos atañe a todos y que el éxito del vecino también será nuestro éxito .

Hay países que dejan de producir trigo para hacer pan y se esmeran en más armamentos… no hay leyes para el desempleo… la corrupción…el favoritismo político… las manipulaciones en la economía…la contaminación ambiental...
Sartas de mentiras al mundo… falta total de valores humanos…desinterés por la sociedad… no se escucha el clamor del pueblo… hay leyes injustas y obsoletas y ustedes los gobernantes, son parte culpable de todo eso…-- bebió un sorbo y continuó --

Y esa es la idea de esta reunión… un compromiso tácito… de común acuerdo que se pueda materializar… sin cortes de adulones que los manejen, sin Parlamentos…sin Congresos…sin terroristas que los presionen como compromiso político… y sin corporaciones que les estén pasando la factura y cobrando por sus donativos en las elecciones pasadas…

Y como dije antes… busquen las soluciones…propónganlas…demuestren que son líderes y que están donde están porque son líderes… porque son pensantes…que no son el producto de una casualidad ni el acierto de una agencia de publicidad…que los puso donde están… que ustedes valen de por sí mismos… que ustedes pueden componer cosas por más rotas que parezcan… y porque todavía les queda dignidad…

–y retóricamente preguntó--… ¿y qué son capaces…? ¡ ¡ Claro que son capaces…!!
Pero éso hay que demostrarlo…y ahora…---Dubois hizo una pausa
Cuando continuó dijo :

--Porque es que ahora tienen la mejor oportunidad…tal vez la última, .juéguense.

Sólo tienen que ofrecer…proponer…ningún congresista va a vetar nada por temor a perder votos en la próximas elecciones.

En estos momentos, ustedes representan casi a la mitad del mundo y a toda esta generación…queremos creer que ustedes todavía no perdieron del todo el humanismo y la decencia, pues eso es lo peor que le puede pasar a toda una civilización…no amar el mundo en que viven…

Aquí, ningún parlamentario ni congresista, se va a oponer… y aunque no lo parezca…esto va a ser un examen para ustedes… todo lo que comenté – dijo señalando una mesa -- está en esos cuadernillos… ustedes deberán escribir como lograr los objetivos… háblenlo entre todos…busquen las soluciones entre todos…piensen como equipo… y escríbanlo… sean realistas… lógrenlo…
Hubo otro largo silencio… y cuando Dubois continuó, habló mucho más pausado…

Casi masticando cada palabra que decía, para que todos lo comprendieran bien… y no hubiera lugar a malas interpretaciones…

Disculpen si me extendí en mis comentarios…pero es que quería darles casi todos los temas del por qué están aquí y para que puedan asumirlos… y superarlos… y me temo que no van a tener otra oportunidad…
Es responsabilidad de ustedes…aquí tienen que encontrar soluciones y sólo falta que las busquen y que las encuentren… no más fracasos… no más cumbres sociales para la foto… no más reuniones que se interrumpan porque es la hora del té… ésto va en serio señores… y hasta que no se pongan de acuerdo…---hizo una interrupción…suspiró y agregó ---

USTEDES NO SALDRAN DE AQUÍ….y hasta tal vez, si no hay soluciones…
alguien pueda cañonear este yate…y tal vez… lo tengan merecido.

Ahmadinejad amagó decir algo pero Charles Dubois no le dió la oportunidad...
---Ya es hora que usted comience a hablar con todos sus pares... no hable conmigo... Ahí están ellos... --y mirando al grupo repitió--- sobre ese escritorio van a encontrar carpetas, libretas, lápices y marcadores de colores, que es todo lo que se necesita para empezar a arreglar el mundo...y ya es hora que se pongan a trabajar...
Los dirigentes estaban asombrados... y confundidos.

Ninguno de ellos había recibido un sermón y un reto así ni en su jardín de infantes...

Todos habían escuchado a Dubois muy atentos... tal vez estuvieran de acuerdo o tal vez... no... pero a ninguno se les movió un músculo y estaban como atornillados a sus asientos y cuando reaccionaron, un minuto después, Charles Dubois ya estaba en el helicóptero... que comenzó a subir hacia el azul cielo.

LOS MUCHACHOS SOMALÍES

Los ocho muchachos somalíes se estaban divirtiendo.
Como no tenían documentos para poder alquilar un vehículo, pensaron que deberían comprar una camioneta grande, la más barata que encontraran.

Y ese mismo día la encontraron y la compraron a precio de liquidación.
Era una van Ford de segunda, tercera o cuarta mano, aunque sin tantas ventanillas como habían querido, pero consiguieron que les adicionaran seis asientos para hacer el viaje por lo menos, sentados.

De todas formas, en comparación con la cárcel de Barcelona... todo esto ya era ganancia.

--Esta van es de carga, por lo que tienen asientos del conductor y acompañante y la parte posterior inmensa para acomodar lo que sea. —les había dicho el vendedor.

Pagaron en efectivo y cantando a gritos, partieron desde Barcelona con rumbo a Mónaco.

Harían paradas dónde les diera la noche o dónde se les ocurriera. En el mapa Michelin que les dieron en la gasolinera, tenían como primera escala Gerona y luego ya entrarían en Francia.

Preferían el viaje en esa van sin suspensión, al ferrocarril o al avión ,porque entendían que era el verdadero viaje de amigos, compartir el aire que respiraran , las risas a carcajadas , los insultos , compartir sensaciones …

Llegar un día antes o un día después, no importaba…ni siquiera tenían que llegar a ningún lado… era sentirse libres y los libres no tienen ni horas ni rumbos.

Se turnaban para guiar, entre los cuatro que sabían guiar. Se habían criado en Somalia… eran casi analfabetos y habían desarrollado sus instintos de conservación por sus experiencias solamente escuchadas en el golfo de ADEN… sobre saqueos y huidas… desconocían otro estilo de vida… para ellos la vida era esa… no conocían otra cosa… nunca se dieron cuenta que no habían tenido oportunidades… y los años pasados en España, lo habían hecho en la prisión y no por su propia voluntad.

Entrando en Gerona, se regocijaron al entrar en un Carrefour a la vera de la ruta A P-7. Allí estuvieron horas maravillados de un mundo nuevo para ellos… nunca habían visto ni entrado a un supermercado, pero recordaron con nostalgia los puestos polvorientos de los vendedores de frutas en su pueblito de Haradheere a 20 kilómetros del Mediterráneo.

Aunque la van no daba más de 60 km/ph ni en bajada, se juramentaron no cometer infracciones de tránsito. No querían policías cerca y toda la ruta AP-7 estaba llena de policías.

Y así, sin nada sobresaliente en el camino, llegaron a Niza en Francia después de treinta horas de viaje y con dolor de riñones.

Encontraron un hotel de una estrella y se registraron en dos cuartos sin baños. En el hotel, descansaron un par de horas…se ducharon y salieron con su furgoneta rumbo a Mónaco…que según les habían contado ,era un paraíso y querían verlo con sus propios ojos…estaban muy cerca y desde

Mónaco llamarían a su antiguo jefe…siete años sin saber de él, era mucho tiempo…¿los recordaría en una llamada? o algo peor…
¿Atendería esa llamada?

Los ocho somalíes ya acicalados y con sus coloridas ropas compradas en Gerona, miraban absortos todo lo que se les presentaba… carros lujosos, elegantes comercios,
 la limpieza de las calles y sobre todo, a la gente.

Gente silenciosa, que se movían solos o en grupos sin causar molestias, respetuosas de las señales de tránsito para cruzar calles, respetuosas para ceder el paso en una vereda angosta… no empujones, no carreras, no insultos…todo era nuevo para ellos.

No había gritos, ni nadie pateaba vidrieras de cristal, ni salían corriendo cuando robaban una cartera porque nadie, por lo menos en esos momentos, nadie robaba una cartera… y lo fácil que hubiera sido!!

Ver toda esa gente era una verdadera tentación…

Preguntaron por un locutorio para hacer llamadas a Somalia y después de deambular por las calles del pequeño Principado llegaron a la Estación de Correos y de acuerdo a lo que les indicaron, frente estaba el locutorio.

Taziz sacó de su bolsillo la libreta roja donde tenía los números importantes a comunicarse y se dirigió al mostrador para pedir la línea y esperar el turno de conseguir la llamada.
Como el lugar se encontraba prácticamente vacío, el señor que los había atendido les señaló la cabina a usar mientras él procedía a conseguir la comunicación.

Y al instante, se escuchó el timbrar del teléfono en Somalia.

-- Aló, es Taziz que habla… me escucha?---preguntó Taziz
Aparentemente el que atendió a Taziz, lo escuchaba bien pero no sabía quién era Taziz y Taziz le dijo con lujo de detalles y notable candidez, que era pirata, que estuvo preso en España y toda la historia.
-- Y bien Taziz, qué quiéres?-dijo el otro
-- Quiero hablar con Hussein Madobe… dígale que soy Taziz y estoy en Mónaco… -- gritó al auricular

-- Lo fueron a buscar… ya viene por ahí –contestó.
Casi un minuto interminable de espera ,hasta que se escuchó:

-- Taziz querido, cómo estás? –preguntó con voz suave Madobe.

Los siete amigos de Taziz que al principio estaban apiñados en la cabina, se alejaron por el salón, después de perder la curiosidad por si Hussein Madobe tomaba la llamada o no.

La había tomado…y lo que Taziz le iba a pedir, ellos ya lo sabían… dinero y pasajes para regresar a Somalia y poder continuar con sus trabajos.

La charla se extendió por más de media hora.
Algo importante estarían hablando, así que esperarían con toda su calma a que Taziz terminara la conversación…

Después de siete años… una hora más o una hora menos, no iba a ser diferencia.

Cuando Taziz terminó la comunicación, estaba eufórico…en sus manos tenía tres o cuatro hojas de papel garabateados y un brillo en sus ojos que anticipaban su alegría antes de hablar.

-- Reunión de gabinete… reunión de gabinete… urgente…---dijo Taziz
-- En el primer bar cercano ---sugirió Akim
-- Después de ir al baño –agregó Coton
-- Moción aceptada—completó Kino
Entre risas…. los ocho levantaron las manos.

Pagaron por la comunicación y averiguaron por un barcito cercano donde pudieran hablar…cruzaron la calle y en el restaurante al lado del Correo, juntaron dos mesas, pidieron café, jugos, croissants y comenzó la reunión de los amigos o… de gabinete.
Taziz acomodaba sus papeles y se iba a esforzar para repetir palabra más, palabra menos, su conversación con Hussain Madobe, el Rey de los Piratas…

Cesaron las risas, cesaron los comentarios y cuando se hizo el silencio en el grupo, Taziz comenzó…

En primer lugar… Madobe cogió el teléfono…lo que significa que no está molesto con nosotros y eso ya es un éxito…

---primer punto para nosotros….-- interrumpió Kino

Taziz lo miró fijo y continuó…

…En segundo lugar ,Madobe dice que no nos puede enviar más dinero porque lo que hicimos fue un fracaso y que el pagó por los abogados, ayudó a nuestras familias en todo este tiempo y que si queremos trabajar con él , cuando nos lo ganemos …podemos seguir.

---Punto para Madobe …--- interrumpió nuevamente Kino continuando con su gracia.

Taziz esta vez ni lo miró…

El ánimo de todos había cambiado en ese minuto… se hizo un prolongado silencio y Kino se sintió como un tontito.

…Ahora viene lo bueno ---continuó Taziz mientras trataba de descifrar lo que había escrito---Madobe mandó a reparar "La Esperanza "… ¿se acuerdan ustedes de ese barquito pesquero azul?

---Sí, yo me acuerdo –dijo Karim—…el que siempre se le trababan las redes… mierda de barco.

---No tenía espacio ni para guardar lo pescado…había que caminar sobre la pesca…   ---amplió Akim

--Yo también me acuerdo---agregó Cobe— fue el barco en que comencé a pescar…siempre le faltó fuerza…era incómodo para subir las redes…estaba todo roto.

---Pensé que ya se había hundido…-agregó Kino

Taziz hizo señas con las manos para poder continuar…-- Bien, no más comentarios…

 y siguió—…Madobe mandó ese barquito a reparar hace seis meses y aunque ya está terminado nunca lo retiró porque entre lo que cuesta la reparación y llevarlo a casa… sale más de lo que vale La Esperanza…

---Seguro que sí—añadió Karim— ¿ a quién se le ocurriría reparar esa porquería?

--No es nuestro problema—interrumpió Taziz con autoridad--- Yo le dije a Madobe que nosotros podíamos llevarlo… siempre y cuando ustedes estuvieran de acuerdo…

--Yo lo estoy—votó rápido Akim

--Y yo— dijo Kino

Todos, a pesar que el barquito no servía, que se enganchaban las redes, que no tenía potencia en los motores, que era una mierda… resplandecieron con la idea… volver al mar… ser libres… y las risas y las bromas volvieron a sus cuerpos.

Taziz regresó al locutorio , tal lo prometido a Madobe, para confirmarle que llevarían de regreso La Esperanza y preguntar dónde y cuándo debían recogerlo… y repetirle , por supuesto …que ya estaban casi sin dinero..

Esta vez la charla fue muy corta…
Hussain Madobe les dió la dirección y los teléfonos del taller de reparaciones y todo lo que tenían que hacer era invocar su nombre y que él se ocuparía de los detalles en ese mismo momento…inclusive les iba a conseguir una carta de ruta para poder hacer el viaje por lugares con mar calmo ya que confiaba en 'sus muchachos'… viajar siempre viendo las costas para poder reabastecerse de combustible y un par de tonterías por el estilo…

Ya en navegación, se comunicarían por el radio de La Esperanza, si es que funcionaba y su alcance era bueno.

Aunque no era un inconveniente mayor…el astillero estaba en Gerona y había que desandar el camino hecho… total… ¿qué les hacen seiscientos kilómetros a ocho jóvenes con ganas de divertirse?
A los jóvenes nada…--había pensado Taziz—hay que ver qué le hace a la van sin ventanillas.

Y cómo ya tenían nuevos planes en sus mentes y en Mónaco no tenían nada que buscar… regresaban a Gerona y por supuesto al Carrefour, la máxima atracción del viaje.
Si la AP-7 los había llevado de Barcelona a Mónaco, la AP- 7 los iba a llevar de Mónaco a Gerona y allí , averiguarían como llegar hasta el puerto de Palamós , un lugar a veinte o treinta kilómetros de Gerona, donde ya los estaría esperando "La Esperanza ", su próximo hogar.

A marcha lenta, entre cantos, risas y gritería, la van, con Taziz al volante, se puso en marcha rumbo al Puerto Palamós… y pronto empalmaron con la AP-7 sur.
Entre paradas para orinar, estirar las piernas y comer un sándwich vieron el desvío
a Palamós… que los privaba del Carrefour… pero las prioridades habían cambiado… ahora , La Esperanza era prioridad número uno y todos estaban ansiosos de verla.

El viaje que regularmente pudiera llevar seis horas, se había transformado en una odisea de doce horas con la pobre van yendo al máximo en cuarenta kilómetros y algunos tramos a cincuenta.

El ánimo había decaído en algunos y aprovecharon para dormitar o para pensar en la próxima aventura…

Habían cambiado su despreocupación por un compromiso serio que era llegar a Somalia con un barquito que no ofrecía ninguna garantía…
Les esperaba un viaje muy largo y tenían que tener todas sus energías disponibles… y todos respetaban el mar.

Todo se hizo más fácil de lo esperado en el Puerto de Palamós.

Un somalí de nombre Mohamad, muy agradable y que desde el principio de la charla mostró buena onda, estaba a cargo de las oficinas de la Agencia en el Puerto de Palamós.

Conociendo muy bien los trabajos realizados en el barco y que serían de satisfacción de los clientes, los acompañó hasta el pesquero y carpeta en mano, les explicó cada una de las cosas que le habían hecho al barquito y aseguraba que había quedado mejor que nuevo… de hecho, lucía como nuevo.
Lo habían repintado con esmero y casi reconstruido por completo, comenzando con dos motores nuevos de gran de potencia y a los muchachos sólo les faltaba probarlo en el mar abierto.

Pero de apariencia estaba mucho mejor de lo que habían imaginado… lo que mejoró notablemente sus estados de ánimo, antes empobrecidos por el cansancio.

De no haber sido que Mohamad los acompañó hasta 'La Esperanza" hubieran pasado por su lado sin reconocerla.

Mohamad, también les dijo de sus charlas con su viejo amigo Hussain Madobe, que ya estaba todo pago, que los tanques de gasolina estaban completos y que había adicionado ocho tambores para combustible en cubierta, todos llenos de gasolina con las mangas de goma conectada para el traspaso a los tanques, por si no encontraban puertos en el camino para reabastecerse…

Contó sus antiguas aventuras junto al millonario y se puso incondicionalmente a la disposición de sus nuevos compatriotas.

Entre comentarios y anécdotas , Mohamad iba enseñando cada pieza del barco, encendiendo y apagando motores , encendiendo y apagando luces y encendiendo y apagando el sistema de comunicación... les enseñó la pequeña cocina , además habían instalado un megáfono conectado a la radio y por supuesto , ponderando cada cosa que tocaba para su funcionamiento.

Y con cada cosa que mostraba, arrancaba comentarios como... qué bueno, fantástico, bravísimo... de cada uno de los muchachos.

Mohamad también dijo que él personalmente, ya había salido un par de veces a navegarlo en mar abierto y garantizaba totalmente el funcionamiento., cosa que los muchachos no creyeron, pero no cuestionaron.

Sólo le faltaba la instalación de las redes de pesca, pero era que Madobe ya las tenía compradas en otro sitio --- dijo Mohamad --- pero el sistema, funcionaba... y también lo encendió y lo apagó.

Era un eximio vendedor y repitió varias veces en la charla su amistad con Madobe, cosa que de no ser ciertas, lo comprometerían más adelante... con Hussain Madobe no se jugaba... o estabas con él o eras blanco fácil para él... y no importaba si estabas en España o dónde estuvieras...Madobe tenía amigos en todos lados...y si alguien le fallaba a Madobe...esos amigos sabían qué hacer.

--¿Y cuándo piensan salir? –preguntó Mohamad
---No bien compremos alguna comida para el viaje y nos dés la carta de ruta- dijo Taziz como líder del grupo.
---Eso fue lo que supuso Madobe...--respondió Mohamad---pero hay un pequeño problemita...
--¿Qué problemita...señor? – preguntaba Kino.
—Es que no hay hoja de ruta,...muchachos—contestó Mohamad encogiéndose de hombros.
--¿Entónces...? preguntó Taziz sin ánimos.
--Yo no me haría gran problema por la hoja de ruta...--contestó Mohamad—ponen la brújula al norte y llegan a Somalia... pero recuerden, siempre tienen que seguir norte...no es tan difícil...

y en cuanto a la comida, hay un supermercado a unas cuadras de aquí, donde todos los pescadores hacen sus compras y tienen buenos precios…
---Es que no tenemos mucho dinero—se metió Karim en la conversación---¿le puede interesar comprar nuestra camioneta?
Mohamad miró la van Ford , sonrió y dijo ----No me sirve para nada…Pero compren todo lo que quieran y díganle al dueño del supermercado que Mohamad paga la cuenta… que me llame si es necesario…Nunca hay que abandonar a unos amigos en necesidades… vayan ahora, que tengo cosas que hacer y me ven cuando estén por partir…

Una hora más tarde… le mostraban la factura de las provisiones ,casi todas enlatadas , que habían comprado y no pagado en el supermercado.
Mohamad aceptó de buen grado las llaves y la documentación de la van y como recompensa adicional, les dió seis rifles viejos con cuatro o cinco cajas de municiones envueltos en una de esas bolsas de arpillera que sirve para almacenar granos de trigo…y mientras les daba esa bolsa, dijo una frase como al descuido, que quedó en el aire… "En el mar hay de todo y uno no sabe lo que va a encontrar "…--tengan esto por las dudas…

Abrazó a cada uno deseándoles buen viaje y los saludos a Madobe.

Y momentos más tarde… Mohamad soltaba las amarras y La Esperanza se alejó del muelle del que estuvo amarrada por mucho tiempo.

Ya en navegación y con Taziz como innegable capitán y líder del grupo, probaron cada una de las cosas que había a bordo y el resultado era altamente satisfactorio… el viejo barco pesquero ya no era una mierda.

Como no había suficientes cuchetas para dormir dictaminaron en formar dos grupos de cuatro… mientras cuatro se ocupaban de la navegación los otros cuatro descansarían y todo se haría más llevadero aparte de no chocarse entre sí… La Esperanza estaba remodelada, pero nunca había sido un barco muy grande… y para cuatro estaba muy bien.

Pegaron la hoja de un mapa en la cabina al lado del timón y cerca de la brújula y llevaron los motores a un poco más de media máquina… sin exigirlos demasiado.
El suave vaivén de las olas era lo que en realidad extrañaban y el melodioso sonido del mar era música a los oídos de todos.

En medio de un mar calmo, se oían las risas, los gritos alegres llenos de juventud de los ocho somalíes, felices de estar dónde querían estar…en el mar, que era casi sus casas y lo que estuvieron añorando durante siete años. Las primeras veinticuatro horas sirvieron para acostumbrarse a La Esperanza, a cómo cabeceaba, a cómo se ladeaba y cómo se sentían los ocho para estar en el mar abierto luego de pasar siete años en una celda donde no había lugar para caminar tres pasos…
La prueba fue buena… comieron y nadie vomitó… tampoco, nadie se mareó…y lo más importante… estaban felices…

Cada uno acomodó sus pocas cosas personales y se instalaron como mejor pudieron e inmediatamente, todos se sintieron amos y señores de la chata… y para todos,
ya era su nuevo hogar.

Lo extraño del caso es que llevaban casi dos días en navegación y los tanques de gasolina apenas habían bajado de nivel.

Este Mohamad había hecho milagros con el consumo de gasolina y mientras siguieran así con los tanques llenos, no pararían en ningún puerto…comida y agua tenían… habían puesto las cuatro cañas de pescar que estaban en el barco y también tuvieron la suerte que habían pescado casi sin querer…

Tres róbalos y un rodaballo habían quedado enganchados en los anzuelos de las cañas de pescar y fueron el almuerzo y la cena en la que Kino se lució como excelente cocinero… y lo tomaron como un presagio de que cosas buenas iban a pasar en ese viaje…

Mientras tuvieran combustible…y el tiempo fuera bueno… seguirían sin detenerse.

Así se lo había informado Taziz a Madobe por radio en una de las transmisiones y realmente la potencia del equipo no era muy buena y se escuchaba muy entrecortado y como se dice en la Marina Internacional QSA-1/5...

Es decir muy mal y con interferencias.
También Madobe llamaba un par de veces al día, tal vez por aburrimiento o por curiosidad por lo que hacían y después de los saludos, ponía música, que entraba con mucha estática, así y todo, los alegraba porque las tareas de a

bordo eran rutina y muy poco por hacer para los que no estaban de guardia y para los que sí estaban de guardia.

Pero al anochecer del tercer día, estando Karim en el timón, Madobe pidió hablar con Taziz y si estaba durmiendo que lo despertaran…ante lo extraño de la comunicación, Taziz tomó el micrófono inmediatamente.
-- ¿Taziz, me oyes? -preguntó Madobe
-- Ahora escucho fuerte y no muy claro – adelante - respondió el capitán
-- ¿Te acuerdas la frecuencia del 959 ?
-- Perfectamente -- Taziz respondió
-- Ve a ella a las 23 00 en punto , cambio -- dijo Madobe
-- 23 00 comprendido y fuera --dijo Taziz
Faltaba casi una hora para las 23 00 y Madobe no puso música… que pasaría?
Nadie se fue a dormir. Se entretuvieron con los anzuelos y las cañas de pescar, comieron más pescados frescos asados e hicieron tiempo.
Si Madobe llamaba a esa hora era por algo raro que estaba pasando… ellos estaban tranquilos con su conciencia , sabían que no habían hecho nada mal desde la salida de la cárcel ,pero no sabían que estaría pensando el gran Hussain Madobe.
A las 23 00 Taziz pidió silencio a todos y entró en la frecuencia 102,7 que era la clave del pedido de Madobe.
Un silbido de estática y la voz de Madobe se escuchó baja y con estática….
Y dijo – ¿estás listo?
-- Adelante-- dijo Taziz--hable pausado…escucho mal...
-- ¿Listo?-- volvió a preguntar Madobe.
-- Adelante…-- respondió Taziz.

Y Madobe comenzó con su mensaje cifrado.

Eran cinco letras en cada grupo…y el valor estipulado de cada letra variaba de acuerdo a qué grupo estaba…esa era la idea original de esos mensajes…
En la práctica, Madobe había rediseñado esos códigos y se lo había enseñado a Taziz y sabía que Taziz, tiempo atrás, lo dominaba.

Y como en todas las cosas… para el que sabe, es fácil.

El mismo Madobe había hecho modificaciones y simplificado la manera para descifrar los mensajes y para que Taziz, ocho años atrás pudiera dominarlo...además siempre iban los errores ortográficos, que Taziz no los iba a encontrar...

Y por el radio se escuchaba la voz de Madobe ,entre sibilancias estáticas, letra por letra...

ORTSE UCESN EMRIF NOCOT NUPET SEDUT IGNOL

SODAR GOREC ORECO CNICS ODSOD ARGOR ECSOD

ONUOC NICSI ESOHC OSERT ODAED NOFOT NUPSE

DETSU ARAPL ICAFO JABAR TOTNU POTCA TNOCR

ECAHA RAPET RONSA MOHCU MATSO CALED SAMES

RAJEL AEUQN ENEIT SEDET SUOTN UPNOI CALUP

IRTAN UGNIN YSORE JASAP SERTE NEITO TNUPN

OTIRT OTNUP OSOIL AVYUM OJULE DETAY NUYAH

-Fin del mensaje - continuó Madobe
-Recibido -- dijo Taziz
-Cambio y fuera -- y se cortó la transmisión
-Cambio y fuera- dijo Taziz, pero ya no había nadie del otro lado.

Cambió de frecuencia y sintonizó la frecuencia normal de navegación...con la acostumbrada molesta estática.
Taziz se rascó la cabeza... había que descifrar un mensaje en clave y no lo practicaba por los últimos diez años...

Le pidió a Kino una taza de café... esa noche él debía trabajar muy concentrado y así se lo dijo a su joven tripulación...pidió que no gritaran, que no lo distrajeran y se puso a transcribir el mensaje en tres hojas diferentes para cotejar resultados.

Realmente la palabra cifrado no era la que correspondía.

Madobe alguna vez había escuchado esa palabra y la repetía orgulloso porque le hacía sentir importante… y alguna vez usando ese mismo sistema de letras se ideó lo del mensaje cifrado con sus adaptaciones al nivel que una persona que supiera leer un poco pudiera comprenderlo.

Taziz era uno de los muchachos que había aprendido a leer , rudimentariamente, pero conocía todas las letras…y si se esforzaba ,pudiera comprender el texto, aunque Madobe desconocía si el intelecto de Taziz había mejorado o empeorado en los últimos siete años…Pero Taziz era lo único que había… y peor es nada.

Tres horas después y tras varios cafés reunió a sus siete compañeros y en medio del silencio general leyó del papel que había reescrito varias veces:

" HAY UN YATE DE LUJO MUY VALIOSO PUNTO TRITON PUNTO

TIENE TRES PASAJEROS Y NINGUNA TRIPULACION PUNTO

USTEDES TIENEN QUE ALEJARSE MAS DE LA COSTA MUCHO

MAS NORTE PARA HACER CONTACTO PUNTO TRABAJO FACIL

PARA USTEDES PUNTO FONDEADO 38.65120 GRADOS

LATITUD NORTE 5.62500 GRADOS LONGITUD ESTE PUNTO

CONFIRMEN SECUESTRO "

El primer paso era verificar sus coordenadas y cotejarlas con las que habían recibido y ver realmente como estaban ubicados con respecto al yate.

Al principio de la navegación se habían cruzado muy a lo lejos, con barcos de turismo muy iluminados que hacían los clásicos cruceros del

Mediterráneo y seguro que en sus coloridos catálogos, nunca se mencionaba que estaban surcando las aguas del mar más tóxico y contaminado del mundo.

Pero ya no estaban en esas rutas ...tampoco estaban en ruta de aviones comerciales... y con la cantidad de combustible que tenían habían elegido navegar lejos de las costas y aunque sin querer ser muy precisos.. casi en aguas internacionales . Y ahora, eso era bueno, sin compañía de otros barcos indiscretos ni tampoco ninguna embarcación militar en las cercanías.

Entre ellos , confirmaron y reconfirmaron las coordenadas varias veces.. Pero sabían que a pesar de haber navegado mucho en viajes costeros... ninguno era un experto en navegación... llegarían por la brújula a cualquier lugar... sabrían donde estaba el norte y para qué punto dirigirse... pero ninguno sería categórico para afirmar exactamente cuál era su posición con un mapa marino al frente.

Y por aproximación y por deseos, creían que a la velocidad que viajaban y cambiando muy poco el rumbo, tardarían tan sólo entre tres o cuatro horas para llegar a esa posición...pero realmente, eran sus fuertes deseos de encontrarla por pura casualidad que buscarla por coordenadas y confiaban más en tener la suerte necesaria para cruzarse con ese yate de lujo.

Taziz confirmó la operación... ampliarían cuando avistaran el objetivo. Y ya se estaban mentalizando.

Entre todos aportaron ideas... merodearían las inmediaciones... verían el movimiento de abordo... y lo abordarían de sorpresa antes que se dieran cuenta y pudieran dar alguna señal de auxilio ...seguramente eran esos ricachones de orgías privadas... cuánto más en plena fiesta los encontraran , mas fácil sería la extorsión...tendrían que inutilizar el radio del yate o por lo menos desconectarlo... alucinaban que seis de La Esperanza conducirían el yate camino a Somalia , aunque estaban un poco lejos o por lo menos ... lo más próximo a Somalia.

Allí el negociador sería el mismo Hussain Madobe... lo que avalaría la misión... que por su experiencia sabía manejar la negociación y en el rescate por las personas y el barco, no se regatearía...

Sí la información recibida, era la correcta, el éxito ya estaba asegurado...

Y con esos pensamientos… se envalentonaban más y más y estaban esperando las luces del día para ver si encontraban ese bendito yate en el horizonte.

Y sobre el Mediterráneo comenzó a aclarar… ninguno de los ocho somalíes quería ni descansar ni mucho menos, dormir… todos miraban en todas direcciones pero nada … sólo mar … sólo cielo.

Pararon los motores para no alejarse si es que se hubieren pasado… y continuaban oteando el horizonte…! cuánto darían ahora por tener unos binoculares !
Pero no los tenían… y lo que no está…no hace falta.

En cambio tenían mucho café y galletas… y la mañana había amanecido fresca y ese café caliente… les haría muy bien.

Karim creía que había escuchado el ruido que hace un helicóptero… pero que no lo veía… y de sus compañeros … nadie lo escuchó ni tampoco nadie lo vió, por lo que coincidieron que fue tan solo obra de su imaginación..
Kino también creyó haber visto algo en el horizonte…pero… todos seguían sin ver nada.

A las ocho de la mañana, por el radiorreceptor de "La Esperanza ", se escuchó la voz de Hussain Madobe entrecortada por la estática, que pedía hablar con Taziz… y cuando éste se puso al radio… sin ninguna precaución le dijo…el ave voló …desapareció… olvídense lo anterior… vengan directamente a casa…mensaje cifrado, anulado… repito…. mensaje cifrado, anulado…cambio de planes…olviden el maldito yate¡!! …comprendido Taziz?... cambio….
-- Comprendido—dijo un sorprendido Taziz—volvemos directo…cambio y fuera.

No hubo una sola palabra de más…Ni siquiera una transmisión en una frecuencia diferente que no fuera al aire para cualquiera…Madobe debería estar muy molesto para no tomar ni el más mínimo detalle de precaución…¿Qué merda había pasado ?
Madobe puso la música de siempre, que era un concierto de ruidos raros, mientras la desazón invadía a los ocho somalíes que en sus fueros íntimos, ya estaban gastando a cuenta… y con esa tristeza… Taziz , que parecía el más afectado del grupo , encendió un solo motor a muy bajas revoluciones ,

como no queriendo abandonar esa zona pero …era casi una orden y aunque iban a avanzar lo más lento posible… enfilaron hacia el sudeste, rumbo a casa.

El resto de su tripulación, se entretenían con sus anzuelos… pero muy disgustados y con mucha rabia.

Era cerca del mediodía porque el sol ya estaba alto. Había sido una mañana triste para los ocho jóvenes que sentían que les habían quitado un caramelo después de haberle sacado el papel de la envoltura.

La tristeza de los jóvenes marinos era notable. El mar estaba muy sereno y la leve brisa era reconfortante…

Ni siquiera les había cambiado el ánimo que tres de los cuatro anzuelos, estaban cargados con algún pez… ya que ni se habían tomado el trabajo de subirlos… y todavía lo que hubieran pescado, estaban coleteando ,mientras el pesquero marchaba lento… era una mañana límpida y las aguas dibujaban el reflejo de las pocas nubes del cielo.

Entonces… primero Jakim.. luego Kino… después Taziz… y uno a uno todos comenzaron a mirar el cielo… y señalar hacia un mismo punto… los ocho escucharon y vieron perfectamente como un helicóptero surcaba el cielo y de repente bajó casi en ángulo recto … desapareciendo de la vista , como si se hundiera en el mar…

Fue algo curioso esa escena en el mar y en ese momento les llamó la atención pero después de cinco minutos ,no le encontraron el sentido de lo que habían visto … o tal vez todos lo hubieran imaginado solamente… sabían que muchas veces el mar hace jugar la imaginación de la gente … y nadie hizo comentarios sobre el tema… era más de lo que sus mentes podían comprender … nada tenía sentido de lo que habían visto…si es que de verdad lo habían visto y con su tristezas al hombro , cada cual volvió a lo suyo…

Akim y Kino recogieron lo pescado, que resultaron ser un gran rodaballo y dos lenguados de casi 70 centímetros y veinte kilos cada uno y… Taziz, Karim y los demás… se fueron a descansar en las literas o jugaban a los dados en silencio.

Había regresado la rutina a bordo.

Pero la rutina cambió cuando nuevamente a una distancia que ninguno se animó a calcular, los ocho somalíes, con Taziz al frente, vieron como un helicóptero salía desde el mar y subía al cielo… para regresar por el camino que ellos lo habían visto llegar…

Y entonces sí… sacaron nuevas conclusiones…

Y ahora todos hablaban al mismo tiempo, exponiendo cada uno su propia conclusión…

Akim dijo que era un helicóptero perdido y que podía tener problemas de vuelo…

Kino creía que eran mafiosos y habían hecho desaparecer a alguien tirándolo con una roca atada a los pies en el medio del mar…él había escuchado alguna vez algo así…

Cobe dijo algo incoherente de extraterrestres con brazos y garras muy largas que habitaban en el fondo del mar y que se alimentaban de los barcos y las tripulaciones que invadían su terreno…y que vigilaban con antorchas desde la profundidad y que se devoraban a todo barco que pasara por su territorio…el helicóptero estaba volando bajo y tal vez lo habían confundido con un barco y lo apresaron… y ese comentario intranquilizó un poco al grupo…

Karim creía que el helicóptero podía estar buscando un tesoro en un barco hundido y Taziz, después de escuchar a los demás, se le ocurrió…

-¿ y si vino a traer un grupo de putas al yate millonario y ahora, muy lejos de todos, empezaba la fiesta?

Era tal el deseo de encontrar y secuestrar ese lujoso yate… que todos compraron la opinión de Taziz y regresó a sus mentes el deseo de tomar la leche antes de comprar la vaca….

Pero a Taziz ahora se le presentaba un gran dilema…alguna vez había escuchado en algún lado ¿…SER O NO SER…? Y en su mente corría otra pregunta…

¿... LLAMAR O NO LLAMAR... a Hussain Madobe ?

Estaba muy ensimismado pensando en la llamada o no llamada, cuando escuchó la voz de Kino, que quería ayudarlo compartiendo el dilema y gritaba... ¡ Reunión de gabinete... urgente...Reunión de gabinete!

Mientras tanto ... en el helicóptero , Charles Dubois que en esos momentos abandonaba el yate Tritón después de haberles dado el "discurso"de bienvenida a los presidentes y primeros ministros , se comunicaba con Richard Kent y Norman Duncan anunciando que estaban en el aire... y que tuvieran las cervezas frías que en un poco más de tres horas , alrededor de las tres y media de la tarde , llegarían a la Mansión Bollore...

EN EL "T R I T O N "

Cuando se dejó de escuchar el aleteo del BH1 Twin, los seis mandatarios comprendieron que la cosa iba en serio...no se trataba de un rapto en masa o un secuestro de presidentes como los que pudieran hacer las FARC colombianas... o los cárteles de la droga en México...ni los etarras de España... alguien o algunos se habían puesto de acuerdo para que se logren acuerdos...y les habían dado un ultimátum...

Pero no perdieron mucho tiempo en lamentarse, ni cómo ni porqué estaban allí, ni cuánto tiempo... y atacaron directamente al problema...

El primero que recobró un poco el aplomo, fue Obama...que dijo...
--bien señores... estamos aquí y por ahora estamos a salvo y personalmente no creo que ninguno de nosotros corra peligro... ni nadie va a cañonear este yate... más bien creo que lo que se nos está pidiendo es lo que se nos pide en cada uno de nuestros países todos los días...esta gente nos está pidiendo lo que cada uno de nosotros sabemos que lo tenemos que hacer...pero no sabemos cómo hacerlo...
---Pienso igual que Barack—dijo Sarkozy—nos están pidiendo soluciones y a mí me encantaría darlas...pero el problema es...cómo?
Netanyahu intervino—yo lo veo claro... educación...hambre... se trata de terminar con las guerras, estabilizar economías... no intervenciones en otros países...

---Es la primera vez que te escucho decir algo coherente—habló Ahmadinejad y agregó — ¿quién es el gran país que quiere seguir invadiendo?

Wen Jiabao, mientras limpiaba sus anteojos, habló con su parsimonia habitual…

---"Caballeros…estamos todos en el mismo barco—y era literal -- tratemos de comportarnos con la mesura que corresponde al momento… no agresiones, no charlas sin sentido…el señor Dubois fue claro …el mundo necesita soluciones… honremos el honor que nos han conferido para ,por lo menos, buscarlas…

Y mientras comenzaban su charla… fueron acercando sus sillones alrededor de la mesa del buffet que desde antes que llegaran, estaba servida.

Los sillones eran acojinados y se veían muy cómodos…pero todos seguían de pie detrás de sus sillones como si realmente fuera un debate público. Y comenzó un debate…

Obama expuso lo que todos sabían… que había una crisis económica mundial y que China estaba manipulando su moneda sin querer valorizarla en deterioro de toda la Unión Europea y Estados Unidos.

Wen Jiabao hizo su aporte dirigiéndose directamente a Obama…
---"China hace todo lo que puede para manejar su economía y nunca culpa a los otros por sus propios problemas "

Obama acomodó las sillas para que pudieran charlar cómodos mirándose las caras… Abbas …Sarkozy y Ahmadinejad se sentaron…

Ahmadinejad encaró a Obama—Desde que estaba George W.Bush ,yo propuse un debate por televisión para todo el mundo, donde pudiéramos debatir los problemas… nunca lo aceptaron.. y ahora te lo propongo a tí también ,Obama.

Barack Obama replicó…--yo no tengo problemas con debatir contigo… tú lo has dicho muchas veces… yo no puedo prestarme a que me uses para hacerte de vitrina…te asesoran mal …te fallan los estilos…y eres inoportuno para hacer declaraciones incendiarias… y me dás la oportunidad de decirlo ahora, pero hace rato que quería decirte esto…

-- Como tú quieras… pero sabes que mi invitación al debate por televisión, sigue en pie--- dijo Ahmadinejad.

Sarkozy entró en la charla--El desempleo es el principal problema de Europa…

--No sólo en Europa---aclaró Barack---en todo el mundo..el desempleo de Estados Unidos es lo que me va a mandar a la mierda…y tómenlo como una confesión …que no le puedo encontrar la vuelta…
Abbas preguntó---también hay problemas con los bancos…están todos quebrados? están tan mal en realidad o es qué tienen todos los fondos metidos en Abu Dhabi y en China ?
-- Humm … en China por seguro que no…--- contestó Wen.
-- El problema no son los bancos –dijo Netanyahu—son los banqueros internacionales que se les fue la mano con total impunidad…los Bancos dejaron de ser bancos para ser Inmobiliarias… realmente es vergonzoso lo que pasó y si no se controla rápido…
va a ser recurrente.

Hace más de doscientos años—intervino Obama—corre una frase que se le atribuye a Thomas Jefferson y que me la sé de memoria…--- y la recitó…

"…Yo creo que las instituciones bancarias son más peligrosas para nuestras libertades que los enemigos declarados. Si el pueblo Estadounidense permite alguna vez, que los bancos privados controlen el asunto de su moneda, primero por inflación, luego por deflación, los bancos y las corporaciones que crecen a su alrededor le quitarán al pueblo toda su propiedad hasta que los niños despierten sin casa en el continente que sus padres conquistaron…"

Dicho esto…Obama tomó asiento al igual que Wen y Netanyahu y se explayó…

Esta burbuja aunque no era nuestro deseo, explotó primero con nosotros y con efecto dominó… contagió al mundo menos Centro y Sud América, cosa que me alegra… y se transformó en una gran crisis…

Sarkozy intervino---No es que Sudamérica estuviera preparada…lo que pasó es que nunca se contaminaron con los paquetes chatarra… por eso es que no se afectaron.

170

Obama siguió con su comentario -- ahora lo está sufriendo y muy mal Europa ...y es prioridad para nosotros , ayudar a resolver esa crisis financiera en Europa...y den por seguro que Estados Unidos seguirá siendo socio de Europa para resolver esos problemas...

Bibi Netanyahu aportó mientras ponía en un platito un generoso chorro de aceite de oliva, un poco de sal y pimienta para untarlo con pan... ---El G 20 y el FMI están exigiendo mucho...y los perjudicados serán los pueblos...a España le están exigiendo tanto que terminarán estrangulando al pueblo ... y los pueblos pueden rebelarse ...pasa con Grecia... y así será con todos... no es fácil exprimir una piedra ...los gobiernos europeos han tomado medidas muy drásticas para solucionar los problemas de Grecia , Italia , España, Portugal... y los problemas del sector bancario en toda Europa...
Sarkozy contribuyó en terminar la frase---... aunque el G 20 debe de estar pendiente y garantizar que se apliquen todas las medidas al igual que el Fondo Monetario Internacional...

 Wen Jiabao fue más terminante...-- El G 20 no hace nada...ustedes lo saben igual que yo... se reúne porque está acordada la reunión pero no se aporta nada nuevo.. Sólo para la foto de familia...si suspenden las fotos...no va nadie.

 Yo quiero comentar en esta mesa—habló Abbas—algo sobre los colonos de Hebrón...

-- Eso viene para mí --dijo Netanyahu y contestó-- Tú sabes mejor que nadie que estamos esperando una legislación... pero ustedes no están poniendo nada de su parte... mientras sigan tirando cohetes no podemos hacer mucho...-- y continuó—
...Tú tienes que lograr que todos los palestinos se unan para poder hacer un acuerdo...no se puede negociar con 50 grupos y lograr un acuerdo y el grupo 51 tira 80 katiushas al día siguiente ...también quiero recordarte que nosotros dejamos hospitales, universidades y escuelas funcionando en Gaza y hoy están ...

---Nosotros proveemos tu mano de obra barata---interrumpió Mahmoud Abbas --- además de....
 --- Señores ...--interrumpió Wen con autoridad---Así no vamos a llegar a nada...hagamos un temario y concentrémosno en un tema a la vez...

" Si persigues dos liebres al mismo tiempo…no vas a agarrar ninguna…"

Y no importaba que la mesa donde estaba servido el bufet fuera rectangular, en esos momentos se estaba iniciando una interesante mesa redonda.

Y aunque eran el comienzo con unos temas suaves…se veía en todos los deseos de exponer… y una palabra llevaría a otra y seguramente en un par de días… los temas serían mas fuertes… y aunque los mandatarios no se habían percatado del detalle, ya se hablaba libremente con un vaso de jugo en la mano o un canapé en camino a la boca…

Y la reunión, había comenzado bien…

Se habían sentado todos alrededor de la mesa.
Nadie demostró no aceptar a alguien del grupo.
Todos cambiaron saludos con todos.
Todos habían comenzado a hablar con todos.
Nadie ignoró o despreció a nadie.
No hubo signos que indicaran posibilidad de violencia.
Hasta que…

…-¿Me alcanzas la bandeja de frutas?—le pidió Netanyahu a Ahmadinejad.. y todos callaron esperando por una explosión emocional ,que no ocurrió.
---Seguro …prueba el melón… está exquisito---dijo Ahmadinejad mientras le acercaba la bandeja— -----tú también Barack, prueba el melón..y también el ananá, están muy buenos ..

ENTONCES… AHORA SE PODIA DECIR QUE TODO ESTABA MUY BIEN

Sarkozy… mientras comía unos bocadillos aprovechó para decir—

--La que no está muy feliz últimamente contigo…Barack.. es Ángela…
-¿Y por qué ? preguntó el norteamericano

--Por la emisión de los 600.000 millones de dólares…para comprar tus propios bonos… eso hizo bajar tu dólar…---dijo Nicolás Sarkozy

Y Wen apoyó- ¿ Y... tú nos pides que revaluemos el yuan?... no eres muy confiable...   -- aunque lo dijo con una sonrisa ... solo para suavizar el comentario.
--Alemania vive de las compras norteamericanas y a Ángela le duele que ya no le compremos tanto... sin embargo a ustedes...Wen... le hemos duplicado las compras y eso no es bueno para nuestra gente...--se defendió Obama.

Aunque los temas iban subiendo de categoría y con algo más de profundidad... se hablaba distendido y hasta con franqueza... comían lo que estaba en la mesa , que era abundante ...unos les servían a otros jugos ,frutas o agua...se empezaban a tratar por sus nombres de pila...intervenían todos y los temas fueron ampliándose...

Netanyahu trajo libretas y bolígrafos y dijo --... sería bueno que comencemos a tomar nota... algo bueno vamos a lograr –y comenzó a repartirlas.
 Obama trajo más botellas de agua...Abbas buscó más frutas en la nevera del yate...
Ahmadinejad no se supo de donde, pero trajo pan pita, aceitunas negras y hummus... que todos agradecieron... comenzaron las sonrisas que luego de un rato pasaron a ser risas...
Sarkozy aprovechó a contar alguna ocurrencia graciosa como...

"Sólo existen dos cosas importantes en la vida: La primera es el sexo y la segunda no me acuerdo "... y como todos rieron motivados para descargar tensiones...Nicolás Sarkozy agregó otra perla...

"Me interesa el futuro porque es el sitio donde voy a pasar el resto de mi vida"... que seguramente Barack Obama... François Bollore y Henry Lacombe... las habían escuchado muchas veces.

Entre temas serios, se intercalaban bromas ...anécdotas personales...se había roto el hielo... se hacían anotaciones sobre intercambios... sobre cómo controlar el desempleo... como intentar frenar la contaminación cosa que Ahmadinejad se sinceró al comentar el posible cambio de la casa presidencial en Teherán a otro lugar porque Teherán era imposible respirar y Wen dijo que era un gran problema no sólo en Beijing sino en toda China y le dijo a Netanyahu— ...y ustedes que son tan buenos en tecnologías ¿ por qué diablos no inventan un aparatito que descontamine ? y continuó--

Mahmoud Ahmadinejad y yo ,les compramos toda la producción…Obama la financia y todos contentos…

Continuaban intercambiando bromas…chistes y abordaron posibles soluciones a problemas como el desempleo, avaricia y desahucios por parte de los bancos…contaminación… educación… salud …drogas…criminalidad… derechos humanos …hambre… instalación de escudos- antimisiles, inmigración…sobrepoblación calentamiento global…corrupción...terrorismo…agua y… acuíferos artificiales…

Cada uno anotaba en su libreta el problema y la probable solución conjunta…cada mandatario daba su opinión y las soluciones propuestas por sus pares… y no había controversias notables…tan sólo afán de cooperación … y una cantidad de temas tan álgidos…tenían soluciones…tal vez no de forma inmediata… pero alguna vez se debería comenzar para iniciar el ciclo … y las soluciones aparecían.

 Se hablaban de millones de dólares para algo y se encontraba como conseguirlos… se hablaba de alguna ayuda y algún mandatario decía…yo tengo eso…lo puedo poner…se pueden conseguir y al no haber periodismo, todos comentaban con sus razonamientos sinceros y reales sin tener las poses y el divismo para la tribuna.

--Tú mencionabas antes, Barack, que el desempleo es tu gran problema…--dijo Sarkozy y amplió—el mío…es la inmigración…Francia se está llenando de ilegales de todos lados…principalmente, marroquíes…subsaharianos y de todo Africa…
--Creo que también te están llegando italianos en trenes -¿verdad?—agregó Ahmadinejad.
--Ese es el problema…--continuó Sarkozy—llegan trenes y trenes repletos de italianos trayendo todos los bultos que puedan cargar y acampan en el primer lugar que encuentran…en las plazas…en los parques…en los estacionamientos…pero no son sólo los italianos…todos los comunitarios dónde sus países tienen más problemas que nosotros…
--También nosotros estamos con algunos problemas…-entró Netanyahu— Hace unos días le comentaba a un amigo que " Israel es el único país del Primer mundo, que se puede llegar a pié desde el Tercer mundo…"y lo dije por la cantidad desproporcionada que están llegando desde Sudán…Nosotros tenemos una política muy abierta con los extranjeros que

llegan a Israel...pero no siempre es un inmigrante apreciado...y menos cuando esos inmigrantes comienzan con ...robos...peleas...violaciones... Ese no es el apreciado...

--En Francia -- continuó Sarkozy - estoy tratando de imponer un permiso de inmigración selectiva, o sea inmigrantes calificados por sus especialidades y por reunión familiar...es decir, extranjeros que tienen familiares franceses...-¿tú mencionabas robos y peleas...?

Escuchen esto-- añadió Sarkozy ---...llegó en los últimos años una cantidad incontrolable de fundamentalistas musulmanes...y la actitud de muchísimos de éstos no es la mejor... no se integran a la sociedad... las mujeres visten diferentes...no hablan el idioma...no trabajan y a muchos ni les interesa trabajar...se multiplicaron los asaltos, los robos y todo lo malo...Y a pesar que durante el 2011 se deportaron casi 28.000 ilegales...el francés promedio tiene la sensación de no estar en casa...se siente invadido...

Y Sarbozy continuaba--Además...el fracaso del nivel escolar de los últimos años...yo lo atribuyo exclusivamente por los promedios bajos de los hijos de los inmigrantes...

--Creo que el problema de la inmigración, nos es común a todos...-- intervino Barack Obama – y casi todos presentan las mismas características... pero lo que a mí me llama mucho la atención es la capacidad de las televisoras para estar a tiempo y en directo cuando se interviene con indocumentados....--y Obama amplió-- ...Cuándo se hacen arrestos... deportaciones...eso tiene divididos en partes casi iguales al resto de la población...están los reporteros con sus consultas al público curioso, durante los arrestos y los comentarios que hacen sobre la injusticia de esos arrestos...

Se escucha el..."pobre gente y no es justo..."! claro que duele ver esas escenas desgarradoras !...pero por otro lado...llegaron sin que se los llame...y hay leyes...y por el otro lado...la mitad de la población defiende las deportaciones porque vé que tienen un competidor menos que busque trabajo...

--Pero hay algo que yo no comparto contigo,Barack...--replicó Bibi Netanyahu—y es en lo de arrestos...a mi entender... esa gente, se los podrá llamar ilegales pero en todos lados son mal llamados indocumentados...- ¿qué los documentos que portan de sus países no les sirvan al lugar que

175

llegaron...?...esa es otra historia...pero esos ilegales,no son
delincuentes...no deberían estar encerrados como criminales...los hay de
todo pero en su mayoría, son gente que buscan una oportunidad para
progresar...para mejorar sus condiciones de vida...no son criminales...---
Bibi tomó un sorbo de agua y continuó—la mayoría de nosotros, somos
hijos o nietos de inmigrantes...en esos tiempos,también se buscaba mejorar
sus situaciones...

-- Buen punto, Netanyahu—apuntó Wen Jiabao.

–Permíteme explicar...—aclaró Bibi—y quiero hablar de Estados Unidos
primero...
La gente trata de llegar allí a riesgo de sus vidas...lo leo y lo veo todos los
días...cruzan desiertos sofocantes, cruzan ríos y hasta el mar... Se ponen en
manos de inescrupulosos que los van a trasladar al Paraíso soñado...son
gente desesperada!! ... Gente que en sus lugares de origen no tienen la
oportunidad de poder llevar ni un plato de comida a sus mesas...sus países
no los protegen...en sus países no encuentran su forma de vivir con
dignidad...
--¿Y cómo tú puedes solucionar ese problema ...? --preguntó Barack.
--Entiendo que es muy difícil...pero alguna vez hay que intentarlo—insistió
Netanyahu
--Bien...-¿ pero cómo...? -- ahora preguntó el francés.

--Para empezar...nadie quiere emigrar...-- decía Benjamín Netanyahu--a
todos les gusta el lugar en que nacieron...en el que crecieron...en el que
estudiaron y en el que tuvieron hijos...nadie "quiere " irse de allí..."tienen "
que irse por lo que decía recién...falta de trabajos, desempleos ,malas
economías del país que provoca inestabilidades y entonces se desencadenan
en ocio y de allí se pasan a los robos...los escalamientos... las drogas ...las
peleas y las muertes...miremos las estadísticas y vemos lo que ocurre en
Nicaragua,en Honduras...Hay cantidades de muertes diarias equivalentes a
una guerra... hay inseguridad en las calles...y si miramos en México , lo
que gana un mejicano en una semana...cruzando la frontera, lo gana en
medio día...--hizo una pausa y continuó--

¿Ustedes creen que al mejicano, al guatemalteco, al dominicano ... le
interesaría vivir en igualdad de condiciones en los Estados Unidos?...es
decir si el salario fuera el mismo de bajo ...si las muertes en Estados

Unidos fueran equivalentes…si la inseguridad en las calles de Estados Unidos… fuera la misma que en Nicaragua?

La respuesta es No… no le interesaría emigrar para nada… y a nadie le interesaría…

Y lo mismo para todos los latinos que llegan día a día sorteando todas las dificultades y el temor permanente de Migraciones …el ilegal pesa todas las contras…y decide llegar a USA porque el premio que va a obtener por vivir en Estados Unidos, supera con creces todas las desventuras pasadas…y les está labrando un porvenir más promisorio para sus hijos…

--¿Y cúal es la salida a éso?—preguntó ahora Mahmoud Abbas.

--No es que Estados Unidos deba bajar su nivel…!! Todos los demás tienen que subirlo!!
--acotó Bibi --Entonces se terminan esas inmigraciones…la gente viajaría por turismo…para conocer…para pasear…pero para vivir, en mi casa, en mi país…donde nací…
--Bien…--repitió Abbas—decirlo es fácil…pero ¿..Cómo se logra asemejarse a los Estados Unidos?
--Que todos los gobernantes en todo el mundo se encarguen que sus pueblos puedan vivir con dignidad…con un empleo que les permita vivir con decoro…con planes de salud accesibles…con buenas escuelas…con buenas universidades—dijo Netanyahu
--Qué no haya corrupción gubernamental—sumó Ahmadinejad
--Qué los gobiernos protejan a a sus pueblos en todas las necesidades y no los engañen como se hace hoy en todo el mundo…--agregó Sarkozy.
--Los escucho—intervino Obama – y parece que ustedes viven en otro planeta…
Nosotros hacemos todo lo posible para que nuestra gente mantenga un buen vivir…
--Por eso tu gente no emigra…--dijo Wen—aunque últimamente…veo muchos norteamericanos en Beijing…
--¿Y qué hay qué hacer para proteger a los pueblos?—Ahmadinejad preguntó.
--Dárles al pueblo todo lo que a tí como persona te gustaría tener—replicó rápido Barack.

--La corrupción en Sudámerica y en Africa son terribles...--amplió
Sarkozy – por lo que sé...todo se maneja con negociados... con coimas,
arreglos privados en secreto y favoritismos...
--¿ Y cómo se puede controlar eso...? --inquirió Abbas
--Sería más fácil...si quién está en el gobierno de cada país tuviera valores,
honestidad, y una moral sana...--completó Wen Jiabao
--A los pueblos les mentimos...por proteger ,no les decimos todas las
verdades...falta de transparencia en nuestros arreglos...y aunque duela
decirlo...mucho egoísmo personal...que generalmente es bien
intencionado...pero si las cosas no salen tan bien como uno pensó...el
pueblo te defenestra—comentó Obama mirando el piso.
--La corrupción no es sólo en Africa y Sudámerica...existe en todo el
mundo...y yo sé muy bien cómo se mueven las carpetas en Rusia...y lo digo
con conocimientos de causa—participó Ahmadinejad.
--Regresando al tema de inmigración...-- respondió Obama --en los Estados
Unidos hay casi doce millones de ilegales...y de esos doce...diez millones
son latinos de Guatemala ,Nicaragua ,México, Honduras..haitianos y
dominicanos...que... cómo tú decías antes,Sarkozy,no se integran, la
mayoría no hablan el idioma y abusan de los beneficios sociales ,
originando gastos que repercuten en el resto de los norteamericanos y crean
una xenofobia en muchos... porque lo ven como que el gobierno no actúa
con determinación...En el 2011 fue un récord de deportaciones y me estoy
ganando el odio de todos esos familiares que creen que estamos desuniendo
a las familias...
--¿Hay muchos haitianos? – preguntó con curiosidad Ahmadinejad –Haití
todos los años sufre desastres naturales...¿ verdad ?
-- Sí.....Es verdad ... pobre gente...es el país más pobre de la región y
además está metido en medio de la ruta de huracanes...lo que significa que
casi todos los años sufre de tormentas, inundaciones y huracanes y además,
hace muy poco ...un gran terremoto devastó lo poco que tenían y ocacionó
más de doscientos mil muertes
-- ¿Eso fue en el 2010 ?--se interesaba Ahmadinejad.
--Si mal no recuerdo.. a mediados de Enero del 2010—amplió Netanyahu –
nosotros fuimos de los primeros que acudimos en ayuda y llevemos una
tienda -hospital y todo lo que pudimos para ayuda humanitaria...
--Y nosotros tuvimos una muy mala experiencia dentro de ese drama...--
Obama terminó de comer su bocado—Ahí podemos ver lo que es un gran
caso de corrupción...
--Nosotros colaboramos...pero no recuerdo si hubo problemas...—terció
Nicolás Sarkozy

--Los problemas a los que me refiero…era que el Gobierno de Haití poniendo como excusa su Soberanía Nacional, quería ocuparse de la distribución de todo lo recibido de la Ayuda Humanitaria Internacional y sabíamos que esa ayuda no iba a llegar dónde en realidad hacía más falta,…En Puerto Príncipe y en todo Haití , no tenían caminos , no tenían camiones…no había comunicaciones…se opusieron a que nuestra gente y La Cruz Roja Internacional se ocupara de repartir agua,alimentos,mantas y medicinas…todo de primera necesidad, pero al Gobierno, en lugar de ver nuestra ayuda como un beneficio para su pueblo …haciéndose eco con otros gobiernos de la zona, adujeron que era una Ocupación Imperialista y casi casi nos echaron…--contó Obama
--Ahora que lo díces…recuerdo algo de éso—comentó Sarkozy
--El gobierno haitiano, no pudo entregar ni el 20% de lo recibido en comidas ni en medicinas y todo lo recaudado en dinero de los países y la Comunidad Internacional , nunca supo cómo fue utilizado…y ahí fueron un par de miles de millones de dólares los que recibieron.
--Hasta el día de hoy…Haití no se ha recuperado—comentó Wen Jiabao
--No sólo que no se ha recuperado..sino que todavía están los escombros en la calle… y que Dios me perdone…todavía deben haber cuerpos entre esos escombros… y la gente vive cada día peor---sentenció Barack.

Mientras hablaban…los mandatarios escribían notas…tomaban sus jugos y picaban de lo servido…era una reunión distendida.

Barack continuó con el tema…--Nosotros propusimos crear fábricas…construír puentes, hacer carreteras…viviendas dignas…se hubieran creado por lo menos tres millones de empleos para una población de diez millones de habitantes…El gobierno haitiano pidió que enviáramos los dólares que ellos iban a construir los caminos…las carreteras…las casas…los puentes.
Nosotros sabemos cómo funcionan las cosas en Haiti…y no aceptamos y éllos...rechazaron todo…

--Haití es el lugar ideal para que un líder joven…no-corrupto y con ideales, haga maravillas—dijo Wen Jiabao—Tiene puertos al mar…está estratégicamente hubicado para comerciar en todas las Américas y es totalmente virgen…Lo poco que se haga con honestidad…es cien por ciento progreso…

--Pero la verdad es que : En Haití Ese líder…No Aparece y Si Apareciera… lo Desaparecerían…

Y esa frase no la pronunció nadie…Pero la pensaron todos…

Ese era el clima relajado que imperaba en el yate…

Llevaban hablando…trabajando, tomando notas y comiendo más de diez horas desde que el helicóptero con Charles Dubois había partido… y el sentir general era que la charla era productiva… y cuando se está en buena compañía y la charla es interesante, el tiempo pasa muy rápido.

Quién o quiénes estuvieran detrás de ese encuentro forzado… sabían lo que estaban buscando..y tal como se presentaba esa mesa de trabajo … lo estaban consiguiendo.

Barack salió con una de las suyas…---Voy a ver si encuentro con que orinar… y se levantó para ir a su camarote…

Cuando regresó…llevaba puesta una polo blanca que habían dejado sobre su cama y tenía la inscripción LUCHEMOS POR LA PAZ …DESDE HOY MISMO y todos lo aplaudieron y fueron a sus camarotes para primero , hacer sus necesidades y luego ponerse esa polo en símbolo de unidad…

Obama comentó que en su puerta había pegado un cartel con una frase muy buena…

"Educad a vuestros niños y no castigaréis a sus mayores"-Pitágoras… -- esta frase es más cierta que su teorema…-- Y acotó.—nuestra sociedad se ocupa más de los mayores que de los niños… tengo que enfocarme más en los niños… pero yo ya sabía eso…

---Es muy difícil imponerlo---explicaba Wen Jiabao ---porque si tú recortas fondos para los niños…casi seguro que no hay reacción…si tú le cortas a las universidades…las manifestaciones del estudiantado, te van a volver loco…por éso es que no te ocupas más de los niños …sólo por política de conveniencia…

Nicolás Sarkozy regresó con su polo y en su cuarto la frase era…" El político se convierte en estadista cuando comienza a pensar en las próximas generaciones y no en las próximas elecciones " Winston Churchill --- y agregó-- ...creo que todavía no soy estadista .

Benjamín Netanyahu cuando regresó trajo la frase..."Muchas veces las leyes son como las telarañas...los insectos pequeños quedan prendidos en ellas ,los grandes la rompen" Anacarsis ... y también hizo su comentario...---esta frase tiene más de dos mil setecientos años... y hoy es más vigente que nunca.

Wen Jiabao se puso su polo y contó que en su camarote la frase era..." No rompas el silencio sino es para mejorarlo" y comentó...en China, ésto lo sabe hasta un niño de cinco años... y en cuanto a este otro que dice...

"La política es el arte de obtener dinero de los ricos y el voto de los pobres con el pretexto de proteger a los unos de los otros "—esta frase no aplica a nosotros --dijo riendo...

Ahmadinejad cuando regresó también con su polo blanca dijo , esta frase es extraordinaria... escuchen....

"Cuatro características corresponden al juez.
Escuchar cortesmente...responder sabiamente... ponderar prudentemente y decidir imparcialmente "-- Sócrates 470 ac... me voy a atener a tu" Quinta Enmienda" -- y miró a Obama...arrancando la risa de todos.

Todos comentaban las frases y le buscaban el sentido para ver cómo ponerlas en práctica en sus vidas y en sus países...

Pero era Mahmoud Abbas el que no regresaba...tardaba más de lo razonable para ir a su camarote... hacer sus necesidades y ponerse una polo si quería... nadie había dicho que era obligación..

Pasados veinte minutos ,Bibi Netanyahu dijo... voy a ver si necesita algo... hoy hubieron muchas emociones fuertes...-- y salió.
Mahmoud Ahmadinejad arriesgó con ironía y como broma--- tal vez este reconociendo el yate...en Gaza tú no le dejas usar un barquito como éste...yo también voy a buscarlo...

Pero no fue necesario que lo buscaran…Mahmoud Abbas se acercaba contento para contarles que la frase pegada en la puerta de su camarote era…

"El secreto de la felicidad no es hacer siempre lo que se quiere, sino querer siempre lo que se hace". ---y creo que yo cumplo con eso— comentó mientras se acomodaba la polo roja recién estrenada.

Y continuaron todos abocados a lo que tenían que hacer… Barack Obama y Wen Jiabao comenzaron casi un diálogo aparte con el tema de la contaminación y como reducir las emisiones de los seis gases de efecto invernadero que causan el calentamiento global…y casi con vergüenza ,Barack reconoció que EEUU es uno de los principales emisores de gases de invernadero mundial y es uno de los pocos países del mundo que no ratificó el protocolo de Kioto…al contrario de los 187 estados que se comprometieron a bajar sus emisiones…Bill Clinton había firmado su adhesión , pero el Congreso norteamericano no lo ratificó y durante el gobierno de George Bush los Estados Unidos se retiraron del protocolo…Obama conocía perfectamente los motivos de la retirada y prometió llevar nuevamente el tema al Congreso…siempre y cuando Wen Jiabao ,el primer ministro de China ,el otro gran emisor de contaminantes , y que no le daba ninguna vergüenza reconocer que no había aceptado el protocolo , firmara también ese pacto…pero en esa charla, ambos propusieron que para el año 2015…tanto Washington como Beijing estarían junto a los 187 estados firmantes… aunque ya sabían que Rusia , Canadá España y Japón aseguraron que se retirarían si no se comprometían con más intensidad los dos mayores países contaminantes del mundo…
En lugar de tratar de reducir su contaminantes, la mejor solución que habían encontrado era pagar por las emulsiones que producían… y realmente… eso no eran soluciones… punto importante para solucionar…solucionar y no posponer.

Agendar urgente escribieron ambos en sus carpetas.

Mahmoud Ahmadinejad puso su granito de arena… --mi energía nuclear…no va a ser contaminante… --dijo.

Un poco apartado de esa mini-cumbre Sarkozy, Netanyahu y Abbas hablaban animadamente sobre algunos países africanos y lo que se podía hacer por ellos…

---si soy reelecto..creo que a través de Ángela Merkel , puedo conseguir mucha maquinaria para hacer muy buen trabajo en casi toda África—decía un eufórico Nicolás Sarkozy---claro , primero tendría que ser reelecto y eso me va a costar un huevo...

---- y agregó entre risas ----así que supongamos que voy a estar una semana en el hospital curándome lo del huevo y después sí ...hablo con Merkel, no le voy a explicar lo del huevo ,...creo que yo tengo muy buena relación con ella .... Claro que siempre le dije sí a todo...y si lo que pidamos lo tiene...no se va a negar.¿ Cómo no se nos ocurrió antes ?

--Nosotros también necesitaríamos alguna ayuda en Gaza ---apuntó Abbas.—tu gente rompió todo...

– Gaza no es lo que muestra la televisión en Europa –comentó Netanyahu dirigiéndose a Nicolás Sarkozy – Gaza tenía más de 300 escuelas...varias universidades...edificios de veinte pisos...chalets con piscinas...museos...parques, iglesias y mezquitas y una zona muy fértil para la agricultura y la ganadería, donde se daban los mejores cítricos y fresas de todo Oriente Medio...ustedes lo descuidaron...

--Pero tu gente rompió todo...---repitió Abbas.

--Mi gente, como tú dices, no rompió todo...--replicó Bibi—rompió sólo lo que...

--Bueno...ya... frenen ...parecen dos nenes peleando por un chocolate— intervino un Sarkozy conciliador—La reunión es para arreglar...no para seguir peleando...

--Yo solamente dije que necesitamos ayuda para el pueblo palestino...--- insistió Abbas

--Y yo te quiero decir que nosotros podríamos darte todo lo que necesites... y que ya es hora de convivir en paz ... ---respondió Netanyahu—la palabra clave aquí es paz...y si tú logras que entre tu gente haya paz...Gaza subirá como un barrilete...ya verás.

---Algo que me preocupa-- recordó Sarkozy-- Hay varios países, en África y Sudamérica, que sus gobernantes populistas tienen negociados muy turbios y especulativos y están llevando a sus países a la ruina y cuando termina su período de gobierno se retiran con sus jugosas pensiones y con fortunas impensables...esos gobernantes deben ser juzgados... y si tuvieron un enriquecimiento ilícito y fueron negligentes en sus funciones... deben ser tratados como estafadores comunes...

---Ahí, no se puede hacer nada...cada país es soberano para aplicar sus propias leyes...---dijo Netanyahu.

---A mi me gustaría saber cuántos políticos habría en el mundo si tuvieran un sueldo un poco mejor que el mínimo de cada país...pero....sin coches oficiales, sin viáticos...sin celulares pagos por el gobierno...y sin todas esa información confidencial, que reciben de la Bolsa ---intervino Ahmadinejad. –verás como se terminan todos los políticos... verán que no quedan patriotas...

---¿Por quién lo dices...por Yasser Arafat ? ---preguntó Abbas ... recordando las investigaciones que se hicieron para encontrar los fondos que Arafat recibía de todas las OMG e ingresaban en su cuenta particular en lugar de transferirlas a su amado pueblo palestino...a los que les hacía faltar hasta los más mínimos alimentos.. y no se hablaba de monedas...estaban buscando casi mil millones de dólares..

---No es solamente por Arafat , hay muchos casos..---siguió Sarkozy – y pasa mucho en Sudamérica...el que terminen una función pública, no los debe hacer impunes ante la ley... si analizas historias... hay presidentes que cuando tomaron los gobiernos tenían un patrimonio de 100.000 dólares y cuando se retiraron.. son multimillonarios... y hasta donde yo sé, el sueldo de presidente no dá para eso... los pueblos no son tontos...puede que lo parezcan... pero en algún momento explotarán...y a los que se dicen populistas habría que investigarlos para ver de dónde salen los fondos y a costa de qué...las leyes deben ser modificadas...estamos en el siglo XXI ...
--

---- Y de nuevo te digo que eso le compete a cada país... y cuando un pueblo tome la determinación de juzgar a sus gobernantes... lo van a copiar todos... y tú lo sabes bien por la historia de la Revolución Francesa... que luego se siguió en toda Europa...pero debemos caminar buscando un futuro...no viviendo del pasado...--respondió Bibi .

---Y hablando de todo un poco....--siguió Sarkozy mirando a Abbas ---- ¿tú no estarás desviando fondos...verdad?

--- ¿Tú estás loco? -- contestó Abbas--- siempre hay que recordar que en las democracias...el pueblo elige sus representantes, yo soy un empleado del pueblo y me debo exclusivamente a mi pueblo... y así soy yo. – y Abbas parecía sincero

---En cuanto a ese tema...creo que Israel dió muestras de lo que es una verdadera democracia... se juzgó y se puso en prisión a dos primeros ministros y a un ex -presidente...----- comentó Bibi Netanyahu.

Netanyahu hacía referencia al ex -presidente Moshe Katsav que fue declarado culpable de violación por una corte de Tel-Aviv en diciembre del 2010.

Netanyahu no lo comentó en ese momento…pero lo curioso del caso es que Moshe Katsav fue el primer presidente israelí nacido en un país musulmán. Había nacido en 1945 en el pueblo de Yazd en el centro de Irán y llegó a Israel con su familia en 1951. Moshe Katsav concurrió al funeral del Papa Juan Pablo II, en el año 2005 y tuvo la oportunidad para conversar con el entonces presidente de Irán, Mohamed Jatami,en su idioma común, el farsi. Por casualidad, ambos mandatarios habían nacido en el mismo pueblo del centro de Irán , Yazd y también por casualidad y por orden alfabético de países , los habían ubicado a uno al lado del otro…

En ese momento de duelo, El Vaticano no había tenido en cuenta que las relaciones entre Irán e Israel estaban rotas en casi treinta años , pero era el funeral del Papa y mantuvieron el protocolo del abecedario.

La conversación y el apretón de manos entre los dos presidentes, generó fuertes críticas en la prensa de sus respectivos países…pero más en Irán, dónde Jatami fue tildado de traidor por haber "reconocido" a Israel al hablar con su presidente.

¿Qué pasaría en Irán con Mahmoud Ahmadinejad si se enteraran que le alcanzó una bandeja con frutas al Primer Ministro de Israel?

Todos hacían anotaciones …todos contribuían con abundante información …todos se comprometían con nombres de laboratorios para conseguir vacunas y medicinas… fábricas de ropas…materiales de construcción…comida no perecedera… pañales…leche en polvo…mano de obra…máquinas…tractores… maestros … ingenieros zapadores de la OTAN … y donativos… no extorsiones…solamente jugosos donativos. ..

Un tema que no podía dejar de estar presente era el petróleo…donde Ahmadinejad se movía a sus anchas.

--En cuanto al petróleo… ---aclaró Ahmadinejad ---nosotros somos buenos competidores…y tenemos buen mercado.

--Antes de ser buen competidor...hay que buscar ser competente--- arguyó Wen Jiabao , no conforme con la política petrolera de Irán.
Pero el tema no era cómo mercadear el petróleo... sino... como reducir el consumo del petróleo.
--Si bien es cierto que Israel es un territorio pequeño, tenemos un sistema de distribución que debería ser imitada por todos ustedes... ---comentó Netanyahu-- buscamos que nuestros vegetales , nuestras frutas, nuestros productos, lleguen a los lugares de ventas desde el lugar más cerca posible...es cuestión de limitar costos...y usamos mucho cuando podemos ,el ferrocarril como medio de transporte... y sin querer meterme en terreno que no corresponde aunque sé que esta reunión es para unir consensos...debemos todos controlar el uso del petróleo...hasta que no tengamos otra fuente alterna, debemos controlar su uso... También sé que el mercado de consumo hace una economía más próspera...pero no seamos ingenuos...---y dirigiéndose a Obama le dijo -- y permite con todo respeto que te dé una sugerencia... ayuden al pequeño agricultor para que siembre... hay muchísimos pequeños agricultores ,que juntos producen más que las súper corporaciones, para que puedan tener sus huertos llenos de verduras ,frutas y hortalizas y las puedan vender en los negocios cercanos , supermercados , fruterías...estoy seguro que al no tener fuertes gastos de transporte...ese producto llegará más fresco, más sano y más barato al consumidor...y sin gasto de petróleo...En cada uno de los estados de EEUU hay lugares claves para que el agricultor se pueda desarrollar...tienes que dar los incentivos, la ayuda y principalmente la motivación...lo mismo va para China...tremenda extensión y se limitan al arroz únicamente...
---Es quee ..---quiso decir Barack Obama-
--...déjame seguir...—continuó Bibi—por si no quedó claro el concepto...la idea es que se produzca siempre cerca de donde se va a consumir... y no usar camiones y contenedores para que recorran miles de kilómetros a lo largo y ancho del país transportando ,frutas,vegetales,comidas...exige se haga uso del ferrocarril...y donde el ferrocarril no llegue...constrúyelo ...carajo...vas a usar gente...evitas desempleo...y vas a modernizar tu infraestructura que buena falta le hace... -- -
---Comprendo la idea y estoy de acuerdo contigo..Bibi—replicó Obama--- pero en un país democrático como el nuestro, no se puede decretar cómo se debe transportar mercancía, quién siembra y quién no...
---Ahí esta el problema---interrumpió Netanyahu – veo que las grandes corporaciones se dedican hoy a cultivar la soja porque tienen mejor beneficio que vender trigo... pues ahí es que falla el gobierno...las multinacionales no ayudan a un país...se auto ayudan unos muy pocos y

186

aunque parezca al principio que con sus impuestos cubren…ya está demostrado que los pequeños unidos producen mucho más que las grandes compañías… y eso tú lo sabes…se están destruyendo campos que siempre fueron aptos para ganadería, para caña de azúcar, para trigo…se está talando en lugares claves para poder sembrar soja…se está arruinando un ecosistema por falta de regulaciones…   -

--y qué tiene que ver ésto con el petróleo ?—preguntó Mahmoud Abbas

--- Bibi tiene razón en algunas cosas--- reconoció Barack--- hay unas cuantas corporaciones que compran producciones completas de lo que sea…lo mismo dá que sea arroz, que azúcar ,que soja o cacao…lo que más les convenga para sus negocios en el momento…y pasado ese momento, están en libertad para comenzar cualquier otro movimiento sin importar que pudieran dejar estéril un terreno que pudiera ser un sembradío de papas o toronjas o productor de cualquier otra cosa… además…contribuye a las especulaciones del mercado…yo he visto tirar tomates al río para que no haya excedente en el mercado y poder mantener los precios… igual que con las frutas… ¿es éso lo que quisiste decir..Bibi?

---Exactamente---dijo el israelí y agregó--- sin querer alardear…ustedes saben que día a día le estamos ganando terreno al desierto…Israel tiene el sesenta por ciento de tierras áridas o semisecas…en los últimos años, estamos creando un nuevo recurso natural…estamos produciendo en el desierto…donde hace dos años había piedra y arena… hoy hay pasto y flores…estamos utilizando un sistema para producir mejores productos alimenticios a través de una infraestructura para riego, una buena gestión hídrica, semillas mejoradas y mayor cuidado del ambiente… estamos usando y exportando fertilizantes sin contaminantes químicos y estamos reduciendo nuestro gasto en petróleo… estamos utilizando energía solar para compactar basura…una hora de sol ,nos representa la compactación de cinco días… hoy lo estamos haciendo en todo el país, hasta en el mismo casco de Jerusalén , el sistema lo llamamos superlata y el público coopera …es un éxito y lo vamos a ampliar y exportar la tecnología…tú nos estás comprando..verdad Wen?

–Estamos comprando…pero estamos en pañales todavía…--confirmó Wen Jiabao.

Ese era el tenor de las charlas…cuando Barack Obama comentó que tenía un poco de frío…se dieron cuenta que ya eran casi las tres de la mañana… y que esa jornada sí, les había sido muy productiva… juntaron todas sus notas para ponerlas por temas en una sola carpeta…aunque nadie las contó, esa carpeta tenía más de trescientas páginas… .

Fueron hasta la cubierta principal tan solo "para estirar las piernas"... y contemplaron un cielo muy estrellado en contraste con la oscuridad de la noche y como ninguno era tan romántico y en medio del mar , la brisa era realmente fría , todos se dieron las buenas noches y se dirigieron a sus camarotes entre bromas y chistes , como si estuvieran en algún campus universitario... y al día siguiente ...seguramente, terminarían de "arreglar el mundo ".

Se habían ganado el camarote para dormir y descansar pensando en cosas muy buenas para todos... y como el norteamericano decía en campaña... Sí, se puede... Sí, se puede... todos comprendieron que sí... se podía.

Y todos se sentían esa noche, mejores personas... Realmente mejores.

Y así como la noche era muy oscura, la mañana en medio del Mediterráneo era brillante.
Y si bien era cierto que la vista desde todos los camarotes era espectacular... no era comparable con el panorama panorámico que ofrecía la cubierta...que poco a poco recibió a los seis gobernantes vestidos con shorts, mahones , zapatillas y todos con las polos aunque en diferentes colores... con la misma inscripción...

Los seis...demostraron sus excelentes condiciones como hombres comunes caseros para preparar el desayuno...unos con las tostadas, otros con los revoltillos de huevos y alguno hurgando en las neveras para llevar a la mesa lo mejor que encontraran... y encontraron croissants, quesos, salmón y arenques ahumados , frutas , jugos, leche y todo para hacer de esa mesa un verdadero banquete...y el que se llevó el aplauso de la mañana fue Mahmoud Ahmadinejad que batió el café para todos para hacerlo con espuma como había escuchado que le gustaba a Obama.

Después de desayunar como sibaritas...contando anécdotas...chistes...y la infaltable charla sobre economía mundial vista desde el punto de vista del ciudadano común con privilegios ,por las funciones que ocupaban, dieron juntos un tour por el yate...

--Estos son los tangones---explicó Obama ,después que el grupo pasó frente a las butacas giratorias con apoyapiés preparadas especialmente para la comodidad del pescador y vió unas cañas de pescar larguísimas..--- les pasó la mano por encima y aclaró---éstos son de fibra… los que yo conozco son de aluminio…éstos parecen más flexibles—continuó mostrando su afinidad con la pesca.---ven…éste es ajustable para tres o cuatro posiciones… y se engancha aquí…precioso…—exclamó como si contemplara una verdadera obra de arte.

Sarkozy se sintió muy feliz cuando llegaron al área del gimnasio y se trepó en las barras paralelas y sin ningún esfuerzo se levantó cuatro o cinco veces… sólo para mostrarse que estaba en buen estado.
Le dieron vuelta a la piscina y al jacuzzi de agua dulce, un pequeño dinghy y unas reposeras bien acomodadas completaban el escenario…y llegaron a la popa donde estaba señalado el lugar de bajada de helicópteros visto desde ese ángulo… este yate, además de lujoso… era muy grande…había baños por todos lados… y todavía tenía dos pisos más que los irían a conocer más tarde…

Era más de las diez de la mañana…y Bibi Netanyahu aplaudiendo para llamar la atención dijo impostando la voz--- señores…..aquí termina el recorrido de este tour…
El próximo será a las 16.30 horas… favor sacar sus taquillas en boletería…---y añadió --- ahora… comienza el otro espectáculo en la salita que estábamos anoche y no sé cómo se llama…hagan pipí y lleven sus loncheras…que allí no habrá break para nadie…
Era una faceta semi cómica del israelí que fuera de su círculo muy allegado de amistades…pocos conocían…

Ahmadinejad siguiendo la broma aportó--- ¿dónde saco la taquilla para ese espectáculo… son butacas numeradas?

---Yo aunque soy todavía un muchachito…saco taquillas para "tercera edad "—dijo Sarkozy -- y tú Barack… ¿ cuánto hace que no sacas una taquilla ? claro que con las fiestitas que tú organizas te llevas los mejores espectáculos a tu trinchera...Noche de blues...Noche de merengue… Noche con Paul McCartney… ¿…nunca se te ocurrió invitarme a una fiestita de esas ?
--- A mí también me puedes invitar…--dijo Ahmadinejad--- ya me dieron visa con entrada múltiple…ahora puedo viajar y no sólo a Naciones Unidas en Nueva York…todavía no conozco Washington…
--- Si se portan bien y hacen los deberes como corresponde… están todos invitados a la Casa Blanca…---respondió Barack—sin aviones

presidenciales…sin escoltas…sin fotógrafos…sin prensa…como amigos…--y levantó la mano como si hiciera un hipotético juramento.

-- Yo me anoto—agregó Abbas y me tomaré el atrevimiento de llevar a Wen Jiabao…que ustedes creen que por ser chino no le gustan las fiestas… pero debajo de esos lentes que le dan aspecto de intelectual hay un súper play boy …¿ verdad Wen ? y Wen Jiabao, muy diplomático, asintió con una sonrisa…

Ese era el clima que se respiraba a bordo del yate… y con ese espíritu, se dirigieron a la salita de conferencias… donde estaban la carpeta de la noche anterior y los borradores con maravillosas ideas…

El primer tema que tenían en agenda…era la drogadicción… ¿es bueno o no legalizar el uso de drogas?

Obama tomó la palabra…---Este es uno de los puntos más importantes que nos toca discutir…posiblemente no nos pongamos de acuerdo…pero es bueno que podamos dar distintos puntos de vista…

---Es innegable que la droga existe y cada día se consume más---reflexionó Netanyahu---nosotros hemos aprobado la importación y el cultivo de marihuana para usos médicos… hay enfermos crónicos y con enfermedades terminales que realmente la necesitan como uso medicinal y nuestros doctores nos han pedido que en esos casos las oficialicemos…con supervisión del departamento de drogas y la policía para evitar que nuestros enfermos no tengan que recurrir al mercado negro o a los problemas burocráticos… pero sabemos que aumentó su consumo y no por usos médicos solamente…

Wen Jiabao sentenció –En China…está prohibido y encontrar gente consumiendo puede llevar hasta pena de muerte…ni hablar si encontramos a un traficante.
Pero sé que a pesar de todas las precauciones…el consumo aumenta cada año.

---En Irán, el cannabis es un producto tradicional….--dijo Ahmadinejad --y se utiliza únicamente para actividades religiosas.. Igual que en la India o Pakistán…en cambio en Holanda, su uso es legal y cualquiera lo puede comprar en un cibercafé…sé que se puede vender pero no sé por qué, no se puede sembrar en Holanda….--y agregó--

Miren si dá buen resultado que a consecuencia de esa legalización , Holanda aumentó su turismo en un veinte por ciento... y es debido a que mucha gente de toda Europa viaja a Holanda para comprar y consumir marihuana sentados muy cómodos frente a un televisor en lugares públicos... cosa que en sus países no se podrían hacer ...desde ese punto de vista , esa legalización ayuda a la hotelería, a los restaurantes ...no es un turismo gastador pero en algo ayuda ... aunque al holandés promedio nunca le hizo gracia esa medida...pero el gobierno está recibiendo buenos beneficios.

Ahmadinejad escribió una nota en su carpeta y continuó--también sé , que en Japón, cualquier cantidad que te encuentren...por mínima que sea...conlleva una prisión de por lo menos cinco años...nosotros hemos prohibido fumar el qualyun, que ustedes conocen como pipa de agua o narguile, ... pero no somos tan inocentes que no sepamos que en todas las casas hay por lo menos cinco pipas ... sabemos que pese a que su consumo está prohibido por la religión , que hay un contrabando grande de cigarrillos y de drogas que cruzan por la frontera de Afganistán...--explicó Ahmadinejad, que conocía bien la materia..

Y Obama... se notaba a diez millas que era un firme creyente de la legalización... regulada o no , esa era otra historia...No se trataba de gustos personales...había que pensar en los votos...

Cada uno aportaba sus conocimientos y sus opiniones sobre el tema y se tomaba notas con muchos signos de pregunta para ampliar al final...

Se llegó a un consenso...y por diferentes razones...económicas, morales, médicas, éticas...

A favor de la legalización...era evidente que la marihuana, que a fines de los cincuenta o principios de los sesenta era un pasatiempo social, en el 2012 era consumido por millones de personas en todo el mundo incluyendo los países que tenían penas de muerte para los usuarios... porque el dinero que arrastra el tráfico ilegal...permiten que las policías y los políticos de esas naciones... sean sobornables.
Y si mueve mucho dinero... ¿por qué no pagan impuestos? y al estar controlada, se evitarían sobre-precios, los cárteles de narcotraficantes... el lavado de dinero...muertes violentas por controles de zonas de ventas...claro que hay diversas clases de drogas y cada una tendría las

advertencias correspondientes para evitar en lo posible esas sobredosis fatales...

La marihuana no es la droga más cara pero una de las más populares y más usada... habría que ir paso a paso y escalón por escalón... sería la primera en legalizarse... y después con los primeros resultados... se abrirían nuevos estudios...

Todos sabían que 80 años atrás...el alcohol estaba prohibido y en la actualidad junto con los cigarrillos era una fuente importante de recaudación para el fisco de cualquier país...-¿por qué no las drogas?

Sintetizando... Era tan solo cuestión de tiempo que en Europa y América se legalizaría la droga...Asia y Oriente Medio... tardaría un tiempo más...pero con Internet y la globalización...no mucho tiempo más.

Además y fundamentalmente numerosos grupos de activistas pro - derechos humanos y pro- derechos individuales ,abogan para la supresión de las leyes que prohíben tenencia, consumición y cultivo de drogas... y el argumento que esgrimen es que cada uno tiene el derecho fundamental a elegir cómo quiere llevar su vida ...y que el gobierno , en una democracia tiene que respetar el gusto y deseo de cada ciudadano... y el mismo argumento aplica para la Ley del Uso del Cinturón de Seguridad que es obligatorio en los vehículos a motor en todo el mundo ... el no usarlo , es pasible de multas... lo que genera unos cuantos millones de dólares al gobierno... ¿por qué no puede estar la opción si quiero usarlo o no? ¿Por qué se lo impone? ¿Por las multas? ¿Por lo que pueda recaudar el fisco?

Otro punto a debatir era el hambre en casi todo el continente africano y en ese tema... todos tuvieron ideas brillantes que engrosaron la carpeta que ya tenía más de quinientas páginas...tal era el énfasis y la concentración en los temas tratados que nadie se dió cuenta que ya había pasado el mediodía... y que en sus oficinas , todos hubieran hecho la pausa para almorzar...ahora, los puntos que se trataban los abstraían de todo...seguirían tres o cuatro puntos más e irían a la piscina para pensar que estaban de vacaciones...

El grupo era colaborador entre sí y no se registraron fricciones..Quizás algunas indirectas sobre todo en la parte nuclear con Ahmadinejad...pero no lo suficientes serias para un real encontronazo. Wen y Ahmadinejad como buenos ingenieros se concentraron en un mapa de África que dibujaron bastante bien y estuvieron estudiando posibilidades de desviar un par de ríos pequeños… y crear otros … Wen aportó ---en China, se está haciendo abuso de acuíferos naturales que ya están contaminados… yo quiero proponer construir lagos artificiales…el agua contaminada está haciendo estragos en la salud de mi gente… tenemos el dinero pero no la idiosincrasia para saber el valor del agua… un par de meses atrás, tuvimos un brote severo de cólera en la provincia de Anhui…increíble para una nación que quiere ser la primera economía mundial …

Estaban seguros que podían contar, cuando llegaran a tierra, con la ayuda de los Ingenieros Zapadores de la OTAN , que tenían la mejor logística y el personal altamente calificado de todo el planeta…sabían que tendrían obstáculos con grupos ecologistas, ambientalistas y " opuestos a todo" … pero a veces…como había dicho Maquiavelo en su libro El Príncipe …"el fin justifica los medios "… aunque se dijeran democráticos.

Y en el Mediterráneo comenzaba a oscurecer y la puesta del sol era imponente.
Asumían que todos tenían un traje de baño y si no… nadarían en calzoncillos…o como mejor les viniera en gana.

Habían estado tan compenetrados en su charla los mandatarios durante esas intensas siete u ocho horas, que no se habían dado cuenta que mientras ellos charlaban en la proa y en la salita que daba a la biblioteca… una pequeña barca pesquera se les había puesto a la par sin ruido de motores y seis jóvenes y buenos nadadores habían abordado el lujoso yate por la popa y sin buenas intenciones…

Los seis somalíes estaban todos juntos,.escondidos y en cuclillas en el área de los camarotes…esperando por quién bajara primero…y al primero que atraparon fue a Mahmoud Abbas cuando iba a su camarote para ponerse su traje de baño… su edad, la sorpresa y los rifles en mano hicieron que no opusiera gran resistencia y lo amordazaron y le ataron las manos…encerrándolo en su propio camarote…

La segunda víctima fue Nicolás Sarkozy… que bajó directamente al camarote de Abbas y se encontró con los somalíes y aunque los insultó con toda la voz… nadie en cubierta lo escuchó y pronto corrió la misma suerte que Abbas… lo amordazaron, le ataron las manos y lo empujaron al lado de Mahmoud Abbas.

Barack Obama iba por los pasillos…despreocupado y canturreando…se notaba que estaba de buen humor…golpeaba con los nudillos cada puerta… Mahmoud estás ahí? también preguntaba en cada puerta… Mahmoud… estás bien?

Cada pregunta que hacía Barack… era confirmando su localización ya que Taziz , Karim, Coton, Akim ,Kino y Cobe esperaban agazapados entre los camarotes y la escalera y podían ver todo lo que se moviera en la cubierta.

 Los somalíes habían escalado e l yate y recorrido todos los lugares para verificar cuanta gente había abordo… no eran tres como le había dicho Madobe…eran seis.

Habían planificado que la mejor manera era dominarlos uno a uno y que estarían distraídos con sus putas … pero no había putas y esta gente no se movían de sus butacones…y estaban todo el tiempo juntos.. y hablaban y hablaban…

Y fueron pacientes durante casi toda la charla de los gobernantes…habían planificado asaltar uno a uno a esos hombres que no paraban de reír y hablar todo el tiempo…

 y ya habían capturado a dos y ahora se acercaba el tercero … que parecía más atlético y fuerte…

¿Mahmoud… estás bien…? repetía un ruidoso Obama lleno de risas ante cada puerta… Mahmoud… no jodas… ¿ no te quiéres poner la polo?.. no importa…y ¿si quieres nadar desnudo ?... tampoco importa… te comprendemos—eso fue lo último que pudo decir Obama , porque uno de los seis somalíes , Karim , le tiró una manta por la cabeza y Barack no tuvo ni la oportunidad de ver qué pasaba… sintió muchas manos encima de su cuerpo … pero no se dió cuenta de mucho…porque le golpearon con algo duro en la cabeza y sintió como sus rodillas se doblaban y perdió el conocimiento .

Después de atarle las manos y amordazarlo… lo levantaron entre Kino, Akim, Taziz y Cobe y literalmente lo tiraron en el mismo camarote de Mahmoud Abbas , junto a Nicolas Sarkozy… igual paso con Wen Jiabao pero éste les filosofó un rato diciendo que así no se hacen las cosas…que la piratería es condenable…que eran muy jóvenes y siguió hablando hasta que alguien le metió un culatazo que lo durmió de verdad… aparte de hacerle volar sus anteojos a varios metros de distancia…le ataron la manos...

le colocaron los anteojos y lo llevaron al cuarto donde sólo faltaba el cartel en la puerta que dijera depósito de rehenes…las cuatro capturas se habían hecho en menos de quince minutos y en total silencio.

Abbas había sido el primero en bajar y había comentado que se sentía un poco mareado por el balanceo de la nave y estaba tardando más de lo debido para ponerse un traje de baño y Bibi estaba preocupado por la salud de Abbas…se sentía responsable de haberlo inducido a ese viaje y quería que estuviera lo más cómodo posible y hasta pensó que tal vez pudiera estar en cubierta… tal vez se pudo haber mareado más de lo que había dicho… subió y al levantar la vista , por babor vió a menos de diez metros del yate, la chata pesquera con dos personas en cubierta y con rifles en las manos…que cuando vieron a Netanyahu hicieron varios disparos al aire…intimidantes y para marcar territorio, rompiendo por completo el hechizo del Mediterráneo, el encanto del cielo azul y la extraña sensación de privacidad...

Ahmadinejad apareció no bien dejaron de sonar los disparos y le preguntó a Bibi que pasaba… pero la pregunta le pareció tonta cuando vió por sus propios ojos el pesquero y los dos hombres que repitieron la serie de disparos al aire…
Los disparos se escucharon en cada rincón del yate y así como lo había escuchado Ahmadinejad también lo habrían escuchado los piratas que ya estarían abordo.
--Vámonos de aquí-- dijo Bibi -- agachándose y haciéndole señas a Ahmadinejad que lo siguiera.
Y fueron agachados hasta la popa…de ahí podían ver el pesquero y entendían que desde el pesquero , no los podían ver.
--Tú tienes algún arma?—preguntó Ahmadinejad
--No… me imagino que tú tampoco…verdad?
No hubo respuesta a esa pregunta… por lo que quedó claro que no poseían armas…
--Dónde están Obama, Sarkozy… y…Wen ?--preguntó Bibi
--Estaban buscando a Abbas… pero si estos dos que están ahí no tratan de subir… es que hay más en el yate… y no me gusta que ni Obama ni Sarkozy no hayan subido al escuchar los disparos… no me gusta—dijo Ahmadinejad
---Bien… --dijo Netanyahu—de acuerdo contigo… seguramente los han hecho prisioneros… los tipos del pesquero me tenían bien de frente y tiraron al aire… no creo que tengan intención de matarnos…----y agregó-- no

sabemos cuántos son ni dónde están… pero nosotros tenemos que atraparlos a ellos…--y preguntó –
¿Tú sabes nadar… Ahmadinejad?
--Sí.. No soy un gran nadador…pero no me ahogo---respondió Ahmadinejad
--Mira… tengo un plan…-- dijo Netanyahu--- debemos ir hasta el pesquero por sorpresa… no creo que sea difícil dominar a esos dos muchachitos…se veían asustados…

--Un muchachito con un rifle… ya no es un indefenso muchachito… Bibi.. No me jodas—dijo Ahmadinejad.
---Tú y yo sabemos que ambos fuimos comandos…verdad?—dijo Bibi-- que hayamos estado en equipos diferentes… y unos años de más …no nos quita que tengamos los huevos para hacerlo… y esos dos muchachos a mí no me pueden frenar… y supongo que a tí tampoco…mi idea es que tú te asomes a cada rato por donde estábamos y los distraigas… yo voy por debajo de la chata y subo a espaldas de ellos… ¿ me sigues la idea?
-- Perfectamente—respondió Mahmoud—
-- Cuando yo suba por detrás del pesquero voy a quedar a espaldas de ellos y necesito que en ese momento los distraigas… OK? --explicó Bibi
-- OK… Bibi …cuándo lo hacemos ?--- susurró Ahmadinejad
-- Ahora mismo—dijo Benjamín Netanyahu—cuánto más rápido mejor…
por lo menos nos vamos a hacer de un par de rifles para cuando volvamos al yate..
-- De acuerdo—asintió Ahmadinejad--- cuídate Bibi…

Y ese cuídate Bibi… sonó sincero…y Bibi iba a depender de Ahmadinejad…el hombre que seis meses antes…pedía la destrucción total de Israel para borrarlo del mapa.

-- Tú también cuídate… no permitas que te apunten…muéstrate y escóndete…muéstrate y escóndete…OK?—dijo Bibi y se estrecharon las manos.

Bibi miraba por un lugar para bajar sin hacer el chapuzón y calculaba lo que tardaría en dar la vuelta a la chata o cruzarla por abajo… era preferible cruzarla por abajo y Bibi se tenía la fe para hacerlo… y se metió en el agua cuando escuchó una primera salva de disparos… y nadó bajo el agua hasta cubrir los diez metros que habían entre embarcaciones… y llegó hasta el estribor del pesquero.

Aguardó dos minutos…escuchó una nueva descarga y se sumergió nadando por debajo de la chata pesquera… qué bueno que todavía estaba claro y qué bueno que el mar estaba calmo… cuando miraba debajo del agua para ubicarse… notó que la chata era más angosta de lo que parecía y aunque le quedaba bastante aire… se alegró.

Trató de no chapotear cuando se iba a agarrar de algo que sobresaliera para afirmarse al subir… y vió las dos cañas de pescar que iban a hacer su agarradero… estaba de suerte… escuchó otra salva…Ahmadinejad estaba haciendo bien de señuelo… asumió que estarían muy pendientes de Mahmoud y se agarró de una de las bases donde se instalan las cañas y comprobó que resistían… y poco a poco iba trepando…confiando que en el pesquero hubieran sólo dos personas y que estuvieran distraídos…asomó su cabeza temerariamente cuando escuchó unos disparos y comprobó que eran solamente dos muchachos y Ahmadinejad los insultaba y les saltaba de lado para entretenerlos más… Bibi no pudo menos que sonreír y estaba a la vista de Ahmadinejad… que descargó una serie de puteadas para enardecer a los muchachos…
Bibi estaba prácticamente en la cubierta a cinco pasos de los piratas… le hizo señas a su nuevo compañero de equipo y se abalanzó sobre uno de los piratas…con la intención de tirarlo al piso y arrebatarle el rifle… consiguió el primer objetivo… con el empuje…el factor sorpresa y su peso… lo arrastró hacia el piso pero el rifle, sostenido por manos débiles voló hacia un costado…lejos del alcance de Bibi.

Ahmadinejad se zambulló en el Mediterráneo y en cuatro brazadas llegó al pesquero y con mucha agilidad subió a la cubierta y se abalanzó sobre el segundo pirata… que estaba como petrificado por el ataque tanto de Bibi al compañero , como por la rapidez con que Ahmadinejad cambió de embarcación..

Bibi se levantó inmediatamente y le hizo una llave doble Nelson, con la que inmovilizó por completo al joven pirata y Ahmadinejad no tuvo ningún inconveniente en apoderarse del rifle y apuntar al "petrificado".

Los llevaron al interior del pesquero y los amarraron a un tubo metálico de cuatro pulgadas.

En menos de cinco minutos... habían conseguido por lo menos dos rifles... unas cuantas municiones y tenían dos tipos atados con carretes de nylon de pescar...que resultaron ser muy fuertes.

---Buen trabajo ...Bibi—dijo Ahmadinejad

---Buen trabajo...Mahmoud---dijo Bibi y se disponían regresar al yate a buscar a Obama y compañía.

Los rifles eran una antigüedad... y corrían el riesgo que si se mojaban se inutilizarían deberían nadar con una mano y la otra con el rifle en alto... ¿y las municiones?

Habían encontrado las cajas de municiones y bolsas de plástico del supermercado de Gerona... ataron las bolsas del supermercado al cañon de un rifle y pusieron las cuatro cajas dentro de las bolsas.

Comprobaron que el hilo de nylon para pesca, es excelente... lo iban a recomendar...

Y cruzaron sin problemas hasta la popa del yate.

Estuvieron agazapados un rato hasta recuperar el aliento... los años no pasan solos...dejan secuelas...pero había mucha adrenalina que suplía la elasticidad.

Tendrían que llegar hasta el área de camarotes donde seguramente el grupo de piratas estuviera esperando.

Lo sensato era jugar al juego de quién tiene más paciencia... o Bibi y Ahmadinejad entraban hacia los camarotes o esperaban que los piratas salieran a buscarlos... y los dos ex enemigos optaron esperar... y no tuvieron que esperar mucho...el primero en salir para preguntar algo a los compañeros del pesquero fue Kino... y Ahmadinejad lo bajó de un culatazo de su rifle... como Kino no regresaba... salió Akim y el que lo bajó con un culatazo tremendo fue Bibi...¿ quedarían más? Por cómo estaban puestos los vasos en la mesa del pesquero...por lo menos eran ocho... y matemáticas simple... por lo menos en el yate había cuatro más... a Kino y Akim les ataron las manos con las bolsas del supermercado que había sido la solución para acarrear las municiones...y tan solo por saber si los rifles funcionaban... hicieron un par de disparos al aire... funcionaron... pero había que recargarlos y así lo hicieron...

Habían decidido esperar a que subieran los piratas...pero de pronto tanto a Ahmadinejad como a Netanyahu les entró la desesperación por saber cómo estaban Obama...Wen, Sarkozy y Abbas...

Pronto iba a oscurecer… se estaba levantando viento…estaban mojados… tres buenas excusas para cambiar de plan…

Muy bien…- dijo Benjamín-- bajemos… yo voy adelante… iremos hacia el dormitorio de Abbas…pienso que deben estar por allí.
--Vamos a bajar… pero yo voy adelante y tú me cubres… estás muy viejo para ir adelante..—Respondió Ahmadinejad con una sonrisa y poniéndole la mano al hombro le dijo---cuídate…

Y mientras comenzaba a oscurecer en el Mediterráneo, el Primer Ministro de Israel y el Presidente de Irán, ambos en bóxer por tener sus pantalones mojados y fríos, comenzaron a moverse hacia los dormitorios del yate y ambos tenían un polo blanco que aunque mojada se podía leer lo que decía en cuatro idiomas

LUCHEMOS POR LA PAZ…DESDE HOY MISMO

En el pasillo de los camarotes…Taziz ,Cobe ,Karim y Coton esperaban por el regreso de Akim y Kino… que momentos antes subieron a cubierta para estirar las piernas que estaban acalambradas después de estar más de tres horas en cuclillas…

Realmente… todos estaban acalambrados por seguir escondidos en el único rincón en sombras que había delante del camarote del primer hombre que habían dominado.

Taziz, con su rifle entre las manos… decía en voz baja que era el momento de estar muy atentos porque en cualquier momento los dos que faltaban bajar, podían hacerlo y ya querían tener la posesión total del yate… hasta ahora, su táctica había dado resultado y habían sacado de circulación a cuatro de esos tipos charlatanes que no paraban de comer y hablar tonterías… ahora sólo quedaban dos hombres arriba en cubierta y estarían bajando…

Había repetido esto más de diez veces desde que habían abordado el yate y ni él mismo se lo estaba creyendo… Era mucho el tiempo que estaban allí y los deseos de ir al baño y el acalambramiento era lo que motivaron a sus dos compañeros a subir… y estaban tardando más de lo razonable… Coton , Karim y Cobe estaban ya cansados de la inactividad y como en principio todo había salido bien y rápido insistían en que en lugar de seguir esperando… tenían que ir a buscarlos y si ellos eran seis y los pasajeros que quedaban eran dos ,valía repensarlo y cambiar el plan original… y así como Taziz había repetido diez veces esperar…tuvo que aguantar diez insinuaciones de cada uno de sus cinco compañeros de salir a buscarlos…

Y nuevamente se cumplía un viejo dicho… todo el mundo tiene en su vida cinco minutos de estupidez y a Taziz le llegó el momento que tuvo que aceptar la propuesta de ir a buscar a los comilones y charlatanes… y él también estaba acalambrado.

Esbozaron un plan de emergencia que era muy sencillo… irían los cuatro juntos por todo el yate hasta encontrarlos…Akim y Kino , que ya estarían en cubierta les ayudarían llegado el momento… les tomarían por sorpresa y los amedrentarían con su presencia y con sus armas… tomado el yate, pedirían el rescate…. No sabían ni les importaban quiénes eran esos señores… pero el yate estaba bueno y podían sacar unos cuántos pesos… y él mismo se encargaría de negociar ya que en reunión oficial… su pasada reunión de gabinete en el pesquero, habían decidido no avisarle a Madobe…   Y todo esto pasaba a la carrera por la cabeza de Taziz.

Poco a poco los somalíes se fueron levantado y les costó un poco recuperar la vertical…una vez que acomodaron sus huesos…Taziz hizo las señas por donde subir…y comenzaron a moverse con sigilo y tratando de prestar mucha atención a cualquier ruido, a cualquier movimiento…y avanzando en fila india y en puntas de pies llegaron a la cubierta y desde allí comenzarían la búsqueda.

En el mar Mediterráneo ya había caído la noche y vieron que La Esperanza seguía allí al lado, a oscuras para no llamar la atención, esperando por ellos y no quisieron hacer ninguna seña por temor que desde el pesquero gritaran algo que pondría sobre aviso a los viejitos.

En cambio, en el lujoso Tritón se habían encendido las luces de la cubierta al activarse las fotoceldas por falta de claridad o tal vez por un reloj graduado a cierta hora que producía el encendido automático.

El yate era grande…pero no tanto como para no encontrar a dos viejos charlatanes… Y tan seguros estaban que esos señores eran inofensivos y que los jóvenes no corrían ninguna clase de riesgo… que volvieron a alterar el segundo plan… se separarían y dos por babor hasta la proa y dos por estribor hasta la popa … el encuentro por sorpresa debía ser casi de inmediato... y así lo hicieron.

Tú vienes conmigo, Cobe—dijo Taziz--- y ustedes dos, van hacia la proa…

Comprendido señor –dijo Karin, contento porque por fin iban a entrar en acción y comenzarían a negociar por el rescate…--vamos Coton..
 Y así como Taziz y Cobe iban por babor hacia la popa del barco con el mismo sigilo que cuando habían subido…Karim y Coton tenían un diálogo en alta voz.

--- Creo que Taziz debe pedir como cuarenta mil dólares por este barco—decía Karim
---Si pide cuarenta mil y somos ocho… ¿cuánto me toca a mí?---preguntó Coton
---Y…. creo que bastante--- respondió Karim-- no sé cuánto exactamente… pero nos toca bastante a cada uno…Me gustaría que esta noche Taziz haga el negocio…
Y caminaban tan despreocupados que no vieron que entre el dinghy del yate y una pila de reposeras para tomar el sol en cubierta, dos hombres en bóxer y con mucha determinación esperaban con paciencia que se acercaran un poco más para noquearlos rápido.
---Ahí están… y vienen derechito a nosotros—dijo Ahmadinejad.
--los veo---contestó Bibi --- yo voy con el de la derecha.. De acuerdo?
---de acuerdo---dijo Mahmoud
 Y así fue… cuando Karim y Coton pasaron al lado de las reposeras…dos sombras se convirtieron en humanos que se movían muy rápido… Bibi con el filo o canto de su mano derecha le dió con inusitada fuerza entre el cuello y el hombro de Karim que sin saber de dónde le había llegado el golpe… cayó como fulminado.
Mahmoud juntó sus dos manos, entrelazó los dedos y subió ambas manos a la altura de su cabeza para descargarla con toda sus fuerzas sobre el cuello de Coton , que al igual que Karim , dobló sus rodillas y cayó inconsciente .

Bibi les ató las manos a los jóvenes y a la vez los anudó a la mancuerna de amarre del yate… que estaba como a cinco metros de distancia…de ahí no se iban a ir…

Mahmoud tomó los dos rifles…y los puso lejos del camino mientras miraba derecha e izquierda en busca de los dos que faltaban…

--- ¡Arriba las manos, señor...!--dijo Taziz a espaldas de Mahmoud, mientras le apuntaba con su rifle.
Ahmadinejad levantó los brazos... y dejó su rifle
---Cobe... recoge ese rifle y tráelo aquí—ordenó Taziz a su compañero.
---No queremos hacer daño...-siguió Taziz—nos hace falta dinero y queremos tomar este barco por un pequeño rescate... por lo que le pido que se quede tranquilo y no le va a pasar nada...
---¿ Qué hicieron con mis amigos ?—preguntó Ahmadinejad...
---Están descansando en un cuarto abajo...están bien—contestó Cobe
---¿Y ustedes saben quiénes somos nosotros y en qué problema se están metiendo?—gritó Ahmadinejad en un tono muy distinto al que tuvo durante todo el día y más parecido al de los noticieros.
---Nos importa un carajo quién es usted...me importa su barco que vale más que usted—dijo Taziz perdiendo la paciencia.---¿... con quién hay que negociar...?

 Y acto seguido y para demostrar que no hablaba en balde ...le pegó con la culata del rifle en la frente de Ahmadinejad...que lo sentó de culo en la encerada cubierta.
Bibi Netanyahu, que había atado a los otros dos en la mancuerna... y estaba fuera de la vista de Taziz y Cobe , escuchaba y veía a Mahmoud que se estaba levantando y corriendo de sitio para permitirle que pudiera entrar en acción por sorpresa como habían hecho más temprano en la chata pesquera... y cuando Cobe y Taziz estaban muy de frente a Ahmadinejad , Bibi sin salir de las sombras , gritó --¡ suelten las armas... carajo , o los quemo aquí mismo!...

Taziz ,ante esa voz inesperada , tiró su rifle pero Cobe se dió vuelta rápidamente y disparó...dándole en el hombro a Netanyahu que aún herido disparó a las piernas de Cobe ,que cuando se sintió tocado... tiró su rifle, levantó sus brazos y gritó.. no disparen no disparen... ocasión que Ahmadinejad aprovechó para tomar rápido su rifle...darle un empujón a Taziz poniéndolo contra la pared...

---Estás bien Bibi ?—preguntó preocupado cuando vió una mancha de sangre a la altura del hombro en la polo blanca de Netanyahu
---Si , estoy bien...fue un roce no más...estoy bien..—dijo Bibi---Ahí tienes cuerda para que trabajes... y mientras Bibi apuntaba con un rifle que no sabía si tenía balas...Ahmadinejad ató a los dos muchachos en la siguiente

mancuerna de amarre … a cinco metros de donde estaban amarrados hacía diez minutos Karim y Coton.

Confirmaron que los seis muchachos pseudopiratas estuvieran bien atados… y fueron a buscar por los camarotes dónde y cómo estaban Wen…Barack… Nicolás Sarkozy y Abbas…

Revisaron por cubierta en camino a los camarotes sin encontrar a nadie y con sus rifles en sus manos por precaución fueron hasta los camarotes donde encontraron a sus pares en posiciones que no les favorecían para una próxima campaña electoral...

No había cámaras… no había reporteros… desgracia con suerte.

Ahmadinejad fue el encargado de desatarlos..y mostrando un humor desconocido para sus compañeros, dijo con una sonrisa

--- Quién iba a decir que yo me pondría feliz de hacer ésto? -- mientras Bibi ,sentado al borde de la cama y con una fina servilleta de hilo mojada se apretaba la herida, contemplaba la escena inimaginable de como cuatro mandamás en el mundo moderno estaban atados y amordazados en el medio de ni sabían donde.

Felizmente… dentro de lo grave que había sido la situación… todos estaban relativamente bien…Barack con un par de chichones…Sarkozy con un fuerte dolor en su antebrazo izquierdo producto de un culatazo…Wen en perfecto estado…salvo una patilla de sus anteojos, perdida en acción…Abbas muy nervioso… y tal vez con un chichón…pero lucía en buen estado.

El más magullado parecía ser Ahmadinejad que se le había inflamado la frente y se le estaba poniendo morada.

Entre Mahmoud y Bibi contaron en pocas palabras que es lo que había pasado y especularon… la gente que quiso piratear el yate no tenía absolutamente nada que ver con la gente que se había encargado que ellos estuvieran en el yate… y también especularon que esos muchachos no sabían nada de los puestos que ocupaban y que había sido un acto de piratería "al voleo "… es decir… vieron el yate y lo abordaron sin otra finalidad que pedir un rescate por el barco.

Pero esas especulaciones… había que confirmarlas.
Después de la charla… los seis mandatarios recorrieron los lugares que estaban atados los piratas… y los llevaron a un camarote y los mantuvieron atados, siempre llevando los rifles consigo.

Y no habían olvidado que aún quedaban dos más en el pesquero.

Eran cerca de las diez de la noche y el día había sido muy , muy largo…Ninguno estaba muy decidido a tirarse al agua para poder arrimar la chata al yate , así que entre los seis se ingeniaron con lo que había a bordo , cañas de pescar y cuerdas , para pescar o enlazar a la chata pesquera y pegarla al yate… aunque estaban claros que se podía lastimar la pintura y con el oleaje, producirse algunas abolladuras en el yate … pero a los seis les importaba nada… así que lo hicieron.

Cuando las dos embarcaciones estuvieron juntas, Wen y Obama dieron cátedra de cómo hacer nudos marineros para amarrarlas unidas. Cumplida la misión, con mucho cuidado pasaron al pesquero.
Revisaron con precaución cada rincón del pesquero pero nada les llamó la atención… con excepción de los mapas. Entre todos, ayudaron a los dos piratas atados que estaban en la chata, para que subieran al yate y los pondrían junto a los otros seis en uno o dos camarotes, previo de verificar que no había otra salida que la puerta de entrada.

Sarkozy les hizo algunas preguntas para sondearlos al igual que Obama… y las respuestas de los muchachos en lugares separados confirmaron lo que todos pensaban… fue un asalto común… tan sólo uno más de los muchos asaltos que sufren los ciudadanos de cualquiera de los países donde ellos eran jefes… casi todos los días.

Los piratas contaron con mucha timidez e inocencia que solamente una semana atrás habían salido de prisión en España…sus orígenes… sus vidas… sus sueños de volver a visitar Carrefour …su pueblito en Somalia… hasta creían que tomar un barco no era nada muy malo…era la forma de ganarse la vida … lo habían visto en su pueblo… la gente progresaban así… hablaron que Modabe era muy rico…pero ellos … muy pobres … además ,ninguno sabía las fechas de sus cumpleaños.

Ni siquiera fuimos exitosos—dijo Taziz--- la primera vez que quisimos hacer un secuestro…fuimos detenidos y nos metieron presos en España…

A medida que más hablaban… confirmaban la charla que habían tenido los gobernantes antes del asalto…estos pobres muchachos eran producto de una situación que los había llevado al límite…

POBREZA, ANALFABETISMO, CRISIS , DESEMPLEO … eran pasto fácil para gente inescrupulosa que estaban a su alrededor para exprimirlos… y solo los habían interrogado amigablemente menos de diez minutos… Sarkozy, buscó comida para los muchachos y Abbas revisó la herida de Cobe en la pierna que al igual que la herida que tenía Netanyahu… eran solo raspones.

Tal como había dicho Charles Dubois en la "bienvenida", Abbas encontró en el botiquín de emergencias alcohol y gasas para limpiar y vendar las heridas de ambos…y encontraron suficiente hielo que envolvieron en una servilleta para que Ahmadinejad apretara contra su frente.

--No tengo a mano mi tarjeta del plan médico—dijo Netanyahu, sonriendo.
--¡Vete para el carajo…!—le contestó Abbas con una sonrisa y agregó…te sientes mejor? Hiciste un gran trabajo…

Estoy seguro que tú hubieras hecho lo mismo por mí-- replicó Netanyahu.

Cobe, con su pierna vendada y las manos atadas se dirigió a Netanyahu- -
…yo no le quise disparar…señor…discúlpeme…Yo nunca había disparado antes…discúlpeme…
---Tú también discúlpame…yo tampoco quise disparar…por suerte estamos bien los dos…--respondió Bibi—y mañana será otro día…mejor para todos…ya verás…

Obama ,Sarkozy y Wen después de verificar los dos dormitorios donde se iban a quedar los piratas en condición de detenidos , acompañaron a los ocho muchachos y tras desatarles las manos , los encerraron con llave.
En la heladera de cada cuarto había jugos, agua y frutas… y cada cuarto tenía baño, jacuzzi, camas y sofás de más para que los piratas se sintieran confortables.

Wen Jiabao, Nicolás Sarkozy, Barack Obama,Mahmoud Ahmadinejad, Benjamín Netanyahu yMahmoud Abbas regresaron a sus butacones de popa donde habían tenido su charla durante el día y entre todos comentaron lo que había sucedido… aunque los que se explayaron, con lujo de detalles fueron Netanyahu y Ahmadinejad…que seguían con sus bóxer pero ambos habían cambiado de color en sus polos porque las blancas estaban¦ manchada con sangre una y mojada con agua del mar la otra…pero igual tenían la misma inscripción LUCHEMOS POR LA PAZ …DESDE HOY MISMO. Calentaron café…y té y Wen encontró en la cocina unas croissants que después de ponerlas unos minutos en el horno… fueron la cena de lujo de los seis gobernantes que habían tenido un día que nunca iban a olvidar…

Y ahora no hablaron de política internacional , ni de economía ni de las próximas elecciones …hablaron de los somalíes…cómo en un segundo puede cambiar el destino de una persona…del disparo que rozó el hombro de Bibi.. Del culatazo en la frente a Ahmadinejad…de lo fría que estaba el agua según Netanyahu…Barack dijo que ni jugando baloncesto en Chicago le habían dado un golpe tan fuerte… charlaron trivialidades… contaron chistes… hablaron como lo pueden hacer seis muchachos en cualquier esquina o como lo pueden hacer seis señores en cualquier sport bar.

Con café en mano…se acodaron en la baranda del yate mirando el cielo estrellado y el mar hasta donde llegaba la luz de la cubierta…la noche era muy oscura y estaba fresca. SEl suave oleaje , hacía que el yate de lujo se moviera con un suave vaivén…que a veces hacia rozar la chata con el yate produciendo un chirrido metálico …apostaban que el yate tenía seguro… así que no importaba mucho …y el suave vaivén …les recordó que estaban cansados .. e invitaba a ir a dormir …y bajaron todos juntos… se desearon las buenas noches y cada uno se metió en su camarote…y por las dudas , todos se acompañaron con un rifle .

Había terminado el segundo día de los tres días que les habían prometido que iban a ser de una experiencia única… y este segundo día había superado con creces lo que les habían prometido… pero…

!! COMO MIERDA SE HABIAN METIDO EN ESTO.. !!

Alrededor de las ocho de la mañana, Barack Obama con su rifle en mano pasó frente los camarotes donde estaban los ocho piratas, verificó que las puertas estaban cerradas y se dirigió a cubierta.

Todavía tenía dudas en su mente cuanto había sido una pesadilla y cuanto realidad pero , cuando vió en cubierta a Sarkozy discutiendo animadamente con Netanyahu comprendió que toda la pesadilla era realidad... y puso la mejor sonrisa en sus labios

---¡Buen día , señores... cómo amanecieron?
---Llegaste justo, Barack—dijo Sarkozy y con una sonrisa—aquí el amigo Netanyahu me está reprochando un diálogo que tuvimos tú y yo donde no hablábamos bien de él...

¿Te acuerdas eso de los micrófonos abiertos en...?

Sarkozy se refería a la reunión del G 20 en Cannes, que cuando pensó que hablaba en privado con Obama, comentó que Netanyahu era "un mentiroso y que no lo soportaba" y Obama le respondió," a tí te enferma ,pero yo tengo que trabajar con él todos los días".
Inexplicablemente...había un micrófono abierto y esos comentarios fueron escuchados por los periodistas... y que por falta de otras noticias, lo regaron por todo el mundo...

Sé llegó a comentar que de todo el temario de la reunión del G 20 de Cannes, lo más importante fue ese blooper.

---Mira, muchacho—interrumpió Obama con naturalidad---tú tienes mucho más experiencia que nosotros en esto...pero tienes que prestar atención a cómo se dice y no a qué se dice... Se hizo ese comentario igual a cuando tú dices de mi , que a pesar de tener orejas grandes ,soy sordo y que no te escucho nada ...fue tan sólo un comentario que la prensa lo agrandó...

---La prensa no agrandó nada... --dijo Netanyahu – yo escuché esa cinta el mismo día y ¿saben algo? ...Me importó cuatro carajos lo que dijeron... y hasta hice chistes con eso...creo que nos necesitamos todos y por eso seguiré yendo a Washington y dónde sea para mejorar cosas que sin Israel de por medio, ustedes no pudieran conseguir... Tú prometes y prometes ...pero no terminas de cumplir tus promesas...yo viajo a pedido tuyo...y le das vueltas y vueltas a todo...y estás tratando de ganar tiempo pensando en tus elecciones...entonces, sé claro conmigo y no me trates como que yo viajo para joderte ....también sabes que lo que arregles conmigo , te pueden dar o quitar muchos votos... defínete de una vez y se terminan mis visitas

...y a tí ,Nicolás...te comento...lo mío no son mentiras, como dijiste ... te dí mucha información confidencial que tengo y que en Francia , si no es por mí , jamás la tendrían...y quedó demostrado muchas veces...verdad? No te pido que me hagas un reconocimiento público... pero no vuelvas a tratarme de mentiroso...Cuándo te dije que...

Estaban en esas cuando se asomaron Ahmadinejad, Wen Jiabao y Mahmoud Abbas... y fue Ahmadinejad quién preguntó, desconociendo lo que se hablaba en cubierta

  --- ¿A qué hora sirven el desayuno aquí?
El personal doméstico no llegó todavía—dijo con ironía Sarkozy—por lo que sugiero vamos a la cocina y cada cual coma de lo que encuentre...

Yo secundo la moción—comentó Wen
Y yo aplaudo esa moción—dijo Abbas
Y todos enfilaron hacia la cocina...ya el sol estaba fuerte sobre las aguas del Mediterráneo...que seguían estando muy calmas.
En la cocina del yate, nuevamente los mandatarios desarrollaron todos sus artes de cocineros...Obama demostró que hacía muy buenos panqueques y los hizo para todos, mientras Sarkozy hacía las tostadas francesas, Netanyahu se ocupaba de los huevos, fritos y revueltos...Abbas, Ahmadinejad y Wen...trabajaban en el café, los jugos y el armado de una mesa donde cupieran los seis...

También recordaron que tenían que dar de comer a los ocho de los camarotes...y que no habían colaborado con la preparación del menú.

Decidieron bajar los seis...Obama llevaba las dos bandejas de los panqueques y las jaleas...Sarkozy las bandejas de tostadas con mucho sirope. Bibi dos bandejas inmensas de huevos revueltos, servilletas, sal y pimienta aparte...Ahmadinejad llevaba el café y los jugos...mientras Wen y Abbas los acompañarían por solidaridad...y con cuatro rifles.

Ya frente a la puerta del camarote Ahmadinejad le cedió la bandeja de café a Wen y él tomó un rifle antes de abrir la puerta de los somalíes...
---Por las dudas...¿saben ?—dijo

Abrieron la puerta del primer camarote... los cuatro piratas aún dormían en el calabozo de lujo.

Dejaron una bandeja de cada cosa y café y repitieron lo mismo con el segundo camarote... Taziz, que estaba despierto, agradeció con sentida emoción... ni se le había ocurrido que les iban a dar de comer... cerraron nuevamente con llave y todo había ocurrido sin novedad... ahora era el turno de los mandatarios... y en cuanto se sentaran...se terminaba el recreo, iban a desayunar pero todavía quedaban temas muy importantes...y todos querían colaborar...aunque las prioridades hubieran cambiado.

Con todo un gran desayuno digno de una buena cafetería, los seis jefes se sentaron para esbozar el plan del día...

Netanyahu propuso, revisar el yate y ver como se podía usar el equipo de comunicaciones y cómo hacer funcionar el barco.
Wen aportó—Ahmadinejad y yo somos ingenieros...aunque no es lo mismo la construcción de un puente con hacer funcionar un barco , creo que los dos podemos ocuparnos...--
-Me parece razonable –dijo Ahmadinejad—primero comamos algo...está bien...?
Yo puedo ir con Bibi y Abbas hasta la chata pesquera y revisar bien que tienen allí... tal vez otros mapas...tal vez algo que nos diga dónde estamos...—dijo Sarkozy
Por seguro que sus motores y radio funcionan...aunque creo que no sería bueno usar el radio.. Ni sé porqué lo digo...pero verifiquemos primero si funcionan –replicó Netanyahu.

Y con el último bocado en la boca, fueron a cumplir sus tareas.
El sol y los relojes indicaban que ya era pasado el mediodía...
Un transpirado Ahmadinejad y su acompañante Wen Jiabao, aparecieron en cubierta y sus caras anticipaban que no había buenas noticias...

Desde la chata pesquera, Obama, Sarkozy, Bibi y Abbas los escucharon...
--Estos malparidos , hicieron bien su trabajo—decía Wen refiriéndose a Dubois y compañía-- le quitaron una pieza a los motores que en cualquier negocio de botes debe costar quince dólares como mucho...pero sin eso... este barco no funciona... igual que el radio, no está roto, pero le falta una bobina...y revisamos por todo el barco... no está...

---Se la debe haber llevado ese guacho de Charles Dubois......---aclaró Ahmadinejad.

---Pero por aquí buenas noticias…primero…hay mucho combustible…segundo…el radio funciona…estamos escuchando a algunos pescadores…y aunque no contestamos…el transmisor está bien…--dijo Sarkozy -- …Y hay unos cuantos mapas…hay una brújula …hay agua y comida en latas para un mes…por lo menos
--decía un eufórico Obama, ante el asentimiento tácito de Abbas y Bibi— vengan… bajen con cuidado.

Y en un momento… seis mandatarios acostumbrados algunos a las mejores recepciones y agasajos, se paseaban en una pequeña chata pesquera que aunque era elemental y austera, olía a pescado… En esos momentos era su único pasaporte hacia el mundo, tenía radio, funcionaban los motores, ahora dependía solamente de ellos como la usaban… y también tendrían que estar todos de acuerdo…

Después de deleitarse un rato con los sonidos de los radios de otros pescadores y de algún gracioso que ponía música para alegrar a los pescadores oyentes, todos sin excepción, estaban contentos… y calculando los vaivenes de la chata para no golpearse regresaron al aire acondicionado del yate, para discutir las siguientes opciones a seguir…

Y se pusieron en orden estas cuestiones:

Eran catorce personas para viajar…
Nadie sugirió en ningún momento dejar a los ocho piratas en alta mar.

Podían quedarse en el yate y esperar a que Dubois los recogiera…
No fue aceptado por unanimidad.
Podían los catorce irse en la chata que tenia combustible y dejar el yate…
No fue aceptado por unanimidad.

Podían darle cuerda larga al yate y la chata remolcar el yate, maniobra que parece simple pero es muy peligrosa… y hay que tener mucho dominio en la navegación.
La idea tuvo la aceptación pero con variantes… había que estudiar los mapas… establecer algún contacto discreto con algún pesquero que estuviera en la zona… y sobre todo, estar la mayor parte del tiempo en el yate o formar dos o tres equipos entre los seis. Unos guiarían la chata hacia alguna costa y los del yate… controlarían de alguna manera que el yate no chocara a la chata por alguna corriente fugitiva.

Se turnarían en ambas funciones, es decir… todos harían de todo.

Faltaba saber de cuántas horas iba a ser cada turno…Netanyahu recordó que en su encuentro con los piratas de la noche anterior, vió un pequeño "dinghy", que podía facilitar la tarea de llevarlos y traerlos al yate cada vez que quisieran… no era lo más aconsejable viajar en ese botecito en el Mediterráneo y entre dos embarcaciones… pero era una alternativa.

Tenían que verificar como estaba de combustible… pero en la chata había seis barriles repletos y el dinghy no consume nada…algo más para apoyar la idea…

Y aunque no tenían idea por donde estaban, en el mapa ,veían la isla de Córcega que estaba más cerca de la costa… pero … de qué costa ? y ahí estaba el problema… una ronda de jugos, cafés y croissants les iba a despejar las mentes…

Otra opción… era consultar a los piratas…era posible que ellos supieran navegar… y pudieran leer las cartas marinas… pero… ¿ hasta qué punto serían confiables ?
Cuando les llevaron el almuerzo, que no fue tan elaborado y suculento como el desayuno, regresaron con Taziz, que parecía el más despierto del grupo, con las manos atadas… querían hacerle preguntas y observar sus reacciones…
Obama comenzó la serie de preguntas…
-- ¿Tienes idea de dónde estamos..?
Taziz dijo que en el pesquero había un par de mapas que le podían ayudar…
--Esos mapas….¿ son éstos? --preguntó Obama mostrándolos.
- Sí, señor.. Son los que estaban pegados al lado del radio- dijo Taziz
--De acuerdo…entonces…dónde estamos…? Yo pongo el dedo y tú me dices más arriba…más abajo...OK?
--Señor ...la verdad que no lo sé…encontramos su barco por casualidad… vimos subir un helicóptero y enfilamos derecho adonde nos pareció verlo… y tuvimos suerte que ustedes estaban hablando en la proa y no nos vieron…
-¿De dónde salieron ustedes…me refiero de qué puerto zarparon?- preguntó Sarkozy
--De Palamós…cerca de Girona..---respondió Taziz
--Cuándo salieron ?-- siguió Sarkozy

211

--Creo que justo una semana…pero estuvimos dos días sin navegar y un día a muy baja velocidad pendientes de encontrarlos a ustedes…--tartamudeaba Taziz

--¿Eso quiere decir que estaban detrás de nosotros?—intervino Wen

---Y…sí. Sabíamos que un yate lujoso estaba sin tripulación…pensamos que estaban de orgía de millonarios y...

¿Y quién les dió esa información?—preguntó Bibi

De pronto la intranquilidad se apoderó de los mandatarios… alguien sabía de esa reunión y había enviado a secuestrarlos…

Taziz respondió cada pregunta y contó paso a paso su comunicación con Hussain Madobe…

Si era cierto lo que Taziz decía…el intento de secuestro era tan sólo por el barco y eso tranquilizó un poco a los gobernantes… pero no dejaba de intranquilizar que ese Madobe tenía información y buena fuente de información.

Taziz explicó que hicieron el intento de secuestrar el yate sin informarle a Madobe… lo que les acarrearía un disgusto muy serio cuando llegaran a Somalia…y sabían que ese tipo de traición lo iban a pagar muy caro…ellos y sus familiares…a Madobe no se lo traicionaba…era rencoroso…su código era muy sencillo…o trabajas para mí o no trabajas nunca más para nadie… y el nunca significaba eso…NUNCA.

Lo más suave que les podía pasar era la muerte..y no estaban dispuestos a regresar a Somalia, por lo menos mientras viviera Madobe..

-¿Con cuántos tambores de combustible salieron de Gerona?-preguntó Bibi

--Con ocho… "La Esperanza" consume muy poco…cierto que el mar estaba muy calmo—comentó con tranquilidad Taziz

-¿Sabrías regresar por el camino que viniste?—siguió Bibi

--Seguro que sí, señor… --dijo con orgullo Taziz---pondría la brújula y viajaría en sentido contrario del que está ahora y recorrería al revés las últimas cien millas…esto lo tengo anotado en mi libreta roja…

--Vamos a buscar tu libreta roja… ¿dónde está? --dijo Obama.

Los gobernantes se miraron…Taziz parecía sincero… si era cierto lo que decía…todos estarían bien… pero si les estuviera mintiendo, se meterían en mucho problemas internacionales… los seis mandatarios juntos eran una carnada muy apetecible para mucha gente… lo sabían desde el principio,

pero no quisieron pensarlo en serio hasta este momento…el Madobe ese perturbaba la mente de todos… quién diablos sería ese Madabe?
- ¿Con cuánta gente se guía "La Esperanza"?—preguntó Wen
--Conmigo en el timón y uno que me hable para no aburrirme…—respondió Taziz muy seguro de sí.

Regresó Obama con la libreta roja de Taziz en la mano… a Taziz le brillaron los ojos…
-Mire señor…vamos a 80 grados hasta aquí, ponemos la brújula y vamos justo al revés hacia el sur… cuando lleguemos a 20 grados….--Taziz se derretía de felicidad al leer sus garabatos que nadie más entendería…pero se sentía confiado en poder hacer el viaje al revés y ya los gobernantes , confiaban un poquito más en él que al principio del día…y le desataron las manos…

Dialogaron para aunar ideas…no iban a usar la radio para pedir ninguna ayuda…ninguno de los mandatarios sabía de navegación… pero apenas vieran un contorno de tierra, gritarían más que Cristóbal Colón en su primer viaje a América… y si veían un crucero, lo seguirían… y sin complejos.

Tenían gasolina en el pesquero y seguramente el yate también tendría buena cantidad de combustible y que llegado el caso, con las mangueras del pesquero no sería difícil trasvasarla…tenían abundante comida en el yate y en el pesquero… tenían buena provisión de agua potable en el yate con el desalinizador…y la cantidad de botellitas de jugos…

Buscaron y encontraron sogas de amarre y cables de acero para atar y unir la chata con el yate y le dieron toda la distancia que pudieron que era menos de cincuenta metros entre una embarcación a otra y pusieron un hacha muy a mano por precaución que si una nave se hundía, cortar de inmediato la cuerda para que no arrastre la otra…y todos viajarían con los chalecos salvavidas puestos…incluyendo los piratas de los camarotes.
Iba a pilotear Taziz la chata, Barack Obama y Netanyahu irían de acompañantes en el primer turno, el resto en el yate y los siete piratas en los camarotes, con chalecos pero cerrados con llave…

Eran cerca de las cinco de la tarde…aflojaron las cuerdas que mantenían pegadas el yate y la chata… se separaron un poco… otro poco y otro poco más…Barack y Netanyahu vieron las dos cuerdas que parecieran ser del ancla …seguramente habría un dispositivo eléctrico que la levantara… pero como no encontraron ningún dispositivo , comenzaron a subirlas a mano entre los dos… no era muy pesada pero no sabían cuán profundas estaban…hacían movimientos acompasados para cada tirón… un.. dos…tres.. arriba y luego otro un.. dos.. tres …arriba … repitieron y repitieron hasta que vieron que de las aguas del Mediterráneo subía algo como un gran paracaídas chorreando el agua acumulada y que al inclinarse…botaba toda el agua…y comprendieron la mecánica elemental de las cuerdas…era muy pesado para subirlo porque estaba cargado de agua , pero si se tiraba de una sola cuerda… el agua iba saliendo gradualmente y lo que subía era solo el paracaídas sin el agua acumulada , hecho con una tela muy liviana y muy fácil para maniobrarlo…subieron ese paracaídas y lo acomodaron en la cubierta y notaron que de la parte estribor, había otras dos cuerdas…pusieron en práctica lo recién descubierto…había que levantar una sola cuerda y dió resultado…sin ningún esfuerzo , el segundo paracaídas estaba sobre cubierta… y ¿ ésas mierdas eran las anclas de ese lujoso yate ? y todavía había que levar dos más en la popa…una a babor y la otra a estribor…pero ya sabían que no les iba a significar ningún esfuerzo… treinta metros de cuerdas y paracaídas arriba…

Era cierto lo de "todos los días se aprende algo nuevo " y cuando las cuatro anclas estaban sobre cubierta , entonces se preguntaron qué profundidad pudiera tener esa zona del mar…Sarkozy que estaba ayudando a envolver el "paracaídas" comentó que el mar Mediterráneo tiene una profundidad promedio de mil quinientos metros… pero hay algunos lugares que puede alcanzar los cinco mil metros de profundidad…y según la historia , la batalla naval del Cabo de Matapán, en la segunda guerra mundial , se libró sobre una fosa marina de más de cinco mil doscientos metros de profundidad que se estima es lo más profundo del Mediterráneo…--esos datos…los aprendí de chico en la escuela comentó el francés y agregó ---pero no tengo idea dónde estamos…y el sonar y el radar están desconectados…Obama y Netanyahu se miraron…pero fue Obama el que habló--- si esos cuatro paracaídas de mierda sirven para anclar un yate donde hay una profundidad de por lo menos mil quinientos metros…ya hay que mirarlos con más respeto…les llamaremos … señores paracaídas.- y Bibi y Barack se rieron… y saltaron hacia la chata pesquera…

Sin anclaje , el yate comenzó a derivar , alejándose de la chata lentamente hasta que Taziz encendió los motores y girando muy suave comenzó el retorno con su lujoso remolcado muy lento hasta lograr tensar la cuerda para

evitar el tironeo… y cuando la cuerda estuvo tensa… comenzaron el viaje hacia no sabían dónde…pero de regreso.
Y los motores de La Esperanza hacían el ruido que sonaba a música para los gobernantes… que se regocijaban al ver la blanca espuma que se marcaba en el Mediterráneo… que seguía estando muy calmo como en toda la semana…

Taziz demostró que era un buen piloto o por lo menos…precavido. Sugirió ir muy despacio por las noches… primero porque la noche sería muy oscura y los cincuenta metros de cable entre embarcación y embarcación… era muy poca distancia y sumamente peligroso.

También temía que con los tirones que estaban ocurriendo, se pudieran cortar las cuerdas… lo que haría que la chata diera un tremendo brinco al estar liberada del peso del yate, o no darse cuenta y dejar al yate totalmente perdido y a la deriva.

Probaron y comprobaron que la brújula funcionaba perfectamente y la regresaron a su lugar al lado del timón… y comenzaron a moverse hacia el sur… Obama y Netanyahu se sentaron en la popa, cerca de Taziz en la parte descubierta de la chata y veían como la cuerda se aflojaba, o se tensaba pero sin brusquedades…y como el yate seguía fielmente los surcos dejados por el pesquero y como en la proa del yate Sarkozy,Ahmadinejad , Wen y Abbas charlaban animadamente mientras bebían seguramente un café… y con sus chalecos salvavidas puestos.

Tal vez ésta fuera una medida precipitada, pero muy segura. Obama, tentado por lo que veía en el yate preguntó…

--Taziz, por esas casualidades… ¿tendrás para hacer un café?
 ---Estaba loco por saber cuándo lo preguntarían…señor… si usted se hace cargo del timón cinco minutos…les haré el mejor café del mundo…
Barack tomó el timón…y Taziz se metió en la pequeña cocina… cuando reapareció lo hizo con una bandeja y tres tazas de café, sus cucharitas para revolver y unos panes pita con potes de jaleas de membrillo y de damasco y dos pequeños cuchillos para esparcir los dulces

--Es café turco…señor…y con azúcar negra…/exclamó orgulloso y alborotado…

215

Taziz estaba feliz de poderse brindar…se le notaba en el brillo de sus ojos…quería ser un buen anfitrión y lo había logrado.

-Está buenísimo, Taziz, te felicito…es el mejor café que tomo en mucho tiempo---dijo Netanyahu.

-Me sorprendiste Taziz, qué bueno el café y qué buena la idea de acompañarlo con estos pancitos, nos vienen bien a todos---habló el diplomático Obama.

Taziz regresó a su timón y Obama y Bibi tomaron sus asientos en la popa. ---Cuéntanos de ti, Taziz-…--dijo Bibi para comenzar alguna charla.

-Señor..-- comenzó Taziz—yo vengo de Harardhere, que es un pequeño pueblito de Somalia…---y Taziz contó su vida y la de sus amigos, su forma de vivir…sus penas, sus contadas alegrías…eran tan pobres que no tenían apellido…su felicidad por empuñar un timón…por tirar una caña y pescar…desnudó sus sentimientos…sentimientos infantiles puros, que son un honor que un muchacho grande, los pueda expresar con tal candidez…

Bibi y Barack no interrumpían para nada…sólo escuchaban…y seguramente en sus fueros muy íntimos…envidiaban la pureza de sentimientos de Taziz y que ellos seguramente por sus carreras políticas…ya no la tenían…y ese pundonor…era como la virginidad…se pierde solamente una vez pero no se recupera nunca más…

Un par de horas de navegación aprovechando la poca claridad y donde comprobaron la potencia de La Esperanza que respondía a la perfección, alentaron a Taziz a que pusiera la chata a marchar con mas revoluciones y un poco más rápido…tan solo como prueba y La Esperanza, respondía bien….Taziz redujo la velocidad… de día, irían más rápido…pero ahora… en el Mediterráneo la noche era muy oscura.

Y en la oscura noche del Mediterráneo, lo único que se escuchaba era el suave zumbido de los motores de La Esperanza que estaba regresando sobre sus huellas…si es que en el mar quedan huellas…

De repente… la noche se iluminó por completo alumbrando mucho más que la distancia que les separaba del yate… y tres segundos más tarde el sonido estremecedor de un rayo que caía en medio del mar y muy cerca del pesquero…otro rayo y otro rayo después…y se sucedieron los relámpagos, los truenos y los rayos y una lluvia diluviana comenzó a caer con fuerza sobre las cubiertas del pesquero y del yate Tritón.

Taziz , que empuñaba con fuerza el timón… mantenía sus dientes apretados y atento a cada ola para encararla de frente…y a pesar que había aumentado el viento … pareciera que la lluvia hubiera calmado el mar…

Fueron más de tres horas de mucha lluvia, de relámpagos y rayos que retumbaban en la noche… y en los que ni Obama, Netanyahu ni Taziz pronunciaron una sola palabra y por fin los rayos se fueron alejando.

Cuando amainaba un poco la tormenta, y se reanudó el diálogo, fue porque Taziz comentó que creía que estaban pasando cerca de "El Triángulo del Silencio " .

Tal vez Taziz sabía o no sabía ,que El Triangulo del Silencio es una zona que comprende desde el islote Es Vedra , al sudoeste de la isla de Ibiza hasta Cala d"Hort y el Peñón de Ifach , cerca de la isla de Mallorca , una zona muy parecida a lo que en América se conoce como el Triángulo de las Bermudas y que según isleños, pescadores , investigadores y periodistas , aseguraban haber presenciado avistamientos y fenómenos paranormales, en especial entre Es Vedra y Es Vedranell, dónde muchos capitanes de embarcaciones habían testimoniado ver pasar objetos extraños con luces ,por debajo de sus barcos y luces del cielo, bajando abruptamente en ese sector del mar , dando lugar a cantidades de informes de gente y barcos pesqueros desaparecidos y extrañas leyendas sobre los OVNI ..

El pesquero y el yate habían dejado atrás la repentina tormenta y ahora, Bibi y Barack podían ver desde cubierta las viboreantes luces en el oscuro cielo, que eran un verdadero espectáculo como de fuegos artificiales, dignos de ver, pero mejor si era como ahora, a una distancia prudencial.

Sirvieron otras tres tazas de café caliente… y las tomaron.

Les vino muy bien…y les hacía falta.

Seguramente en el yate estaban en la misma onda.

MANSION BOLLORE

Eran dieciséis hombres que se perdían en la enorme mansión de los Bollore... unos jugando baloncesto de " alta calidad"... dos contra dos o uno contra uno , otros en la piscina climatizada... y algunos en la biblioteca de gran tertulia y Norman Duncan mientras tomaba una cerveza comentó -- ...recuerdo que yo estaba presente en la Universidad de Columbia cuando no sé ni porqué Ahmadinejad fue invitado a dar una conferencia...el auditorio se caía de la risa cuando le preguntaron por la libertad de las mujeres en Irán...y ¿saben que contestó...?

-Conozco la respuesta--dijo Steve Ryan--yo estaba allí...dijo algo así como "las mujeres de mi país son las más libres del mundo"...fue el mejor chiste del día...los estudiantes lo abuchearon después de que uno mal intencionado le preguntó por los homosexuales en su país y él, con carita de inocente respondió..."nosotros no tenemos homosexuales como aquí, en los Estados Unidos..."

-Nosotros no tenemos "eso "... dijo Ahmadinejad textualmente---aclaró Frankie Dukos y agregó---los estudiantes se le rieron en la cara y lo abuchearon toda la tarde...pobre tipo...no lo pasó bien...pero detrás de su pobre apariencia de inocentón ...hay un tremendo hijo de puta altamente peligroso y vengativo...aunque no lo parezca... por qué será así?

--El no debe creerse mal tipo...hay diferentes culturas e idiosincrasias en el mundo...él se debe creer que es bueno lo que está haciendo y por eso es así...---comentó Norman--- ¿...vamos a la piscina...?

Todos desentendidos del mundo descargando sus responsabilidades en los dos amigos de espaldas anchas, Norman y Richard ,para soportar el peso que ocasionaba el tener a cargo la logística general de lo que se había hecho... y lo que faltaba por hacer.

La gran antena parabólica, ubicada sobre la remodelada Torre del Vigía Genovés captaba más de mil canales de televisión de todo el mundo y tan solo con pulsar el control del inmenso televisor de la sala, se podían enterar en directo de las novedades que había en cualquier país del mundo... y el mundo seguía girando como todos los días… y el sol salía por las mañanas… como siempre, nada anormal… era la rutina diaria de la época.

Para estos señores , no había ningún tipo de veda para salir a pasear por la hermosa "Isla de la Belleza", acercarse a la pintoresca bahía donde estaba el puerto en Ajaccio…visitar los antiguos castillos de piedra, que son el patrimonio cultural de la isla…o caminar por las finas y blancas arenas de los cuatrocientos kilómetros de playa observando el color verde turquesa del mar y en contraste , las montañas más altas del Mediterráneo , nevadas hasta la primavera , que se ven al otro extremo de la Isla…igual podían visitar los bulliciosos mercados Marche aux Puce, el mercado de pulgas, donde se escuchaban los entretenidos regateos en varios idiomas entre los comerciantes locales y los turistas ávidos de comprar los productos regionales "made in China ", antes de tomar un café con croissants en los impecables y típicos café- francés , con las mesitas en la calle, frente al mar… lujosos hoteles de cuatro y cinco estrellas , las iglesias…los museos o ir hasta Bastía ,la capital de la Alta Córcega o quedarse en Ajaccio, la capital de Córcega del Sur.

En el estacionamiento de la mansión había varios coches a la disposición de quién los quisiera… pero estos señores se acercaron a Ajaccio solamente para comprar bebidas… ya que lo que sería almuerzos y cenas…Ajaccio tenía restaurantes capaces de satisfacer los paladares más exigentes… y esta gente tenían ese paladar…

El clima de Córcega es excelente… pero es común que en un día de pleno sol… caiga un fuerte aguacero de veinte minutos como mucho para luego de esa lluvia, el sol regrese con todo su esplendor. En la noche anterior , había habido una tormenta eléctrica con inusual cantidad de rayos y truenos que tenía muy preocupados a Richard Kent, François Bollore y Norman Duncan… y aunque no lo comentaran... a todos.

---Yo no me acuerdo haber pasado nunca una tormenta así, en Ajaccio— decía François. Sí recuerdo, que las lluvias pasajeras eran diarias o casi diarias… pero tormentas como la de anoche…

Ese comentario fue lo que puso más nerviosos al grupo.
Norman fue el que saltó primero…creo que deberíamos pasar, aunque sea cerca para cerciorarnos que todo esté bien…
--Yo pienso lo mismo—contestó François.

219

---Y yo también-- reafirmó Richard-- me importa absolutamente nada que se estén cagando a golpes y tengan un ojo negro cada uno. Me preocupa cómo puede estar el barco... y la verdad que mi preocupación no es por el barco en sí sino por quiénes están... ¿me entienden, verdad?
--Aunque ese tipo de yate anclado como está de popa... todo lo que le puede hacer la tormenta es que lo tenga girando sobre un eje pero nada más...---y agregó François—de todas maneras...no hubo ni fuertes vientos... ni olas porque desde aquí se ve la playa y el mar estaba calmo...
--El yate se vería muy iluminado... por los relámpagos, pero nada más que eso... -decía Norman.

Y ese comentario final... tranquilizó al resto del grupo... pero de todas maneras...un reconocimiento del área en cuestión...les daría más tranquilidad a todos.
François Bollore se acercó a Joseph Rice y le preguntó: ¿qué prefieres un avión o el helicóptero para ir a pasear un rato...?
---Me dá igual...pero creo que el helicóptero nos puede dar mejor visión—contestó Joseph.
---La idea no es mostrarnos y saludarlos... que sepan que están solos... no es que vamos para hacer sociales...---intervino Norman Duncan -- es ir solamente para ver que el yate está... y que no se hundió... y nos volvemos... que se ocupen de hablar y hablar...
Si hablan van a arreglar muchas cosas...
 --Igual creo que el helicóptero hará mejor la función que un avión a cuatrocientas millas por hora—dijo Joseph—voto por el helicóptero...
François fue hasta el salón de la casona, tomó su teléfono celular... se sentó en el apoyabrazos del sofá y marcó...

--Aló...Aló... Torre? Habla François Bollore...está por ahí André Bordeau?... díle que necesito hablar con él... gracias...- aguardó treinta segundos--...André... qué gusto escucharte...¿ cómo estas hijo de puta? ...Me alegro que estés bien... yo también...Tigre... te llamo para pedirte un favor... necesito un helicóptero... lo sé... lo sé... No... No es de urgencia...urgencia sería ahora mismo... y yo lo necesito para dentro de quince minutos...--y largó una carcajada--... eres un campeón, André-... ¿En qué pista está ...? No...no ... gracias...no me hace falta... voy con Joseph Rice... un abrazo André... saludos a Monique... cuídate...gracias.

Regresó al patio, le confirmó a Richard a Joseph y a Norman la disponibilidad del helicóptero y mientras se servía un whiskey...les deseó un buen viaje a los tres.

Después de cruzar Ajaccio...el coche que guiaba Joseph Rice entró en la avenida que llega hasta la terminal del aeropuerto Napoleón Bonaparte...encontró un estacionamiento muy cerca de la entrada principal y junto con Richard y Norman se dirigieron hacia el helicóptero que ya estaba con sus aspas en movimiento...

---Hola Joseph...---saludó alguien del mantenimiento.
---Saludos...Daniel... qué bueno verte—contestó Joseph y amplió--¿cómo anda este caballo?
--Mejor que el Apolo XIII---contestó Daniel con simpatía, recordándole a Joseph su calidad de ex astronauta —de verdad anda muy bien...yo salí hoy temprano y es un gusto pilotearlo... te lo puse a calentar...me dijeron que estabas de prisa... buen viaje...Joe y... gusto en verte.
- ¿Tengo que firmarte la salida?—preguntó Joe
--Sí...por favor...un autógrafo por aquí—y Danny le alcanzó la hoja que Joseph firmó sin mirarla.
-Gracias Danny...para mí también fue un gusto... nos vemos---dijo Joseph—mientras los tres amigos subían al helicóptero... y mientras Richard y Norman se acomodaran en sus asientos... Joseph pedía el permiso de salida a la torre y ya estaba en el aire.

Normam y Richard verificaron las coordenadas donde estaba el Tritón y se las pasaron a Joseph... que las puso en el sistema de navegación Nadir MKLL con GPS del helicóptero...en treinta segundos... el GPS subió la información para el vuelo...igual que cualquier auto en una ciudad...
---Esto sí que da gusto...--exclamó Joseph--¿no les parece una joyita este equipo?
---Realmente es buenísimo -dijo Norman--lo conocías para helicópteros? --
-Sí...ya lo conocía y lo usé varias veces... no te creas que es nuevo este juguete...
--contestó Joe Rice--- es una patente del 2007... este tipo de tecnología cambia todas las semanas.
---No quiero pasar por ignorante---intervino Richard –pero yo ni sabía que existía para helicópteros...está buenísimo...quiere decir que... ¿cuálquier aprendiz puede volar este pájaro, entonces? y arrancó la sonrisa de los tres...

---Tampoco así… campeón… no me tires a matar…!!---respondió Joe Rice siguiendo la broma.

Como iban a volar mar adentro…Joseph levantó el helicóptero a cien metros y enfiló al norte tal como indicaba el localizador de direcciones…

Los tres quedaron fascinados con el espectáculo… a su derecha… estaba la costa de
"La Isla Bonita " y desde la altura se cubría visualmente muchos kilómetros de la arena blanca y el agua color turquesa de todas las promociones turísticas …los sursfeadores…los turistas suspendidos en el aire en un paracaídas de muchos colores con una cuerda de cien metros amarrados a una lancha que se movía a poca velocidad sólo para mantener el paracaídas embolsando aire , una buena cantidad de catamaranes con sus coloridas velas en triángulo , al parecer en competencia , pues se dirigían hacia una boya y ya se veían algunos regresando por otro carril imaginario en las aguas…aprovechando sus navegantes las distintas corrientes de aire…

Botes, kayacs y embarcaciones de lujo daban un marco de sofistificación y colorido a esa hermosa isla francesa. Un sol brillante, cómplice, hacía resaltar más todos los colores.
A sus espaldas hubieran visto claramente la cantidad de Torres del Vigía Genovés y la cantidad de mansiones diseminadas entre la frondosa vegetación de diversos tonos verdes de la isla y un poco más atrás, el contorno de las montanas más altas del Mediterráneo, con sus picos nevados.

Y adelante y a su izquierda… el mar… el mar azul que los estaba esperando.
--- ¿Alguna vez te montaste en esas bananitas? –preguntó Richard al ver un pequeño bote amarillo y en forma de banana, arrastrado con una cuerda de veinte metros por una lancha.
--- No….--contestó Norman y agregó—eso es para los muchachitos… y cuando yo era un muchachito… esa cosa no existía…imagínate ahora nosotros…que somos unos viejos verdes, subidos ahí?...Los muchachos se morirían de risa con tan sólo vernos a nosotros montado en éso.. . Ya estamos un poco mayores para cabalgar ahí… seremos viejitos…pero con dignidad…no les parece?

Joseph, por instinto abría, miraba y cerraba las pequeñas tapas que estaban cerca de los comandos hasta que gritó…--¡¡ sabía que estaban aquí…lo sabía…!!-- y de una de las gavetas… sacó una a una, tres cervezas que por lo transpiradas de las latas, estarían bien frías-- lo sabía.-

Y la buena noticia era que había muchas más….

Llevaban volando más de tres horas…y cuatro cervezas cada uno y en cualquier momento verían el Tritón, darían una vuelta redonda no muy cerca del yate y regresarían… habían tenido la precaución de llevar un par de largavistas y solamente con ver el yate se daban por satisfechos… eso les calmaría la ansiedad y la preocupación que habían pasado. El GPS indicaba que se estaban aproximando…y sacaron sus largavistas del estuche y comenzaron a buscar en el solitario y azul mar…

El GPS indicó la posición… habían llegado a las coordenadas…Joseph detuvo el avance del helicóptero y bajó la altura a cincuenta metros…miraron a la derecha, a la izquierda, para adelante… para atrás… sólo mar y mar… del yate nada…
--- ¿Estás seguro que ese GPS de mierda funciona?---preguntó Richard…
 --- Y yo no sé….--contestó Joseph—permíteme un segundo….---tomó el micrófono
---…Helicóptero X640 a Torre…helicóptero X640 a Torre…
---Aquí Torre….helicóptero X640...adelante
--- Danny… es Joseph Rice… quiero hacerte una pregunta- ¿…el GPS del helicóptero… funciona? Cambio
---Afirmativo..Joe---dijo la Torre—yo mismo lo usé esta mañana…es un equipo nuevo… ¿Tienes problemas? cambio…
--No...Torre… sólo preguntaba... Gracias…cambio y fuera—dijo Joseph
--Ese GPS no funciona…es una mierda—aseveró Norman—aquí tengo un mapa…vamos a trazar la ruta y aunque tengamos que regresar y empezar de nuevo…

Y los tres empezaron con los cálculos…con la brújula, con la conversión a millas náuticas lo recorrido… mirando hasta donde pudieran con los binoculares…subiendo a más altura para tener mayor panorama… el cielo estaba claro y no había ni sombras de nubes sobre el mar… en otras circunstancias… se diría que la visión era perfecta…en estas circunstancias, había que encontrar qué fallaba en esa visión , para que ese jodido yate de mierda, no estuviera allí… justo donde tenía que estar… pero no estaba. Avanzaron cinco millas…para buscar en círculo… tampoco podían hacer mucho por la cantidad de combustible utilizado…dieron varias vueltas… agrandando círculos… nada…nada y nada.

Nada… hasta que a Richard se le cayeron los binoculares de la mano…y balbuceando dijo ---…miren allí…-- - y señalaba unos pequeños bultos…casi en fila, que se mecían en el mar… todos lo vieron…todos empalidecieron…no tenían los huevos en la garganta…los estaban por vomitar.

---Baja y acércate a los bultos,Joe…—pidió Norman---baja lo más que puedas…
El helicóptero llegó hasta los bultos y a menos de cinco metros de altura…no había vientos ni oleaje por lo que Joe no puso objeción por estar tan bajo.
--- ¿Qué es esto?—preguntaba Norman – ¿habrá una escalerilla de cuerdas para poder recoger éso?

La cercanía de las aspas con el agua produjo como un remolino que reflotó algunos objetos… la puta madre…--dijo Joseph. —aquí hay una escalerita…pero… Richard salta y usamos la escalerita para que subas….OK?
-- OK—dijo Richard.---se quitó sus mocasines…su short y su camiseta… todo en un segundo…mientras veía que Norman hacía lo mismo.
-- No…--dijo Joe-- uno solo… alguien que me ayude a subir al que se tire.

No era el momento de discutir quién se tiraba y Richard saltó del helicóptero….
En tres o cuatro brazadas llegó hasta el primero de los cojines azules…de los diez o más que había en los alrededores , los miró y gritó algo que desde el helicóptero no pudieron escuchar por el ruido del motor…hacía señas…pero no lo entendían… nadó hasta unos trapos que habían subido a la superficie… y los miró con detenimiento… con el trapo en la mano, nadó hasta algo que también estaba por allí como a veinte metros… era o parecía un chaleco salvavidas …lo levantó para que lo vieran Norman y Joseph… regresó hasta los cojines y agarró dos azules y nadó hasta la escalerita de cuerdas … tenía la duda entre sí engancharlas y que Joe las subiera o subir el mismo con las cosas rescatadas.. Subir por esa escalera de soga con una mano… no era fácil…las enganchó e hizo señas que la subieran… y así ocurrió…una vez que los bultos llegaron al helicóptero…Norman arrojó nuevamente la escalerita… y con esfuerzo Richard comenzó a subir por esa

escalera de movediza que se zarandeaba para todos lados… y Norman le tomó por los brazos para ayudarle a subir los últimos peldaños…

Los cojines podían ser o no del Tritón …pero los trapos , no eran trapos… eran las finas servilletas de hilo con el bordado que decía el nombre del barco… y con el chaleco… no había ninguna duda … estaba escrito bien grande T R I T O N… en letras muy rojas.

Se agarraron la cabeza como si ese acto les ayudara en algo… estaban en un gran problema… y no tenían dudas que los seis mandatarios estuvieron en un problema mucho mayor que el de ellos…

---Tengamos calma…--atinó a decir Joseph –primero que todo…tenemos que regresar a la isla…porque el viaje es largo y el combustible es poco… y allí pensaremos que hacer…de acuerdo?

 Nadie respondió, pero Joseph no esperaba respuestas…ya había subido la escalerilla de soga… y el helicóptero comenzó a alejarse de la superficie del mar y sin necesidad del GPS había enfilado a la mayor velocidad posible para la residencia de los Bollore… y todavía podían verse muchos cojines allá abajo…

Y casi sin hablar una palabra en todo el camino, cuando anochecía estaban bajando en el círculo adoquinado, el estacionamiento de helicópteros de la mansión.
Aunque la casa estaba muy iluminada, nadie salió a recibirlos…estos hijos de mil putas… se habían ido muy felices a cenar…

Joseph Rice, Richard Kent y Noman Duncan no lo estaban pasando bien…apenas pusieron los pies en la mansión…cada cual con sus teléfonos comenzaron la búsqueda o los sondeos…la primera llamada de Richard fue a la Guardia Costera para saber si había habido alguna emergencia durante la noche… cuando se identificó por teléfono…dijo habla Richard Kent, investigando algo de Estados Unidos…seguramente la persona o no entendió lo que dijo Richard o pensó que era alguien muy especial haciendo esa llamada… y lo pasó con un supervisor y éste a otro jefe supervisor… todos con excelente predisposición pero demasiado lentos y después de dejarlo en espera diez interminables minutos, en los que Richard casi enloqueció de impotencia por no recibir información inmediata… una señorita con voz muy sensual, le comentó que sí… hubo dos turistas ahogados cerca de la playa de Saint François y habían detenido a un par de ladrones que habían escalado un yate fondeado cerca de las Islas Sanguinarias, justo frente a la costa de Ajaccio...y que también la patrulla costera intentó detener una lancha con presuntos contrabandistas, pero éstos lograron escapar a gran velocidad...era un informe policial completo pero innecesario para Richard.

Norman Duncan llamó al Servicio Meteorológico y tuvo más suerte que Richard...por lo menos la persona que lo atendió le dió el informe completo mareológico para Ajaccio y aguas aledañas... en la madrugada anterior se habían registrado fuertes tormentas eléctricas intermitentes y ráfagas de vientos de hasta 17 millas/hora, lo que era normal... algo un poco más fuerte que una brisa... pero perfectamente normal... aunque después habló algo sobre "El triángulo del Silencio ", que estaba lejos y del calentamiento antropogénico en la poza cálida que dominan la variabilidad natural y una cantidad de información sobre el estado del mar que Norman no entendió nada , no le importaba nada y no era lo que estaba buscando en esos momentos...así y todo, sabiendo por anticipado la respuesta se animó a preguntar...¿un viento de 17 millas... puede hacer naufragar un yate de 60 metros?
Al parecer la pregunta sorprendió al jefe de turno del Servicio Meteorológico...porque después de dudar un momento, le contestó a Duncan...

---un yate de 60 metros puede naufragar con un viento de 17 millas que vaya acompañado con dos locomotoras y cuarentas vagones y le dé justo en el medio... y agregó---pensé que su inquietud era seria, señor...

La tercer llamada la hicieron a la Agencia que alquiló el yate...y había que hablar con mucho tacto...

--Qué gusto escucharlo...señor Kent...cómo lo está pasando señor... en qué puedo ayudarle hoy? -----contestó el ejecutivo que había concretado el alquiler del Tritón , en Mónaco la semana anterior.

---Mis amigos lo están pasando de maravillas...Norman y yo, tuvimos que regresarnos antes , por motivos de trabajo ... pero el yate es precioso y estamos muy contentos con todo...de hecho... esta llamada es para hacerle una pregunta casi técnica...no sé cómo explicarlo...si mis amigos quisieran alquilar ese bote gemelo que vimos…¿cómo se llamaba…? preguntó Richard

--- Saint Tropez---respondió rápido el ejecutivo.

--- Sí...sí …el Saint Tropez---repitió Richard---¿…eran gemelos en todo, verdad?

--- Usted está correcto… gemelos como dos gotas de agua---aclaró el de la agencia con voz complaciente de vendedor a punto de cerrar una venta.--- Ahora, en estos momentos lo tenemos alquilado… está por Italia pero…¿para cuándo lo necesita señor Kent ?

--- Richard respondió la pregunta con otra pregunta----¿en la Agencia tienen forma de saber exactamente dónde está?

---Por supuesto, señor Kent…todos nuestros barcos tienen un transponder que es como un censor y con el SIA , que es el Sistema de Identificación Automática, nosotros lo podemos monitorear con un error de cincuenta metros como mucho…permítame un momento para decirle exactamente donde está el Saint Tropez en estos momentos…me tardo dos minutos…nada más…

---Gracias…espero---dijo Richard.

Y no tuvo que esperar nada cuando el de la agencia con tono convincente le dijo---según mi sistema de identificación…en estos momentos está en el puerto de Savona, al noroeste de Italia… llegó allí hoy a las 17.36 horas… si hubiera estado en navegación…le hubiera dado la longitud y la latitud exacta…estos sistemas son excelentes… ¿para cuándo lo necesitaría usted el Saint Tropez…señor Kent?   ---

No por ahora mismo …pero le dejo saber…gracias por todo—fue amable Richard y cortó la comunicación.

Ya habían averiguado cómo rastrearlo y el experto en eso era Charles Dubois…a pesar de las evidencias encontradas como el salvavidas, las servilletas…y las colchonetas…algo no cuadraba y ninguno de los tres quería que cuadrara… cómo mierda se va a hundir un yate con vientos de 17 millas y oleaje de 40 centímetros…

a menos que un rayo lo hubiera partido por la mitad?

Volvió a llamar a la agencia…

-- el Saint Tropez… tiene pararrayos? -----preguntó.

-- Oui, Monsieur…of course…por supuesto!! ----le contestó el ejecutivo.

Ya no había mucho para hacer… había que esperar que Dubois y los muchachos regresaran de su puta cena en la ciudad… y replantear que había

pasado… y cuáles eran los pasos a seguir… caminaron como leones enjaulados por la sala…encendieron el televisor para escuchar si había alguna noticia sobre un hundimiento… ¿habría que llamar a Warren ? ¿habría que llamar a Colin ? vamos a esperar que llegue el grupo… no tardarían…pero estos hijos de puta, no llegaban…
El momento ameritaba un buen trago… y se sirvieron tres vasos bien cargados de whiskey .-
Y en la pantalla del televisor, vieron antes de terminar el noticiero, que repitieron una parte de una entrevista a Sarkozy pregrabada una semana atrás, donde se hablaba de recibir únicamente una inmigración selectiva africana y a Joseph , a Richard y a Norman cuando vieron la imagen del presidente, les corrió un ligero escalofrío… y por suerte, comenzaba un programa deportivo y no había ningún naufragio…y ningún presidente ni primer ministro desaparecido…por ahora.

Los vasos estaban por la mitad…cuando los que parecían tres leones enjaulados, escucharon las bocinas de los autos con los que los alegres amigos festejaban haber visto el helicóptero y sabían que estaban de regreso…y al momento , entraron ruidosamente riendo, cantando y felices de haber disfrutado una muy buena cena…
Las caras de culo de Richard , de Joseph y de Norman…los llamó a sosiego…
---¿ Qué está pasando, Norman ? fue la pregunta de François.
--- Mira éso y dáme tú opinión…las de todos—contestó Norman Duncan , señalando el salvavidas, las servilletas, los cojines.
--- La gran puta madre…carajo…--fue la primera reacción de Eitan--- mientras levantaba el salvavidas aún mojado…-¿cómo fue?
Y Joseph Rice contó minuciosamente lo que había pasado…y Richard agregó lo de las llamadas…y Norman, dirigiéndose directamente a Charles Dubois hizo hincapié de ese GPS que tenía que tener el yate…

Charles Dubois se agarró la cabeza…y tras cinco segundos respondió…
--- yo lo desactivé…mejor dicho …le cambié la memoria y para los efectos de la agencia, el yate está en un lugar cuando en realidad puede estar a mil kilómetros del lugar que la señal del transponder le envía a la agencia…o de dónde lo monitoreen …
--- y agregó Dubois --Lo más coherente que tenemos y creo que lo único, son las coordenadas…¿qué pudo haber pasado?

El desánimo cayó sobre la sala. Ya no eran Richard, Norman y Joseph los que soportaban esa tragedia…seguía siendo el mismo dolor…pero para todos.

Y con todas sus virtudes, con todo sus temples demostrado mil veces…no alcanzaba para resolver una situación así… sus mentes se ponían en blanco…intentaban algún razonamiento pero era imposible… nadie coordinaba una idea…

Estaban sintiendo por primera vez lo que algunos de sus defendidos les pudieron haber dicho muchas veces…dolor del alma… y si el alma duele…éso es lo que todos sentían…

Eran las tres de la mañana…estaban agotados y derrumbados mentalmente.. y sentados en la sala no iban a adelantar nada y deberían descansar para estar muy lúcidos mañana…aunque…¿qué cambiaría mañana ?

Y casi con murmullos, se dieron las buenas noches…no salían ni las palabras de las bocas de todos.
Además de todos los cargos que les iban a formular por la carta que ya estaría en la Casa Blanca…ahora le agregarían múltiples homicidios involuntarios… Qué cagada…!! ¡!Qué gran cagada…!!

La mansión Bollore era un caos…un caos silencioso pero caos… después de hacer nuevas llamadas a todas las autoridades marítimas…meteorológicas… oceanográficas, Jou Rice…sugirió otra salida con el helicóptero…no aceptaba no haber encontrado el yate y menos aún…su hundimiento…algún misterio había y había que resolverlo…

Entre todos decidieron no alertar a Nueva York…los noticieros no habían informado nada anormal y Henry Lacombe al igual que Rice y todo el grupo…querían creer que era un error del GPS…de coordenadas o de lo que fuere…pero era un error de posicionamiento y no podía ser tan grave como lo que en realidad todos estaban pensando.

Después de llenar de combustible los tanques del helicóptero a su máxima capacidad , despegaron del aeropuerto y esta vez no les interesaba apreciar las bellezas de la isla .

A Joseph, lo acompañaban Henry y François Bollore .

Las casi tres horas de vuelo fueron interminables…y sin mayores comentarios…todo lo que había que decir se había dicho en la larga noche de anoche…pero, para evitar posibles dudas, habían reprogramado el moderno G.P.S y además habían trazado la línea recta para llegar por mapa a las coordenadas y así llegaron a la misma posición que marcara el GPS.

Observaron la grandiosidad del Mediterráneo en su soledad…observaron sus aguas azules oscuras por la profundidad…vieron como las nubes se proyectaban sobre el mar con sus graciosas figuras…pero nada de eso les quitaba el dolor que los tres sentían…y del yate, nada… absolutamente nada.

Además, ahora, tampoco podían encontrar los cojines que Joseph había visto ayer en el mar, cuando se alejaban, aparte de los que había recogido Richard…

Las corrientes los habían llevado…pero por lo que sabían, había débiles corrientes norte-sur la noche anterior pero diez millas norte y diez millas sur… no volvieron a ver los cojines ni nada que les llamara la atención…y después de muchos giros… emprendieron el regreso con la desazón en aumento…

Mientras tanto, Eitan, Nicky Chang, Frankie Dukos y Steve Ryan que no soportaban estar en la casona de brazos cruzados…salieron con uno de los autos hasta la ciudad, la excusa…comprar algunos periódicos, la realidad… salirse del círculo vicioso que habían formado entre todos y que no permitía una leve entrada de luz…necesitaban recargar baterías…"reafilarse' habría dicho un viejo amigo.

El resto del grupo, incluyendo a Charles Dubois se afanaban en buscar en todos los canales ,los noticieros del mundo para esperar una noticia que no querían que llegara.

Y aunque sabía que el humor no estaba para hacer turismo, Eitan propuso ir hasta La Cascade du Voile de la Mariee o Cascada del Velo de la Novia, una cascada de casi setenta metros de altura con una vegetación y un paisaje bello…pero como estaba previsto, la idea fue rechazada y cambiada por caminar entre las estrechas y coloridas calles de la ciudad.

Y así lo hicieron, caminaron y disfrutaron la arquitectura de la Ciudadela, que es un lugar construido en forma hexagonal por los genoveses y donde está la iglesia de San Erasmo, donde bautizaron a Napoleón.

Cruzaron lentamente la Cesare-Capinchi, el lugar gastronómico donde almorzaban y cenaban todas las veces que estaban en Córcega y después de cruzar dos anchas avenidas con mucho tránsito, se encaminaron hacia Cours Napoleón, la calle más turística de todas…y donde los turistas de los cruceros aprovechan sus ocho horas en tierra para abarrotar todos los comercios…tiendas, joyerías, bisuterías ,heladerías, marroquinerías… llenándolos de risas, de colorido y de vida…pero haciendo que cuatro personas no puedan caminar juntas…

Eitan y Frankie iban adelante y Nicky y Steve Ryan los seguían a poca distancia.

Hablaban de nada…se limitaban a mirar y caminar… iban a ningún lado…hasta que en un momento Frankie se paró en seco y le pegó un grito a Steve….
--Steve… Steve, ven conmigo…ven rápido ! --
Y salió corriendo para donde comenzaba la Cours Napoleón…con Steve Ryan siguiéndolo y Eitan y Nicky, un poco más atrás…

Frankie llegó a la esquina mirando derecha e izquierda como buscando algo o alguien…

--- ¿Qué pasa Frankie? preguntó Steve.
--- Creo que ví algo, pero no estoy seguro… sí… allí, en la heladería---dijo Frankie--- mira…-¿qué ves? …

Steve miró hacia donde le indicaba Frankie mientras Eitan y Nicky se acercaron.

—Veo un grupo de turistas… veo un policía… veo un vendedor de billetes de lotería…
¡ La gran puta…!!...Frankie…tienes razón!! -exclamó Steve.
-- ¿Qué pasa, Frankie ?—preguntaron Eitan y Nicky.

231

Lo que había visto Frankie y que de primera no lo había registrado y después de caminar cien metros, registró, era un grupo de adolescentes que estaban en una heladería, disfrutando sus helados y charlando entre ellos tranquilamente...pero todos estaban como si fuera un uniforme con unas polos coloridas con una inscripción bien marcada...
LUCHEMOS POR LA PAZ...DESDE HOY MISMO.

Esas polos son las que estaban en el barco...las compramos nosotros, Eitan...las trajimos desde Nueva York, Steve y yo, Nicky---respondió un excitado Frankie.
¿Están seguros? ...preguntó Eitan.
Segurísimo--- contestó Frankie.
Tenemos que averiguar por qué las tienen ellos y quién y cuándo se las dieron
---dijo Eitan---entremos....

Y los cuatro entraron a la heladería donde para alegría del dueño...estaban todas las mesas ocupadas.

ABORDO DEL TRITON POR EL MEDITERRANEO

Barack Obama y Benjamín Netanyahu no se equivocaban sobre lo que estuviera pasando en el yate...Wen Jiabao , Nicolás Sarkozy ,Mahmoud Ahmadinejad y Mahmoud Abbas también estaban preocupados con esa tormenta eléctrica y ellos sentían los tirones que daban las amarras y no estaban seguros cuanto resistiría...habían acordado que si surgiera algún contratiempo serio... dispararían los rifles al aire para que el pesquero se detuviera de inmediato, pero también vieron como la tormenta se alejaba y todos se sintieron mejor al no usar el arma... pero ellos tenían la ventaja que habían tomado varios cafés y habían comido algún bocadillo más que por hambre , por hacer algo... y sin embargo habían mantenido charlas interesantes sobre todo cuando a preguntas de Wen directamente a Ahmadinejad sobre su insistencia en tener capacidad nuclear...

-- Yo ya he dicho mil veces que no nos interesa armar una bomba... lo nuestro es para fines pacíficos... como las puede tener cualquiera...--dijo

232

Ahmadinejad para reiterar --que "ya se ha demostrado que tiene fines pacíficos" y que su país "tiene derecho" a desarrollar energía nuclear y a "ser independientes", porque, además de estar reconocido para todos los miembros del Organismo Internacional de la Energía Atómica (OIEA), "la ciencia es un regalo divino concedido a todos"

-- Pero sistemáticamente te opones a que inspectores de la ONU puedan ver tus laboratorios...--atajó Sarkozy.
-- Yo creo que es intromisión que alguien vaya a tu casa a investigar que tú tienes en el refrigerador—se defendió Ahmadinejad.
-- No estamos hablando de un refrigerador—frenó Sarkozy—estamos hablando que estas preparando una bomba nuclear y que la comunidad internacional no lo acepta..
Si en vez de Irán, tú fueras Finlandia o Canadá seguramente no tendrías problemas... pero tú eres Irán...tus antecedentes no te ayudan...eres peleador, prepotente y desafiante... te quieres salir a las bravas con las tuyas y te importa un carajo lo que dice el resto del mundo...

--Eso no es tan así como tú te crees—replicó el iraní—Rusia , me apoya y tú Wen, también me has apoyado , al igual que toda Sudamérica...
--- No... no...espera un momento—dijo Wen Jiabao—tenemos un fuerte contrato comercial y cuidaremos de Irán y nuestra inversión, mientras podamos... pero de ahí a que avalemos tu tecnología nuclear, es otra cosa... y entiendo que Rusia, piensa igual que nosotros...

-- El progreso en la tecnología nuclear pacífica que proponemos, será el progreso en otros campos también...será como una locomotora que impulsará a decenas de industrias subsidiarias...y yo siempre hablo de tecnología nuclear pacífica...tienes que recordar siempre eso...—dijo Ahmadinejad y agregó como una confesión--- Irán necesita el uranio enriquecido al veinte por ciento para producir placas de combustible nuclear para el reactor de investigación de Teherán, que produce radioisótopos para el tratamiento del cáncer..

Sarkozy tomó la palabra--¿por qué será que ni la Unión Europea, ni Alemania ni Gran Bretaña ni realmente nadie cree en tí...?
Y continuó--¿No te has dado cuenta que eres un tipo conflictivo y te estás salteando todos los reglamentos del mundo? ¿ y qué esos reglamentos se hicieron para una convivencia pacífica entre naciones ? tú eres quién financia el ochenta por ciento del terrorismo internacional...manejas El

Líbano ...te crees el dueño de Herzbolah...apoyas con todo a las masacres en Siria...le das todo el armamento a Hamas...--Sarkozy bebió un sorbo de café y siguió --- si no recapacitas y cambias de actitud... te vas a ver en una situación muy complicada...ya hay sanciones comerciales y habrá más cada día... tu pueblo no necesita que por tus cabronadas, paguen con las restricciones ....y tú mejor que nadie, sabe que tu pueblo no está nada bien... y hay pobreza... y hay descontento...sabías? Te puede pasar como a Ghadafi...tiró y tiró de la cuerda hasta tal punto que el pueblo no lo aguantó más...

-- ¿Cómo carajo hago para que me entiendan?—se defendió Ahmadinejad subiendo el tono ---...que estamos buscando tecnología nuclear...sí... pero para efectos pacíficos...y no armas nucleares... ¿ te digo algo para que sepas?... el Corán , la Fe Islámica , profesa la paz , la armonía...y prohíbe semejante tipo de arsenales...---

--Espera...--intervino Abbas---yo conozco el Corán igual que tú... por no decir más que tú, para no ofenderte... pero a lo que estás diciendo de prohibir ese tipo de arsenal...te olvidas de hablar de la"Taqiyya", verdad?

--- ¿Qué es la Taqiyya ?---preguntaron Wen y Sarkozy casi al mismo tiempo.
-- La Taqiyya es una variante shiita dentro del islamismo , que permite simular o mentir si eso es requerido para defender la religión...a los ojos y oídos de otros , tú puedes hacer y decir cosas que no sientes, pero sabes que no serás condenado dentro de la ley musulmana porque lo estás haciendo para proteger tu fe —explicó Abbas y continuó—en otras palabras...Ahmadinejad puede mentir y recontramentir, que también está prohibido en el Corán , pero por la Taqiyya islámica es aceptado porque lo hace para proteger la religión y no estaría en pecado...¿estoy en lo correcto ,Ahmadinejad ?

--A mí lo que me extraña, que tú siendo un hermano, te pongas en mi contra—contestó Ahmadinejad, mostrando su descontento y mirándolo como para fulminarlo con la mirada.
—No está en tu contra—intervino Sarkozy---son cosas que es bueno saber... y tú te repites que lo que están haciendo tú y los ayatolas es para fines pacíficos y nos podrías estar mintiendo todo el tiempo en la cara...
--No...Sarkozy...No es como tú dices...espera...El no está "mintiendo"... con la Taqiyya, el cree que se está protegiendo y así protege su familia, su

secta y el bienestar y la unidad de todos los musulmanes…---aclaró Mahmoud Abbas.
--- Y tú eres un bastardo podrido…y te mereces lo que está haciendo tu amiguito Bibi!!
–Gritó con furia Ahmadinejad… -- te está rompiendo el culo todos los días y tú ni te dás cuenta...! Imbécil!...eso es lo que eres… ¡un imbécil…!

Ahmadinejad ya no era el mismo hombre de ayer…subía su enojo y su ira con cada palabra que decía… como si se estuviera autorrecargando con su propia arenga y mirando al cielo gritó---…eres más corrupto que Arafat ¡!...les estás haciendo más daño a los palestinos que Israel…tú y todos tus ministros se están robando todo …están blanqueando dinero para tu propio interés..Los judíos lo saben y te dejan porque les conviene…estúpido ignorante!!…¿cuántos coches oficiales tienes?... ¿Y tus ministros? ¿Dónde viste que en ...dos años necesiten 230 ministros? …Cada uno se retira rico y sigue cobrando, corrupto de mierda!! …Despierta imbécil…! Habla con Hasan Khreishah, para que aprendas…los enemigos de los palestinos no son los israelíes, son los corruptos como tú que le quitan todo lo que pueden al pueblo…hoy hay más corrupción que nunca con tu grupito de bandidos de Hamas…!
Eres una mierda!!...tienes que sabotear los acuerdos para que no sean estado porque se te termina tu negocio…-¿ te crees que no lo saben? y la verdad, … no sé qué mierda yo estoy haciendo aquí…nunca tenía que haber venido…y ya me quiero ir … y ésto se lo pueden meter por el culo…--y de un tirón… se quitó el chaleco salvavidas y se los tiró por la cara… con tan mala puntería que cayó al agua…

Ahmadinejad estaba descontrolado totalmente… y al ver que no había conseguido su objetivo, tomó los cojines que estaban en las reposeras y comenzó a tirárselos a Wen a Abbas y a Sarkozy que estaban perplejos..---tomen…y éstos…también.…-- y continuó tirando cojines --algunos dieron en los blancos, algunos los esquivaron y varios cayeron al agua… esa escena duró menos de un minuto hasta que Sarkozy y Wen pudieron acercarse y abrazándolo para inmovilizarlo…trataron de calmarlo.

--- Tranquilo…-- decía Sarkozy -- cálmate no es para que te pongas así…estábamos hablando nada más..
--- Ese Abbas es un traidor…!!—seguía gritando Ahmadinejad— Eres un hijo de puta…un hermano de la fe, no critica a un hermano de la fe !!

--- Bueno…tranquilízate…--habló el chino—se supone que somos gente civilizada y no lo estás demostrando..

--- ¿Y qué?..Tú te crees más civilizado que yo? ---- volvió a gritar Ahmadinejad tratando de zafarse del abrazo—… ¿y tú te crees mejor que yo ? O eres tan pendejo que no te dás cuenta que en China se están muriendo de hambre y tú te dices socialista? … los americanos manejan tus fábricas y pagan un dólar al día a cada empleado que trabaja veinte horas… y tú te dices comunista? … Ustedes tres no valen una mierda…no tienen nivel para hablar conmigo… y… ¡ya me quiero ir de este puto barco !

Y tomó una estiba de cojines y directamente los tiró al agua… lo más lejos que pudo …y en su ataque de cólera siguió tirando lo que encontraba a mano…placemates , servilletas ,tazas, platos , botellas de agua…-----y le siguió gritando a Wen--- tu politburó de mierda… está compuesto de corruptos… de ineptos…todos como tú… de vendidos al capitalismo…despiértate….ya te van a hacer una revolución porque tu comunismo es para los jefes…tú y tu camarilla están ciegos…están matando de hambre a tu pueblo…y tú y tu grupo se están llenando de dinero…y tú también serás un corrupto que con tu carita de pueblerino visitas todos los prostíbulos escondido …falso de mierda !! … hipócrita ¡!... mil veces hipócrita!!… --- y dió media vuelta y se alejó molesto rumbo a los camarotes… pateando lo que se le cruzaba en el camino y con su mejor repertorio de puteadas…

-- ¿…Y qué sabes tú si yo no estoy usando la taqiyya?-- casi gritó un desaforado Abbas.
--Cálmate, Mahmoud... El está muy molesto…—dijo Wen Jiabao
--Es que este tipo es muy peligroso para todo el mundo y por gente como él , todo el mundo musulmán está tan mal visto…-- contestó un molesto Abbas rojo por la ira y siguió—…toda la región está con los huevos en la garganta porque no se sabe con qué se va a salir mañana…y yo creo que la ONU ,los países de la OTAN o quién corresponda…debe frenarlo lo más rápido posible …porque ya debe tener todo para hacer que el mundo se arrodille…éste es un loco con ambición desmedida y todos lo vamos a pagar muy caro ..
--Bueno, serénate que te va a hacer mal…--intervino Sarkozy-- tómate un jugo, siéntate y relájate un rato…

Abbas aceptó el consejo…se sentó…abrió una botellita de agua y la iba tomando de a pequeños sorbos…

Pasaron cinco minutos en que nadie dijo nada…miraban el cielo…miraban el agua…las amarras…cinco minutos que parecieron horas…hasta que Wen Jiabao muy serio dijo con un susurro ---

--Lamento tener que decirlo…pero en todo lo que me dijo a mí…tiene razón… en China están pasando cosas muy malas…y no tenemos como controlar la corrupción en el gobierno…hay drogas … hay mafias organizadas… y hay prostitución….tratantes de blancas como nunca lo hubo…hay negociados muy turbios …ésta no es mi China…y ni lo quiero pensar… mi gobierno lo sabe…los castigos son muy fuertes, está la pena de muerte como castigos ejemplarizantes … pero no estamos mejorando nada …me cuesta reconocerlo…pero alguien se está beneficiando mucho con esto…mi gente está aprendiendo lo que son manifestaciones… a rebelarse por hambre… y por las injusticias que cometemos y en cualquier momento el pueblo se va a levantar contra nosotros y habrá millones de muertos… será terrible…y no será una guerra civil …será el fratricidio más grande de la historia--- y se tapó los ojos con la mano para evitar que le vieran las lágrimas.

Y hubo otro largo silencio…

--- Mahmoud y Wen ... yo les sugiero que se acuesten en sus camarotes, en cubierta ya no hay mucho para hacer y yo me arreglo aquí — Nicolás Sarkozy les decía a un Wen Jiabao ya repuesto y a un Abbas aún muy nervioso.
—Creo que tienen razón—dijo Abbas un poco más calmo---este hijo de su madre, me sacó de las casillas…trata con altanería y arrogancia a todos …y hace sentir como estúpidos a cuántos lo rodean…yo lo conozco muy bien… vive amenazando…
Era un nadie y de pronto se le subió el poder a la cabeza…interpreta mal el Corán…

En la cubierta del yate se hizo otro silencio solo roto por el sonido del motor del pesquero y las olas contra el casco de la nave.
---- Me puso muy nervioso….voy a recostarme un rato… -- dijo Mahmoud Abbas.

---descansa, Mahmoud …mañana te sentirás mejor…todos nos sentiremos mejor…-alcanzó a decir Sarkozy antes que Mahmoud , con su chaleco salvavidas tomara su rifle, no sólo por precaución de los piratas … y bajara hasta su camarote.

Wen y Sarkozy se miraron…y comprendieron que de repente se habían despertado como si les hubieran dado un ramazo en la cara…estaban con una persona que jugaba al doctor Jekyll y el señor Hyde, que tenía las dos personalidades… ellos habían visto el cambio de personalidad en menos de un minuto… sabían que el iraní no era tranquilo como un lago… pero nunca lo habían visto como ahora… hecho una furia… Ahmadinejad era muy volátil…altamente bipolar peligroso…y comparable con un niño de cinco años que le dan una ametralladora de verdad para jugar…

--- ¿Ametralladora…?--- ¡le estaban dando el permiso para una bomba nuclear! ...
Y en cuanto a Abbas… también se las traía… tampoco era tan tranquilo como parecía… también se le subía "el guerrero interior " más rápido que lo aconsejable…. y parecía que manejaba el tema de "la taqiyya" perfectamente …

Bibi Netanyahu lo había sugerido antes… pero nunca le creyeron… y Abbas y Ahmadinejad, aunque parecían en esquinas diferentes, no eran sólo dos personas que pudieran pensar en la taqiyya como excusa para ellos… estaban pensando por mil seiscientos millones de mentes…en todo el mundo.

Pero… también se dieron cuenta que en el pesquero que los estaba arrastrando , había un presidente que sus primeros años los había pasado en Indonesia, el país musulmán más grande del mundo , de padre biológico musulmán y de padre adoptivo musulmán practicante … que de niño fue llevado a la mezquita por su padrastro y ahora… era un ferviente protestante…

Definitivamente, el presidente norteamericano era un apóstata… y según la Sharía (La Ley Islámica)… en algunos países musulmanes es condenable con la pena de muerte…a menos que su defensa sea la taqiyya….la ley que muy bien había explicado Abbas en muy pocas palabras…

¿Sería ésta una conspiración Musulmana?

---Tomémoslo con calma...---dijo Nicolás Sarkozy ---no todo lo que está escrito en Internet, es cierto….

ABORDO DE "LA ESPERANZA"

Era más de las cuatro de la mañana y la chata pesquera La Esperanza llevando a rastras al lujoso yate Tritón se deslizaba muy suave por el Mediterráneo… impulsados por un suave viento a favor que le ayudaba a navegar sin sentir el esfuerzo de arrastrar esa carga.
Taziz había hecho un buen trabajo piloteando con seguridad durante la intensa tormenta y ahora, después de la tensión …todo el cansancio acumulado , había aparecido de golpe… estaba exhausto.. y casi cabeceando al timón…en un momento le dijo a Obama
… Señor… estoy un poco cansado… ¿puede usted hacerse cargo del timón por un rato? - y amplió-- Estamos en la ruta correcta…todo lo que tiene que hacer que esta marca que tiene la timonera… esté siempre aquí arriba…-¿vé señor ?… y tampoco hay que tocar los aceleradores… están en automáticos para mantener un movimiento uniforme acelerado y evitar los jalones para el yate… --dijo un orgulloso Taziz, sabedor que había pasado una fuerte tormenta sin que la chata lo resintiera.

------Seguro que sí… por supuesto —dijo Obama—la verdad Taziz, te ves cansado y te ganaste el descanso…te lo mereces… hiciste un gran trabajo…come primero de lo que encuentres y acuéstate donde quieras… aquí tú conoces donde está cada cosa, mejor que todos.
–Tú también te ves cansado, Barack…déjame que yo me haga cargo de esto…--dijo Netanyahu—La noche está tranquila y el mar esta más calmo que siempre… y mira,
--dijo señalando el yate -- el yate parece que se desliza sin tocar el agua…y ya me encariñé con este pesquero.
----Te voy a dar la razón… --contestó Barack - se me cierran los ojos… me tiro media hora por ahí y te relevo…te parece, Bibi?
---Seguro… yo me siento descansado y con el café de recién, puedo estar tres días sin dormir---contestó Netanyahu mientras se hacía cargo del barnizado timón.

Y cuando Taziz se retiró y cuando Barack Obama se fue a descansar, Bibi Netanyahu se sintió mejor que nunca... necesitaba su privacidad, necesitaba estar a solas consigo mismo...cayó en cuenta que en las últimas setenta y dos horas, no había estado un momento a solas y eso lo tenía muy mal...

Ahora, con el chaleco salvavidas puesto y timón en mano... se sentía el rey del Universo...estaba él y sus pensamientos...él y pensar en lo que se le ocurriera...   ¡qué poco a veces, se necesita para sentirse feliz...!-- y Bibi en estos momentos... se sentía feliz y en su cara apareció una sonrisa.

Por su mente aparecieron imágines que casi ni recordaba...sus estudios en el MIT de Cambridge , Massachusetts , sus discursos en las Naciones Unidas pero ... en estos momentos ...la imagen que más ganaba fuerza era el recuerdo más agridulce de su vida...cuando en su juventud formaba parte de la elite de la Sayeret Matkal junto con Yonatan , su hermano mayor al que admiraba y respetaba mucho y que había fallecido en una honrosa misión en 1976 ...muy honrosa misión para los israelíes ... pero Yoni había fallecido...y fue él quien tuvo que darle la terrible noticia a su padre...recordó su triste viaje desde donde residía en esos tiempos , Boston, hasta la Universidad de Cornell en Nueva York , y donde su padre Benzión , daba cátedra...y sabía que ni su padre ni él, nunca habían superado ese momento....

Trató de apartar esa imagen haciendo un no con su cabeza y trató de centrarse en otros recuerdos...y recordó sus entrenamientos de comandos.. Sus días y noches en el desierto... su instrucción en artes marciales, en paracaidismo y en navegación de largo alcance y... seguro que sabía leer las coordenadas... ...pero Taziz, sin tanto entrenamiento como había tenido él... lo había hecho en forma magnífica.

Estaban regresando a Gerona, aunque mirando con detenimiento ese mapa viejo, podían elegir entre ir a Córcega o cambiando un poco el rumbo ir directos a Toscana ,en Italia...ahora lamentaba que Barack estuviera dormido...si estas cuarenta y ocho horas habían dicho de actuar en equipo...le pareció poco ético cambiar el rumbo sin consultar con el grupo.También se lamentó no haber mirado el mapa la noche del primer encuentro con los piratas...a propósito... les habrán dado de comer a esos muchachos ?

Se dice que cuando uno está ocupado y entretenido el tiempo pasa más rápido... y era eso lo que pasaba con Bibi...ocupado con sus recuerdos y entretenido en pilotear una chata pesquera...
El Primer Ministro de uno de los países más controversiales del mundo a cargo de un pesquero...no pudo evitar una sonrisa... pero se sentía bien en la función que estaba desempeñando... y se sentía bien porque a pesar de estar sentado en la cima de un volcán compuesto por Abbas, Ahmadinejad, Sarkozy y Obama ...él , Benjamín Netanyahu hoy podía controlar totalmente la situación... hoy no dependía de una Secretaria de Estado que le autorizara una entrevista...no dependía de un calendario apretado que coincidiera para que dos jefes se sentaran condicionados por un reloj que a los cuarenta y cinco minutos le indicara a Obama que tenía " otras obligaciones previamente contraídas" y que le iba a hacer " el gran favor de concederle unos momentos más de la reunión" sin tener muy en cuenta que para esa reunión , él llegaba con el "caballo cansado " después de viajar veinte y tantas horas y cruzar medio mundo...Ahora ,Barack Obama, el hombre más poderoso del mundo...estaba a cinco metros de él , tirado en un catre de segunda , al lado de Taziz y durmiendo a pata ancha como hijo de cualquier vecino.. y sabía que Obama orinaba...defecaba y expulsaba gases como cualquiera... lo que no sabía era que también roncaba...como cualquiera.

Y en el Mediterráneo comenzaba a clarear...y si desde la chata se miraba hacia atrás...ya se podía distinguir la silueta del Tritón, que momentos antes no se veía... y visto así, de frente...carajo...! qué bonito yate!

Y otro pensamiento cruzó por su mente...

"Hay momentos que el más grande, el mejor... el más poderoso, depende totalmente del más chico...por más chico que sea" ... y el yate y la chata era la comprobación.

Cada pensamiento de Bibi...era una nueva sonrisa que se le reflejaba en la cara.

---El que sólo se ríe...de sus picardías se acuerda... ---sonó la voz de Barack--- caramba---añadió mientras le extendía una taza de café caliente ---debiste haberme despertado...ya es de día y te tragaste todo el viaje solo...dormí como un oso...

----Se me hizo liviano—contestó el israelí—el mar está tranquilo y esta chatita suena muy bien…y la verdad que este café me viene bárbaro…gracias…descansaste? --- Creo que cuando llegue al catre, ya estaba dormido—dijo Obama— ¿tú estarás reventado, verdad?

-- Para nada…estoy bien—contestó Netanyahu—aproveché para pensar un par de cosas y quería comentártelas, ahora que estamos solos…

-- Espero que no me jodas el día que es muy temprano---dijo con una sonrisa Barack--- díme qué te pasa…

-- Lo primero—dijo Netanyahu mirando el mapa----…estamos más o menos a la misma distancia de Córcega que del puerto Palamós en Gerona…y de Marsella o Niza y yo creo que deberíamos seguir para Córcega pero también deberíamos consultarlo con los demás…

-- Ese no es el tema… esas son pendejadas---dijo Barack usando su instinto –díme lo que realmente te preocupa y quiéres decirme…-¿qué te tuvo despierto toda la noche…? OK , tienes razón---dijo Bibi ---se trata de Ahmadinejad--- Este tipo que ayer estuvo con carita de bueno…de colaborador…nos va a romper la cabeza a todos juntos…

---- ¿-por qué lo dices? – interrumpió Obama

--- Porque sigue enriqueciendo uranio y se pasa por las pelotas todas las sanciones…y tú debes saberlo…ya envió barcos al estrecho de Ormus…

---y qué? --contestó Barack distendido —nosotros ya tenemos allí la Quinta Flota, con portaviones, con veinte barcos, quince mil soldados y un montón de aviones para controlar que no haya problemas con el petróleo de los saudíes…las sanciones van a continuar y este Ahmadinejad está blufeando como en el póker…

---Es que si ya tiene uranio enriquecido al 20 por ciento que era lo más difícil…llevarlo al 90 por ciento es lo más sencillo…--hablaba Netanyahu--- debimos frenarlo cuando te lo dije hace tres años…que recién comenzaba…cada día que pasa es peor para todos…

----Tú tranquilo ---replicó Obama--- tu Mosad es bueno…pero no desprecies nuestra CIA…ni al M I 5 de los ingleses… ni la Sureté francesa... te diré como se va a mover este ajedrez…Ellos todavía no alcanzaron ni cerca el 20 % que pregonan…y todavía les falta mucho… no van a cerrar la planta nuclear subterránea que tienen en Fordow- Qom y seguramente , van a construir otra Central Nuclear cerca de Teherán… van a repetir y repetir que es para uso pacífico y que cuando tengan suficiente uranio enriquecido al 20 por ciento.…que no lo van a tener …

Hubo un silencio…y Obama lo rompió con.…-te lo repito, dirán que lo utilizarán como combustible para nuevos reactores de investigación , nueva producción de energía …luego , dirán que pondrán sus máquinas para mantenerlos alrededor del 3% para los usos regulares del reactor en la industria y en la medicina… dirán cualquier cosa ,pero no admitirán un fracaso…

--Ellos no van a frenar sus trabajos----interrumpió Bibi. –lo que buscan es ganar tiempo…entre charla y charla…pasan seis meses y así nos tienen hace tres años… Irán no cesará de enriquecer uranio…

—Claro que no…los iraníes no quieren frenarlos, Rusia los va a frenar — continuó Obama--- al igual que la planta de Bushehr, estas plantas están financiadas por Rusia y manejadas con físicos rusos… y todo el material utilizado y el combustible necesario es ruso…y es muy caro…y Rusia lo que quiere es petróleo barato igual que China y es la manera de conseguirlo. Y aunque no se qué confiables son…Rusia pronto tendrá elecciones, que será un cambio de posiciones solamente… y están actuando con un perfil muy bajo… Putin y Medvedev también nos dicen que están construyendo la planta para fines no bélicos… A nuestro amigo Wen le dió un ataque de ética y no se quiere comprometer más de la cuenta con Irán… pero a Rusia le importamos un bledo y todo lo que puedan hacer para volver a los primero lugares lo van a intentar… pero por suerte, no cuentan con mucho más dinero de lo que están poniendo…y se les está acabando…

----De todas maneras…----dijo Bibi --- estamos en medio de un juego muy peligroso…

---Lo es , pero son riegos calculados…----dijo Barack--- más si tenemos en cuenta que en Irán el pueblo no está contento con Ahmadinejad… y cuando los pueblos se rebelan porque hay desabastecimientos...porque hay desempleo ...porque hay impuestos altos...los gastos de energía nuclear tienen que desaparecer...yo no sé si Ahmadinejad ganará o no en las próximas elecciones...si es que pueda postularse...pero esto de la energía nuclear es una distracción de humo para tapar problemas internos... lo que sí me asombra y lo reconozco...que ya lleva mucho tiempo con ese tema y no importa quién asuma... tendrá que seguir con el mismo cuento por un tiempo...si suben los ayatolas...por más que lo griten al mundo...en seis meses se termina el tema energía nuclear... -

--- Y si te equivocas ?---preguntó preocupado Bibi.

--- Reza para que no me equivoque---sentenció Obama y agregó –el Consejo de Seguridad de la ONU de los cinco miembros permanentes, más Alemania, hará las reuniones convenientes para monitorearlos...pero no podrán hacer más que eso...monitorearlos... e informarle al Organismo Internacional de Energía Atómica, la OIEA lo que esté pasando... y verás que Irán no se opondrá a dar esa información...será el primer paso conciliador que den...pero... ¿sábes cuál sería un gravísimo problema?

---¿... ?-

-- Que haya materiales radioactivos que por alguna razón caigan en manos de grupos terroristas... contra eso...ni Israel ni EEUU ni nadie puede hacer mucho... ahí sí nos tendrían agarrados de los huevos... ahí sí hay que rezar en cualquier idioma porque a pesar de todas las precauciones que se tomen ...siempre van a ser pocas.. Teníamos esa preocupación cuando se desintegró la Unión de Repúblicas Socialistas Soviéticas, la URSS y su armamento quedó distribuido en diez países...y por suerte no pasó nada...pero con Irán, no se puede decir lo mismo...están Los Hermanos Musulmanes...Herzbolah... Al Qaeda...los Mujaydines... hasta Hamas... sí... ahí sí sería un gran problema ... y no sólo para Israel...a los norteamericanos nos odian casi con la misma intensidad.

Hubo un prolongado silencio.

---- Mejor razón para destruir todo ahora—respondió Netanyahu.

Y hubo un largo silencio

--- ¿Por qué Leo Panetta hizo declaraciones sobre un posible ataque nuestro al reactor? continuó preguntando Bibi Netanyahu,cambiando un poco el tema principal.

-- Realmente no lo sé...pero se me ocurre que bien pudo ser de acuerdo con tu ministro Ehud Barak...Ese comunicado nunca fue autorizado por La Casa Blanca...--respondió Obama---pero si hubieras atacado solo , habrías provocado un desastre...ellos tienen treinta y ocho o cuarenta posiciones subterráneas y ustedes solos ,no hubieran podido destruirlas todas a la vez... y una sóla posición iraní que se hubiera quedado operable...hubiera provocado un gran desastre en la zona con muchas pérdidas de vidas...y nosotros, sin una coalición con Alemania , Inglaterra y Francia ... no nos podemos meter... estuvimos buscando consensos con países árabes.. Todos prefieren esperar por nuevos acontecimientos...y esperar un poco más...siempre y cuándo no esté Israel en el mismo equipo y así como soy optimista en el pronto cese final de la energía nuclear iraní, soy consciente de lo inestable mental que es Ahmadinejad...

--Dentro de todo, me alegra saber que estás al tanto de quién es ese tipo--- suspiró Bibi y agregó— el está jugando con tácticas dilatorias...los ayatolas y Ahmadinejad lo han hecho con éxito durante muchos años...lo que hacen ahora, creo que es sólo para ganar tiempo...

--A mi entender...nadie sabe el verdadero potencial y cuál va a ser el destino de los laboratorios nucleares iraníes...y es la controversia que usa el gobierno de Ahmadinejad como bandera nacionalista debido a la enorme crisis social y económica que tienen... con el tema de los laboratorios...se tapan otros problemas...es una regla de juego más...--- -amplió Barack ---y para tu tranquilidad quiero comentarte algo que seguramente tú ya lo sabes ... ---siguió Barack--- antes que se materializaran las sanciones ... sabemos que India, China, Afghanistán, Pakistán y otros más...están recibiendo petróleo casi a mitad de precio y plazos de pago como de liquidación de Navidad ... nosotros y Londres estamos controlando con satélites a los tanqueros y sus rutas, sabemos exactamente cuándo y cuánto compra cada uno... y contra eso no podemos hacer nada...pero nos confirma que lo de Ormuz es una bola de humo... y a la fiera herida...no hay que cercarla totalmente...hay que darle un espacio para que se pueda ir... hasta tal vez ,con un poco de decoro.

Barack Obama demostraba que dominaba el tema y no era tan cándido como medio mundo pensaba…también era un blofeador…y se aferraba a sus cartas…

--¿Te suenan frases como "la madre de todas las batallas "…"tenemos los ejércitos más grandes del mundo "… "los haremos desaparecer del mapa" y "si nos atacan, le devolveremos diez veces.."…y "si algún país ataca a Irán, el régimen islámico le pondrá la marca del arrepentimiento y la vergüenza "? ----preguntó retórico Barack--- y se contestó ---son formas de hablar…de bravuconear…así hablaban los Bin Laden…los Ghadafy…los Saddan Hussein…y Mahmoud Ahmadineyad…viene de la misma escuela…y por si lo olvidaste, yo me crié en esa misma escuela…pero no aprendí esa página…---y sonrió con esa sonrisa de campaña que lo había puesto como presidente en el 2008.

Sirvió otra vuelta de café y se hizo cargo del timón…

Y fue en ese momento que en el radio de" La Esperanza" se escuchó como un chillido y una voz entrecortada por la estática que decía…

-- Taziz…me escuchas? …Taziz…estás ahí?

EN LA CUBIERTA DEL YATE T R I T O N

El sol ya se mostraba completo y desde el yate…Wen y Nicolás Sarkozy saludaban como los chiquillos saludan contentos el paso de un tren.

Sentados en las reposeras…Ahmadinejad y Abbas, parecían haber zanjado sus diferencias…Abbas ahora le explicaba como procedería si tuviera que estar en la situación del iraní…

---Lo primero que deberías hacer---decía Abbas – es llamar al Organismo de Energía Atómica para que inspeccionen tus instalaciones…si es como tú dices y no estás haciendo las cosas mal… se terminan todas las sanciones… se levantarían inmediatamente…

Ya les pedí diez veces que vengan…-se defendió Ahmadinejad.

-Seamos honestos, Mahmoud…cuando tú estás limpio y dices que tu programa es estrictamente civil y con fines pacíficos, les pides que vayan…pero cuando la OIEA llega sin aviso, no les permiten pasar… y hasta Ban Ki moon está planteando la posibilidad de que tu programa tenga dimensión militar …ya es la tercera o cuarta vez que quieren hacer una inspección y no la pueden hacer…La OIEA piensa que estás jugando con ellos y te van a aplicar nuevas sanciones…sólo quieren un diálogo honesto y si tú te haces el machito…llevas las de perder…y te lo digo como amigo y como hermano en la fe…créeme—se sinceraba Mahmoud Abbas.

-Obama me pide que termine mi programa antes de fin de año…yo no voy a aceptar que Estados Unidos me diga cuándo debo hacer una cosa o cuándo no…yo no les digo a ellos que no roben en Irak, en Afghanistán… no exijo que salgan de Guantánamo … yo no me meto en sus políticas…---replicaba seguro Ahmadinejad.

--Ahí los tienes…están Obama y Netanyahu juntos…habla con ellos…busca el diálogo es tu oportunidad de tender puentes…hazlo…estás a tiempo.---se esforzaba Abbas— no son ni Obama ni Netanyahu tu problema… es casi el mundo entero que te estás poniendo en contra…

--Cuando eres terrorista para unos…seguramente eres un patriota para otros…no olvides eso….--respondió Ahmadinejad.---mi pueblo se va a beneficiar de la energía nuclear...pacífica.

--Entonces habla…promete y cumple…permite que visiten...Que véan y que se saquen el miedo de que estás haciendo una locura...---insistió Abbas.

--Mira, Mahmoud…la prensa mundial me tira mierda siempre…cada vez que se escribe en Francia, Alemania, Estados Unidos sobre Irán…sube el petróleo…suben los derivados...sube la lana...sube el cemento …eso no es mi culpa… ni yo ni tú tenemos que ser tan inocentes… hay gente de los grandes que les interesa mantener este conflicto caliente… hay muchos intereses creados con este juego…nosotros queremos que la AIEA nos deje tranquilos…que vayan a la base de Parchin…comprueben y que no nos molesten más…también quiero que sepas que según el Tratado de No Proliferación de Armas Nucleares, no estamos obligados a permitir que los inspectores entren en nuestras bases militares…nosotros lo hemos permitido…sino …¿por qué crees que Rusia y Wen Jiabao de China , no están tan contra nosotros?

--¿Y por qué estás haciendo el enriquecimiento del uranio en bases a treinta metros de profundidad si es tan lícito como tú dices ?—siguió Abbas

--Porque ,los americanos, los israelíes, los franceses y los saudíes …nos las harían mierda en una hora…hasta los Emiratos Árabes se pondrían contentos…--dijo Ahmadinejad—De todas maneras…tienes razón…ahí están Sarkozy, Obama, Jiabao…tres de los importantes para discutir…lástima que no haya nadie de Alemania ni de Rusia ni de Inglaterra para que de una vez nos pongamos de acuerdo… y hoy el día esta lindo para charlar de paz y nadar un rato.…--y se levantó para acercarse a Wen y Nicolás Sarkozy.

Mahmoud Ahmadinejad , no lo podía escuchar, pero justo en esos momentos el radio del pesquero "La Esperanza ", había regresado a la vida…aunque eran chillidos y estática…

LA COMUNICACIÓN CON EL SEÑOR MADOBE

A pesar de los chillidos y la estática del radio en el pesquero, dejaron reconocer una voz que a Taziz le era familiar…

---¿ Taziz…Taziz me escuchas? Y se repitió la pregunta…Taziz… Taziz…me escuchas? estás ahí? Taziz.….me escuchas?...-

Taziz se levantó como un resorte y tomó el micrófono…

--Adelante...Señor Madobe… lo escucho…-
--¿Dónde diablos se metieron ?...los estoy llamando desde ayer temprano…está todo bien…?
Netanyahu y Obama miraban el transmisor…miraban a Taziz…
-- No señor… las cosas no están bien… ayer tuvimos una tormenta muy fuerte…
"La Esperanza" está haciendo agua… estamos casi hundidos…señor..— contestaba Taziz casi tartamudeando de miedo…

--¿Están en aguas internacionales?-- preguntó Madobe---quiero decir… ¿ven tierra desde donde están? -

--No señor… no vemos tierra…creo que estamos muy alejados de la costa…señor…   --seguía balbuceando Taziz. Cada momento nos hundimos más…señor…no creo que el barco se salve…señor… pedimos ayuda por radio…pero nadie contestó…

--Y nadie les va a contestar…ni ayudar… -respondió Madobe--- ¿quién va a ayudar a un barco que zarpó sin papeles y con ex presidiarios que ni saben en qué posición están?... ¿Acaso sabes en que latitud y longitud estás?

--No señor… el barco se hunde…señor…----repitió Taziz.

--Bueno… lo siento por ustedes…---dijo Madobe--tuve la precaución de poner un buen seguro por La Esperanza, sabiendo que ustedes son unos inútiles…yo sabía que no iban a llegar a ningún lado…también hice apuestas aquí en Harardhere.

--Al lado mío están los que apostaron en mi contra que ahora son testigos que perdieron su dinero…ellos te escucharon Taziz… y ya me están pagando…---decía Madobe con inusual alegría y agregó ---como muestra de bondad…les voy a dar a cada familia de ustedes cincuenta dólares…ustedes han hecho una gran obra por sus familias…los convirtieron en casi ricos…ellos lo apreciarán… adiós a todos… ---y se cortó la comunicación.

Así era la llegada a la vida y la llegada a la muerte en algunos lugares…

Taziz… tenía los dedos de su mano derecha agarrotados y no podía soltar el micrófono…el escuchar a Madobe lo había transportado al Infierno mismo…

Lo crudo y cruel que había dicho Madobe…no le había sorprendido, ya que en situaciones parecidas, había compartido migajas de parte de las ganancias del rescate o las apuestas con los familiares de los somalíes muertos o detenidos…el terror de Taziz no venía de Madobe…el terror de Taziz era que le había mentido a Madobe…y eso no se pagaba con una sola vida…eso nunca estaría saldado…

Bibi y Barack ayudaron a Taziz a sentarse…estaba ido…catatónico… los mandatarios no podían creer lo que habían escuchado…ése era el famoso Madobe…ése era el gran hijo de puta de Madobe… Qué bajo había caído una parte de la especie humana…hacía falta gente como Madobe para comenzar a cambiar ese submundo…y por gente como Madobe haría que surgieran miles y miles de Gandhis , miles y miles de Pasteur y miles y miles de Madre Teresa en Calcuta y en todo el mundo… y a ese Madobe …ya lo alcanzarían…

Hay mucha gente mala en el mundo…pero hay mucha, mucha más gente buena, que hacen las cosas para que el mundo cambie para mejor… y estos seis gobernantes, cada uno a su manera, también habían comprendido que se necesitaba un mundo mejor.

Mimaron a Taziz…como pudieron y como sabían… lo abofetearon para que reaccionara y le sirvieron café… y Taziz se recuperó…lleno de miedos , pero se sintió protegido por esos dos señores que estaban junto a él, preocupándose como si fueran familiares… y más que sus familiares.

Señores…suplicaba Taziz…llévennos presos pero no podemos volver a Somalia…por favor…---y el terror volvía a su cuerpo…

--Ten calma—le dijo Netanyahu—ese Madobe pronto no molestará a nadie más…
Y Obama agregó como si fuera El Padrino --- …Taziz…tú te imaginas si lo encuentran los Navy Seals americanos?
--No sé que son los Navy Seals, señor…–respondió Taziz y aunque no se les ocurrió, podía ser bueno enviar a Ahmadinejad disfrazado de Taziz a Somalia…

A las once de la mañana… con un Taziz más calmado al timón, la chata pesquera cambió un poco su rumbo unos grados hacia el norte… los suficientes para ir en línea recta hasta la Isla de Córcega…y todavía quedaban tres tambores llenos de combustible…

Contrariamente a lo que Taziz había comentado," La Esperanza" no estaba haciendo agua ni se estaba hundiendo… muy por el contrario…llevada con habilidad por Taziz , estaba haciendo un viaje magnífico…sus motores afinados mantenían una velocidad constante y silencioso… y ayudada por lo calmo del mar…estaba remolcando al yate Tritón en forma muy suave y sin tironeos…

Desde la popa de la chata , Bibi y Obama veían un movimiento extraño en la popa del yate sin poder descifrar que estaba ocurriendo y eso les llamaba la atención…que quedó aclarada cuando vieron como entre Wen, Sarkozy y Abbas bajaban el dinghy mientras Ahmadinejad se ajustaba el chaleco salvavidas…y cinco minutos después, que fue el tiempo que Ahmadinejad tardó en poner el motor del botecito a funcionar… el dinghy con un feliz Mahmoud Ahmadinejad como único capitán y tripulante, surcaba el Mediterráneo casi pegado a La Esperanza y con una cara de felicidad como chico con juguete nuevo.

--- ¿ Cómo andan por ahí?---gritó el iraní. –
--- Todo muy bien… ¿viniste a invitarnos a almorzar?---contestó Barack
--- Los vengo a invitar a almorzar y a nadar---gritó de nuevo Ahmadinejad.
--- Trato hecho…Obama y yo aceptamos---gritó ahora Bibi--- ¿cuántos caben en ese juguete?
-- Hay asientos para cuatro y aunque tú te estás poniendo gordo ,yo estoy muy delgado y se compensa el peso…Obama… puede ir nadando…él dice que nació en Hawaii y los isleños tienen que saber nadar bien… y como hace mucha gimnasia…puede nadar hasta Washington…--y largó tremenda carcajada ante la sonrisa de todos…
Barack Obama se acercó a Taziz…--- ¿te animas a seguir un ratito solo, aquí?
---Claro que sí señor…cuidado al bajar o prefiere que pare La Esperanza? ---preguntó Taziz.
 ---No…por mí no hace falta y por tí… Bibi?—dijo Obama.   –
----Para nada…yo puedo saltar de la chata al yate sin usar el dinghy…--contestó un alegre Netanyahu.

Y con cuidado calculando las subidas y bajadas del bote por las olas … Barack Obama y Bibi Netanyahu pasaron al bote y Ahmadinejad aceleró el dinghy en dirección contraria al yate…era para dar un pequeño paseo y demostrar que era un buen capitán de dinghy…el cielo azul…el mar calmo y el saber que iban a disfrutar un buen almuerzo…eran los ingredientes para que los tres mandatarios se rieran con todas sus ganas…

Y si alguien hubiera filmado ese momento…con toda seguridad habría obtenido el premio por la expresividad auténtica de tres caras muy felices y tres carcajadas en coro que solamente ellos podían escuchar en el azul y solitario Mediterráneo.

Ya había pasado el mediodía…y el Mediterráneo mostraba sus clásicas características…aguas muy azules y muy tranquilas…y un sol que realzaba todos los colores…una verdadera postal para una agencia de turismo.

En el lujoso yate… era el ambiente de una reunión de amigos que estaban pasando unas buenas vacaciones…El almuerzo que había invitado Ahmadinejad desde el dinghy, no se consumó…todos prefirieron ir a sus habitaciones…ducharse, afeitarse (quien lo quisiera) y sobre todo descansar tirado como a cada cual le viniera en ganas…de todas maneras en cada camarote había una pequeña heladerita con jugos, refrescos y algunos snacks…

No se habían olvidado de llevarles comida a los somalíes pero era hora de saber qué hacer con ellos…y en cada camarote, tirado sobre una cama inmensa, había un gobernante mirando el techo con la mente muy fuera de ese yate…y sin que se hubiera coordinado un horario…cada uno fue subiendo a cubierta…se notaban frescos ,prolijos y muy deportivos en sus shorts y las polo de diferentes colores y con la misma inscripción…en todas las caras se reflejaba el descanso…pero no el descanso físico por haber dormido…era el descanso mental de estar pasando unas horas donde se habían salido de sus rutinas…de sus poses y de las repetidas declaraciones diarias.

Se dice que un cirujano que realiza cinco operaciones diarias de corazón abierto, puede descansar el fin de semana derribando una pared con un martillo que pese 15 kilos… y ese era el descanso que reflejaban los seis gobernantes…y no era porque los acompañantes eran distintos a los que se tenían que enfrentar casi a diario…era porque cada uno en esos momentos…eran éllos mismos…no había cambios en el exterior…los cambios eran internos…cada uno procedía como en realidad era cada uno… y antes eran o mañana volverían a ser quién la prensa y sus partidos los habían obligado ser…pero mientras dure…

! Qué bien lo estaban pasando ¡…y aunque no estaba escrito ni hablado…era así.

--- Me dí una ducha de una hora---dijo Obama cuando apareció por la sala.
--- Yo no sé si estuve una hora, pero me siento nuevo—contestó Bibi y agregó—hacía tres días que no me afeitaba y eso es un lujo para mí…
--- Pues lo que yo hice fue tomar una caña de pescar…pero estuve más de una hora y no picó nada…---dijo Ahmadinejad.
--- Hoy ganaron los peces, mañana te darán revancha…---intervino Sarkozy.

---Creo que mañana no hay revancha...por lo menos desde este barco...si mis cuentas no me fallan...mañana veremos costa...---contestó Wen.

---Señores... tenemos unas cuántas cosas pendientes para resolver... y propongo que nos sentemos un rato y veamos los objetivos que queremos con las prioridades que correspondan--- pidió Mahmoud Abbas.

---Estoy de acuerdo –contestó Sarkozy y agregó—vamos hasta la cocina, nos traemos lo que vamos a querer comer y charlemos como lo hicimos ayer...-¿Qué les parece?

Todos, sin decir palabra levantaron su mano derecha en signo de aprobación a la propuesta y enfilaron hacia la cocina...pero no esperaron a regresar al salón para que Bibi comentara...

---Señores...tenemos siete muchachos encerrados en los camarotes...son unos chiquillos que ni saben lo que hacen...creo que nunca vieron ni un guante de beisbol ni una pelota de fútbol... y hasta creo que no conocen la diferencia entre el bien y el mal...

Si de mí dependiera...yo los dejo ir...¿qué opinan ustedes?

---Mira Bibi ...sueltos pueden ser peligrosos—respondió Wen tomando un par de bandejas y caminando hacia la sala detrás de Sarkozy, de Obama y Abbas.

--- Uno de ellos casi me parte la cabeza de un culatazo...-¿te acuerdas ? --contestó Mahmoud Ahmadinejad y agregó --- y a tí te dispararon, que si te da más abajo no cuentas el cuento... ¿tomaste tu bandeja ? ¡ Eah...!. Míra ese frasco...no los había visto antes... Obama le dirá pickles pero eso es trushy...

¿Cuánto hace que no comes pepinos en trushy?-- Ahmadinejad llenaba su bandeja y hablaba y hablaba...

---Yo comía bien cuando comía en mi casa...comía de todo lo que me gustaba...desde que entré en la política, como lo que me ponen delante...y trushy hace años que no como...vamos a llevar el frasco , Abbas se va a poner contento también—dijo Bibi y salieron juntos.

Los seis gobernantes ya estaban sentados y comiendo de las cosas que habían llevado y continuó el tema de los muchachos somalíes...

---Yo pienso que debemos dejarlos ir...reconozco que hicieron algo que está mal...que está muy mal...pero...-- de pronto largó una risotada--...como abogado , no tengo elementos para dejarlos ir...pero como persona quiero que se vayan---dijo Barack Obama.

Netanyahu se paró para servirse la ensalada de frutas y de pie dijo:

Yo estaba con Barack en el pesquero cuando Taziz nos contó su historia y la de los muchachos que están abajo…realmente…son pobres muchachos…si los cuestionas un poco…te dirán que lo que hicieron está bien…creen sinceramente que lo que hicieron es una cosa correcta … que lo que hicieron, es tan honesto como vender harina , frutas o sal en el pueblo que vivían…Una forma más de ganarse la vida… y pienso igual que Barack…como abogado..No tienen defensa, pero como persona…los dejo ir… les daría una buena charla que no les va a ayudar de mucho…pero los dejaría ir…
Wen se paró y dijo---yo no soy abogado…pero lo tuyo Bibi..fue una buena defensa…yo estoy por que queden libres…

--A mi me dieron un flor de culatazo en la frente que todavía la tengo hinchada… pero yo le dí un buen golpe también que lo tengo que haber dejado con tortícolis… vamos a ponerlo así, salimos uno a uno…que se vayan..---dijo Ahmadinejad
--Conmigo está bien…le cogí aprecio a Taziz …y a los otros …si los veo por la calle no los reconocería---agregó Abbas .

Según lo que contaron Bibi y Barack…ellos tienen un gran problema con regresar a Somalia…entonces ¿adónde van a ir? preguntó Sarkozy.
--Si quisiéramos darle a este acto un viso de legalidad….--habló Obama-este yate no tiene ninguna bandera…asumimos que estamos en aguas internacionales…nadie supo lo que pasó y por mi, nadie lo sabrá y me estoy refiriendo a los somalíes... y si no pasó…
no hay nada que juzgar.

--Yo pregunté adónde llevarlos porque tú dijiste que había un hijo de puta que los iba a matar..verdad ?--repitió Nicolás Sarkozy.
--OK …a eso iba…—siguió Obama—Bibí y yo escuchamos una conversación con un tal Madobe desde Somalia… ese tipo dijo sin ninguna pena que descontaba que estos muchachos se hundirían en el camino…que había levantado apuestas a que perdería el barco y que lo había asegurado muy bien…Aunque como abogado voy a decir algo que tal vez no sea legal pero si sea moral..
Número uno :…dejaría ir a los muchachos…
Número dos: … borraría el nombre del pesquero y lo matricularía en un país que no sea España con otro nombre…
Número tres: … sé que esos muchachos corren peligro de muerte si ese Madobe se entera que el barco ni se hundió y que los muchachos andan por

ahí…les ofrecería que digan a qué lugar quieren ir y darles una nueva identidad.. eso no va a ser muy difícil para ninguno de nosotros…porque según mi intuición…ellos, ninguno de ellos ,tienen apellidos…no saben sus fechas de nacimientos y creo que ni están inscriptos en ningún lado que nacieron…y el barco pesquero…que formen una sociedad y que lo tengan para ganarse la vida pescando…y

cuarto y principal…ese Madobe es un rufián mayor y como yo lo escuché hablar…el título de hijo de puta le queda chico…por lo que contó el muchacho…él es uno de los que organiza la piratería…y la mayor evidencia era la información que tenía de este bote…

--Ese tal Madobe no actúa sólo, también habría que saber de dónde saca la información…--acotó Bibi.

--Déjame anotar todo en la carpeta…-comentó Sarkozy---entre nuestros temas de discusión no habíamos anotado el de la piratería somalí…pues sin Madobe y sin sus soplones…vamos a tener menos piratas.

Lo que habló Barack Obama fue aceptado por todos…faltaba preguntarles a los muchachos…dónde querían ir…pero mucho antes que eso….había que sacarlos de los camarotes… y los seis bajaron cantando, riendo y aplaudiéndose…

Cuando abrieron las puertas de los camarotes… no hubo ningún comentario en particular…tan sólo un ¿qué quíeren comer?...¿ Durmieron bien?

Los muchachos no entendían nada de lo que pasaba y tan sólo preguntaron dónde estaba Taziz y se alegraron sobremanera cuando lo vieron al timón de" La Esperanza" …y se asombraron que el yate estaba siendo remolcado…

¿Qué pasó? ¿Qué había pasado…? ¿ Al fin habían secuestrado el yate…? Pero éso ni lo preguntaron…y comieron de lo que había en la mesa y sólo faltaba Taziz para completar la felicidad de todos…

Hablando se entiende la gente…cuánta verdad…

 En la cubierta del yate ahora se escuchaban muchas risas de los mandatarios…

Akim, Karim y Kobe preguntaron si podían ir a nado hasta "La Esperanza" para hacerle compañía aTaziz…

--Faltaba más---brincó Ahmadinejad—yo soy el capitán del dinghy…y los voy a transportar a cambio de que pesquen cualquier cosa para el yate… y que bajo ningún motivo hablen o contesten ningún llamado de la radio... ¿es un trato?
--Trato hecho—respondieron todos chocando los cinco.
---Si ustedes quieren…pescamos lo que salga…y cuando lleguemos a la costa lo vendemos y repartimos ganancias…señor..---dijo Kobe.
--Tenemos buenas carnadas…---agregó Karim.
--A esta hora tiene que haber buen pique… y podemos hacer mitad y mitad las ventas… Taziz era bueno vendiendo…señor… ---completó Akim

Esos muchachos ni sabían con quiénes estaban compartiendo…que la inocencia les dure…pensó Ahmadinejad.

La cuerda que unía "La Esperanza" del yate no llegaba a los cincuenta metros…pero cada viaje que hacia Mahmoud Ahmadinejad con el dinghy transportando a los muchachos, era de más de una milla… contando que tenía que alejarse y luego darle dos o tres vueltas completas a la chata y al remolcado…para divertirse un rato.

--Un tipo que se divierte así… no puede ser tan malo…--pensaba Benjamín Netanyahu mirando la escena desde la cubierta.

Había sido un día excelente…por el día soleado en sí y porque todo era cordialidad… cada mandatario se movía con soltura por todo el barco y se juntaban cuando querían o también se aislaban cuando querían…pero…hasta cuando estaban solos…tenían sus libretas de notas y se los podía ver escribiendo… pensando… tachando… escribiendo… o mirando lo felices que estaban los somalíes en el pesquero, cuando con sus rudimentarias cañas, sacaban uno tras otro, rodaballos, meros, lubinas… cada vez que levantaban sus cañas con un pez…los gritos de alegría de los ocho muchachos era tal que contagiaba a los mandatarios… que se identificaban con esas alegrías…y apoyaban con sus gritos… ¡ vamos Karim..tú puedes…! ¡ Bien Kobe…así se hace! ¡! Vamos Akim… ahí hay otro…!!

El tiempo, el clima, el sol...el cielo…el mar, hacía que todo pareciera irreal… era muy bueno para ser verdad…pero…era verdad… ¿y por qué no podía ser siempre así?

Alguién había dicho que los días de lluvia estaban para poder apreciar los días de sol...y no se había equivocado... y los momentos de mierda de todos los días, servían para poder gozar a capacidad estos hermosos momentos...

En un rato, al anochecer...seguramente en la misma mesa rectangular se sentarían juntos para ver que se podía agregar a lo ya escrito en las reuniones anteriores...y de paso comer...
 Pero todos sabían que esa relación idílica entre los seis mandatarios se acabaría al llegar a la costa...
¿Y por qué diablos tenía que ser así?
¿Qué tenía que sacrificar cada uno para que siguieran en público una buena relación? ¿Hasta dónde llegaban los egos para aceptar que una idea del otro era una buena solución? ...
¿Hasta dónde tenía que llegar un candidato en discursos patrioteros para difamar a los adversarios? ...
¿Cuánto de sus personalidades eran reales o creadas?

Si en medio del mar, ayudándose entre sí ante una situación externa como había sido con los jóvenes piratas...habían estado unidos como una sola pieza... ¿Por qué tendrían que cambiar ahora? Y¿cómo se hacía para transmitir estos pensamientos a los demás ? y el que lograra transmitir esas inquietudes con sinceridad y sin falsas segundas intensiones... ése se habría llevado el Gran Premio...que era dar un paso adelante en la Paz Mundial... y entre estos seis mandatarios había claros antagonismos... en público.

Y llegó la noche...con un cielo estrellado, con una luna de gala, que reflejaba en el mar toda su luz...La Esperanza y el yate Tritón seguían unidos para llegar a tierra...tan sólo se escuchaba el zumbido parejo de los motores de la chata y de vez en cuando , los hurras...vivas y risotadas de los somalíes en la chata que, seguramente después de comer algún pescado, de los muchos que habían enganchado, estarían jugando a las cartas o a los dados...y habrían tomado el café turco de Taziz...

En el yate no lo estaban pasando mal...pero no había ni la euforia ni la alegría ni la juventud que había cincuenta metros delante de ellos...además sabían que poco más, poco menos, llegarían a la costa...y eso a todos les daba nostalgia por adelantado...querían llegar...querían regresar a ser quiénes eran...pero no tan rápido...

El tiempo corre más rápido el último día de vacaciones...

Nos pasa a todos y los mandatarios no serían la excepción.

Se repitió la rutina de buscar la comida en la cocina, que todavía la había en cantidad, llevarla hasta la mesa en bandejas y la compartían entre todos...y como en cualquier crucero...habían seguido ciertas normas...el baño...el cambio de ropas y fundamentalmente...el cambio de mentalidad...todos eran colaboradores...igual a los días anteriores...todos aportaban ideas sin especular...todos hablaban con naturalidad y con información precisa...con información constatable...y se comprometían a ayudar en cada empresa que alguno de sus países lo requiriera...y todos iban tomando notas en sus carpetas con los posibles contactos...con nombres y apellidos de las personas que iban a colaborar en lo que fuere.

Habían disfrutado con mesura la cena y estaban por preparar café cuando Ahmadinejad en un rapto de sinceridad dijo...

---Señores...creo que tengo un problema que quiero compartir...en Irán, este año hay elecciones...y las voy a tener complicadas...yo necesito hacer ruido para ganar votos...
y tú Barack y tú Nicolás...saben a qué me refiero...Barack tú le sacarás el jugo al caso Bin Laden... te las echarás que durante tu gobierno consiguieron su captura , te vangloriarás que lo mataron...pero no dirás ni una palabra sobre que no hubo un juicio...sólo dirás que están terminando con Alqaeda ...que hicieron las paces con los talibanes y que ya no es necesario tu ejército en Afghanistan ..los regresarás a casa y lo usarás todo el tiempo en tu campaña... recogerás las tropas de Irak.. harás lo imposible para que no suba el petróleo...te arrodillarás ante Arabia Saudita para que empuje a la OPEP a sobre producir ...arreglarás diez puentes para darle trabajo a miles de desempleados...inventarás una ley de inmigración para los latinos y eso te dará votos...tú Sarkozy...también las tienes difícil... hablarás sobre la economía de la Unión Europea, le echarás la culpa a los extranjeros...seguirás hablando mierda de Irlanda, Portugal , España y Grecia , te mantendrás como el perrito faldero de la alemana, buscarás los votos de una izquierda liberal que te apoye...e inventarás una nueva derecha ...harás lo que te salga de tus cojones para defender tu reelección... hasta quieras coquetear con la hija de Le Pen ...yo no tengo otro tema que los reactores nucleares...a mi pueblo le gustó mi posición de disidente de la UN de la ONU...de la OTAN y disidente de todo...aunque mi sentir está en lo que aquí se habló y se escribió...mañana seguirán escuchando mierda de

mí...y no lo puedo cambiar... mi discurso será el mismo que antes de pisar este yate...---y lo decía con pena...
Barack Obama y Nicolás Sarkozy lo miraron con atención y sin hacer comentarios... algo de lo que hablaba, tenía sentido...y el que calla, aceptaba lo que escuchaba...

--- Algo parecido me pasa a mí---habló Mahmoud Abbas--- aprecio y admiro a Bibi Netanyahu...pero mi pueblo me exige cosas que son justas y yo tengo que defenderlas y pelearlas para conseguirlas... yo también cuando regresemos a casa tendré otros mensajes...

-- Tú pides cosas justas y yo quiero cosas justas---respondió Netanyahu---más de una vez hemos arreglado para que reciban más de lo que nos piden...Están los tratados de Oslo...los acuerdos de Camp David y qué pasó?—hizo una pausa--Un grupo de los tuyos, que no te acepta como presidente, te boicotea a tí y a todos los tratados con cohetes, con obuses, disparando sobre civiles...¿Cómo crées que mi ejército no va a reaccionar? ... ---y Bibi siguió preguntando-- ¿Por qué permites que haya francotiradores en las escuelas? ...
--¿Por qué permites que emplacen cohetes y los disparen desde las mezquitas?
   ¿Por qué permites que se escondan en hospitales?

No había respuesta...solo silencio

--Mi discurso no cambia, Mahmoud... --continuó Netanyahu --quiero ser tu amigo y quiero que nuestros pueblos séan amigos...ambos estados pueden ser prósperos si tú me ayudas...yo te quiero ayudar...pero tú tienes que infundir confianza en tu gente con respecto a nosotros...después que matamos a cinco tipos que estaban disparando cohetes desde una mezquita...tú dices que asesinamos a cinco personas que estaban rezando.... Y sábes que éso no se hace...Mahmoud, tú eres el que incita a la violencia. Estás repitiendo lo que hacía Arafat en los discursos diferentes en árabe y en inglés...
¿Te acuerdas ? ...Tú eres mejor que éso... deberías replantearte lo que haces...
Sarkozy interrumpió---...calma señores...sin peleas..

Mahmoud Abbas estaba muy calmado...y respondió con toda la sinceridad que pudo... y por primera vez delante de público que profesara otras

creencias religiosas, puso todas sus cartas en la mesa ---- La violencia no es inherente a la doctrina del Islam... como te dije muchas veces , la doctrina del Islam es muy flexible...
Si es necesario manipularla para justificar la violencia se lo puede hacer, si es necesario manipularla para una postura pacifista, también se lo puede hacer...

Abbas respiró profundo y continuó su explicación ---...la doctrina es flexible, depende de aquél que la interprete, para que vaya a uno u otro lado casi podemos hacer y decir lo que queramos... algunos dicen que se puede llegar al objetivo final islámico -a corto o a largo plazo- sin apelar a la violencia, incluso participando de la vida política de su país...

Netanyahu cortó la frase—...y ustedes ya están muy metidos en la vida política de Mi país...

Ahmadinejad miraba muy fijo a Abbas y estaba a punto de explotar...-- Mahmoud Abbas, estaba hablando demasiado...-- pensó el iraní.
Pero Abbas continuó---... y no estamos en pecado...y así lo interpreto yo... y yo quisiera que entre nuestros pueblos no haya violencias pero...ni tú ni yo tenemos la potestad de frenar al pueblo...a mí me exigen y a tí , también te exigen... tú me echas culpas... pero tú tampoco eres un santo...-- y Abbas comenzó a levantar la voz y continuó preguntando...
-- ¿por qué estás llenando tus cárceles de palestinos sólo por no sonreírle las estupideces que hacen a tus soldados?
¿Cuántos miles de palestinos tienes esperando un juicio...?
¿Realmente tú te crées que a los que meten presos, son todos terroristas ?
¿O es que acaso... te crées que los tiénes ahí por humanidad...?

Netanyahu iba a responder cuando Abbas continuó:
Te estoy preguntando y alguna vez, quiero que me contestes... -pero no dió tiempo a responder...
--¿Por qué estás construyendo? Sé que tú sabes que no lo debes hacer...pero lo estás haciendo... estás usando más colonos... estás inventando más colonos...lo necesitarás para negociar... ¿negociar qué mierda ?... a tí te lo exigen... y tú lo haces...ok? ... y por algo que dije parecido a esto Ahmadinejad se molestó mucho conmigo, te acuerdas de anteayer? pero yo pregono siempre que puedo, hacer la paz , la no violencia... -- completó Mahmoud Abbas , respirando profundo para estabilizarse.

--A mí no me puedes mentir... Yo conozco perfectamente lo que dice tu "kitman"y tu "taqiyya"---dijo seco Netanyahu—pero en lo posible, apela siempre a la no violencia.

Después de esos choques en sus declaraciones, continuaron hablando entre todos y se continuó con la colaboración que podían aportar para las mejoras.

Algo era indiscutible. Había que admirar a estos hombres la capacidad de poder pasar en pocos segundos de ser un devastador tornado a un apacible día de sol…sin las consecuencias en el piso.

Ahora, eran los seis dirigentes que estaban poniendo todas sus cartas en la mesa…por lo menos se dejaban claras las posturas personales…que era un indicio de sinceridad…bien pudieron haberlas omitido…pero también estaban las anotacionesde todos…que eran realmente las posturas del sentir de cada uno y era más rico y más profundo que una mezquina situación personal…un presidente está en el poder cuatro o tal vez ocho años…la historia de un país estará para siempre…

Y en las carpetas, se había escrito para que los países y los continentes hagan historia… y de común acuerdo…lo que se había escrito era lo que se iba a tratar de materializar… y en eso Wen Jiabao fue muy claro…en China tenemos muchos problemas sociales…pero no tenemos problemas de dinero… nuestra prioridad hoy por hoy es Sudamérica… pero si la Unión Europea nos necesita y no son tan orgullosos como para ignorarnos…les vamos a ayudar…y lo mismo para África…mi país puede decir una cosa y hacer otra…pero yo no tengo un doble discurso…y mientras yo esté…

Un vozarrón interrumpió la frase…--Señores del yate…señores del yate… -- Los seis mandamás saltaron de sus asientos sin saber que pasaba… y corrieron a la cubierta… señores del yate …repitió el vozarrón… y entonces vieron a Taziz y a su grupo en el pesquero , que con un megáfono decía… míren a su derecha…míren a su derecha…me escuchan ? míren a su derecha…
Y efectivamente… al mirar a la derecha vieron bastante lejos una luces que seguramente era un barco de excursión… el primer indicio de vida en tres días …el primer indicio que estaban bien encaminados y que seguramente iban para Córcega…y los pasajeros del yate se pararon en la popa para indicarle a Taziz que lo habían escuchado…pero cincuenta metros en el mar

es mucha distancia para ser oídos y a pesar que gritaban…desde el pesquero no escuchaban …pero a Taziz se le ocurrió una genialidad…

-- Si me escuchan…enciendan y apaguen la luz de proa… ¿me escuchan…?

¿Y dónde carajo estaría el interruptor de la proa?

Esas luces encendían automáticas…seguramente había una llave para encender y apagar…pero dónde?

A Barack se le ocurrió algo…se quitó la polo y la puso tapando la lámpara que supuso era la que se refería Taziz…la puso y la quitó un par de veces como si fuera un sistema Morse…y dió resultado.

--Bien…veo que me escuchan…y ¿viéron ese crucero a la derecha…?-- gritó Taziz con su megáfono.---¿quiéren que lo siga? Si es sí… prendan y apaguen como recién… si es no… déjenla encendida…comprenden?

Obama de una mirada vió todo el grupo… sí…que lo siga… era el consenso sin voz pero de una expresión corporal a gritos…y Barack puso y quitó la polo como treinta veces…para que no quedaran dudas…

Hasta que Taziz volvió a gritar…   ya está bien…señor…póngase la polo…señor…Que se va a resfriar…señor.

Que jodoncito había resultado ese Taziz…---pensó Obama --el mar le había sentado bien…hasta en una situación así, se daba el lujo de hacerle chistes… y por cómo resolvió lo de la comunicación…y cómo reaccionó en la llamada con Madobe, no era ningún tontito…!! Bien por él ¡!…me gusta ese tipo…lo quiero para mi equipo…y como la noche estaba fresca, le hizo caso y se puso la polo.

Y con sentimientos sumamente encontrados…miraron al cielo y vieron que había como estrellas que se movían... pero de colores azules y rojas…y no eran estrellas… eran aviones que estaban en sus rutas…y asumieron que ya entraban nuevamente a su mundo y entre contentos y preocupados, uno a uno dejó la cubierta y regresaron a sus lugares de trabajo…había quedado algo pendiente y muy importante… el café.

Y luego de calentar el agua Ahmadinejad dió una lección de cómo se batía el café para que tuviera una buena espuma... lo que le ganó el aplauso de la concurrencia entre chanzas y bromas.... Y tomaron sus cafés acompañado de baklava y por el gran postre de la noche, locun de Istanbul, hecho con sirope de pétalos de rosa y almendras, que era la debilidad de Abbas y se convirtió en el nuevo postre para Nicolás Sarkozy.

Continuaron sus charlas y a medida que más hablaban iban surgiendo nuevos temas, nuevas posibles soluciones...y algo para destacar fue cuando se habló de la basura y los métodos que se estaban utilizando para la conversión de esos desechos en fertilizantes y combustibles...Netanyahu y Wen Jiabao confirmaron que, actuando juntos...habían ganado espacios que anteriormente se usaban para enterrar basura y como habían revertido ese proceso para convertirlo en algo útil y reciclable.

Netanyahu se explayó sobre los logros obtenidos en el Negueb... contando que en principio Calidad Ambiental no aprobaba hasta que se demostró que los desechos eran cero contaminantes después del proceso químico de conversión...
Y así, siguieron temas y más temas...

Casi a las cuatro de la mañana, ya comenzando a clarear, entendieron que era prudente ir a dormir...estaban tan envueltos y satisfechos con lo que hacían, que lamentaban que los relojes corrieran tan rápido... un tema traía al otro y no siempre se daba la química necesaria como había ocurrido en estos tres días... es más...

Nunca había habido química entre los seis jefes.

Recogieron sus anotaciones...se habían formado seis carpetas bastantes voluminosas... todas con sus títulos y por orden alfabético por lo meticuloso que era Wen Jiabao... estaban los problemas y cuarenta o cincuenta páginas de soluciones... y así con cada tema...
La carpeta más grande era la de África con el sistema de nuevos ríos, afluentes, diques, irrigación por goteo usando el agua de esos ríos...lagos y lagunas artificiales... forestación...reservas para animales...plantas eléctricas...sistemas de comunicaciones, caminos y todo lo que conlleva un plan en gran escala...con sus gráficos, con cantidades de gente y el tiempo que se tardaría cada obra... y aunque todos habían contribuido, había que destacar que los principales artífices habían sido Ahmadinejad y Wen ...y

hasta habían estimado un presupuesto , que si no había esa distracción de fondos tan comunes en África...era viable ...y Wen había comentado...

..." No es una opción hacerlo... es una obligación" ...

Todas las carpetas tenían los puntos claves tratados y la cantidad de soluciones...y al igual de lo que se había escrito para África, estaban el resto de los temas y la manera de implementarlo...ahora sólo faltaba tener los huevos para poder implementarlo. ...
y tal vez...la gente que los había puesto en el yate...los tenía... pero ...

¿Quién o quiénes habían organizado esta movida?

... Quiénes hayan sido... lo estaban logrando....

Y bajaron a sus camarotes satisfechos con los adelantos en los temas que se habían tratado...como se habían expuesto y cómo se implementarían...iba a quedar en cada uno de estos mandatarios cómo presentarlo en sus países...pero todos dominaban tanto los temas...que no iban a tener problemas... y si los hubiera , todos tenían la buena disposición de todos...aunque fuera en forma oculta...

Y con la satisfacción de haber tenido un día productivo se iban a dormir contentos, pero seguramente al día siguiente sin saber aún cómo, cada uno regresaría a su hábitat natural y sospechaban que nada volvería a ser igual...

Aunque en el yate todos se habían acostado tarde...cerca de las nueve de la mañana Obama y Sarkozy ya estaban en cubierta mirando como las gaviotas los escoltaban y cómo se iba aproximando la costa y el colorido pueblito que se veía desde el mar...estaban en ésas ,cuando se acercó Bibi Netanyahu y un poco más atrás ,café en mano, Jiabao,Abbas y Ahmadinejad... esa mañana no había el clásico desayuno como los días anteriores...estaban todos ya en cubierta sin saber a dónde estaban llegando...Taziz o el que había empuñado el timón ,había hecho muy bien los deberes ... habían seguido las luces de un crucero de excursión ... y ahora estaban llegando...

Pero ni siquiera les importaba a dónde...

--Creo que estamos llegando a Córcega y sí éste es el puerto de Ajaccio---
dijo Sarkozy---los barcos tienen que anclar en la bahía y te vienen a buscar
con unas lanchas…estoy casi seguro que es Ajaccio…

"La Esperanza" seguía regulando sus motores y los somalíes estaban todos
en la popa, contemplando el hermoso panorama que tenían al frente…

Dos inmensos cruceros de la compañía Royal Caribbean estaban fondeados
en la bahía y una cantidad de lanchas estaba haciendo el transporte de
turistas hasta tierra y regresarban en busca de más pasajeros…el
movimiento de botes era constante y le daban mucha vida a la pintoresca
zona.

Taziz hacía señas y quería decir algo… y al notar que desde el yate no lo
entendían… optó nuevamente por el megáfono..

--- Señores… creo que más de aquí no podemos seguir… ¿qué quiéren que
hagamos? Paramos aquí o buscamos otro puerto? Estamos a menos de un
kilómetro de tierra… ustedes me dirán…---lo había dicho bien claro.

En el yate no hubo ni qué pensarlo…hicieron señas de que parara la
chata…y las señas fueron efectivas porque Taziz puso los motores en neutro
y las sogas que unían al yate se hundieron en el agua mientras el yate por su
impulso se acercaba peligrosamente. Taziz reaccionó pronto a
eso…poniendo la chata de costado del yate…el movimiento fue
brusco…pero no hubo choque…bien por Taziz…

--Creo que este yate llega hasta aquí—dijo Netanyahu--- es hora de
soltarnos del pesquero… ¿les parece? --y comenzó a desamarrar las cuerdas
que los unía.
--Sí, hasta aquí llegamos y aquí se queda---dijo Obama—y agregó—
ayúdame a bajar esos paracaídas que hacen de ancla…   -
--Claro que sí----respondió Netanyahu y en momentos, el yate ya estaba
libre y fondeado.

Estaban atentos a la chata cuando vieron que uno de esos botes que recogía
a los turistas se acercaba al yate y alguien preguntó…
¿Necesitan ir a tierra? …

El sí fue instantáneo… acto seguido los seis mandatarios pasaron del yate al bote de la Autoridad de Puertos de Córcega…tal como estaban en ese momento…había sido todo tan rápido que los tomó por sorpresa.

Sarkozy confirmó que era el puerto de Ajaccio y preguntó como harían para regresar….

Mientras estuvieran los cruceros, que iba a ser como hasta las cinco de la tarde…habría un bote saliendo cada quince minutos… al yate privado, por no ser de la Royal le iban a dar el servicio de cortesía tan sólo por una propina… y con una hábil maniobra, el piloto del bote lo puso pegado a "La Esperanza" para el mismo ofrecimiento…y Sarkozy les dijo a los muchachos que bajaran a distraerse un rato y luego volverían todos juntos…los somalíes estaban súper felices…el bote tenía cabida para más de 60 personas y ellos ya eran catorce…

Lo que le extrañó a Obama fue que cuando estaban subiendo al bote de la Autoridad, Karim, Kobe y Akim, llevaran unas bolsas echadas al hombro… no era un detalle importante y siguió atento el recorrido del bote a tierra viendo como otros botes se entrecruzaban llevando bulliciosos turistas.

Bibi, Wen, Abbas y Ahmadinejad estaban en las mismas…todos contemplaban el nuevo paisaje mientras Sarkozy hablaba con el piloto…que al parecer, no lo había reconocido… y cinco minutos de navegación desenfrenada bastó para que al bote lo estuvieran amarrando en Ajaccio, una de las capitales de Córcega mientras los cientos de turistas caminaban felices dispuestos a gozar unas cuantas horas en" La Isla de la Belleza "y cuna de Napoleón Bonaparte.
Ya en tierra firme los seis mandatarios hablaron con Taziz, el supuesto portavoz de los somalíes…

---Nosotros vamos a estar un rato por aquí, caminando y un bote de estos nos va a llevar a La Esperanza cuando queramos, pero sería bueno que no se pierdan…no se alejen mucho y en un rato regresamos---dijo Sarkozy.
---Muy bien, señor… vamos a estar por aquí sin alejarnos mucho…señor…—contestó Taziz.

Y los mandatarios, como si fueran unos turistas más…se acercaron y se mezclaron a otros grupos ,que con cámaras, sombreros y ropas de muchos colores comenzaban su paseo por Cours Napoleón y la Rué Fesch…las calles más concurridas y comerciales de Ajaccio..

Nicolás Sarkozy se sintió en la obligación de fungir como anfitrión y mientras caminaban hacía de guía turístico y daba una reseña de Córcega…

"Córcega era una isla genovesa hasta que en 1768 la cedió a los franceses… Napoleón nació aquí, en esa casa…--señaló una casona con un gran cartel que decía Museo Napoleón -- y como decía… Napoleón nació en 1769 por lo que se puede decir que Napoleón es francés, casi por casualidad…se dice que cuando se mudaron de aquí, Napoleón hablaba sólo italiano, como sus padres y aprendió el francés ya de muchacho … y en ese museo se mantiene el mobiliario de los Bonaparte… y aquello que está allí,-- señalando otra propiedad-- es el Palacio Fesch, donde está el museo de Pinturas Italianas más completo del mundo después del Louvre y lo mantienen aquí gracias a las gestiones hechas por el Cardenal Fesch , que era el tío de Napoleón…"

Las explicaciones eran buenas e interesantes…pero los mandatarios no querían turismo…Barack esperó que Sarkozy dejara de hablar un momento, para no interrumpirlo y cuando tuvo la oportunidad, dijo…-- ¿por aquí habrá algún teléfono público?
--Claro que sí… ¿qué te crées que estamos en Siberia?-- contestó Nicolás— míra…allí tienes uno… y allí hay otros…   -
--Carajo!! …! Mierda ¡!---dijo Obama.
-¿Qué pasa, Barack? preguntó Abbas
--Que esos teléfonos deben funcionar con monedas… y yo no tengo ni monedas ni dinero... ni nada…bajé como estaba en el yate y no traje dinero, ni documentos---se lamentó Obama.
--Creo que estamos todos en la misma…—dijo Netanyahu-- creo que ninguno de nosotros tiene dinero aquí.

El de la lancha dijo que salían cada quince minutos…propongo ir al yate y buscar lo que necesitemos y así podemos comunicarnos y por lo menos tomar un café---amplió Ahmadinejad.
En esos momentos…un grupo de jóvenes turistas se acercó a Obama
--Señor…¿Nos toma una foto al grupo?-- pidió la muchacha , mientras le daba a Barack una cámara de fotos.
--¿No vés que estoy ocup….claro que sí…seguro… dáme la cámara… -- respondió Obama.

El juvenil grupo de turistas posó haciendo morisquetas a la cámara.
--Sonrían...digan cheers... ¿les tómo otra? --preguntó el ahora fotógrafo Barack.
--No..no... gracias...-- dijo la muchacha, tomando la cámara y alejándose alegre con el grupo.

--Por suerte estamos cerca...vamos –y Sarkozy dió media vuelta y todos enfilaron hacia el amarradero...
Desandaron las cuatro o cinco calles que habían caminado y justo en la entrada del amarradero vieron a Taziz y Compañía... sentados en unos bancos, charlando entre ellos muy animados.
--Hola, muchachos...---saludó Abbas.
--Hola señores... ¿ya van hacia el barco? --preguntó Kobe
--Sí, pero sólo por unos momentos...Voy a buscar un dinero y vuelvo pronto
---dijo Obama
--Señor... con todo respeto...si usted lo necesita y no es mucho, se lo podemos dar...
--dijo Taziz.
¿ ... ?
--Vendimos todo lo que pescamos ayer a la tarde y en la noche...---completó Akym—tenemos cerca de 300 euros...-- y sacó una cantidad de billetes arrugados de todos los bolsillos...---cuéntelos usted , señor.. --- y se los dió hechos un puñado.

Todos se miraron...

--Sólo necesito cinco euros, Taziz—dijo Obama.

Y la sorpresa llegó con esta respuesta:

..." Si yo le presto cinco euros... usted nunca me los va a devolver... se va a olvidar...y si yo le presto 300 euros, no sé si me los va a devolver , pero seguro no se los va a olvidar "... y lanzó una carcajada...---No ... mentira señor... yo no le quiero prestar 300 euros... mis amigos y yo se los regalamos... señor...

Los gobernantes habían recibido una nueva lección...habían aprendido como si fuera un cachetazo una lección de humildad...

Pero a Benjamín Netanyahu le recordó una frase que había aprendido en su infancia de sus padres…

" Hay momentos que el más grande, el mejor… el más poderoso, depende totalmente del más chico… por más chico que sea".

…Y sin menospreciar a nadie…el Presidente Barack Obama, el Millonario Barack Obama, el Hombre Más Poderoso del Mundo…necesitaba menos de un Euro para hacer una llamada ahora y este muchachito que no tenía apellido…que nunca supo el día que nació…le estaba dando la oportunidad de poder hacer esa llamada ahora…

¡…Qué cierto era el dicho de mi padre…!

Y a pesar de la insistencia de Taziz, Barack Obama tomó solo un billete de cinco euros.
-- Y no te preocupes… ni los cinco euros ni este gesto de ustedes, los voy a olvidar nunca…---contestó el norteamericano.
Ya tenían el dinero para originar la llamada…pero quién llamaría? --- ¿Y a quién...?
¿…y para decir qué?

Wen Jiabao parecía el más sensato cuando dijo ---Señores… ya estamos casi al finaldel camino… ¿por qué no procedemos como hicimos en estos tres días? –y amplió--
¿Por qué no nos sentamos y discutimos que vamos a hacer, cómo volver y sobre todo qué diremos…? –
---También tenemos que resolver que pasará con estos muchachos --- agregó Netanyahu..

Mahmoud Abbas expuso un punto muy importante…--- Yo tengo necesidad de ir al baño…prefiero ir hasta el baño del camarote al que ya me acostumbré, que buscar uno por aquí que esté limpio…y luego, charlamos lo que sea necesario en la sala…pero tiene que ser ahora…

Ante tal convincente mensaje… no hubo oposición y se embarcaron con los somalíes hacia el yate unos…hacia el pesquero otros.

Estando en el yate, donde ya se sentían dueños y señores… y después de hacer la visita correspondiente a sus camarotes…los seis mandatarios se

reencontraron en la sala que había sido el refugio natural de los últimos tres días…y al que ya le tenían cierto apego…no habían ido al gimnasio, ni habían disfrutado el jacuzzi…ni siquiera habían disfrutado esos días brillantes en la cubierta…leyendo un libro u hojeando las interesantes revistas actualizadas que había en el salón…habían estado todos reunidos en charlas que si se implementaban…iban a ser muy constructivas… y ése era el sentir general…y nadie lamentaba lo no utilizado…
lo que sí se podía lamentar..era que no hubiera más tiempo para más charlas…

Y todos intuían que una reunión así …jamás la habría…pudieran coincidir en otras reuniones…con muchas banderas , con muchos micrófonos , con muchos asesores ….pero como ésta, nunca jamás…y los seis lo sabían…y a sus maneras, lo lamentaban.

Y tanto lo sabían…que cuándo se encontraron en la sala, todos portaban sus pequeños bultos de mano con los que habían llegado…y la separación era inminente.

Llevaban sus zapatos, sus pantalones y sus camisas o polos…pero ninguno tenía puesta la que decía LUCHEMOS POR LA PAZ DESDE HOY MISMO.

Primer tema a tratar era conseguir la documentación para los somalíes… les iban a preguntar en cuál se los seis países les gustaría vivir…y el jefe del país elegido se haría cargo de los documentos necesarios…

Hubo quórum y acuerdo de inmediato.

El segundo tema…cada uno llamaría a su país…?

¿Cómo se justificarían si en realidad querían mantener esta reunión en secreto?
 Nicolás Sarkozy comentó sobre su gran amigo Bollore, sobre su avión y sobre todo,que le debía un favor muy grande y que no se iba a negar en lo que él le pidiera…
Por ejemplo, que transporte a cada mandatario a donde sea.

Barack Obama, sonrió y dijo---seguramente esto va a sonar a disparate…cuando estábamos reunidos el primer día…yo comenté en broma

que si hacían bien los deberes los iba a invitar a una fiesta en la Casa Blanca…
-- Y yo dije que iba a llevar a Wen Jiabao—comentó Abbas
-- Y yo dije que no conozco Washington---agregó Ahmadinejad.
-- Quiero cumplir mi palabra, Bibí , para que tú no me repitas más que no cumplo con mis promesas… --y largó un risa grande , agregando---A mi entender…todos cumplimos con lo que creímos debíamos hacer…los deberes fueron bien hechos…y habrá una invitación para Washington…no sé si a la Casa Blanca o en alguna cafetería cercana… pero habrá una invitación para que nos reencontremos en Washington… y ojalá que los pueda invitar siendo yo presidente y ustedes también, pero ahora tenemos un problema… ..

Cómo y cuándo diablos salimos de aquí…?

-Cuando lleguemos a tierra, yo me ocupo de los viajes…pienso que si salimos mañana, estará bien para todos… ¿estamos todos de acuerdo? --preguntó Sarkozy.
--Y hoy… ¿dónde dormimos…en el yate?—la pregunta fue de Abbas.
--Si logro comunicarme con un buen amigo mío, dormiremos en un palacio…que a mí me trae muy buenos recuerdos…---se apuró en contestar Nicolás Sarkozy.

Abbas, Jiabao, Ahmadinejad y Sarkozy levantaron la mano derecha… Netanyahu no se movió… no fue objeción… él también había otorgado.

-- ¿Y qué hacemos con todas las carpetas que tenemos? …¿Quién se las va a quedar? no hay copias—preguntó Wen Jiabao, que había demostrado ser el más prolijo y meticuloso de todos.
-- Pues si vamos a estar juntos un día más, tú te ocupas… y yo te ayudo…tendremos veinticuatro horas para copiar todo eso--contestó Netanyahu.

Y Wen abrió su bolso de mano, sacó las polos de la paz, que no había usado para hacer espacio, y con tranquilidad acomodó esa carpeta bien gruesa…--y comentó---…estas polos, se las voy a regalar a los muchachos…ellos harán mucho más que yo, para que esta frase se lea…

Y si como hubiera sido una orden tácita, los cinco restantes, abrieron sus bultos y sacaron sus polos sin estrenar.

Sarkozy agregó-- hay dos camarotes más que tienen de estas polos...serían para algún amigo que no pudo venir...o que no lo pudieron convencer bien...--y las fue a buscar.

Mientras esperaban por el regreso de Nicolás Sarkozy escucharon muchas risas y gritos y se asomaron a cubierta para ver un verdadero espectáculo de turismo ...en las aguas azul turquesa de la bahía, el grupo de Taziz estaba disfrutando ,zambulléndose desde el pesquero con alegría y con gritos de felicidad...uno a uno hacía piruetas y cabriolas para demostrar cuán buenos eran...y cuando Jakim vió a Obama en la otra cubierta ,se tiró desde el techo del pesquero haciendo un clavado perfecto...para el aplauso del grupo del yate.

¡¡Kobe... Jakym...todos...véngan un momento...!!--gritó Obama y todos, nadando con prestancia se acercaron al yate...

-- Suban..suban..—aclaró Obama.

Y con la elasticidad que dan los dieciocho y veinte años...Taziz y su grupo se sentaron en la cubierta.

Primero que todo—comenzó Sarkozy que había regresado con las polos---ésto es para ustedes...tiene un mensaje muy lindo para quién lo lea y son de muchos colores y ... --agregó --de muy buena calidad... hay muchas para que las repartan entre todos...tómenlas , son de ustedes ... y ahora la pregunta seria...sabemos que no quieren regresar a Somalia...¿ a qué lugar les gustaría ir...? Estados Unidos...que es muy lindo...China.... Francia... --Taziz lo interrumpió—No sabemos de ningún lugar señor... no conocemos otra cosa que Haradhere y lo que usted sabe de España...señor...

Y Sarkozy sabía que preguntarles no era la opción... y tiró: les gusta éste lugar? ...Aquí hay buenas playas...buen clima y sobre todo... buena pesca...y tienen "La Esperanza " que ya es de ustedes... les gusta?

-- Kobe lanzó su grito...-----Reunión de gabinete...reunión general de gabinete... ----y los ocho juntaron sus cabezas...cuando las levantaron...Taziz dijo
...nos gusta este lugar...pero...-¿no nos van a llevar a llevar presos?
---Presos? –repitió Netanyahu-- y por qué?

--- Gracias…señores….--balbuceó Karim.—gracias…gracias -- repitieron todos.

---Nosotros tenemos que ir a tierra para hacer unos trámites…--siguió Sarkozy—pero yo les sugiero que cuando terminen de nadar… muevan " La Esperanza " hasta detrás de ese crucero de turistas porque alguien vendrá a buscar este yate y como no lo saben guiar bien… y no queremos que choquen a " La Esperanza"… verdad…? ¿Puéde ser muchachos…?— mintió Sarkozy.--- y más tarde, los veremos en tierra… de acuerdo?

Los somalíes recogieron sus polos, se acercaron a la proa del yate que estaba casi tocando la popa del pesquero, tiraron las polos a la cubierta de " La Esperanza" y regresaron donde estaban los mandatarios y desde el borde del yate…los ocho somalíes se tiraron al mar uno a uno en clavados perfectos…y esa exhibición, era una clara demostración de agradecimiento y felicidad…

--¿Quiéres decir que se van a quedar en Córcega…en Francia ?—le preguntó Wen a Sarkozy cuando los somalíes se alejaban---justo tú que estás tan en contra de la inmigración?

-- Pero yo no estoy en contra de una inmigración calificada…y estos muchachos…estos muchachos deben ser…. buenos pescadores—respondió Sarkozy diplomáticamente y sonriendo.

Cuando eran las cuatro de la tarde y el movimientos de las lanchas de la Royal enloquecían en su ir y venir llevando turistas , le hicieron señas a una que se acercó, los recogió y los llevó por segunda vez al amarradero oficial..

Los seis jefes repitieron la caminata hasta los teléfonos y en el recorrido escuchaban al presidente francés sobre las maravillas de Córcega…pero además , de acuerdo a lo conversado , Sarkozy dijo de llamar a un amigo personal , que seguramente está vacacionando muy cerca y que no haría muchas preguntas…
No tenía el número de teléfono de la residencia de Córcega, pero en lugar de hablar desde un teléfono público de la calle…dos bloques adelante había un locutorio con guías telefónicas, según les habían dicho y hasta allí fueron, mientras Nicolás Sarkozy seguía contando las historias de todas las casas…hasta de la Capilla Imperial, a la derecha del Palacio Fesch, donde

están enterrados los padres y los familiares de Napoleón y según Sarkozy, si no querían ver tumbas, justo al lado , estaba la Biblioteca Municipal...donde hay libros tan antiguos que son piezas únicas en el mundo...y por fin...llegaron al locutorio en la misma rué Fesch donde muchos turistas hacían fila para esperar sus turnos para hacer llamadas...

CAMINANDO POR AJACCIO, CORCEGA

Eitan, Nicky Chang, Frankie y Steve caminaban lentamente, mirando con curiosidad a un grupo de turistas ruidosos.

Después de cruzar dos anchas avenidas con mucho tránsito, se encaminaron hacia Cours Napoleón, la calle mas turística de todas...y donde los turistas de los cruceros aprovechan sus ocho horas en tierra para abarrotar todos los comercios...tiendas, joyerías, bisuterías,heladerías ,marroquinerías , llenándolos de risas, de colorido y de vida...pero haciendo que cuatro personas no puedan caminar juntas...

Eitan y Frankie Dukos iban adelante y Nicky y Steve Ryan los seguían a poca distancia. Hablaban de nada...se limitaban a mirar hasta que en un momento Frankie se paró en seco y le pegó un grito a Steve...
--.Steve, ven conmigo...ven !!
Y salió corriendo para donde comenzaba la Cours Napoleón...con Steve siguiéndolo y Eitan y Nicky un poco más atrás...

Frankie llegó a la esquina mirando derecha e izquierda como buscando algo o alguien.
-- ¿Qué pasa Frankie? preguntó Steve.
-- Creo que ví algo, pero no estoy seguro...déjame verificar...
Sí, allí, en la heladería---dijo Frankie--- míra...¿... qué vés...?

Steve miró hacia donde le indicaba Frankie mientras Eitan y Nicky se acercaron.

--Veo un grupo de turistas, veo un policía, veo un vendedor de billetes de lotería…

la gran puta…!!...Frankie…tiénes razón!! --exclamó Steve

¿Qué pasa, Frankie?—preguntaron Eitan y Nicky.

Lo que había visto Frankie y que de primera no lo había registrado y después de caminar cien metros registró, era un grupo de adolescentes que estaban en una heladería, disfrutando sus helados y charlando entre ellos tranquilamente…pero todos estaban como si fuera un uniforme ,con unos polos coloridos con una inscripción bien marcada que decía

LUCHEMOS POR LA PAZ…DESDE HOY MISMO.

-- Esas polos son las que estaban en el barco…las compramos nosotros, Eitan…las trajimos desde Nueva York, Steve y yo…Nicky…---casi gritó excitado Frankie.

--¿Están seguros? …preguntó Eitan.

-- Segurísimo--- contestó Frankie.

-- Tenemos que averiguar por qué las tienen ellos y quién y cuándo se las dieron --- dijo Eitan---entremos…y los cuatro entraron a la heladería donde para alegría del dueño… todas las mesas estaban ocupadas.

Nicky Chang fue el primero que hizo contacto.

--Parece que están buenos esos helados… ¿de qué sabor es el tuyo?—preguntó Nicky.

--El mío es chocolate y crema y el de mi amigo es limón con crema…se los recomiendo --- dijo un amistoso Jakim – y si te consigues una cucharita, lo pruebas y si te gusta lo pides…para que no te equivoques…y pidas lo que te guste más…

En su respuesta había el candor y la inocencia que no se encuentran ni en Paris, ni Londres ni en ninguna gran ciudad…

Eitan fue menos diplomático…fue directo.--- ¡…Qué bonitas polo…¡ --dijo

--¿dónde las compraron ?... nos gustan…

-- No señor… no las compramos… nos las regalaron ---dijo Kobe.

-- Qué suerte…es un lindo regalo…pero… ¿quién se las regaló? –preguntó Steve.

-- Unos señores muy buenos…que son como familia para nosotros…--- habló Karim.

-- Y… ¿cuándo te la regalaron ?—preguntó Steve, casi con miedo.
-- Pues… hoy mismo no más, señor…fue un regalo…--dijo Akim.
-- Y… ¿ estás seguro que se las regalaron o las encontraron?-- preguntó autoritario Steve.

Y sintiéndose cuestionados los somalíes contestaron temblorosos…

--Nosotros no las robamos…ellos nos las dieron…señor…--intervino Kobe.
--¿Quiére probar mi helado…? -- repitió Akim
-- No...no...gracias—dijo Chang--- ¿y… dónde están esos señores ? ¿Tú estás seguro que te la regalaron….hoy?
-- Sí… si…señor…las regalaron…no las robamos…--repitió Karim.
--¿Hoy ?-- cortó Steve.
-- Sí… señor…hoy mismo…después de nadar…---dijo Taziz.
-- ¿Me entendiste la pregunta? ¿Cuándo te la dieron… hoy ?---inquirió Eitan.
-- Si…señores…no hicimos nada malo…ellos la regalaron…si son de usted, se las damos…pero no las robamos—respondía Taziz con miedo ante las inquisidoras preguntas de los cuatro.
-- No…no…tranquilos muchachos…no estamos pensando que las robaron…si ellos se las regalaron…disfrútenlas…es un mensaje muy bonito…---apaciguó Frankie—está todo bien…tranquilos… ¿y dónde están esos señores?
-- Creemos que están cerca del amarradero…tenían que hacer unas llamadas importantes, así dijeron--- habló Kobe.
--Y…si yo les pago otra ronda de helados para que los tomen más tarde… ¿nos acompañan hasta el amarradero para ver si juntos los podemos encontrar ?---preguntó Eitan
--¡Reunión de gabinete…! ¡Reunión de gabinete ¡---exclamó Kobe.

Y los somalíes juntaron sus cabezas y se consultaron y Taziz dió la respuesta…
-- Estamos detenidos…señor?
-- No...Por supuesto que no… ¿nos acompañan? -- insistió Eitan.
-- De acuerdo, vamos…pero los helados tienen que ser con tres bolitas… ¿de acuerdo? --negoció Taziz.
-- De acuerdo…---contestó Eitan y se acercó a la caja registradora junto con Taziz, para pedirle a la cajera dieciséis helados de tres bolitas…

Era el doble de lo acordado…pero valía la pena…pagó y le dió el ticket a Taziz…

Un trato era un trato…Ahora rápido hasta el amarradero…

Frankie, Eitan, Nicky y Steve habían revivido… ¡ y cómo… !

LOS SEIS MANDATARIOS EN AJACCIO

Por fin llegó el turno de los seis mandatarios para hacer su llamada…habían anotado el número telefónico de la mansión de los Bollore, pero eso no era garantía que ese número funcionara en la época de los celulares…pero era lo que había… y lo iban a intentar…la segunda alternativa era llamar a Vincent en Paris…pero no era la idea…Sarkozy se jactaba muchas veces de recordar cantidad de números telefónicos…pero desde la aparición de los celulares para llamar apretando un solo número…su memoria numérica no le servía para nada…y con sus cinco colegas a su alrededor , marcó el número de la Mansión Bollore… un timbrazo…dos timbrazos …tercer timbrazo …nada ….cuarto timbrazo…"Esta es la residencia Bollore …favor de dejar mensaje…en estos momentos no podemos…"dijo una dulce voz que hizo que la cara de Nicolás Sarkozy se pusiera roja de rabia…!! Merde…merde…sainte putain….merde…!! --se dijo.

Contaba con el éxito de esa llamada…pero por lo menos, el número estaba correcto y en servicio…dejaría pasar diez minutos y volvería a llamar… y ahora ya no tenían que hacer fila nuevamente…
Barack tuvo más suerte…de primer intento se comunicó con su secretaria en la Casa Blanca…

-- Hola Susan… ¿cómo estás? …Felicidades otra vez… ¿Algo nuevo hoy? y Susan habló como tres minutos mientras Barack cada quince segundos lanzaba un bien... muy bien hasta que preguntó:¿Cómo se llama ese juez ?...

277

Susan le tuvo que haber dado el nombre y Barack contestó... sí...sí ,es un viejo amigo...¿ tú tiénes el sobre contigo ?
Ante una respuesta afirmativa... Barack le dijo --... espera un segundo... ---Y se dirigió a Sarkozy--...¿vámos a estar una noche aquí ,verdad ?
-- Sí, una o dos...las que quieras---dijo Sarkozy
-- ¿Sabes la dirección de tu amigo ? ...necesito recibir algo—explicó Obama.
-- En Córcega, decir Bollore, es más conocido e importante que el presidente...--contestó Sarkozy --que le pongan sólo Mansión Bollore-- Córcega y dales este número de teléfono---y le dió la tarjeta de Vincent Bollore para que Barack dictara el número---y lo recibirás sin problema.
-- Gracias,-- contestó Obama y repitió el nombre y el número telefónico a la secretaria y mintió...

--Ese sobre no es para mí sino para un amigo que tengo en Córcega y lo necesita con urgencia...trata que salga ahora mismo ... puedes usar la valija diplomática...yo le voy a llamar para avisarle que el sobre está en camino... No, no ... no te preocupes, yo lo llamo y de paso lo saludo...gracias Susan... ¿Qué me escuchas lejos ? – No... no...para nada...estoy en la sala...tal vez sea que tengo un poco de catarro... mañana se me pasa... gracias Susan.. -- y enganchó.

Y Nicolás Sarkozy intentó una nueva llamada.

Con muestra de contratiempo en su cara ,Barack Obama salió del local para encender un cigarrillo.

.Era el tercero o cuarto que fumaba en tres días y el primero que iba a fumar con testigos en mucho tiempo...--en los Estados Unidos está prohibido fumar en todos los lugares cerrados y en muchísimos lugares aunque sean abiertos... el fumador ya es una especie casi en extinción... pero la situación, lo ameritaba -- -pensó Barack-- se autoengañó y lo encendió.

Mahmoud Abbas y Bibi Netanyahu se le acercaron mientras Wen Jiabao y Mahmoud Ahmadinejad contemplaban con asombro el ir y venir de turistas en oleadas y cómo se detenían para fotografiarse ante los monumentos que eran parte de la historia francesa.
Otra oleada de turistas, se acercaban por la rúa Fesch pero a diferencia de todos, éstos casi no caminaban...corrían.

Obama vió el grupo que parecían estudiantes graduados por las polos que tenían… y sonrió…

Eran los muchachos somalíes que se habían puestos las polos que les habían regalado…y concentrado en los somalíes…no reconoció a Steve Ryan ni a Frankie Dukos …y ni hablar de Eitan y Nicky a los que había visto solamente un rato y no había tenido ninguna comunicación… sólo cuando escuchó que Taziz dijo…

-- Señor… ¿verdad qué ustedes nos regalaron estas camisetas? vió que Taziz venía acompañado por dos o tres norteamericanos.

 Netanyahu, que inmediatamente se enfocó en Eitan, le dijo a modo de saludo…-- Eitan…sobrino mío…la remil puta madre que te parió… ¿dónde me trajiste?-- y se fundió en un gran abrazo con su sobrino preferido y que adoraba y Eitan lo apretó tan fuerte que hasta le pareció escuchar el crujido de la espalda de Bibi.

Barack Obama también se abrazó con Steve y Frankie y casi corre la misma suerte. Igual ocurría cuando Nicky Chang se reverenció con Wen Jiabao…pero éste después del saludo ceremonial…lo abrazó como se abraza a un hijo…y el hijo casi rompe la espalda al padre.

La demostración de alegría de los norteamericanos era tan grande como descontrolada.

Los que estaban en solitario eran Mahmoud Abbas y Mahmoud Ahmadinejad y Taziz aprovechó para repetir la pregunta:

…Señor… ¿verdad qué usted nos regaló estas camisetas?

Sarkozy salía de locutorio muy feliz…y él fue quién contestó a Taziz---claro que sí… son tuyas…¿ qué quieres…venderlas? Son tuyas...Haz lo que quieras con ellas…

Taziz muy contento y seguro, se dió vuelta para confirmarle a Eitan y Steve lo que le había dicho Sarkozy…pero no tuvo la oportunidad de decirlo en medio de tantos abrazos…

Y Nicolás Sarkozy , viendo la escena de los abrazos pensó … cuánto lo extrañaron a Bibi, a Wen y a Barack en estos tres días de ausencia… y también se dió cuenta que cuando se comunicó a la Mansión Bollore…un tal Richard Kent se volvió tartamudo cuando le dijo que hablaba Nicolás y la reacción no había sido la de sorpresa de escuchar la voz del presidente …porque no había dado su apellido , sino como que le hablara a un espectro …y su tartamudez se volvió peor cuando comentó que estaba con cinco amigos …a los que tampoco había identificado .

Ese Kent le había dicho que en treinta minutos los pasaban a recoger frente al locutorio…estos americanos son muy sentimentales pensó… Steve y Frankie tocaban a Barack, apretándole el brazo, pasándole las manos por la cabeza…abrazándolo muchas veces y sin ningún protocolo.

Lo mismo hacían Eitan con Netanyahu y Nicky con Wen… era como si estuvieran tocando a fantasmas y querían confirmar que éran reales, de carne y hueso…la alegría era mayúscula…los miraban…los tocaban…los abrazaban…y los volvían a abrazar. Barack Obama, confirmó que era real y de carne y hueso cuando quedó un poco librede los abrazos…y les dijo a Steve y a Frankie sin rodeos…
Estoy sin efectivo… ¿alguien de ustedes me puede prestar diez euros?
--Euros no tenemos, pero le puedo dar cincuenta dólares---contestó Frankie, con una sonrisa radiante.
--¿Tendrás cien…?-- preguntó Obama.
-- Sí señor…--- y Frankie sacó de su wallet un billete de cien dólares---
…Sírvase señor..
Barack, así como los tomó…se los pasó a Taziz y le dijo
--Taziz…ya vez que no me olvidé…esto es la devolución de tu préstamo de hoy…
-- Esto es mucho más que mi préstamo ,señor…--dijo Taziz.
-- Unas monedas, en una emergencia ante un teléfono público… son más importantes que un lingote de oro…--le dijo Barack al somalí…

Y Wen Jiabao, que seguía el desarrollo de la acción dijo:
Ese no lo es… pero se parece mucho a refrán chino…

Taziz no entendió ni lo que dijo Obama y menos lo que quiso decir Wen.
 Y hubo tiempo para que Taziz le comentara a Sarkozy que habían amarrado " La Esperanza "en una cala en el puerto…había hecho relación con el Administrador de la cala y negociado que el pago sería un par de

pescados grandes cada vez que salieran a pescar… y que la chata pesquera iba a ser el hogar de los ocho…que allí dormirían y allí siempre los encontrarían…

Nicolás Sarkozy le dijo a Taziz que una persona mañana mismo les iba a entregar los documentos necesarios para permanecer en Francia y que les iba a asesorar para conseguir una nueva matrícula para" La Esperanza"…pero que tendrían que cambiarle de nombre… y nuevamente Taziz sorprendió con su respuesta:

¿Estará bien con ustedes si la llamamos "LUCHEMOS POR LA PAZ" ?

Habían pasado sólo quince minutos desde que Nicolás Sarkozy se había comunicado con ese tal Richard Kent… cuando de tres automóviles que se habían estacionado frente al locutorio…bajaron los tres choferes y se abrazaron con los mandatarios como si hubieran vuelto del fin del mundo… y con Frankie, Steve, Nicky y Eitan.
 Y una vez más, Sarkozy pensó en lo sentimentales que son los norteamericanos… y lo comentó con Wen, Abbas y Ahmadinejad… se habían separado por tres días…

¿y qué harían si se separaran un mes…?

Se despidieron de los somalíes con un hasta luego y se subieron en los automóviles recién llegados… Sarkozy sabía que para llegar a la Mansión de Vincent Bollore había que pasar cerca del aeropuerto… y ya lo estaban pasando… faltaría muy poco… pero no veía a ese helicóptero que estaba volando casi encima de ellos rumbo a la Mansión y que llevaba a un piloto y dos pasajeros sin noticias… y que al revés del dicho popular…se traducía en no noticias… malas noticias…

Desde el helicóptero, Joseph Ryce, Henry Lacombe y François Bollore, regresaban con la mayor frustración. Habían partido por la mañana convencidos de que tenían mal la posición del yate y lo encontrarían en el camino…esa teoría ahora estaba descartada…la posición estaba bien… pero el yate no estaba.

Ese regreso los había obligado a cada uno a mantenerse en silencio y solos con sus pensamientos… ¿Qué más se podía agregar ?...

Y desde el aire, François, miraba sin ninguna emoción la ciudad que siempre lo había visto feliz, eufórico, ganador… ahora todo le era indiferente…y con esa indiferencia también murmuró
-- Esos son los carros de casa…--- cuando vió los tres carros en fila por la carretera que conducía a la casona.
-- Nada bueno debe estar pasando para que hayan salido todos…---amplió Joseph.
-- Tengamos pensamientos positivos… lo peor ,si es que algo pasó, ya pasó… todo lo que venga de ahora en adelante…tiene que ser para mejor…positive thinking…---dijo Henry Lacombe ,con una tranquilidad que no sentía.

Pronto iba a oscurecer…ya habían pasado el aeropuerto y desde lo alto distinguían la residencia Bollore , que iba encendiendo sus luces … y llegarían más o menos al mismo tiempo que los coches…

Entrada la noche…la mansión Bollore tenía un aspecto muy diferente a la noche anterior… Había un clima alegre… pero no se podía disfrutar en su totalidad o como por lo menos lo hubieran querido los Mosqueteros, porque se había pasado de lo que pudo ser la peor tragedia de la historia a compartir la sala con seis mandatarios "que eran visitas "y delante de las visitas, no se podía exteriorizar como mandaba la ocasión después de tanto sufrimiento.

Los libros decían"a mayor esfuerzo en la búsqueda, mayor gratificación al encuentro".

Y hubieran querido celebrarlo como ellos hubieran querido.

Y una de las cosas que hubieran querido eran cosas muy sencillas como sentirse en la libertad de expresarse como les saliera en ganas, caminar en bóxers por la sala o putear libremente como acostumbraban entre amigos…en cambio ahora, había que mantener aunque un poco ,una cierta delicadeza y compostura y el cambio a la gloria había sido tan rápido, que todavía no lo habían digerido…de haber estado solos…sus gritos de alegría, se hubieran escuchado en París…con las visitas, la demostración reprimida de alegría, fue tan sólo una medida sonrisa..

Tampoco se iban a sentar donde les viniera en ganas ,en el piso, sobre la mesada, en los apoyabrazos …porque estaban los mandatarios... y delante de ellos…había que seguir ciertas reglas…a menos que esta casta aparte, autorizara.

Y tampoco podían olvidarse que cuando los mandatarios volvieran a sus países…habría una carta explicativa esperándolos, con todas las anormalidades cometidas y para las cuáles no había ningún justificativo legal ni atenuante …¿Secuestro? ¿Rapto? ¿Engaño?
Todos punibles…Demasiado punibles…

Y no habían engañado, raptado o secuestrado a un señor que repara las gomas de un carro…que también es grave, habían raptado, engañado o secuestrado a seis mandatarios e intentado fallidamente con dos más…

Pero ahora había que compartir con ellos…y cruzar los dedos para que lo que se había hecho…justificara lo que vendría… y realmente, el no poder caminar en bóxers, sentarse en el piso, putear entre amigos… era lo menos importante.

A modo de disculpas y a favor de los mandatarios…es que ellos nunca se enteraron ni que habían naufragado, ni que se hubieran ahogado ni siquiera que estuvieran perdidos…ni desaparecidos…es más ,no se explicaban tanta euforia por tres jodidos días fuera de vista…

Quién peor se sentía en el grupo, era Charles Dubois, por el discurso que se había mandado a la llegada del yate…en oposición…Henry Lacombe …se movía como pez en el agua… y era Henry el que preguntaba, sugería y manejaba los tiempos de todos…

Sarkozy lo elogió con un "…qué falta que me haces este año…" en clara alusión a las próximas elecciones francesas.

Ni Joseph ni Eitan ni nadie comentó que los habían ido a buscar y estaban desaparecidos …ni que veinticuatro horas atrás… habían pensado cómo se comunicaba al mundo la desaparición de seis mandatarios …como tampoco justificaron su euforia desmedida cuando se encontraron en el locutorio.

Los jefes hicieron un corto relato de las cosas que habían hablado entre sí , sin entrar en muchos detalles…comentaron al pasar , el encuentro fortuito con los somalíes, ocultando deliberadamente el intento de ser pirateados y comentaron solamente lo solidarios que fueron en remolcar con su pesquero al Tritón... y se deshicieron en loas con ellos por lo inocentes , espontáneos y desinteresados que habían sido...

--Esos muchachos... los somalíes ...¿ sabían de qué trabajan ustedes...? digo, si es que trabajan...--- preguntó Morris Mulender, queriendo disimular la pregunta con un chiste.
–No...para nada...parece que no somos muy populares... ---contestó seguro Sarkozy-- – ignorando ese..."si es que trabajan "...mal intencionado.

Todos reconocieron que bajo ningún concepto...nunca habían aceptado estar varados e incomunicados en medio del mar...

¡Qué idea tan absurda , desafortunada y descabellada había sido ésa! pero reconocieron que esa situación de desamparo , había dado buenos frutos y Wen Jiabao aprovechó para mostrar con orgullo una voluminosa carpeta con lo que se habían entretenido en ese exilio semi-voluntario... y a la vez preguntar si en la casa había fotocopiadoras.

George Chang se mostró hospitalario---permítame lo que necesite...yo le saco las copias.
---No...Hijo...no...tan sólo díme dónde y yo las saco...son muchas... ¿tendrás suficiente papel ?---contestó y preguntó Wen.

--George... en el cajón frente a la computadora hay un par de resmas de papel...por si las necesitas...—intervino François Bollore.
--¿Tendrás más ?---preguntó el Primer Ministro Jiabao y salió con George y Nicolás Chang rumbo a la lujosa oficina.

La explicación del naufragio para el grupo , se aclaró en parte ,cuando Mahmoud Amadinejad comentó como cosa jocosa y sin darle mayor trascendencia , que en algún momento y sin querer, tratando de acomodar unos cojines y unos salvavidas regados en la cubierta del Tritón , se le cayó alguno al agua y cómo no tenía con que recuperarlo... se perdieron...

Fue en ese momento que François y Henry se levantaron discretamente para sacar de la vista los cojines, las servilletas de hilo bordadas con el nombre Tritón y el salvavidas que habían quedado en un rincón de la sala y con los que se habían hecho tantas conjeturas... aunque... por más torpe que sea una persona, a nadie se le caen por descuido quince cojines…más de diez servilletas y un salvavidas al agua.

Barack Obama, distraído miraba un noticioso desde España donde aparecía él mismo, en una actividad en la Casa Blanca antes de fin de año y le resultó gracioso escucharse doblado al español…lo bien que le hubiera resultado este año saber un par de párrafos fluídos en español…pero todavía estaba a tiempo.

Ahmadinejad miraba con curiosidad a Joseph Rice ¿Cómo es tu nombre?—le preguntó.
-- Joseph Rice…aunque todos mis amigos me dicen Joe—contestó Joseph.
-- ¿Nos hemos visto antes? preguntó con curiosidad Mahmoud Ahmadinejad.
---Si señor…nos vimos en el helicóptero que lo llevó hasta el Tritón…--mintió Rice.
---Ahhh…yo sabía que te había visto antes…—dijo el confundido iraní.

Nicolás Sarkozy hizo un comentario especial:

--Señores…propongo ir a cenar…yo invito…conozco un restaurant , el Bilvoq , donde sirven la mejor langosta del mundo…y mirando a Netanyahu, a Abbas y a Ahmadinejad, agregó—bueno, también hay pescados, cordero… c'est magnifique y los postres…! qué postres..!
Henry le cortó la ilusión…---con todo respeto, señor…allí puedo ir yo con toda la banda…pero no con ustedes .Siempre hay mucha gente… yo no lo aconsejaría señor… y nadie lo aconsejaría…sugiero otra cosa para cenar…

-- ¿Qué cosa?—dijo Sarkozy.
--- François…dáme el número de teléfono de la pizzería---pidió Henry---¿hay delivery…verdad?

Sentados en las reposeras al borde de la piscina y teniendo como frente el gran jardín iluminado con luces de colores giratorias, los mandatarios y los mosqueteros comieron pizzas hasta el hartazgo…

Wen Jiabao dijo una frase que seguramente la habían pensado todos pero él la verbalizó…

"Un pedazo de pan comido con tranquilidad es más sabroso que el mejor manjar comido con sobresaltos."

Y esas pizzas aparte de ser comidas con mucha tranquilidad...estaban muy buenas.

Y así, se solucionó el tema cena.

Cerca de las dos de la mañana, François Bollore y Henry Lacombe , como buenos anfitriones , acompañaron a los mandatarios hasta sus habitaciones...aunque esta situación no estaba prevista, la mansión tenía muchas habitaciones y cada jefe tuvo su privacidad...otro obstáculo resuelto...y media hora después todos ...indios y caciques, dormían plácidamente.

EL DIA DESPUES

La mañana soleada encontró a un Barack Obama en la piscina haciendo largos ida y vuelta, mostrando su buen estado físico y su predisposición para el ejercicio.

--Buenos días señor... ¿cómo amaneció?—dijo una de las dos señoritas encargadas de los servicios diarios de la mansión...--que apareció de la nada , mientras extendía unos manteles sobre las mesas y que una segunda ,que llevaba un pequeño carrito ,se encargó de llenarla con frutas, jaleas , croissants, tazas , platos y todo lo necesario para el desayuno.

---Buenos días...muy bien...gracias—replicó Barack mientras seguía con su rutina--...hermoso día...

Y como si fuera una contraseña, Joseph, Ari, Steve, Abbas,François ,Morris Wen Jiabao, George y Nicky Chang...Sarkozy...todos fueron llegando para acompañar a Obama en la piscina climatizada...algunos entraban sin convicción por temor al agua fría...otros se tiraban de bomba...haciendo chapuzones para la risa...y algunos se tiraban desde el trampolín más

286

bajo… mientras las camareras terminaban de completar la mesa con coloridas flores y colocaban cantidades de toallones sobre las reposeras.

Alguien salió, bebió su café y volvió a zambullirse y así todos…nada pre-establecido, en la piscina no había formalismos…se hablaba…se gritaba de punta a punta, se reían con ganas…apareció una bola para voleibol y enseguida se desenroscó la red y se formaron cuatro equipos…

Ahmadinejad mostró su perfil deportivo muy bueno…pero con la aclaración medio en serio medio en broma, que era un juego capitalista…pero siguió jugando…el equipo ganador se mantenía en la piscina y el que perdía cedía su turno…todo sin muchas reglas pero en perfecta armonía.

Todo se daba bien…el sol, el cielo azul, el jardín, el desayuno, la compañía.

François no estaba interesado en que el personal supiera quiénes eran los invitados… aparentemente todavía no los habían reconocido, entonces, con discreción les dijo a todo el personal de servicio que tomaran el día libre, cosa que las muchachas y los jardineros agradecieron y sin dilación todos desaparecieron de la vista…a excepción de la muchacha que había colocado los manteles, que regresó, se acercó a François y le dijo discreta:

…Señor, en la puerta hay un capitán de Air France que trae algo para el señor Vincent pero hay que firmar el recibo…
--Yo voy—dijo François—gracias, Renee…hasta mañana. François se secó y fue a ver que quería y que traía ese capitán.
-- ¿Señor Bollore?…buenos días…soy el Comandante George Willians y estoy aquí para entregar una valija diplomática…me pidieron urgencia y aquí estoy…aterrizamos hace quince minutos… y vine lo más rápido que pude…

François miró el maletín y lo tomó con sus dos manos y leyó el etiquetado… Vincent Bollore-diplomático—Córcega-Francia.
 ---Quién lo envía?—preguntó François aunque ni le importaba.
--- Viene de la Casa Blanca…de Washington—respondió el comandante
--- Por favor firme aquí---y le extendió una libreta y un bolígrafo. François firmó, agradeció y despidió al Comandante con un …muchas gracias… y buenos días.

Y con el maletín en la mano, fue hasta la sala para dejarlo y regresar a la piscina...

--Qué raro... ¿valija diplomática para mi padre? susurró François para sí --...Mi padre está en Africa...y de la Casa Blanca?... Si el "Gran Jefe" está aquí...preguntemos por las dudas... --pero no se equivocaba cuando pensó --... carajo...este maletín de mierda, está lleno de malas noticias... pero, para nosotros.   .

En la piscina, estaban de receso en el voleibol...así que se zambulló como le gustaba, que no le iba a molestar a nadie y se acercó nadando hasta Barack.

----Señor... ¿puede un capitán de Air France traer una valija diplomática?---preguntó François.
 ---Oh...oh...se me olvidó decirte-....--reaccionó Obama—ayer pedí que me enviaran algo y dí esta dirección...debe llegar hoy, en cualquier momento...
 ---Ya llegó, pero lo que me extrañó que la trajo un capitán de Air France...---comentó François.
 ---No hay problema en eso...La valija diplomática se le puede confiar al Comandante de la aeronave comercial que pueda aterrizar libremente en un territorio autorizado...y aparentemente era Air France quién llegaba mas rápido...yo lo pedí con urgencia...
--Vino a nombre de mi padre...señor ---dijo François.
–Yo dí el nombre que Sarkozy tenía en una tarjeta de presentación---comentó Obama.
 --Bueno, vino a nombre de mi padre...yo lo firmé y tengo el maletín en la sala...es para usted entonces? --preguntó François.
--Sí...era para mí...pero... ¿tú lo firmaste y no te pidieron documentos? ...eso es negligencia de parte del capitán---dijo Obama.
--Sí...yo lo firmé y no me pidieron nada...—respondió François
--Estos franceses...---se le escapó a Obama.
--Señor...el Comandante se llama George Willians y de francés no tiene absolutamente nada...! qué negligente que fue ! -- contestó con ironía la parte francesa que tenía guardada François Bollore.
Y Obama no entendió o no quiso entender la ironía y siguieron nadando con toda naturalidad.

Y François les fue avisando discretamente a cada uno de sus amigos de la llegada de la jodida valija diplomática...y ahora, para ellos, seguramente, comenzaban los problemas.

El almuerzo, siguiendo la idea de Henry Lacombe de no ir a restaurantes fue en la misma casona…se encargaron las comidas que cada uno había sugerido, pero en cantidades dobles …cordero rostizado, salmón con champignones,comida china ,que cuando Wen la vió y probó…comentó…-- --está muy rico…pero ésto en China no se come ni se conoce…--y mucha comida chatarra…que fue la que tubo la mayor aceptación, habían comentado que sería como un bufet …estaba todo en la gran mesa y cada cual se serviría lo que apeteciera….también había una enorme bandeja con frutas y varios postres y no podía faltar el clásico mousee de chocolate ni la creme Brulee y para beber, mucha agua mineral…

Se formaron grupos y se hablaron cosas intrascendentes.
Aunque el televisor de la sala estaba encendido, nadie la prestaba atención.
Habían terminado el almuerzo y ya se venía el café.

--¿Te molesta si paso un momento a la oficina ..? ---le preguntó un correcto Barack Obama a Henry, que era el que estaba más cerca y agregó---quiero revisar algo que recibí y necesito unos minutos de privacidad para enterarme en que lío estoy envuelto en el mundo en las últimas 72 horas y no estoy enterado.
---Por supuesto…señor…--contestó Henry y agregó—usted no tiene que pedir ningún permiso…está en su casa… ¿le llevo el café o lo toma luego, señor?
---Lo tomo luego…ese es el maletín que llegó hoy…verdad?-
--Sí señor…sírvase…es livianito…y ojalá no haya nada para preocuparse--- contestó Lacombe , con gran estilo.
Y Barack Obama, después de decir en voz alta, --con su permiso…señores… --que nadie escuchó ni respondió, tomó el maletín y pasó a la inmensa oficina.

Ya a solas y después de cerrar tras de sí la puerta…se dejó caer en el gran butacón de cuero beige que estaba frente al escritorio…y se dió a la tarea de abrir el pequeño maletín que Susan, su secretaria, le había comentado por teléfono, que era algo muy urgente.

El maletín era pequeño .Un maletín sin nada de especial…ni siquiera con una clave de seguridad para ser abierto…lo miró por todos lados antes de abrirlo …más por curiosidad que por protección…vió las etiquetas… del destinatario y del remitente…

289

Qué poca seguridad dá la valija diplomática…y la abrió.

Todo el maletín estaba ocupado con un gran sobre tipo Manila…que lo leyó varias veces con mucha atención…repasando cada letra.

NOTIFICAR URGENTE A LA CASA BLANCA y enviar Enero 4 de 2012

NO ABRIR SIN RECIBIR INSTRUCCIONES DIRECTAS DEL SEÑOR PRESIDENTE DE LOS EE.UU.

Se puso de pie para buscar un abrecartas que seguramente habría en algún lugar del prolijo escritorio y lo encontró…hacía mucho tiempo que no veía un sobre lacrado y sellado…y éste debía ser el primero que iba a abrir en su vida…

Le llamó mucho la atención el último renglón…no terminaba, como él mismo pronunciaba en cada discurso con un Dios Bendiga a América…esa carta era un pedido menos egoísta, más humanitario y más amplio…terminaba con…Dios los ilumine a Ustedes y Bendiga y Proteja al Mundo… -

'' Excelentísimo Señor Presidente…empezaba la carta…Barack Obama se acomodó lo mejor que pudo para estar cómodo mientras leía…su cara, que al principio demostraba curiosidad , comenzó a ponerse más seria con cada renglón… y lo firmaban seis de sus mejores amigos…y nombraban a un grupo de excelentes profesionales donde se auto culpaban como se habían desarrollado sus últimas 72 horas presidenciales…y la de sus homólogos.

Leyó la carta un par de veces…

También dentro del sobre Manila, había otros sobres cerrados que miró a quiénes iban dirigidos…

Se incorporó del sillón , se pasó la mano por la barbilla y fue a la sala para hablar con el resto del grupo…

--Necesito hablar un momento con estos caballeros---dijo un autoritario Barack Obama desde la puerta del salón….--y agregó—Sé que es una falta de respeto…pero ¿dónde podemos hablar en privado? … ¿En la oficina o aquí…en esta sala?...Quiero que sea una charla privada…y disculpen ustedes…

--Donde ustedes prefieran…donde se sientan más cómodos---dijeron Henry, François…todos.

--Un momento, permítanme una cosa…tengo una idea mejor…---recapacitó Obama---aquí, en esta sala, somos un grupo…voy a exponer algo que compete a todo el grupo y entonces no es necesario que salga nadie…hoy, ahora, somos todos el mismo grupo…y esta carta, es para todo el grupo…y tomó los sobres que tenía cerrados en su mano…

Señor Mahmoud Abbas…y le dió un sobre…

Señor Benjamín Netanyahu…y le alcanzó un sobre…

Señor Wen Jiabao…y también se lo alcanzó … hizo lo mismo con Ahmadinejad,con Sarkozy…y llamó además… señor Vladimir Putin…señor Hugo R. Chávez ...que por supuesto no estaban presentes… y Obama se quedó con esos sobres…

Todos, indios y caciques…esperaban atentos lo que estaba por decir Obama…ahora en medio de la sala.

---Señores…acabo de recibir estas cartas…es de un grupo de amigos nuestros que todo lo que quieren…es lo que todos sabemos y que el señor Charles Dubois nos tiró en la cara cuando subimos al yate…yo creo que lo que nos dijo no estaba mal…es lo que genuinamente todos queremos para nuestros ciudadanos…a lo mejor…su forma de decirlo, no fue la más apropiada , a cómo estamos acostumbrados a oír cosas feas con palabras bonitas…-
Barack hizo una pausa

-- Sé que tampoco fue muy diplomático…pero él, no es un diplomático…es un ciudadano del mundo que expresaba lo mejor que pudo, la necesidad de millones de personas con las mismas inquietudes en todos lados del planeta…pero, como abogado, no los puedo felicitar y no los voy a felicitar… es más, lo repudio con todas mis fuerzas
---y Obama se tomó el tiempo para mirar a los Mosqueteros.
En su cara no había sonrisas, ahora era enojo y continuó…-----…lo que ustedes hicieron… no tiene precedentes en la historia del mundo…fue

terrible…temerario y…muy malo…No hay palabras para explicar esa locura colectiva que cometieron…

--¿Pensaron algún momento lo irresponsables que fueron?..
.La Privación Ilegal de la Libertad de una persona, el secuestro a través de engaño ,es un delito especial calificado " muy grave"… y lo que lo hace más grave aún… es que ustedes conocen muy bien las leyes y sabían a qué estaban expuestos…-- Barack hizo una pausa--…Ustedes son racionales…pensantes …igual a los que escribieron estas cartas… actuaron con un idealismo exagerado y peligroso… hay otros canales…hay otros medios…hay distintos foros legales para expresarse…para eso existe la oposición…. Pero ustedes… dudaron de las leyes que tan bien conocen…- --Barack , con gesto adusto , miraba a todo su auditorio.

En la sala, el silencio era total.

---Acabo de recibir estas cartas... En estas cartas…-- continuó Barack-- …están sus nombres, sus currículum…sus éxitos… está todo…pero estas cartas, debo decirles, lamentablemente…son su confirmación de culpabilidad…son sus sentencias…
--y dirigiéndose a Eitan le preguntó con sinceridad:
… Eitan…tú eres la estrella del Fondo Monetario…¿cómo has podido meterte en esto?
 Eitan bajó la mirada y no respondió.
Ahora, Barack miró a Ari…
--- Ari…tú eres un abogado corporativo y sabes que tienes un buen prestigio porque te lo has ganado…eres brillante…¿ pensabas lo que hacías ?

Tampoco hubo respuesta.

Barack miró a Nicolás Chang ---- Nicky…conocí y compartí con tu padre momentos muy lindos en Harvard…
Obama hizo otra pausa antes de continuar…--Y todos…todos ustedes son abogados altamente calificados… pero…

En la mente de todos, retumbó la frase... "lamentablemente…son su confirmación de culpabilidad… son sus sentencias…"

--- otra pausa larga y Barack Obama continuó pero ahora miraba a Abba,s a Wen , a Sarkozy a Netanyahu… -- Ahora hablaba despacio…casi como arrastrando las palabras como para que no salieran de su boca …para que no escucharan de sus labios lo que iba a decir…y estaba dispuesto a decirlo…

---…Todo se hizo mal… nosotros también fallamos… nos dejamos arrastrar, llegamos a un lugar que nunca teníamos que haber venido…y llegamos a escondidas…sin custodias…en secreto… ---pausa y continuó --- ¿Qué nos pasó a nosotros? … todos somos políticos experimentados…y nos hemos comportado como niños creyéndonos que hacíamos todo bien . cuando sabíamos que estaba todo mal…

Les fallamos a nuestras familias y les fallamos a nuestros pueblos…y ellos creen en sus mandatarios…

Barack Obama hablaba despacio y con sentida pena continuó--

Lo que hicimos nosotros, viniendo como vinimos…también es muy grave… y por algo menos grave que esto…una persona digna tendría que renunciar…tal vez no merezcamos estar donde estamos…----hubo una pausa larga--- pero si dentro de todo lo malo, pudiera haber algo rescatable…quiero que sepan que gracias a estos muchachos… tuve la oportunidad de volver a ser yo……el Yo que Era y al que había olvidado… como creo les habrá pasado a tí, Sarkozy. …a tí, Abbas, el gran cambio que hay en tí, Ahmadinejad…Todos quisimos aportar…en estos tres días, olvidamos diferencias…olvidamos protocolos…fuimos nosotros…en estos tres días me sentí limpio…me sentí puro…con ganas de contribuir… de colaborar… con la misma ilusión de un universitario que quiere que su país sea el mejor…y que el mundo sea mejor.

Ahora, Barack desde el centro de la sala ,hizo una reflexión…

¿Se acuerdan cómo éramos todos nosotros antes de estar en la política? mucho antes de ser abogados?… todos nosotros éramos mejores …éramos idealistas , teníamos mentes sanas …no estábamos contaminados por el virus que dá el poder y el egoísmo que nos hace insensibles al dolor del otro…-- miró a los gobernantes -- …no estoy en sus mentes…pero les voy a decir que …antes, éramos todos mejores…y no tengo ninguna duda…

Obama bebió un vaso de agua…subió su tono y continuó---

---Gracias a ellos... --señalando a los Mosqueteros --se escribieron 867 páginas de soluciones...las que no se consiguen en ningún Senado en tres cuatrienios...y yo les pregunto...
¿Alguien piensa que estuvieron mal?

En la sala hubo silencio.

--¿Alguien piensa que estos muchachos por obligarnos a hacer cosas buenas... son culpables de algo malo?

Y el silencio continuó....hasta que Barack Obama respondió sus propias preguntas.

--Pues yo pienso que no estuvieron mal y sé que no deben ser culpables...actuaron con la misma candidez que tuvieron esos muchachos somalíes...ellos necesitaban alimentarse de comidas.....

Estos señores también necesitan alimentarse , pero de otra manera...idealizaron la paz mundial, la armonía , necesitan alimentarse de cosas buenas, de progresos, de buenas noticias...de buenas acciones por parte de nosotros
los dirigentes, fueron tan cándidos también, que creen que nosotros podemos hacer las cosas mejor de lo que estamos haciendo ...

Barack ahora era el Barack de campaña...hablaba fuerte y con energía...

Mis amigos, los que enviaron las cartas, lo hicieron porque son nuestros amigos, Juegan a nuestro favor...creen en nosotros...y quieren creer en nosotros...nos dieron la oportunidad de arreglar cosas...y nosotros mientras nos creímos desprotegidos...las arreglamos...trabajamos para que se arreglen... y las pudimos arreglar...lo hicimos....falta materializarlo...pero si realmente lo queremos, lo haremos...

---Barack hizo una pausa y continuó con firmeza---...yo no tengo en la mente , que por exigirnos a pensar...sean culpables...es la obligación del pueblo hacer trabajar a sus dirigentes...y ellos,nuestros amigos, lo hicieron...trabajamos por tres días como deberíamos trabajar siempre...pusimos todo de nosotros, sin mezquindad... y por tres días... fuimos nosotros...

Barack Obama hizo otra pausa…

Ellos nos gritaron trabajen… y trabajamos…Ellos nos dijeron… o arreglan el mundo o se quedan sin comer y nosotros hicimos todo por arreglarlo…pero no lo sufrimos…en nuestro interior, sabíamos que no nos iban a dejar sin comer…sabíamos que no nos iban a cañonear…sabíamos con quién habíamos llegado al yate ¡! no fuímos tan inocentes…!!

Barack Obama había hecho una buena exposición pero faltaba algo más…y dijo:

---Señores…mientras les hablaba, clarifiqué mis pensamientos… ya no existe ninguna duda en mi mente …y para que quede claro cuál es mi posición … ésta es la denuncia que recibo y éste es mi sentimiento ---y de su bolsillo, sacó un encendedor de cigarrillos y encendió el sobre que iba dirigido a él mismo y mientras el sobre se iba quemando , acercó una ensaladera de acero que un rato antes había estado llena de frutas… y allí depositó el sobre en llamas.

Todos miraban fijo la ensaladera y cómo el sobre se quemaba.

Cuando Obama dejó de hablar…parecía que todos contenían la respiración y en la sala hubo un gran silencio… y fue Bibi Netanyahu quién se acercó a la ensaladera y alimentó la llama poniendo su sobre , que ni él, ni nadie había abierto .

Un momento después hizo lo propio Ahmadinejad, y luego Sarkozy y luego Wen y Mahmoud Abbas…dando un paso al frente, por turno y en silencio.

Estamos contigo, Barack---dijo alguien de los jefes.

Mientras se iban quemando los sobres…Obama amplió---Putin y Chávez se perdieron la oportunidad de aprender en tres días lo que hemos aprendido nosotros…ellos se lo perdieron---y agregó los dos sobres en la ensaladera.

Espontáneamente todos se aplaudieron y se abrazaron con todos…

Y en esos momentos…no hubo protocolos ensayados…fue intuitivo e instantáneo.

Y se cumplió el primer principio de la Democracia…se abrazaron indios y caciques…pero eran todos indios y eran todos caciques…y los seis mandatarios sabían que eran caciques, elegidos por los caciques y se debían a los caciques

Y tampoco no eran ni tenían que ser de ninguna casta superior…

Los Mosqueteros cambiaron miradas…la misión había dado buenos resultados…

Los mandatarios estaban unidos…se había conseguido lo propuesto…habían ganado.

Con mucho susto y sobre la hora…pero habían ganado.. Ahora…a esperar que se implementen las medidas…pero este momento….! Qué gran momento…!

Había que disfrutarlo con alma y vida… Cómo se tienen que disfrutar las cosas que de verdad se disfrutan…

En la sala había algo de humo…pero mucho...mucho olor a liderato… y mucha alegría junta para caber en tan pocos cuerpos…

Y Nicolás Sarkozy puso la nota de humor después de tanta tensión…

--Barack, eres muy buen abogado…no debiste haber dejado nunca la profesión para ser presidente--y Sarkozy lanzó una sonora carcajada.

Y Abbas puso otra nota de humor---Barack… deberías pagar de tu bolsillo… la ensaladera que dañaste…

Y ese era el clima de confraternidad entre seis personas que setenta y dos horas atrás…no se soportaban… ¿Se había producido un milagro?

No…Era simplemente una mejor comunicación.

Había llegado la hora de las despedidas y cada uno regresaría de la misma manera y acompañado como había llegado.

François Bollore se ocupó de llamar al Hotel l'Albion para informarle del viaje de regreso a Jakim Bensignore ,el médico personal de Mahmoud

Abbas y a los capitanes de las tripulaciones que los habían transportado a Córcega …además de pedirles que completen sus tanques de combustible.-

Tanto las facturas del hotel y del aeropuerto…las harían a nombre de Vincent Bollore y François se ocuparía del reembolso.

En la misma pista…Joseph Rice les daría las rutas de vuelo a los capitanes de los cinco jets.
 Estimaban partir alrededor de las seis de la tarde…tiempo suficiente para que todos estuvieran listos.

…Mientras acomodaban sus cosas…Joseph Rice, que había sido el piloto que había transportado a Mahmoud Ahmadinejad desde Teherán, le comentó a Richard Kent…

---Este tipo me reconoció, Richard…si yo lo llevo a Irán…no voy a salir jamás de allí…creo que nunca se creyó que hubo una equivocación involuntaria de rutas…
--No te preocupes, Joe…---respondió Richard Kent---ponemos otro piloto y tú te evitas un problema… ¿ ya te sientes mejor…?
 Hiciste un gran trabajo…Joe, tuviste que bailar con la más fea.

--- Gracias…si hubiera ido ahora a Irán…sería sólo un ticket de ida…él no me lo iba a perdonar…me alegra no viajar allí…gracias ,Richard. --dijo Joe Rice.

Wen Jiabao, de riguroso traje oscuro y corbata, estaba acompañado por los mellizos George y Nicolás Chang y tuvo un momento para hablar con el grupo…

---De haber habido un juicio en China por lo que pasó…la sentencia hubiera sido la muerte…y sin derecho a apelación …a mí me alegra que esto no se va a escuchar en China…--y a pesar de lo serio de la declaración, Wen trató de poner una dosis de humor negro … La sentencia más leve…hubiera sido que los mataran una sola vez.

Benjamín Netanyahu hablaba con Obama… --- Eitan es mi sobrino…todos en la familia estamos muy orgullosos de él…tiene un gran futuro no importa donde esté…y está rodeado de ese grupo maravilloso… todos son excelentes profesionales…

Me alegró mucho tu defensa…hay veces que pareces que no sabes para dónde correr…eres muy titubeante…pero hoy pusiste los huevos en el momento que hacía falta…te felicito…y gracias de nuevo---dijo Bibi.

--Yo sé que son muy buenos muchachos…por lo menos de Edward O"Neil,de Steve Ryan y de Frankie Dukos…antes que pisaran la Casa Blanca…ya tenía el historial completo de cada uno…y mi gente sabía cada paso que dieron desde que nacieron …aunque hay veces que hay que hacerse el dormido para no cortarles el juego --replicó Barack y agregó—lo que más me gusta del grupo, es que están pensando sus respuestas a lo que viene pasando… es una contradicción que un grupo piense… generalmente, la conducta grupal tiende a ser muy irracional…y en cuanto a la defensa…algo anda muy mal en las leyes…en tres días se presentaron dos casos en que las leyes los condenarían de por vida…y a nosotros nos parecieron inocentes…

¿En qué estamos fallando?

--Las leyes no fallaron…Barack---respondió Bibi—tanto los somalíes y estos muchachos, son culpables y punto…aquí hubo lo que en idioma vulgar se dice "amiguismo"...y no todos tienen la suerte de tener al presidente de Norteamérica de amigo.

Nicolás Sarkozy hablaba con François y Henry Lacombe--no te pregunto nada de tu padre, porque acabo de hablar por teléfono con él…ustedes me contaron que estaba muy mal…muy deprimido, verdad? --y continuó :

¡! Pues tenían razón…!! El muy hijo de puta acaba de hacer un negocio con las Navieras de África…en lugar de ganar quince millonesde dólares…pobrecito, se ganó doce…por éso estaba muy deprimido…y hablando en serio…está muy bien y nos citamos para la semana que viene en Paris y vendrá con tu madre…no sabe que estamos aquí…ni le conté que nos habíamos visto... de acuerdo?

--De acuerdo….--contestó François.
--Qué lástima…nos perderemos unas buenas langostas, François—exclamó Henry Lacombe.

Mahmoud Ahmadinejad y Abbas, charlaban muy amigablemente con Charles Dubois, Richard Kent y Norman Duncan sobre las políticas, el petróleo y las oscilaciones en el mercado.

--De todas las cosas que dijiste como charla de bienvenida al yate— dijo Ahmadinejad dirigiéndose a Dubois—hubo una que tenías toda la razón...

"cuando un pueblo tiene cultura , puede convertirse en el peor enemigo del gobierno".

Y hubo dos frases que dijo Ahmadinejad...que demostraron que no era ningún improvisado en esos temas..."donde no hay competencia...es porque hay incompetencia" y una que podía ser muy triste de ser cierta...

"En la política no hay amigos...Hay Conveniencias"...y Sí...era cierta.

F I N